Connie Brockway

# Die vertauschte Braut



amazon crossing

*Das Buch*

Entschlossen ihren Wert als angehende Archäologin unter Beweis zu stellen, gelobt Ginesse Braxton, das Rätsel um den Standort der verlorenen Stadt Zerzura zu lösen. Aber leider will niemand das Risiko eingehen, die junge Gelehrte durch die Wüste zu begleiten. Auf ihrem Weg nach Ägypten entscheidet Ginesse sich für eine waghalsige Täuschung – sie tauscht ihre Identität mit der von Mildred Whimpelhall, die unterwegs ist, um ihren Verlobten zu treffen.

Abenteurer Jim Owens würde alles tun, um den dunklen Geheimnissen seiner Vergangenheit zu entkommen. Verraten von der Frau, die er liebte, nimmt er einen gefährlichen Auftrag an: Mildred Whimpelhall durch eine gesetzlose Wüste bis zu ihrem Verlobten zu begleiten. Jim merkt aber bald, dass »Mildred« nicht das ist, was sie vorgibt zu sein … Und die Gefahren der Wüste werden von einer mächtigeren Gefahr überschattet: sich in die Braut eines anderen Mannes zu verlieben.

*Die Autorin*

Connie Brockway begann ihre Karriere als Autorin im Jahr 1992 und schon bald fanden sich ihre historischen Liebesromane auf der Bestsellerliste der New York Times. Connie Brockway reist sehr gern und verbringt viel Zeit in ihrem Garten, den sie als ausgebildete Gärtnerin ständig verschönert.

# Die vertauschte Braut

Historischer Liebesroman

Connie Brockway

Übersetzt von Diana Bürgel

amazon crossing

Die Originalausgabe erschien 2011 unter dem Titel »The Other Guy's Bride« bei Montlake Romance, Las Vegas.

Deutsche Erstveröffentlichung bei AmazonCrossing,
Luxembourg, November 2012

Umschlaggestaltung: bürosüd° München, www.buerosued.de
Lektorat: Daphne Großmann
Satz: Judith Zimmer, Hamburg
Printed in Germany
by Amazon Distribution GmbH, Leipzig
ISBN 978-1-611-09836-5

www.amazon.com/crossing

# Vorwort der Autorin

Über das erste Kapitel der Geschichte von Desdemona Carlisle und Harry Braxton schrieb ich die Jahreszahl 1890, obwohl doch alles schon im Jahr 1880 beginnen sollte. Das wird kaum jemanden überraschen, der meine Einträge bei Facebook (www.facebook.com/ConnieBrockwayFans) oder Twitter (www.twitter.com/ConnieBrockway) verfolgt oder das Pech hat, meine E-Mails lesen zu müssen. Genau wie Harry Braxton habe ich mit einer leichten Form von visueller Dyslexie zu kämpfen, weshalb ich ein echter Fan von Korrektoren bin.

Irgendwie glaube ich allerdings nicht, dass diese Zuneigung auf Gegenseitigkeit beruht.

Wenn Sie gerne in einige meiner anderen Geschichten hineinlesen möchten, besuchen Sie mich doch einfach auf meiner Internetseite: www.conniebrockway.com

Vielen Dank!

*Connie Brockway*

# Widmung

*Dieses Buch ist für alle meine wunderbaren Leserinnen und Leser, die immer wieder gefragt haben: »Was ist eigentlich aus Harry und Dizzy geworden?«*

# Prolog

## 1897, Wüste Sahara, Sudan

»Warum trittst du nicht der Fremdenlegion bei«, murmelte der mit Blut und Dreck verschmierte junge Mann vor sich hin, während er eine Patrone in den Lauf seines Gewehrs rammte. »Wenn du jetzt stirbst, wäre das doch wirklich eine harte Nuss für sie.« Er kramte eine weitere Patrone aus seiner Uniformtasche und steckte sie neben die erste. »Dabei gibt es nur ein kleines Problem: Du wärst um einiges länger tot, als es ihr leid tun würde, du Idiot.«

Er atmete tief durch, zählte bis fünf und riskierte dann einen Blick um den Felsbrocken herum, hinter dem er in Deckung gegangen war. Er feuerte ein paar Schüsse ab, während er versuchte, die mahdistischen Stammeskrieger zwischen den Felsen auszumachen. Er bekam rund ein Dutzend Kugeln zur Antwort und Felssplitter trafen sein Gesicht. Keuchend warf er sich zurück.

Er hatte fünf Gewehre gezählt, aber es konnten genauso gut zehn sein. Seit zwei Tagen lauerten sie bereits dort draußen und seit der letzten Nacht war er der einzige, der von seinem Trupp noch übrig war. Alle anderen waren tot.

Schweiß rann ihm den Rücken herab und durchtränkte sein Hemd. Blinzelnd sah er hinauf zur Sonne, die noch eine Handbreit über dem westlichen Horizont stand. Seine Gesichtshaut war verbrannt und schälte sich bereits, ein Loch klaffte in seinem linken Oberarm und jedes Mal, wenn er das Gewehr anlegte, jagte ein höllisches Stechen durch seinen Körper. Außerdem war eines seiner Schlüsselbeine zertrümmert und im Vergleich zu diesem Schmerz kam ihm das Brennen in seinem Arm beinahe wie ein lästiges Jucken vor. Seit achtundvierzig Stunden hatte er nicht mehr geschlafen. Allmählich wurde seine Munition knapp und sein Wasservorrat schwand noch schneller. In südlicher, nördlicher und östlicher Richtung lauerten mindestens fünf bewaffnete Mahdisten auf seinen Tod und im Westen erstreckten sich an die hundert Meilen Wüste, die nicht weniger tödlich sein konnten.

Alles in allem war die Lage nicht gerade vielversprechend.

In etwa einer halben Stunde würde die Sonne untergehen und dann würde seine ohnehin schon miese Situation schlichtweg unerträglich werden. Die Tage glichen zwar einem Inferno, aber wenigstens spendete ihm der Felsbrocken etwas Schatten. Viel schlimmer waren die Nächte. Dann senkte sich eine eisige Kälte über das Land, die einem das Blut gefrieren und die Zähnen klappern ließ, bis man vom eigenen Zittern durchgeschüttelt wurde wie eine Puppe in den Fängen eines Pitbulls. Er glaubte nicht, dass er eine weitere Nacht überleben würde. Wenn er etwas unternehmen wollte, würde er es bald tun müssen.

Einen echten Plan hatte er nicht, eher eine reichlich unausgereifte Idee. Doch da seine letzte unausgereifte Idee zu seinem Beitritt in die französische Fremdenlegion geführt hatte, versprach er sich nicht allzu viel davon. Etwas Besseres fiel ihm jedoch leider nicht ein.

Er stülpte seine Taschen um und förderte die ihm verbliebenen Patronen zutage. Dann klappte er das Taschenmesser auf, löste die Deckel von den Hülsen und schüttete das Schießpulver vorsichtig zwischen die Falten eines zerlesenen Briefes, den er während des vergangenen Jahres in seiner Brusttasche über dem Herzen getragen hatte. Er sah zu, wie die grazile Unterschrift unter dem Schießpulver verschwand und dachte, dass das verdammte Ding am Ende also doch noch zu etwas gut war.

Die zweite Seite des Briefes zerriss er in kleine Vierecke, auf deren Mitte er jeweils ein Häufchen Schießpulver rieseln ließ und die er schließlich zu Kügelchen rollte.

»Tritt der Legion bei, sieh die Welt und stirb ruhmreich!«, brummte er, während er arbeitete. Alles, was er von der Welt gesehen hatte, war verödetes Wüstenland gewesen. Und was den Ruhm betraf … Er sah sich um. Hier gab es keinen Ruhm, nur den traurigen Anblick namenloser Toter. Es war purer Zufall, dass er nicht schon einer von ihnen war.

»Pech gehabt, Althea.« Seine Gedanken wanderten von der Schreiberin des Briefes, Charlotte, zu der Frau, die für diese Zeilen verantwortlich war. Seine Nemesis, seine

Wächterin, sein Vormund, seine Großmutter. Althea. Diese bösartige alte Frau hatte Charlotte weis gemacht, er sei ein Bastard und würde daher rein gar nichts erben, keinen Namen, keinen Platz in der Gesellschaft, kein Vermögen. Und Charlotte hatte ihr geglaubt, denn Althea hatte alles: einen Namen, ein Vermögen und einen Platz in der Gesellschaft.

Als er Althea zur Rede stellte, hatte sie ihm eiskalt erklärt, sie würde alles zerstören und verhindern, dass er gegen ihren Willen verstieß. Und ihr Wille war es, dass die Familie ihre adlige Blutlinie verfeinerte, was bedeutete, Jim würde nur heiraten, wen sie wählte, und wenn sie es gestattete. Dann hatte sie noch hinzugefügt, er könne ihrem Einfluss einzig entkommen, indem er sterbe.

Er entgegnete, dass er sich ihrem Willen niemals beugen würde und lieber tot wäre, als sich zu ihrer Marionette machen zu lassen. Sie sah ihm fest in die Augen und fügte hinzu, dass es auch ihr ganz recht sei, wenn er sterbe, da sein jüngerer Halbbruder Jock so viel besser dazu tauge, der Familie Ehre zu machen.

Also hatte er einen Pakt mit dem Teufel geschlossen. Er würde seinen Namen ablegen, fortgehen, für immer verschwinden, praktisch sterben. So könnten ihn die Gerichte für tot erklären und alles, was rechtmäßig ihm zustand, seinem Halbbruder Jock zusprechen. Im Gegenzug würde Althea das Land, das der Familie ihres Mannes als Mitgift überschrieben worden war und das Althea schließlich von ihrem Mann geerbt hatte, an die Familie von Jims Mutter im New-Mexico-Territorium zurückgeben.

Althea hatte sofort eingewilligt.

Also war der Junge, der er gewesen war, vor fast einem Jahr gestorben und James Owens war geboren worden. Das Einzige, was er von seinem früheren Leben behalten hatte, war Charlottes Abschiedsbrief. Und jetzt würde auch dieser bald nicht mehr da sein.

»Vollidiot«, schalt er sich und sah traurig zum fliegenübersäten Leichnam seines Pferdes hinüber, das man unter ihm erschossen hatte. »Wenn du so versessen aufs Sterben warst, warum bist du dann nicht einfach von der Tower Bridge gesprungen, damit hättest du wenigstens ein gutes Pferd gerettet.«

Als er die letzte Kugel gerollt hatte, riss er ein Stück Stoff vom Saum seines zerfetzten Hemdes und zerteilte es in mehrere schmale Streifen. Diese verknotete er an den Enden und steckte eine Papierkugel in jeden der Knoten. Schließlich rieb er die provisorische Zündschnur noch mit Patronenfett ein.

Nachdem er fertig war, zog er sein Hemd, seinen Gürtel und die Stiefel aus und legte alles ab, was das Sonnenlicht reflektieren könnte. Sein Plan war einfach. Wenn die Sonne unterging, würde er eben jenen Moment abwarten, in dem die letzten Strahlen seinen Feinden direkt ins Gesicht schienen und sie blendeten. Dann würde er die Zündschnur anbrennen und auf dem Bauch in Richtung einer flachen Senke kriechen, die er in etwa hundert Metern Entfernung entdeckt hatte. Wenn er die Mulde erreichte, müsste die Zündschnur bis zur ersten Schießpulverkugel heruntergebrannt sein. Sie würde explodieren, die Zündschnur würde zur nächsten Kugel herunterbrennen und so weiter. Die Mahdisten würden glauben, dass er verzweifelt den letzten Rest seiner Munition verfeuere, und den Felsbrocken nicht aus den Augen lassen, während er sich in Wahrheit in ihr Lager schlich und eines ihrer Pferde stahl.

Soweit jedenfalls die Theorie.

Leider war er sich aber weder sicher, ob die Sonne grell genug sein würde, um ihm bei seiner Flucht zur Senke Deckung zu geben, noch wusste er, ob der Stoffstreifen auch herunterbrennen würde, und falls ja, wie schnell. Und er hatte keine Ahnung, ob die explodierenden Schießpulverkügelchen tatsächlich wie Gewehrschüsse klingen würden. Und selbst wenn das alles funktionierte, hing der Rest seines Planes davon ab, ob er mit einem unbrauchbaren Arm und einem gebrochenen Schlüsselbein in der Lage sein würde, auf ein Pferd zu steigen, das vermutlich keinen Sattel, aber doch hoffentlich wenigstens eine Trense trug. Dann musste er nur noch so lange schneller als seine Verfolger sein, bis er – na ja, eben entkommen war.

Nein, die Lage war wirklich nicht besonders vielversprechend.

Mit Pferden konnte er umgehen. Verdammt gut sogar. Als er noch ein Kind war, hatten ihn die Ranchhelfer seines Onkels unter ihre Fittiche genommen. Sie waren Komantschen und die besten Reiter der Welt. Die Frage war nur, ob das reichen würde.

Er sah auf. Die Sonne stand jetzt direkt über dem Horizont und verlieh dem Himmel eine so intensive und zugleich sanfte Färbung, dass er dem Schleier einer *Houri* glich. In wenigen Augenblicken würde ihr Licht noch einmal auflodern und dann ersterben. Das war seine Chance, oder jedenfalls die beste, die er bekommen würde. Er ließ den Kopf in den Nacken sinken und schloss die Augen.

Er war zwanzig Jahre alt und er wollte nicht sterben. »Gott, ich schwöre dir, wenn ich hier in einem Stück rauskomme, mache ich für keine Frau der Welt mehr so etwas Blödes.«

Er öffnete die Augen, ließ sich auf den Bauch sinken und begann zu kriechen.

# KAPITEL 1

*In ~~der lieblichen~~ ihrem kühnen jungen ~~Heldin~~ Herzen erwachte eine Freude, so vollkommen erfüllend, wie sie es noch nie erlebt hatte!*

aus dem Tagebuch von Ginesse Braxton

## 1905, AUF DER LYDONIA, EINEM BRITISCHEN PASSAGIERSCHIFF MIT KURS AUF ALEXANDRIA, ÄGYPTEN

»An der Seekrankheit stirbt man nicht, Miss Whimpelhall«, erklärte Ginesse Braxton. Ganz sicher war sie sich da zwar nicht, aber sie ging davon aus, dass man nicht log, wenn man nicht absichtlich die Unwahrheit sagte. Leider schienen diese Worte ihre Patientin nicht zu trösten, sondern eher den gegenteiligen Effekt zu haben.

»Das sollte man aber.« Eine Frau, die ein paar Jahre älter war als Ginesse, zog sich über den Bettrand und umklammerte das Gestell. Lange, glatte Strähnen roten Haares schwangen beim Rollen und Krängen des Schiffes hin und her. »Es … wäre … eine Gnade.«

Ginesse tätschelte ihrer Patientin die Hand. Seit vier Tagen spielten sie diese Szene in verschiedenen Variationen durch und obwohl ihr die arme Miss Whimpelhall schrecklich leidtat, konnte sie nicht wirklich mit ihr fühlen, denn ihre eigene Gesundheit war geradezu unverschämt robust.

Mit dem Fuß bremste sie eine vorbeischlitternde Porzellanschüssel ab, hob sie auf und streckte sie Miss Whimpelhall einladend entgegen. Die schüttelte jedoch den Kopf und schloss fest die Augen. »Es tut mir so schrecklich leid, dass ich Ihnen so viele Unannehmlichkeiten bereite, Miss Braxton. Bitte vergeben Sie mir. Ich bin die reinste Plage.«

»Aber überhaupt nicht.« Noch nie hatte sie eine so bescheidene und demütige Person getroffen, wie Miss Whimpelhall es war, und da weder Ginesse selbst noch irgendein Angehöriger ihrer engeren Familie mit diesen beiden Eigenschaften sonderlich vertraut war, faszinierte sie das umso mehr. Noch faszinierender war allerdings Miss Whimpelhalls persönliche Geschichte. Sie war auf dem Weg zu ihrem Verlobten, der eine englische Garnison in Ägypten befehligte, um ihn zu heiraten. Was Miss Whimpelhall zu einer waschechten Romanheldin machte.

Ginesse kannte sich mit Heldinnen aus. Als einzige Tochter ihres Elternhauses, war sie aus der unappetitlichen Realität eines Lebens, das sie mit sechs ungewaschenen kleinen Brüdern teilte, in die Welt der Bücher entflohen, in der sich Männer durch ihre Tapferkeit und ihren Mut auszeichneten und nicht durch ihre Fürze und Rülpser. Später, nachdem sie aus Ägypten verbannt und nach England geschickt worden war, hatte sie ihr Heimweh durch das Schreiben eigener Abenteuergeschichten gelindert. Tatsächlich hatte ein Boulevardblättchen sogar einmal eine davon abgedruckt.

Doch sie ging mit ihrem Faible nicht hausieren, sie hielt es sorgsam geheim. Besonders Männern fiel es ohnehin schon schwer genug, eine romantische Neigung mit Intelligenz unter einen Hut zu bringen. Das Letzte, was sie brauchte, waren weitere Hindernisse auf ihrem Weg zu akademischem Ruhm.

Miss Whimpelhall stöhnte weiter. »Vielleicht ist das hier ja die Hölle«, ächzte sie. »Vielleicht ist das hier die Hölle und ich werde mich bis in alle Ewig… Ewig… Ew…« Sie schaffte es nicht bis ans Satzende. Zum Glück hielt Ginesse noch immer die Schüssel parat.

»Aber«, meinte Ginesse ein paar Minuten später, »wenn das hier die Hölle wäre, dann müsste ich ja ein Dämon sein und *das bin ich nicht.*« Sie lachte, um zu untermauern, was für eine absurde Vorstellung das war. »Du meine Güte. Nein, also wirklich.«

Sie wedelte flüchtig mit der Hand durch die Luft. »Ach, vielleicht gab es da mal den einen oder anderen Vergleich in diese Richtung, als ich noch ein Kind war und wie alle Kinder mal etwas Unbesonnenes getan habe.« Ihre Stimme klang nicht so unbeschwert, wie sie es sich gewünscht hätte. »Nichts, was es gerechtfertigt hätte, dass einem derart geschmacklose Dinge nachgesagt werden.«

Sie zwang sich zu einem heiteren Tonfall. »Aber wie schon gesagt, damals war ich ein Kind. Das ist *sehr* lange her.«

Ein mattes Lächeln erschien auf Miss Whimpelhalls Gesicht. »Wirklich schon so lange? Sie sind doch immer noch sehr jung.«

»Ich bin einundzwanzig«, entgegnete Ginesse. »Ich habe einen Abschluss in Antiker Geschichte und werde bald einen weiteren akademischen Grad erwerben.« Und wenn alles gut ging, würde sie außerdem die Hochachtung der akademischen Welt erringen.

Und die ihrer Familie.

»Oh.« Miss Whimpelhall klang leicht konsterniert. »Wie auch immer, Sie waren der reinste Engel der Barmherzigkeit, seit mein treuloses Kammermädchen mich im ersten Hafen verlassen hat«, beteuerte sie. »Wie kommen Sie nur ohne Zofe zurecht?«

»Ich hatte nie eine.« Ihrer Familie war es nie gelungen, eine Bewerberin zu finden, die dieser Aufgabe gewachsen schien – wofür sie im Grunde dankbar war. Sie konnte sich einfach nicht vorstellen, ständig in Begleitung zu sein.

»Ach.« Miss Whimpelhall nickte. »Nun ja, zum Glück hat Gott es so gefügt, dass Sie ausgerechnet die Kajüte neben der meinen bewohnen, und darüber hinaus hat er Sie noch mit einen übersinnlichen Gespür für meine Not gesegnet.«

Daran war ganz und gar nichts Übersinnliches gewesen. Die Kajütenwände waren einfach nur sehr dünn.

Eine Welle krachte gegen das Bullauge und das Schiff wurde zur Seite geschleudert. Die Türen des Wandschranks flogen auf und Miss Whimpelhalls Besitztümer rutschten über den Boden.

Miss Whimpelhall erbleichte, tastete nach einem Handtuch und presste es sich gegen den Mund. »Ich *will* sterben. Bitte. Lass mich ste…«

»Warum erzählen Sie mir nicht noch ein wenig mehr über Ihren Verlobten?«, schlug Ginesse vor, während sie durch die Kajüte taumelte und Miss Whimpelhalls verstreute Kleidungsstücke aufsammelte. Sie haben gesagt, Sie seien seit sechs Jahren mit ihm verlobt und während dieser ganzen Zeit habe er sich in Ägypten aufgehalten.«

»Tatsächlich?«

»Ja. Das muss sehr schwer für Sie gewesen sein.«

»Das war es auch. Allerdings haben wir uns hin und wieder gesehen.« Miss Whimpelhall streckte die Hand aus und Ginesse reichte ihr ein Glas Wasser. Sie nippte daran. »Als vor vier Jahren sein Vater starb, wurden ihm vier Monate Heimaturlaub gewährt.«

»Sie müssen ihn schrecklich vermisst haben. Und er Sie auch. Ich kann mir gar nicht vorstellen, so lange von jemandem getrennt zu sein, den ich liebe.« Wenigstens hatte sie in den Ferien nach Ägypten zurückkehren dürfen.

»Im Leben muss man eben Opfer bringen, Miss Braxton«, erwiderte Miss Whimpelhall. »Colonel Lord Pomfrey hätte nicht derart schnell in eine so herausragende Position aufsteigen können, wenn er in England geblieben wäre.«

»Es ist einfach unglaublich, dass Sie nicht früher geheiratet haben. Sie wären doch sicher eine große Unterstützung für sein Weiterkommen gewesen«, wagte sich Ginesse behutsam vor. Eine solche Direktheit war höchst ungehörig. Ihre »undamenhafte Neugierde, was das Leben anderer betraf« gehörte zu ihren zahlreichen Charakterfehlern. Doch sie konnte es einfach nicht ändern. Menschen faszinierten sie nun mal.

Miss Whimpelhall schien es ihr nicht übel zu nehmen. »Die Armee sieht es nicht gerne, wenn Nachwuchsoffiziere heiraten. Das lenkt sie zu sehr von ihren Aufgaben an der Front ab. Aber sobald sie erst einmal einen bestimmten Rang innehaben, wird der festigende Einfluss einer Ehe sehr geschätzt. Tatsächlich schrieb mir Colonel Lord Pomfrey in eben jenem Brief, in dem er um mich anhielt, sein General lege größten Wert darauf, dass die Mitglieder seines Beraterstabes heiraten.«

Ginesse lächelte, doch das Lächeln fiel etwas sparsam aus. Sie war sich nicht sicher, wie es ihr gefallen würde, ihren Heiratsantrag mit der Post zu erhalten. Aber sie war sich absolut sicher, dass sie nicht um ihre Hand gebeten werden wollte, nur damit ihr zukünftiger Mann den Erwartungen seines Vorgesetzten entsprechen konnte. Doch sie war ja nun wirklich nicht in der Position, irgendjemanden zu kritisieren.

»Und wie kam es, dass er den Aufstieg so schnell geschafft hat? Er muss sich doch auf irgendeine Weise besonders ausgezeichnet haben.«

Der Seegang war merklich schwächer geworden. Miss Whimpelhall akzeptierte dankbar die Gelegenheit zur Ablenkung und hob zu einer ausführlichen und peinlich genauen Beschreibung an. Ginesse kannte mittlerweile bereits die meisten der Geschichten über Colonel Lord Pomfrey und während sie weiterhin Dinge vom Boden aufsammelte, ließ sie ihre Gedanken schweifen.

Heute Abend würden sie in Civitavecchia ankommen und von dort aus zur letzten Etappe ihrer Reise nach Ägypten aufbrechen. Sobald sie dann in Kairo war, musste sie es irgendwie schaffen, Männer und Träger anzuheuern, die sie zur Ausgrabungsstätte brachten. Normalerweise war das kein Problem, wenn man über die nötigen Mittel verfügte.

Leider hatte die Sache in ihrem Fall aber einen Haken, oder besser gesagt zwei. Erstens verfügte sie eben nicht über die nötigen Mittel und zweitens lag der Ort, an dem sie graben wollte, mehrere hundert Meilen weit draußen in der Sahara. Sogar wenn sie das Geld gehabt hätte, standen ihre Chancen doch relativ schlecht, in Kairo irgendjemanden davon überzeugen zu können, sie quer durch die Wüste zu bringen. Niemand, der noch bei Verstand war, würde es riskieren, Harry Braxtons Tochter auf einer so riskanten Expedition in Gefahr zu bringen, ganz egal, wie viel sie dafür bot. Sie könnte natürlich einfach behaupten, ihr Vater hätte all dem zugestimmt, aber die Ägypter waren im Allgemeinen nicht so leichtgläubig.

Nein, sie würde eben einfach den richtigen Moment abwarten und auf das Schicksal und ihren Einfallsreichtum vertrauen müssen, bis sich irgendwo ein Weg auftat. Immerhin hätte sie sich auch nicht träumen lassen, dass sie während ihrer Tätigkeit als bessere Schreibkraft bei

Professor Lord Tynesborough über eine so spektakuläre Entdeckung stolpern würde. Sie war gerade dabei gewesen, irgendeinen langweiligen Frachtbrief einer historischen Karawane abzuschreiben, und hatte erst gar nicht begriffen, dass sie einen Hinweis auf die Lage einer der größten ägyptischen Legenden gefunden hatte: Zerzura. Die Weiße Stadt. Die Oase der kleinen Vögel. Heim eines toten Königspaares, bewacht von schwarzen Riesenzwillingen. Als sie Professor Tynesborough von ihrer Entdeckung berichtete, tat er sie als reines Wunschdenken ab und hielt jede weitere Nachforschung für unnötig. Dann lud er sie stattdessen zum Abendessen ein.

Sie war *bitter* enttäuscht. Sie hatte Professor Tynesborough, den jüngsten anerkannten Professor in der Geschichte der Universität Cambridge, gemocht. Doch nun hatte er sich nur als ein weiterer Mann entpuppt, der glaubte, sie wisse nicht, was sie tue.

Also kündigte sie ihre Stelle und begann, auf eigene Faust Nachforschungen anzustellen. Monate hatte sie mit mühseligem Suchen, mehrfachem Nachprüfen, gewissenhafter Recherche und sachkundigen Spekulationen verbracht, doch schließlich war es ihr gelungen, das Puzzle zusammenzusetzen.

Sie erzählte niemandem von ihrer Entdeckung, weder ihren Kommilitonen noch ihren Professoren. Und ganz sicher nicht ihrer Familie. Sie liebte sie, doch sie wollte, nein, sie musste es endlich schaffen, aus dem langen Schatten ihrer Familie hervorzutreten und sich zu beweisen.

Niemand war so erfolgreich darin, in Ägypten Grabstätten aufzuspüren, wie ihr Vater. Ihre Mutter war ein linguistisches Wunderkind und genoss internationales Ansehen für ihre Übersetzungen der antiken ägyptischen Lyrik. Ihr Urgroßvater, Sir Robert Carlisle, war der weltweit führende Spezialist für ägyptische Papyri. Und ihr ältester Bruder Thorne war aufgrund seiner Sachkenntnis im Bereich Einbalsamierungstechniken bereits ein begehrter Experte, und das, obwohl er volle zwei Jahre jünger war als sie. Sie hatte sein Interesse auf diesem Gebiet immer irgendwie beunruhigend gefunden, doch anscheinend sahen alle anderen das nicht so. Und ihr erst achtzehnjähriger Bruder Francis war vor Kurzem für sein geradezu unheimliches Talent gewürdigt worden, mit dem er gefälschte Artefakte identifizieren konnte. Ginesse nahm an, sein Geschick in diesem Punkt hing damit zusammen, dass er selbst eben solche Artefaktfälschungen meisterhaft herstellte.

Und was war mit ihr …?

Das Einzige, wofür sie bekannt war, stellte diese Reihe unglückseliger Vorfälle in ihrer Kindheit dar, in deren Folge sie als *Afrit* und als *Dschinn* – ägyptische Äquivalente für Teufel und Dämonen – hingestellt und auf ein Internat nach England geschickt worden war. Ihre Eltern hatten ihr immer wieder versichert, dass dies nur zu ihrer eigenen Sicherheit geschähe, aber sie hatte sich immer gefühlt, als wäre sie verbannt worden. In England war sie eine Außenseiterin gewesen, ein bisschen zu sehr dies, ein bisschen zu wenig das. Solange sie denken konnte, hatte man sie stets nach ihrer Andersartigkeit beurteilt.

Schluss damit.

Ab jetzt würde sie nach ihren Leistungen beurteilt werden. Und ihre erste Leistung würde die Entdeckung Zerzuras sein. Jedenfalls, wenn sie es vor Professor Tynesborough dorthin schaffte. Eine Freundin, die in der Bücherei arbeitete, hatte ihr erzählt, dass er Stunden damit zubrachte, im Raum für antike Manuskripte über den gleichen Aufzeichnungen zu brüten, die sie für ihre Forschung verwendet hatte.

Dann war schließlich ein Brief ihres Urgroßvaters aus Kairo eingetroffen. Sir Robert hatte den Leiter der Antikensammlung davon überzeugt, sie sei die Richtige für eine Probestelle am Museum von Bulak, das in diesem Jahr eröffnet werden sollte, und sie war zu einem ersten Gespräch eingeladen worden. Die Weiße Stadt zu finden, war ihr also ganz offensichtlich vorherbestimmt. Und damit wäre dieser ganze Unsinn, der sie zur Unglücksbotin abstempelte, endlich vorbei. Man würde nie wieder über sie lachen oder gar aus Angst meiden, sondern sie bewundern und respektieren. Endlich würde sie ihren rechtmäßigen Platz inmitten ihrer gefeierten Familie einnehmen.

»… mussten sie ihn doch zum Colonel machen, oder etwa nicht? Und eigentlich hätte man das ja auch wirklich schon früher erwarten können. Aber natürlich steht es mir nicht zu, die Weisheit ihrer Entscheidungen infrage zu stellen.« Miss Whimpelhalls Frage riss Ginesse aus ihren Tagträumereien.

»Wie? Oh. Natürlich, ja. Nach ihren Beschreibungen scheint er ein äußerst kühner Mann zu sein.«

»Kühn?«, wiederholte Miss Whimpelhall. »Das war nun wirklich nicht meine Absicht. ›Kühnheit‹ ist nicht gerade das, was einen guten Ehemann auszeichnet. Aber das wissen Sie ja sicher bereits.«

Ginesse antwortete nicht. Tatsächlich betrachtete sie Kühnheit als entscheidenden Vorzug bei der Wahl eines Ehemannes.

»Oh je«, Miss Whimpelhall ließ ein leichtes Zungenschnalzen hören. »Ich sehe schon, da stimmen Sie mir nicht zu. So ungern ich Sie auch belehren möchte, Miss Braxton, aber«, ihr bedauernder Tonfall wurde zu einem Flüstern, »ich weiß, wovon ich spreche. Eine mir sehr teure Cousine entschied ebenfalls, dass ›Kühnheit‹ wichtiger sei als ›Würdigkeit‹, mit tragischen Konsequenzen.«

Gebannt hörte Ginesse zu und beugte sich vor, damit ihr nur ja kein Wort entging. »Wirklich?« Miss Whimpelhall nickte. »Sie verlobte sich mit einem Mann, der nicht der war, der er zu sein vorgab. Glücklicherweise klärte sich alles auf, bevor sie getraut wurden.«

»Und die tragischen Konsequenzen?«, sprudelte Ginesse hervor, bevor sie sich bremsen konnte.

Miss Whimpelhall betrachtete sie skeptisch. »Nun, der Skandal natürlich. In der folgenden Saison setzte sie nicht ein Mal einen Fuß auf Londoner Boden.«

Das sollten die tragischen Konsequenzen sein? *Sie war zu Hause geblieben?*

Miss Whimpelhall nickte wissend. »Sie sehen also, meine liebe Miss Braxton, wie wichtig es ist, sich vor ›kühnen Gentlemen‹ in Acht zu nehmen.«

Ginesse hatte genau genommen noch nie einen kühnen Gentleman getroffen. Tatsächlich kannte sie überhaupt nur sehr wenige Gentlemen, von Lord Professor Tynesborough und ihrem Vater einmal abgesehen, und letzterer weigerte sich aus unerfindlichen Gründen strikt, sich selbst als Gentleman zu bezeichnen. Ehrlich gesagt, hätte sie ganz gerne mal einen Mann getroffen, der morgens nicht als erstes an verstaubte Manuskripte, Bruchstücke antiker Keramiken oder vertrocknete Körperteile dachte.

»Kühn oder nicht«, meinte Ginesse, »Ihr Verlobter kann es sicher kaum erwarten, Sie zu sehen. Bestimmt wird er an den Docks auf Sie warten, ungeduldig auf und ab gehen, die Hände ringen und sehnsüchtig jedes Schiff betrachten, das im Hafen einläuft.« Sie seufzte glücklich. »Und wenn er Sie erst entdeckt hat, wird er Sie in die Arme nehmen, Sie herumwirbeln und …«

»Oh nein, das wird er nicht«, unterbrach Miss Whimpelhall sie. »Er würde weder sich selbst noch mich zum Gegenstand eines so vulgären Schauspiels machen. Lord Colonel Pomfrey bewahrt stets seine Würde und ich hoffe, es ihm darin gleichtun zu können.« Ihre Bestürzung legte sich wieder. »Außerdem wird er mich am Hafen überhaupt nicht sehen.«

»Wie das?«

»Er kann doch unmöglich seine Pflichten als Befehlshaber vernachlässigen und seine Garnison im Stich lassen, nur, um mich abzuholen. Das wäre unschicklich und ich würde es niemals von ihm verlangen.«

»Natürlich nicht.«

»Er hat einem Kameraden aufgetragen, mich zu ihm zu bringen.«

»Einem Kameraden?«

Miss Whimpelhall erschauerte leicht. »Ja. Colonel Lord Pomfrey sagt, er sei ein wirklich anstößiger Bursche.«

Ginesse runzelte die Stirn. »Das verstehe ich nicht. Warum um Himmels willen sollte Ihr Ehemann Sie einem wirklich anstößigen Burschen anvertrauen?«

Diese angedeutete Kritik ließ Miss Whimpelhall erröteten. »Colonel Lord Pomfrey würde niemals ... Das heißt, Colonel Lord Pomfrey hat mir erklärt ... Ich würde niemals infrage stellen ... Hier, bitte, lesen Sie selbst. Colonel Lord Pomfrey ist so viel eloquenter, als ich es bin.« Sie griff hinter ihr Kopfkissen, zog einen offenbar schon unzählige Male gelesenen Brief hervor, wählte die letzte Seite aus und reichte sie Ginesse.

»Oh ... aber ich könnte niemals ... Dies ist private Korrespondenz ...« Aber natürlich konnte sie es doch. Sie zögerte zwar einen Moment, doch dann zupfte sie den Brief schnell aus Miss Whimpelhalls Hand und begann zu lesen:

*Nach deiner Ankunft in Alexandria wirst du in den Zug nach Kairo steigen. Dort erwartet dich ein Mann namens James*

*Owens, der dich zum Fort geleiten wird. Er ist ein großer, hellhaariger Amerikaner. Ein Cowboy von höchst rauem Aussehen, doch ich bitte dich, meine Liebe, lass dich nicht durch seine Erscheinung einschüchtern. Sei versichert, er mag zwar durch und durch ein Rohling sein, doch er verdankt mir sein Leben und betrachtet sich daher, völlig zu Recht, als in meiner Schuld stehend. Er wartet bereits seit Langem auf die Gelegenheit, seine Schuld zu begleichen. Darüber hinaus wird ihn ein halbes Dutzend Soldaten begleiten.*

Ein Cowboy! Und ein echtes Raubein noch dazu! Ginesse hatte dutzende von Groschenromanen verschlungen und ihre Fantasie beschwor sofort das Bild eines finsteren Kerls mit wettergegerbtem Gesicht und Cowboyhut herauf, ein Lasso um die Schulter geschlungen und einen Sattel zu seinen Füßen. Atemlos las sie weiter:

*Ich hätte ein volles Truppenkontingent geschickt, um dich wohl behütet an meine Seite zu geleiten, doch dies würde mit absoluter Sicherheit die Aufmerksamkeit der Gesetzlosen erregen, die ständig die Wüste durchstreifen. Solltest du ihnen trotzdem begegnen, werden meine Männer selbstverständlich mit aller Entschlossenheit gegen sie vorgehen, doch ich habe den Befehl, mich so friedfertig wie möglich zu verhalten. Ich bedaure zwar, dass meine Wahl auf Owens fallen musste, doch ich bin meiner Sache sicher, da er sich mit den Schurken auskennt, die auf der Suche nach leichter Beute die Wege unsicher machen. Wie sagt man doch: »Einen Schakal vertreibt man am besten mit einem noch bissigeren Schakal.«*

Er war also ein Schurke! Wie aufregend! Aber wie *furchtbar* für Miss Whimpelhall.

*Unter Owens' Obhut wirst du sicher sein, doch ich muss dir aufs Dringendste raten, dich so wenig wie möglich mit ihm abzugeben, damit er dich mit seinen schlechten Manieren und seinem ungehobelten Umgangston nicht beleidigen kann.*

*Nun muss ich zu meinen Pflichten zurückkehren. Ich freue mich außerordentlich auf unser Wiedersehen, Mildred. Ich bitte dich, vermeide es, zu unserem Treffen etwas Gelbes zu tragen. Ich kann diese Farbe nicht ausstehen. Wie wäre es mit einem dunklen Blau?*

*Dein dir ergebener*
*Colonel Lord Hilliard Pomfrey*

Dieses Ende kam ihr aus der Feder eines Mannes, der seine Verlobte zwei Jahre lang nicht mehr gesehen hatte, ein wenig schlicht vor. Es sollte etwas mehr … *hmph* … sein. Aber was wusste sie schon, immerhin hatte es in ihrem Leben noch nie einen Verehrer gegeben – nur ein paar äußerst lehrreiche flüchtige Begegnungen mit einem Möchtegern-Casanova aus der Bibliothek. Sie war einfach nicht der Typ, der bei Männern ein *hmph* auslöste.

Sie war groß und ziemlich kräftig für eine Frau. Ihr olivfarbener Teint bräunte viel zu leicht und obwohl sie als Kind flachsblond gewesen war, hatte ihr Haar inzwischen ein unscheinbares Braun angenommen. Und auch wenn ihre Mutter ihre Nase unerschütterlich als »florentinisch«

bezeichnete, war Ginesse doch klar, dass sie einfach nur groß war. Das Gleiche galt für ihren Mund, der eine Spur zu voll und zu breit geraten war. Das einzig Besondere an ihr schien die Farbe ihrer Augen zu sein, die irgendwo zwischen blau und grün changierte.

Doch sie war mit ihrem Aussehen ganz zufrieden. Ihre Größe und ihre athletische Statur ließen sie respekteinflößend wirken und das nutzte sie aus, wenn sie es mit schwierigen Personen zu tun hatte.

Von Miss Whimpelhall konnte man nun wirklich nicht sagen, dass sie respekteinflößend wirkte, dachte Ginesse bei einem Blick auf ihre Patientin. Und das trotz ihrer roten Haare. Sie hatte weiche und zarte Gesichtszüge und eine blasse Haut – und in ihren hellblauen Augen standen Tränen, da das Meer nun wieder unruhiger zu werden drohte. Ein Tiegel rollte unter der Koje hervor. Geistesabwesend hob Ginesse ihn auf und las das Etikett.

*Ach herrje.* Offensichtlich war nicht einmal Miss Whimpelhalls rote Haarpracht ein natürlicher Vorzug. Schnell ließ Ginesse den Tiegel mit dem Hennapulver in ihrer Tasche verschwinden. Die sanftmütige Lady wäre mit Sicherheit zutiefst beschämt, wenn man sie dabei ertappte, dass sie Kosmetika verwendete.

»Sie sehen also, ich werde vollkommen sicher sein«, sagte Miss Whimpelhall. »Auch wenn ich wünschte, Mr. Owens' Beschreibung wäre ein wenig einnehmender«, fügte sie dann jedoch etwas beunruhigt hinzu. »Ich bin ein schrecklicher Feigling. So ganz anders als sie, Miss

Braxton. Sie kämen mit einem Mann wie Owens sicherlich sehr viel besser zurecht als ich.«

Zweifellos.

»Denken Sie nur daran, wie Sie den Kapitän zu dem unplanmäßigen Halt in Gibraltar überredet haben. Ich wünschte, ich wäre dort von Bord gegangen.«

»Nur Mut, Miss Whimpelhall. Es ist nicht mehr weit bis nach Italien. Höchstens noch ein paar Stunden.«

»Stunden? Ich glaube nicht, dass ich noch so lange lebe.«

»Unsinn«, entgegnete Ginesse aufmunternd. »Sie mussten sich doch schon eine ganze Weile nicht mehr überge…«

Schnell griff Miss Whimpelhall nach der Schüssel. Einige lange Augenblicke später sah sie mit tragischer Miene zu Ginesse auf. Ihre Lippen zitterten. »Ich kann das nicht mehr aushalten!«

»Natürlich können Sie das und ich werde Sie auf jeder Meile der Reise begleiten.«

»Meile? *Meile.* Meile um Meile über … wogendes … Meer … Oh!« Sie schluckte, auf ihrer Stirn standen Schweißperlen. »Ich kann nicht … auf diesem Schiff … bleiben. Keinen Moment länger.«

»Aber, aber …«

»Ich kann nicht. Und ich *werde* es nicht.« Ihre Stimme klang entschlossener als Ginesse sie jemals gehört hatte. »Lieber sterbe ich.«

»Aber was haben Sie denn dann vor?«

»Ich werde in Italien von Bord gehen und mit der Eisenbahn nach Ägypten fahren, oder mit welchen Verkehrsmitteln auch immer. Werden Sie mir helfen?«

»Natürlich«, antwortete Ginesse. »Aber ich wüsste nicht, wie ich das tun sollte. Sie müssen doch nur einen Träger für Ihr Gepäck rufen und von Bord gehen.«

»Ach, Miss Braxton, bei Ihnen wirkt alles so einfach.«

»Das ist es ja meistens auch«, meinte sie und ihre Gedanken streiften das Problem mit Zerzura nur flüchtig.

»Aber was soll ich tun, wenn der Kapitän meine Entscheidung nicht billigt? Ich bin nicht wie Sie, Miss Braxton. Es fällt mir sehr schwer, Männer um etwas zu bitten, sogar wenn es nur Träger sind.«

»Man sollte Männer auch nie um etwas bitten, sondern ihnen einfach sagen, was sie zu tun haben«, entgegnete Ginesse. »Männer mögen es nicht, vor die Wahl gestellt zu werden. Sie bevorzugen klare Anweisungen.«

»Woher wissen Sie in Ihrem zarten Alter nur schon so viel über Gentlemen?«, wollte Miss Whimpelhall wissen.

»Das Leben mit sechs jüngeren Brüdern hat mir die eine oder andere Einsicht in den männlichen Geist gewährt. Auch wenn ich ehrlich zugeben muss, dass es dort nicht sehr viel Mysteriöses zu entdecken gibt. Was kann ich also für Sie tun?«

»Überreichen Sie dem Kapitän einen Brief von mir, nachdem ich das Schiff verlassen habe. Ich werde darin alles erklären. Und würden Sie vielleicht bei Ihrer Ankunft in Kairo auch Mr. Owens einen Brief aushändigen? Ich wäre Ihnen auf ewig dankbar.«

»Aber was ist mit Colonel Lord Pomfrey? Wie werden Sie ihm eine Nachricht zukommen lassen in … Wo ist er eigentlich stationiert?«

»In Fort Gordon«, sagte Miss Whimpelhall. »Ich werde ihm ein Telegramm schicken – Miss, Braxton, geht es Ihnen gut? Sie sehen so seltsam aus.«

Fort Gordon lag weit im ägyptischen Westen, mitten in der Wüste, in der Nähe einer kleinen Oase. Einer kleinen Oase, die nicht einmal dreißig Meilen von dem Ort entfernt lag, an dem sie Zerzura vermutete.

Das war Schicksal. Sie hatte es doch gewusst.

»Miss Braxton?«, fragte Miss Whimpelhall.

»Ja, schon gut, ich bin in Ordnung«, antwortete sie. »Nur ein kurzer Schwindelanfall.« Ihre Gedanken rasten und spielten im Bruchteil einer Sekunde etliche Möglichkeiten durch, wie sie diese einmalige Gelegenheit nutzen konnte, bis sie sich schließlich entschied.

»Miss Whimpelhall«, sagte sie entschlossen, »ich bestehe darauf, alles für Sie zu arrangieren. Ich werde dafür sorgen, dass Ihr Gepäck abgeholt wird, und ich werde Ihre Briefe sowohl dem Kapitän als auch Mr. Owens aushändigen. Ich werde Ihnen einen Platz in der Eisenbahn buchen und Ihre Fahrt zum Bahnhof organisieren. Und bitte denken Sie nicht einmal im Traum daran, eine italienische Telegrafenstelle zu betreten. Es ist scheußlich dort. Die Italiener haben so … flinke Finger.«

Miss Whimpelhall wimmerte leise bei diesen Worten. In Gedanken entschuldige Ginesse sich bei allen Italienern.

»Außerdem sprechen Sie doch sicher kein Italienisch, nicht wahr? Nein? Dachte ich es mir doch. Aber ich. Sie müssen mir gestatten für Sie eine Nachricht nach Fort Gordon zu schicken.«

»Oh, würden Sie das wirklich tun?«, schluchzte Miss Whimpelhall und nahm Ginesses Hände in die ihren. »Wie kann ich Ihnen das nur jemals vergelten?«

»Meine liebe Miss Whimpelhall«, sagte Ginesse mit einem strahlenden Lächeln. »Das haben Sie schon längst getan.«

# Kapitel 2

*Sonne und Wind hatten sein ernstes Gesicht gezeichnet und seine Haut gebräunt. ~~In seinen Zügen lag~~ Er strahlte eine stille Distanziertheit aus, die von Jahren des Schweigens und der Einsamkeit herrührte.*

aus dem Tagebuch von Ginesse Braxton

Ginesse presste die Nase gegen das Glas des Zugfensters und ein Lächeln stahl sich auf ihr Gesicht. Obwohl die Gleisstrecke zum Bahnhof durch einen neueren und reizlosen Teil der Stadt verlief, war dies doch trotzdem Kairo. Ihr Zuhause.

Minarette deuteten himmelwärts wie schlanke Finger und darunter erhoben sich die Kuppeln der Moscheen, so glatt und weiß wie die Brüste einer Konkubine. Der südliche Teil der Stadt war ein einziges buntes Durcheinander durch das sich verwinkelte Gassen und schmale Holperpisten schlängelten. In scharfem Kontrast dazu stand die gewichtige Strenge und Zweckmäßigkeit des europäischen Viertels mit seinen ordentlichen Häusern und seinen breiten, von Regenbäumen beschatteten Straßen. Der Nachmittagswind hatte eingesetzt und wirbelte den Straßenstaub auf, als hätte eine verrückt gewordene Putzfrau wie besessen einen Teppich über den Dächern Kairos ausgeklopft und die Stadt damit in einen schimmernden Schleier gehüllt.

Ginesse schob das Fenster nach oben und streckte den Kopf in den Wind, während der Zug langsam in die riesige Halle des Misr-Bahnhofs einfuhr. Auf dem Bahnsteig unter ihr wimmelte es von Menschen. Reisende, die darauf warteten, einsteigen zu können; Träger, die um Kundschaft wetteiferten; Führer, die ihre Referenzen (meistens frei erfundene) und ihre Gebühren (meistens unverschämt hohe) herausbrüllten; Bettler, die um ein *Baksheesh* baten, und Händler, die einfach alles feilboten, von eisgekühlter Limonade bis zu klebrigem Gebäck.

Und irgendwo dazwischen musste James Owens sein.

Ihr Herz begann, heftig zu klopfen. Doch sie hatte wirklich keinen Grund, wegen ihrer Mogelei ein schlechtes Gewissen zu haben, sagte sie sich. Schließlich half sie nicht nur sich selbst, sondern bewahrte auch Miss Whimpelhall davor, sich zwei qualvolle Wochen lang in der Gesellschaft eines ungehobelten amerikanischen Cowboys aufhalten zu müssen.

Es war ganz einfach gewesen, Miss Whimpelhalls Identität anzunehmen. Nachdem die sanftmütige Lady in Italien von Bord gegangen war, hatte Ginesse dem Kapitän eine Nachricht überbracht, in der stand, dass Miss Ginesse Braxton nicht auf die *Lydonia* zurückkehren und ihre Reise stattdessen mit dem Zug fortsetzen werde. Anschließend hatte sie Miss Whimpelhalls gesamtes Gepäck in ihre eigene Kajüte gebracht, doch bevor sie auch ihre Koffer und Taschen hatte umräumen können, waren bereits die Träger aufgetaucht, um alles hinaus auf die Docks zu bringen. Nur einen kleinen Stoffbeutel hatte sie gerade noch an sich bringen können. Doch von diesem winzigen Missgeschick einmal abgesehen, hatte alles perfekt funktioniert.

Niemand hatte auch nur den leisesten Zweifel daran gehabt, dass die Frau in Miss Whimpelhalls Kajüte auch tatsächlich Miss Whimpelhall war. Die Arme war vom ersten Tag ihrer Reise an ans Bett gefesselt gewesen und hatte ihre Kajüte nicht verlassen. Sogar die Bediensteten, die Miss Whimpelhall das Essen gebracht und ihren Nachttopf geleert hatten, konnten nicht mehr, als einen flüchtigen Blick auf eine liegende Gestallt erhascht haben, die noch dazu von den halb zugezogenen Vorhängen der Koje verborgen wurde.

Die roten Haare waren allerdings ein Problem. Ginesse war sich nicht sicher gewesen, ob das Hennapulver, das sie sich von Miss Whimpelhall ›geliehen‹ hatte, auch ihr eigenes Haar überzeugend in eine rote Mähne verwandeln würde. Doch nach vier Tagen und acht Henna-Behandlungen hatte es tatsächlich einen intensiven Farbton angenommen – einen äußerst intensiven Farbton. Und in Alexandria hatte sie sich schließlich zuallererst eine Brille mit getönten Gläsern zugelegt, für den Fall, dass Colonel Lord Pomfrey im Gespräch mit Mr. Owens auch Miss Whimpelhalls Augenfarbe erwähnt hatte. Ihre eigenen Augen konnte man nun wirklich nicht als hellblau bezeichnen.

Bei diesem Gedanken zog sie die dunkle Brille aus ihrer Tasche und setzte sie auf. Sofort fühlte sie sich sicherer.

Ihre Tarnung würde funktionieren und wenn sie erst einmal in Fort Gordon war … Tja, dann würde sich schon irgendetwas ergeben. Die Vorsehung hatte sie so weit gebracht und sie konnte sich einfach nicht vorstellen, dass ihr Glück sie im letzten Moment verlassen würde.

Quietschend kam der Zug zum Stehen und stieß pfeifend eine Dampfwolke aus. Sie stand auf, hob ihren Beutel von der Gepäckablage und ließ den Blick wieder aus dem Fenster schweifen, auf der Suche nach einem raubeinigen Amerikaner. Ein gut aussehender junger Ägypter in einem europäischen Anzug schlenderte unter ihrem Fenster vorbei. Sie zuckte zusammen, sah noch einmal hin und riss dann überrascht die Augen auf.

Er konnte es unmöglich sein.

Aber er war es.

Haji Elkamal.

Während ihrer Kindheit war Haji ihr schlimmster Feind gewesen. Er hatte als Teenager gelegentlich mit seiner Tante Magi im Haus ihres Großvaters gelebt. Außerdem war er Sir Roberts Liebling und hatte ihn als selbsternannter Dolmetscher auf einigen seiner Ausgrabungen begleitet. Er war arrogant, verächtlich und ekelhaft besserwisserisch und hatte jeden ihrer Versuche, sich Anerkennung zu verdienen, ins Lächerliche gezogen. Als sie versucht hatte, den Dialekt der Arbeiter nachzuahmen, hatte er sich kaputtgelacht. Und als sie einmal eine mumifizierte Katze entdeckt hatte, war er kein bisschen beeindruckt gewesen und hatte die Sache als nichts Besonderes abgetan.

Ihre Augen verengten sich zu Schlitzen. Haji hatte außerdem eine maßgebliche Rolle bei ihrer Verbannung aus Ägypten gespielt. Immerhin war er es gewesen, der allen davon erzählt hatte, dass sie diesen alten Schrank voller antiker Papyri angezündet hatte (so furchtbar alt waren die Papyri noch gar nicht gewesen).

Nachdenklich tippte sie mit dem Finger auf das Fensterbord. Das hier war kein Zufall. Ihr Urgroßvater musste Haji hergeschickt haben, um sie abzuholen. Verflixt. Sie hätte es ahnen müssen, auch wenn sie ein Telegramm aus Italien geschickt hatte, in dem stand, sie werde ein paar Wochen später in Kairo ankommen. Wahrscheinlich hatte ihr Urgroßvater das Telegramm verlegt oder er hatte es gar nicht erst gelesen, was sogar noch wahrscheinlicher war. Sir Robert interessierte sich für keine Kommunikationsform, die moderner war als Papyrus. Er betrachtete eine gewisse Erfindung, die man ›Postkarte‹ nannte, sogar als das Ende aller zivilisierten Interaktion.

Sie musste Haji also einfach aus dem Weg gehen, entschied sie und stülpte sich ihren Hut auf den Kopf. Selbst wenn er sie sah, würde er sie wohl kaum erkennen. Seit sechs Jahren hatten sie sich nicht mehr gesehen und sie war kein kleines Mädchen mehr. Mittlerweile war sie gut und gerne einen halben Kopf größer als er und ihr damals blondes Haar war jetzt sehr, sehr rot.

Armer Haji. Er wird wohl den ganzen Tag auf dem Bahnsteig herumstehen und darauf warten, dass sie erschien.

Geschah ihm ganz recht.

Sie beugte sich aus dem Fenster und sah lächelnd zu, wie er sich auf seiner vergeblichen Suche nach ihr einen Weg durch die Menschenmenge bahnte. Bis jetzt ahnte er allerdings noch nicht, wie vergeblich … Stirnrunzelnd sah sie jetzt, wie er innehielt und einem großen, schäbig aussehenden blonden Mann, der keinen Hut, aber dafür einen Dreitagebart trug, etwas zurief.

Oh nein.

Sie betrachtete den Mann genauer. Er sah definitiv wie ein Schurke aus. Hochgewachsen, aber schlank, fast mager, mit breiten Schultern und ungeschnittenem, sonnengebleichtem Haar. Seine Miene war hart und unbewegt und seine hellen Augen wurden von dunklen Brauen überschattet. Er wirkte finster und unnachgiebig.

Und ziemlich schmuddelig.

Unter einer zerknitterten Jacke trug er ein schweißfleckiges Baumwollhemd. Seine zerschlissene Hose wurde von schweren Lederhosenträgern gehalten und die Hosenbeine steckten in verschrammten kniehohen Lederstiefeln. Ein schwarz-weißer *Khafiya*, der traditionelle Wüsten-Schal, war um seinen braunen und kräftigen Hals geschlungen.

Verzweifelt suchte sie den Bahnsteig nach einem anderen Mann ab, der aussah, als wäre er »durch und durch ein Rohling«. Doch es war zwecklos. Das musste James Owens sein.

Sie sah zu, wie er sich von der Wand abstieß und zu Haji hinüber ging. Er bewegte sich mit einer beiläufigen Eleganz, wie eine große Katze. Eine große *Raub*katze.

Verflixt und zugenäht. Warum mussten sich in Ägypten auch alle Schurken untereinander kennen?

# Kapitel 3

*Er war von schlanker, wenn nicht gar magerer Statur und seine ~~schönen~~ markanten Gesichtszüge wurden durch seine funkelnden Augen und sein welliges Haar noch betont.*

aus dem Tagebuch von Ginesse Braxton

Bernie, bist du das etwa? Tatsächlich! Bist du irre?«

Nur eine Person in ganz Ägypten nannte ihn Bernie, und daran war Jim Owens selbst schuld. Er hatte Haji Elkamal damit beauftragt, eine Londoner Anwaltskanzlei von seinem Tod zu unterrichten, und ihm dabei seinen wahren Namen verraten. Bis zu diesem Moment hatte niemand in ganz Afrika gewusst, wer er wirklich war. Schon der Armee war er unter falschem Namen beigetreten. Er hatte Haji nur deshalb für diese Aufgabe ausgewählt, weil nun mal sonst niemand in der Nähe gewesen war, als ihn eine Viper in den Arm gebissen und ihm ihr tödliches Gift verpasst hatte. Irgendjemand musste Jock schließlich erzählen, dass er gestorben war, auch wenn Althea diese Nachricht sicher mit herzlicher Freude aufnehmen würde.

Aber trotz Hajis sachkundiger und mit beinahe fröhlichem Fatalismus vorgetragener Beteuerung, er sei so gut wie tot, hatte Jim den Schlangenbiss überlebt. Hajis Gedächtnis aber leider auch.

Er drehte sich um. »Nenn mich nie wieder Bernie. Beim nächsten Mal tut's weh.«

»Schon gut. *James*, bist du irre? Der Polizeichef hat geschworen, dass er dich einbuchtet, wenn du auch nur einen Fuß in die Stadt setzt.«

»Hab ich gehört.«

»Und LeBouef sucht dich auch und der hat auch nichts Gutes vor. Aber das weißt du ja. Warum riskierst du das also?«

Jim war fast gerührt, dass Haji sich Sorgen um ihn machte, aber es war vollkommen überflüssig. Irgendwann während der letzten sieben Jahre war Haji von einem Gelegenheitskomplizen zu einem von Jims wenigen Freunden geworden.

»Ich muss eine Schuld begleichen.«

Hajis Augen weiteten sich. »Sag bloß! Dann hat der höchst abstoßende Colonel Pomfrey also endlich einen Gefallen eingefordert?«

»Colonel *Lord* Pomfrey, und ja.«

»Das hat ja schwer an dir genagt.«

Jim bemühte sich nicht einmal um eine Antwort. Von allen Menschen auf der Welt musste vor sieben Jahren ja ausgerechnet der damalige Captain Lord Hilliard Pomfrey über seinen halbtoten Körper stolpern, der draußen in der Wüste lag. Er war genauso scheinheilig wie herausgeputzt und genauso gewissenhaft wie herablassend. Sie hatten einander vom ersten Moment an nicht ausstehen können und bei jeder weiteren Begegnung hatte sich diese Abneigung noch verstärkt. Doch Jims Leben zu retten musste für Pomfrey wohl so eine Art Seelenprüfung gewesen sein und ein Versagen war für ihn nicht infrage gekommen. Also war er mitten in der Wüste umgekehrt und hatte Jims leblosen Körper den ganzen Weg zurück in die Zivilisation geschleppt.

Jim vermutete, dass Pomfrey jede Nacht damit verbrachte, Gott auf Knien mit einer Aufzählung aller noch unvergoltenen Heldentaten zu langweilen, die er auf seinem Feldzug zur Heiligsprechung vollbracht hatte. Und er schätzte mal, dass sein Name da ganz oben auf der Liste stand. Anfangs hatte diese Vorstellung Jim nur geärgert, doch mit den Jahren war sie zu einem regelrechten Dorn in seinem Fleisch geworden.

»Ich hab nie verstanden, warum du immer so scharf darauf warst, ausgerechnet diese Schuld unbedingt zu begleichen«, meinte Haji.

»Weil ein Gentleman seine Schulden immer begleicht. Egal, was es kostet. Egal, wie lange es dauert.« Das war eine Lektion, die er vor langer Zeit gelernt hatte. Eine der wenigen, an die er sich aus seinem früheren Leben noch erinnerte.

»Gentleman«, Haji lachte spöttisch auf. »Warum zum Teufel kümmert es dich, ob Pomfrey dich für einen Gentleman hält?«

»Tut es nicht«, entgegnete Jim. »Mir geht es darum, was ich denke.«

»Aha! Der berühmte Wildwest-Ehrenkodex?« Hajis Miene hellte sich auf.

Jim versuchte gar nicht erst zu widersprechen. Es hätte sowieso keinen Sinn gehabt. Haji hatte eine Schwäche für Schundliteratur über den amerikanischen Westen.

»Und wie sollen diese Ehrenschulden beglichen werden? Sollst du Opium schmuggeln? Oder seinen Erzrivalen umlegen?«, fragte Haji.

Jim hob eine Braue. Entweder war sein Ruf interessanter, als er angenommen hatte, oder Hajis Begriff von Schuldenbegleichung ging noch um einiges weiter als sein eigener. »Pomfrey soll etwas Illegales von mir verlangt haben? Etwas Unmoralisches?«

»Natürlich. Wenn jemand sich solche Sorgen um seine unsterbliche Seele macht, muss es da ja wohl einen Grund geben.«

Jim genoss einen Moment lang die Vorstellung, Pomfrey könnte ein Hochstapler sein, doch dann gab er es auf. »Es tut mir leid, dich zu enttäuschen, aber die Sache ist nicht halb so aufregend wie Mumiendiebstahl oder Drogenschmuggel.«

»Aber du bist schließlich Söldner«, erklärte Haji nachdrücklich.

»Mir gefällt ›Glücksritter‹ besser.«

Die Armee hatte ihn zusammen mit dem Rest seiner Patrouille für tot erklärt und er hatte beschlossen, das so stehen zu lassen. Seither hatte er ein reichlich bewegtes Leben in Ägypten und Nordafrika geführt und mehrmals die Grenze sittlichen Benehmens überschritten. Gott, er hatte sie nicht nur überschritten, sondern so weit hinter sich gelassen, dass er sie schon gar nicht mehr erkennen konnte.

Doch was er sonst auch getan haben mochte, seine Schulden hatte er immer beglichen. Er nahm an, dass jeder ein Recht auf ein paar Illusionen über sich selbst hatte und deshalb hielt er an dem Gedanken fest, dass er sich noch immer einen letzten Rest seiner Ehre bewahrte. Tatsächlich würde das in zwei Monaten auch alles sein, was von seinem früheren Leben noch übrig war. In zwei Monaten würde Althea vor Gericht erscheinen und ihn offiziell für tot erklären lassen. Zwei Monate.

»Und was hat Pomfrey dann von dir verlangt?«

»Ich soll seine Verlobte vom Zug abholen«, antwortete Jim. »Miss Mildred Whimpelhall.«

»Was? *Du?* Du sollst den *Terrassieur* für eine Lady spielen?« Haji verschluckte sich fast vor Lachen bei dem Gedanken an Jim als bezahlten Begleiter. »Und was macht ihr zuerst? Die Pyramiden besuchen? Ins Museum gehen? Vielleicht könnt ihr auch …«

»Halt die Klappe, Haji.«

»Geht nicht! Das ist einfach zu gut. Wer hätte gedacht, dass Pomfrey zu einer so subtilen Bosheit fähig ist, der alte Fuchs. Da muss ich meine Meinung über ihn wohl noch mal überdenken, so viel Fantasie hätte ich ihm wirklich nicht zugetraut. Etwas so Banales von dir zu verlangen, dafür, dass er dir das Leben gerettet hat. Besser hätte er wirklich nicht deutlich machen können, für wie unwichtig er dich hält. Einfach grandios.«

»Ich bin nicht ihr Reiseführer«, unterbrach ihn Jim. »Ich bringe sie zu Pomfrey nach Fort Gordon.«

Hajis Miene wurde ernst. Fort Gordon lag weit draußen in der Westsahara, nahe der Grenze zum Sudan. Es war eine gefährliche und feindselige Gegend. »Ich dachte,

Pomfrey ist in Luxor? Wann wurde er denn nach Fort Gordon beordert?«

»Vor acht Monaten. Wirklich, Haji, du bist nicht auf dem Laufenden. Woher willst du wissen, ob du in Deckung gehen oder abhauen sollst, wenn du keine Ahnung hast, wer hinter dem Gewehr steht?«

Haji ignorierte ihn. »Warum hat Pomfrey keine Soldaten zu ihrem Schutz geschickt?«

»Hat er. Ein halbes Dutzend Männer. Sie warten flussaufwärts bei Sohag auf uns. Ich muss sie nur dorthin bringen. Danach bin ich einfach der Führer.«

»Ein halbes Dutzend Männer dürfte ja wohl kaum genug sein. Warum sind es denn nicht mehr?«

»Weil Pomfrey es mit seiner charmanten Art geschafft hat, sich schon mit sämtlichen einheimischen Stämmen anzulegen. Er denkt, wenn er einen Haufen Soldaten losschickt, um seine Verlobte abzuholen, könnte er sie ihnen auch gleich als Geisel auf einem Silbertablett servieren. Ich neige dazu, ihm da recht zu geben. Er glaubt außerdem, dass die Chancen, sie heil nach Fort Gordon zu bringen, am besten stehen, wenn ich sie begleite. Und auch in diesem Punkt stimme ich ihm zu.«

Haji sah skeptisch drein. »Im Ernst?«

»Ich spreche vielleicht nicht gerade den regionalen Dialekt, aber immerhin habe ich mich dort auch noch nicht unbeliebt gemacht. Ich schätze, in etwa zwei Wochen sind Pomfrey und ich quitt.«

Haji rieb sich nachdenklich über die Wange. »Whimpelhall. Ein interessanter Name. Ist sie hübsch? Ich wette, nicht. Pomfrey würde nie eine Frau heiraten, die ihm die Schau stiehlt.«

Jim widersprach ihm. »Pomfrey würde nie eine Frau heiraten, um die ihn die anderen nicht beneiden.«

Haji überlegte kurz, schüttelte dann aber den Kopf. »Nein. Sie ist hässlich. Ich setze ein Englisches Pfund darauf.«

»Die Wette gilt.«

»Was weißt du noch von ihr?«

»Sie ist eine Jungfer, hat rote Haare und Pomfrey sagt, ich solle ihr Zartgefühl nicht mit dem Versuch beleidigen, mit ihr zu sprechen, da sie eine sehr schüchterne und vornehme Lady ist.«

Haji grinste. »Oh, dann bist du also eine Beleidigung für sie, alles klar. Was denkst du dir eigentlich dabei, James? Du kannst eine englische Lady doch nicht in einem so verwahrlosten Aufzug abholen. Du siehst aus wie nach einer durchzechten Nacht auf den Docks.«

Jim zuckte die Schultern. »Mir ist nichts anderes übrig geblieben. Ich bin erst gestern Abend in Kairo angekommen und als ich heute Morgen aufgewacht bin, war meine Tasche verschwunden.« In seiner Tasche bewahrte er alles auf, was er besaß: einen Schlafsack, ein paar Bücher, eine Haarbürste und die Kaufurkunde für die einzige Extravaganz, die er sich leistete: seine Araberstute und ihr Fohlen. Sie waren in Luxor aufgestallt, auf dem Anwesen eines Mannes, der diese Pferderasse genauso liebte, wie er selbst. »Ich hab den elenden Flegel, der sie mir gestohlen hat, erst vor einer Stunde erwischt.«

»Elender Flegel«, wiederholte Haji nachdenklich, als ließe er sich die Worte auf der Zunge zergehen. »Eine merkwürdige Wortwahl für einen Cowboy.«

Jim ging nicht darauf ein. »Was machst du eigentlich hier?«

Haji seufzte theatralisch. »Meine Tante hat mich hergeschickt. Die Frau kann einem wirklich Angst machen und manchmal sucht sie mich heim, damit ich den einen oder anderen Auftrag für sie erledige.«

»Was für einen Auftrag?«

»Ich soll auch einen weiblichen Fahrgast übernehmen.«

»Einen Fahrgast übernehmen? Klingt ja, als solltest du ein wildes Tier sicherstellen.«

»Das ist gar nicht so verkehrt. Ich soll hier Ginesse Braxton abholen.«

»Braxton?«, wiederholte Jim. »Gibt es da irgendeine Verbindung zu Harry Braxton?«

Auch wenn er Harry Braxton selbst nie begegnet war – sie verkehrten kaum in denselben Kreisen –, so hatte es doch gelegentliche Zusammenstöße mit seinen Männern in der Altertumsbehörde gegeben. Keiner davon war angenehm gewesen und sie alle hatten Jim das eine oder andere gekostet. Meistens Gold. Braxton hatte es sich zur Aufgabe gemacht, den Handel mit Artefakten zweifelhafter Herkunft zu erschweren, und manchmal war genau das eben Jims Geschäft.

»Sie ist seine Tochter.«

»Und warum holt Braxton sie dann nicht selbst ab?«

»Weil die gesamte Familie in London ist und dort auf die Ankunft eines weiteren kleinen Braxton wartet. Sie kommen erst danach wieder nach Ägypten zurück. Anscheinend hat Ginesse Braxton ein Vorstellungsgespräch für eine Stelle bei Mssr. Maspero und musste unverzüglich herkommen. Sie soll römische Artefakte katalogisieren.« Er schnaubte verächtlich. »Warum fährt jemand, der sich für die Römer interessiert, nicht einfach nach Rom?«

»Weil es da eine Epoche gab …«

»Nein«, unterbrach ihn Haji scharf. »Sie macht es, weil sie ein trotziger, verwöhnter Quälgeist ist. Als Kind war sie jedem ein Dorn im Auge. Sie ist bei Ausgrabungen aufgetaucht, bei denen sie nichts verloren hatte, und hat ständig irgendwelche Tonscherben oder Papyrusschnipsel geklaut. Sie war immer genau dort, wo man sie am wenigsten haben wollte und wo sie am meisten Schaden anrichten konnte. Sie war ein struppiger, dürrer, gelbhaariger Kobold. Damals haben tatsächlich einige geglaubt, Braxton hätte seiner Tochter nicht einfach nur einen Namen gegeben, sondern sie als das entlarvt, was sie wirklich ist.« Jim sah ihn verwirrt an. »Ginny – ein *Dschinn.*«

Jim lächelte. Der Legende nach waren die *Dschinni* Geister niederen Ranges, die nur Unglück und Chaos brachten.

»Der Tag, an dem sie nach England geschickt wurde, war ein guter Tag. Aber jetzt ist sie wieder da und ich soll das Kindermädchen spielen«, brummte Haji und seufzte: »Mal wieder.«

»Vielleicht hat sie sich ja geändert«, meinte Jim aufmunternd und ließ seinen Blick suchend über den Bahnsteig schweifen. Wo blieb das verflixte Weibsbild bloß?

»Ein *Dschinn* kann zwar sein Aussehen ändern, aber im Grunde bleibt er immer gleich: lästig, zerstörerisch und gefährlich. Du wirst schon sehen. Halt nach jemandem mit einem gebrochenen Arm oder Blutflecken auf den Kleidern Ausschau. Direkt hinter ihm läuft dann garantiert Ginesse Braxton.«

»Du hast sie doch jahrelang nicht mehr gesehen«, sagte Jim. »Und du hast gesagt, sie wäre in England zur Schule gegangen. Wahrscheinlich war es sogar ein Internat, oder? Die produzieren pflichtbewusste junge Ladys wie am Fließband.«

Haji brummte: »Was weiß eine Wüstenratte wie du schon von englischen Ladys?«

»Nichts«, stimmte Jim ihm fröhlich zu, ohne den Blick vom Zug zu nehmen. Endlich waren die Türen geöffnet und die Stiegen angebracht worden. Männer, Frauen und Kinder stiegen aus und blinzelten verunsichert der anbrandenden Menschenmasse, bestehend aus Bettlern, Händlern, Taschendieben und Trägern, entgegen.

Er erkannte Miss Whimpelhall in dem Moment, in dem sie auf dem Bahnsteig erschien. Diesen magentaroten Haarschopf konnte man ja auch kaum übersehen, selbst wenn er zur Hälfte unter einem Hut verschwand.

Haji folgte seinem Blick. »Du schuldest mir ein Pfund.«

»Warum?«

»Warum?«, wiederholte Haji erstaunt. »Schau sie dir doch nur mal an. Zu groß. Zu dünn. Ihre Nase ist zu kräftig und das Kinn zu kantig. Und diese Haare!«

Jim sah genauer hin. Eine dunkle Brille verbarg die Augen der jungen Frau. Ihre übrigen Gesichtszüge waren zwar auffallend ausgeprägt, doch alles stand in perfekter Symmetrie zueinander und sie wirkte beinahe exotisch … *Hässlich?* War Haji verrückt geworden?

»Sie ist vielleicht ein bisschen mager, aber wenn du sagst, sie wäre zu groß, dann spricht da der pure kindische Neid aus dir.«

Haji, der nur knapp einen Meter fünfundsechzig groß war, schien beleidigt zu sein.

Jim beachtete ihn nicht weiter. Das Mädchen sah sich um und warf einen Blick über die Schulter. Für einen kurzen Augenblick sah er ihr Profil im Gegenlicht der Tunnelöffnung hinter ihr. Ihm stockte der Atem. Und plötzlich war er wieder der kleine Junge von früher, aufgeschlossen und begeisterungsfähig und allzu leicht beeindruckt vom Anblick unerwarteter Schönheit.

»Dieses Profil hat schon viele antike Gräber geziert, mein Freund.«

»Was?«, schnappte Haji.

»Anuket und Isis, Diana und Artemis.«

Aber diese Lippen, fügte er in Gedanken hinzu, sind vollkommen englisch. Natürlich sind es nicht die anämischen, schmalen Lippen einer britischen Matrone, nein, das hier ist der üppige, herausfordernde Mund einer frechen Göre. In seiner Brust spannte sich etwas.

»Aber was ist mit ihrer Nase?«

Jim legte den Kopf schief. »Ich würde sie … florentinisch nennen.«

# KAPITEL 4

*Sie nahm an, dass er über ein hohes Maß an roher Kraft und Unverfrorenheit verfügte, denn er war ein rauer Kerl mit Stoppelbart und langen, ungekämmten ~~verfilzten~~ Haaren.*

aus dem Tagebuch von Ginesse Braxton

Du würdest auch einen Elefanten als niedlich bezeichnen, um eine Wette zu gewinnen, was?«, protestierte Haji.

»Bei den Haaren muss ich dir ja recht geben«, räumte Jim ein. Mildred Whimpelhalls Haar war nicht einfach nur grässlich, es war erstaunlich grässlich. Es hatte eine geradezu verboten grelle Farbe, die es eigentlich gar nicht geben dürfte.

Aber alles andere an ihr ... Alles andere war zwar verstaubt, verschwitzt, zerzaust und reisefleckig, aber ganz und gar nicht grässlich. Und sie wirkte auch kein bisschen schüchtern. Während die anderen weiblichen Fahrgäste von einem Bein aufs andere traten und darauf warteten, von männlichen Begleitern in Obhut genommen zu werden, watete Mildred Whimpelhall ohne zu zögern hinaus in das Meer aus wogenden Leibern. Ihr dunkler Rock wallte hinter ihr her, der Reisebeutel schlug ihr gegen das Bein und ihr Hut wippte in seiner niedergedrückten Erscheinung auf diesem unglaublichen Haar auf und ab.

Schweißperlen hatten sich über ihrer geschwungenen Oberlippe und auf ihrem Nasenrücken gebildet, weshalb sie die heruntergerutschte dunkle Brille ständig mit dem Zeigefinger wieder hochschieben musste. Staub lag auf ihren Schultern und säumte ihr schweres marineblaues Jackett und ihren Rock. Offenbar war diese Aufmachung die Uniform aller reisenden Frauen. Und trotzdem strahlte sie eine Frische aus, die ihre ramponierte Erscheinung Lügen strafte.

Außerdem war sie jünger, als er erwartet hatte. Aus Pomfreys Anweisungsschreiben hatte Jim geschlossen, dass seine Verlobte die Blüte der Jugend bereits deutlich hinter sich gelassen hatte. Doch die Haut dieses Mädchens war seidig und zart, ihr Busen straff und ihre Hüften … Diesmal war es nicht sein Herz, das sich spannte.

»Miss Whimpelhall«, rief er und trat vor. Sie war sogar noch größer als er gedacht hatte, er konnte ihr gerade noch auf den Scheitel gucken. »Ich bin …«

»Mr. Owens«, fiel sie ihm ins Wort und musterte ihn unverfroren. »Ja, ich habe Ihre Beschreibung erhalten. Genau so habe ich Sie mir vorgestellt. Sie würde ich überall erkennen.«

Ihr Blick fiel auf Haji und ihre Körperhaltung versteifte sich. Der Ägypter machte sie sichtlich nervös. »Willkommen in meinem Land, Miss Whimpelhall«, sagte Haji und präsentierte ihr sein salbungsvollstes Lächeln. »Haji Elkamal, zu Ihren Diensten.«

Sie antwortete nicht sofort. Sie starrte Haji einfach nur hinter ihren dunklen Brillengläsern hervor an und rammte ihm dann ihren Reisebeutel in die Magengrube. »Bestens. Du kannst das hier tragen. Da, so ist es brav.«

Haji stolperte rückwärts und schlang reflexartig die Arme um den Beutel, bevor er zu Boden fiel.

»Sei ja vorsichtig damit«, schalt sie. »Wenn du das fallen lässt, gibt es kein Trinkgeld.«

Haji in seinem europäischen Anzug und mit seinem schwarzen Haar, das vor Pomade glänzte, gaffte sie bloß an.

»Mr. Elkamal ist kein Träger«, bemerkte Jim trocken. Einen Moment lang hatte er etwas Fremdartiges wahrgenommen, etwas, an das er sich nur dunkel erinnern konnte, etwas, das tief in seinem Inneren eine Saite zum Klingen brachte … aber sie war schließlich doch nur irgendeine xenophobe englische Touristin. »Er ist einer meiner Mitarbeiter.«

»Wirklich?«, fragte sie. Während sie den Blick nicht von Haji wandte, winkte sie Jim mit einem in Kalbsleder gehüllten Finger näher zu sich heran. Er beugte sich vor und nahm die Gerüche der Reise an ihr wahr, doch da war auch noch etwas anderes, etwas Süßes, Weiches und sehr Feminines.

»Halten Sie das für klug?«, flüsterte sie vernehmlich. »Mir kommt er sehr verschlagen vor.« Sie richtete sich wieder zu voller Größe auf. »Allerdings hat man mir berichtet, Sie seien ein amerikanischer Cowboy, also schätze ich, dass Sie mit derlei Gestalten bestens vertraut sind.«

Er war beeindruckt. In nicht einmal drei Minuten hatte sie es geschafft, ihn, Haji und Amerika zu beleidigen. Sie war sogar noch pomfreyhafter als Pomfrey selbst. Sie strahlte ihn an, als könne sie kein Wässerchen trüben. Dieser herrliche Mund einer Sirene strotzte vor verborgenem Humor.

»Aber ich muss schon sagen, Sie klingen überhaupt nicht wie ein Cowboy.« Das schien sie zu enttäuschen.

»Ich arbeite daran, Miss«, entgegnete Jim. »Wenn Sie einen Moment hier warten, hole ich Ihr übriges Gepäck und lasse es in Ihr Hotel bringen.«

»Das wird nicht nötig sein. Mein Gepäck ist während eines Sturms auf See verloren gegangen. Das da«, sie deutete auf den Reisebeutel, den Haji noch immer wie ein dickes Baby umklammert hielt, »ist alles, was ich noch habe.«

»Seien Sie ganz unbesorgt, verehrte *Sitt*«, warf Haji ein und kämpfte mit dem Beutel. »In der El-Muski-Street gibt es eine Menge Kleidergeschäfte. Europäische Niederlassungen. Dort wird man Ihnen …«

Seine Stimme verlor sich, als sie noch einmal den Finger hob, um ihn zum Schweigen zu bringen.

»Ich war nicht besorgt, mein Guter. Du hast mich falsch verstanden.« Sie sprach jede Silbe so überdeutlich aus, als spräche sie mit einem Schwachsinnigen. Dann wandte sie sich wieder an Jim. »Ich wollte damit nur sagen, dass wir nicht mehr auf weiteres Gepäck warten müssen und deshalb morgen im ersten Tageslicht nach Fort Gordon aufbrechen können.«

»Morgen?«, wiederholte Jim und überlegte. Je früher er das Versprechen erfüllte, das er Pomfrey gegeben hatte, desto besser. Doch dann musterte er ihr staubiges Kleid aus schwerem Stoff mit all seinen Unterröcken. »In dem da können Sie keine Wüste durchqueren. Sie würden geröstet werden.«

Sie machte ein finsteres Gesicht und folgte seinem Blick. »Ich schätze, Sie haben recht. Ich muss wohl doch einige neue Kleider erwerben. Aber dann sofort. Ich möchte nicht in Kairo herumtrödeln, wenn ich mich eigentlich auf den Weg zu Colonel Lord Pomfrey machen könnte.«

»Wenn *Sitt* erlauben?« Haji hatte sich gefangen und lächelte nun wieder. »Vielleicht kann ich Ihnen behilflich sein?«

Sie wandte ihm das Gesicht zu und zog die Brauen so weit hoch, dass sie über den dunklen Gläsern ihrer Brille auftauchten. »*Du?*«

Er verbeugte sich. »Wenn Sie erlauben. Mein Cousin ist ein Schneider von erheblichem Talent und er entwirft herrliche Kleider zu vernünftigen Preisen. Nach englischer Mode. Seine Kleider werden von den Europäerinnen in der Stadt hoch geschätzt und sein Geschäft ist nur fünf Minuten von hier entfernt.«

»Erst eine tyrannische Tante, dann ein schneidernder Cousin. Du steckst heute ja voller Überraschungen, Haji«, bemerkte Jim trocken auf Arabisch.

Haji lächelte breit. »Du weißt genau, dass ich keinen solchen Cousin habe«, antwortete er in derselben Sprache.

»Aber ich kenne einen Mann, der diesem schrecklichen Weib ein etwas abgeändertes, ausrangiertes Kleid zu einem unverschämten Preis verkaufen wird, von dem ich zehn Prozent abbekomme. Wenn sie mich weiter so von oben herab behandelt, sorge ich dafür, dass er eins mit Flöhen aussucht.«

»Was hat er gesagt?«, wollte Mildred Whimpelhall wissen.

»Dass es für seinen Cousin eine große Ehre wäre, die Verlobte von Colonel Pomfrey einzukleiden«, erklärte Jim.

Sie nickte, offensichtlich zufrieden. »Nun gut, du darfst mir das Geschäft deines Cousins zeigen. Aber wehe, es ist nicht sauber. Ich will keine Läuse oder Flöhe«, sagte sie und Haji starrte sie verwirrt an. »Und ich möchte diese fremde Sprache in meiner Gegenwart nicht mehr hören. Das ist unhöflich und unnötig. Besonders, weil du ja Englisch sprichst.« Haji, der mächtig stolz auf seinen britischen Privatschulakzent war, fühlte sich sichtlich geschmeichelt. »Jedenfalls genug, um dich wenigstens einigermaßen verständlich zu machen.«

Vor Verblüffung wäre Jim beinahe in Gelächter ausgebrochen.

»Oh, natürlich wird es da Flöhe geben. Viele Flöhe, du räudige Hündin«, knurrte Haji kaum vernehmlich.

»Was war das?« Sie wandte sich an Jim. »Was hat er gesagt?«

»Er bittet Sie um Entschuldigung für sein ungebührliches Benehmen«, sagte Jim.

»Ganz genau«, bestätigte Haji. »Ich bitte um Verzeihung dafür, dass mein Vokabular nur unzureichend ausdrücken kann, was ich für Sie empfinde. Doch genauso ist es. Meine Gefühle für Sie sind unbeschreiblich. Mir ist unmöglich …«

»Es heißt *ich bin unmöglich*, nicht *mir ist unmöglich*«, fiel sie ihm fröhlich ins Wort.

Haji tat überrascht. »Ich danke Ihnen für die freundliche Belehrung. Leider kann ich Sie nicht sofort begleiten. Wie wäre es heute Nachmittag?«

»Warum geht es denn nicht jetzt gleich?«

»Ich erwarte eine junge Dame«, erklärte Haji.

»Ach? Ist es etwa ein Haremsmädchen?«, fragte sie schockiert. Vielleicht hätte Jim sie einfach hinter sich her und aus dem Bahnhof ziehen sollen, aber diese Unterhaltung war die amüsanteste, die er seit Monaten mit angehört hatte.

»Nein. Sie heißt Miss Braxton«, antwortete Haji und seine Gelassenheit bekam nun doch erste Risse.

Mildred hob die behandschuhte Hand zur Brust. »Miss Braxton, hab ich da richtig gehört? Aber Miss Braxton war mit mir auf dem Schiff! Ein zauberhaftes Mädchen. Äußerst charmant.«

Haji stierte sie ungläubig an. »Miss Ginesse Braxton?«

»Aber ja. Ginesse. Ein bildhübscher kleiner blonder *Engel.* So sanft. Eine hinreißende Reisegefährtin. Es tut mir sehr leid, dass ich solch schlechte Nachrichten überbringen muss, aber Miss Braxton litt unter schrecklicher Seekrankheit. Tatsächlich ging es ihr sogar so schlecht, dass ich um ihr Leben fürchtete. Sie ist in Italien von Bord gegangen und wollte ihre Reise auf dem Landweg fortsetzen, sobald sie sich wieder etwas erholt hat.«

»Sie hat das Schiff vorzeitig verlassen?«, fragte Haji ungläubig nach.

»So ist es.« Als Haji sie nur weiter verwirrt anstarrte, seufzte sie theatralisch und sagte dann sehr laut und deutlich: »*Missy. Braxton. Nicht. Auf. Schiff.*«

Haji blinzelte.

»Ich glaube, sie hat dem Kapitän einen Brief überbringen lassen ...« Mildred unterbrach sich, betrachtete Hajis noch immer ratloses Gesicht, seufzte wieder und fuhr fort: »*Sie. Geben. Brief.*« Sie tat, als würde sie etwas in die Luft schreiben, »*an El Captain.*«

»Das ist eine Katastrophe«, brummte Haji auf Arabisch. »Ich wusste ja gleich, dass *Afrits* Rückkehr die Hölle wird! Magi bringt mich um, wenn ich ohne das Balg zurückkomme. Ich schwöre dir, irgendwie kriegt sie es fertig, mich für das alles verantwortlich zu machen.«

»Du redest schon wieder dieses Kauderwelsch«, bemerkte Mildred bedächtig.

Haji registrierte diese Beleidigung kaum, was deutlich zeigte, wie verstört er war. »Ich muss gehen.« Und ohne ein weiteres Wort ließ er den Reisebeutel fallen und verschwand in der Menschenmenge.

Jim wandte sich Miss Whimpelhall zu. Sie biss sich auf die Unterlippe und es sah irgendwie ganz so aus, als müsse sie sich ein Lachen verkneifen. Sie begegnete seinem Blick und räusperte sich. »Welch haarsträubendes Betragen. Wirklich reichlich unverschämt.«

»Normalerweise kann er sich besser benehmen«, erklärte Jim und hob den Beutel auf. »Dann sehen wir mal zu, dass wir Sie ins Hotel bringen.« Er ließ ihr den Vortritt und folgte hinterher.

Vor dem Bahnhof sah er eine Kutsche auf der anderen Straßenseite stehen und winkte dem Kutscher zu. Der Mann schnalzte mit den Zügeln über die Pferdekruppen. »Wir nehmen eine …«

»Nein«, unterbrach sie ihn. »Nein, vielen Dank. Ich glaube, ich reite lieber auf einem dieser kleinen Esel dort drüben.« Sie deutete auf eine Gruppe Touristen, die gerade auf die Rücken einiger leidgeprüfter Tiere gehievt wurden.

»Auf einem Esel?«, fragte Jim ungläubig. Die *Donkey-Boys* waren in Kairo allgegenwärtig und sozusagen das ägyptische Pendant zu den klischeehaften Londoner Droschkenkutschern. Für ein paar Pennys konnte man auf einen Esel klettern, der einen dann überallhin brachte, wohin auch immer man wollte. Unter den Touristen war das die beliebteste Art, die Basare zu besuchen. Aber es war auch eine ziemlich staubige und übelriechende Angelegenheit. »Sind Sie sicher, dass Sie nicht doch lieber eine Kutsche nehmen wollen?«

»Ja.« Sie biss sich auf die Lippe und sah verlegen aus. »Ich … Nun ja, um ehrlich zu sein, ist die Vorstellung, mit Ihnen in einem geschlossenen Raum zu sein … Ich meine, ich würde nur ungern …« Ihre Stimme verlor sich und sie lief tiefrot an.

Jim sah sie verwirrt an. Er konnte sich beim besten Willen nicht erklären, warum sie nicht mit ihm in eine Kutsche steigen wollte, außer … Herrgott noch mal! Sie konnte doch nicht ernsthaft glauben, dass sie von ihm irgendetwas zu befürchten hatte. Sie war Pomfreys zukünftige Braut. Sogar wenn er einer dieser Mistkerle wäre, die sich einer Frau bei jeder sich bietenden Gelegenheit aufzudrängen versuchten, dann wäre sie nun wirklich die Letzte, bei der er so etwas tun würde.

Aufgebracht murmelte er einen arabischen Fluch.

»Stimmt etwas nicht, Mr. Owens?«, fragte sie steif.

»Jetzt hören Sie mal, Miss Whimpelhall, wir werden gemeinsam eine lange Reise durch eine sehr raue Gegend unternehmen. Wir werden zwar nicht alleine sein, die Verhältnisse aber dafür nur umso beengter. Ihnen wird nichts anderes übrig bleiben, als mir zu glauben, dass Ihr Ruf und Ihre, äh, Tugend vor mir so sicher sind, als wären sie meine eigene Schwester.« Er konnte sich einen kurzen Blick auf ihr Haar nicht verkneifen. »Sogar noch sicherer.«

»*Ach so!*«

Das hätte er offensichtlich lieber nicht sagen sollen. »Darf ich Ihnen jetzt in die Kutsche helfen?«

»Ich bevorzuge *den Esel*«, erwiderte sie kühl.

»Wie Sie wollen.« Er rief ein paar Worte auf Arabisch und sofort versammelten sich drei Donkey-Boys um sie und stritten sich um die Kundschaft. Er wählte ein freundlich aussehendes Tier aus, erteilte dem Besitzer einige Anweisungen und drückte ihm einen Piaster in die Hand. Dann drehte er sich um und ohne groß darüber nachzudenken, fasste er Mildred um die Taille und hob sie hoch.

Er musste weniger schwer heben, als er gedacht hatte. Sie wog nicht viel unter all dem Stoff und so fiel seine Aufsitzhilfe etwas schwungvoller aus, als sie erwartet hatte. Sie kippte nach vorne und griff instinktiv nach seinen Schultern, um sich abzustützen und unbeholfen wieder aufzurichten. Seine Hände schlossen sich noch etwas fester um ihre Taille.

Es war lange her, dass er eine Frau berührt hatte, und das letzte Mal war eher eine zweckdienliche als eine leidenschaftliche Angelegenheit gewesen. Eine kurze physische Vereinigung, die in ihm ein leeres Gefühl anstelle von Erfüllung hinterlassen hatte.

Jene Frau war weich und rund gewesen. Das war Mildred Whimpelhall nicht. Ihr Körper war straff und geschmeidig. Sogar durch die vielen dicken Stoffschichten konnte er fühlen, wo ihre schmale Taille in eine herrlich geschwungene Hüfte überging. Ein Schauder puren Verlangens durchlief ihn, stahl sich unter seiner Achtsamkeit hindurch und ließ sein Blut schneller fließen.

»Oh! Meine Güte.« Sie klang atemlos. Vermutlich hatte er sie schon wieder tödlich beleidigt. Kein Wunder, er hielt sie inzwischen schon deutlich länger als nötig in der Luft hängend fest.

Er ließ sie auf den Esel fallen, als hätte er sich verbrannt. Eigentlich hatte er vorgehabt, sie zum Hotel zu begleiten, doch jetzt beschloss er, sich lieber erst mal von ihr fernzuhalten.

Sie war Pomfreys Verlobte, um Himmels Willen. »Ich werde heute Abend im Hotel sein. Um sieben.«

»Ich werde Sie erwarten«, entgegnete sie hochmütig und reckte das Kinn. Sie mochte vielleicht einen hinreißenden Körper haben, doch ihr Charakter entsprach anscheinend mehr ihrer unglaublich abschreckenden Haarfarbe.

Der Junge klopfte dem Esel auf die Kruppe und das Tier setzte sich in Bewegung. Mildred Whimpelhall saß mit der eigentümlichen Eleganz eines Kranichs auf seinem Rücken. Nach wenigen Schritten drehte sie sich noch einmal zu ihm um.

»Nur damit wir uns da richtig verstehen, Mr. Owens«, rief sie. »Es war nicht meine Tugend, um die ich mir Sorgen gemacht habe, sondern meine Nase.«

»Wie bitte?«

»Sie, Mr. Owens, riechen.« Und mit diesem Abschiedsgruß, verschwand Mildred Whimpelhall schwankend in der Menge.

# Kapitel 5

*Er bewegte sich zwar wie ein ~~wildes Tier~~ Panther, so leichtfüßig und anmutig, doch er sprach kultiviert wie ein ~~schwedischer~~ ungarischer Prinz.*

aus dem Tagebuch von Ginesse Braxton

Na ja, er *hatte* gerochen, und zwar nicht gut, dachte Ginesse, während sie sich auf dem Rücken des Esels durch die gewundenen Straßen und schmalen Gassen Kairos schaukeln ließ. Zufrieden rief sie sich noch einmal seinen perplexen Gesichtsausdruck in Erinnerung, als sie ihren *Coup de Grâce* gelandet hatte, und sie weigerte sich, deswegen ein schlechtes Gewissen zu haben.

Wie konnte James Owens nur annehmen, sie hätte Angst davor, seine schmutzige – und ganz und gar ungewollte – Aufmerksamkeit zu erregen? Das war einfach erniedrigend. Sie würde *niemals* glauben, dass er … dass sie die Sorte Frau war, die er … Nein, so was! Sie war sich völlig im Klaren darüber, dass sie nicht zu den Frauen zählte, die in einem Mann animalische Leidenschaft weckten. Und sie *wollte* nicht, dass er annahm, sie würde sich diesbezüglich irgendwelchen Illusionen hingeben.

Sie konnte noch immer das Entsetzen – jawohl, *Entsetzen!* – in seiner Stimme hören, als er das arabische

Äquivalent zu »heilige Muttergottes« gemurmelt hatte. Das war zutiefst demütigend.

Und außerdem enttäuschend. Sie war mit ihrem ersten Eindruck von Mr. Owens so zufrieden gewesen. Er sah aus wie das Musterbeispiel eines Cowboys, ein einsamer Wolf mit der Seele eines Poeten ... Sie runzelte die Stirn. Das klang irgendwie nicht gut. Sie würde sich eine bessere Metapher einfallen lassen müssen.

Aber der Ausdruck in seinen Augen hatte intelligent gewirkt, seine Manieren waren umsichtig und sein Auftreten beherrscht gewesen. Sie hatte sogar eine Spur von Humor in seinen hellgrauen Augen aufblitzen sehen, als sie Haji aufgezogen hatte.

Und auch deswegen würde sie kein schlechtes Gewissen haben. Als kleines Mädchen hatte sie unter Haji weit schlimmer gelitten. Er war ein Petzer gewesen und ein Tyrann, immer war er es gewesen, der sie bei irgendwelchen kleinen Verstößen erwischt und es dann überall herumgetratscht hatte. Sogar dieser gemeine Spitzname *Afrit* stammte von ihm. Es hatte gut getan, sich ein kleines bisschen dafür zu rächen.

Und Mr. Owens hatte beinahe *gelacht*, dachte sie schmunzelnd. Ihr letztes Pfund würde sie darauf verwetten. Auf einer Seite hatte sich sein Mundwinkel gehoben und dann hatte er sich schnell abgewandt, um Haltung zu bewahren. Alle Cowboys sollten sowohl über Humor als auch über Haltung verfügen, beschloss sie.

*Wenn* er denn überhaupt ein Cowboy war. In seiner tiefen, sanften Stimme hatte ein schwacher, aber deutlicher

Hauch von britischem Privatschulakzent mitgeschwungen. Sie seufzte. Vermutlich war er nur irgendein Beamter aus Liverpool und hatte noch nie im Leben einen Colt in der Hand gehabt. Das würde auch seinen geschmacklosen Kommentar erklären, dass ihre Tugend bei ihm so sicher sei, wie die seiner eigenen Schwester. Die Cowboys in den Büchern, die sie gelesen hatte, wären niemals so indiskret gewesen. Sie besaßen einen tief empfundenen Respekt vor der Weiblichkeit. Sogar die niederträchtigsten unter ihnen. Andererseits war es schwer vorstellbar, dass ein Engländer sie einfach auf einen Esel geworfen und dann alleine zum Hotel geschickt hätte. Vielleicht war er also *doch* Amerikaner.

Als sie im Hotel ankam, war es kurz nach vier, und die Straßen waren verlassen. Nur wenige wagten sich in die drückende Nachmittagshitze hinaus, doch einige Unerschütterliche saßen auf der Hotelterrasse. Unter ihnen führte ein betagter Kopte mit seinem zahmen Affen seine Kunststücke vor. Das arme Tier lüftete mit tragischer Miene seinen Fez und streckte seine Hand nach einem *Baksheesh* aus. Ein Gentleman lachte und lehnte sich über das Geländer. Ginesse sah hinauf und wurde blass.

Von dem halben Dutzend Menschen auf der Terrasse kannte sie drei. Oder besser gesagt, diese drei kannten *sie*. Ein plauderndes Paar, Baron und Baroness Heissman, hatte sie einmal aufgelesen, als sie ihrer Familie entwischt und in ein nicht eben vornehmes *Suq* abgewandert war. Der Gentleman, der mit ihnen am Tisch saß, war Dr. Younterville und er hatte – beide Male – ihren gebrochenen Arm versorgt.

Wie konnte sie nur vergessen, wie klein die britische Gemeinschaft in Kairo war? Sie hätte damit rechnen müssen, Menschen zu treffen, die sie kannte. Trotz des berüchtigten lausigen Essens hielt das Shepherd's noch immer seinen Ruf als erste Adresse für Kairos Koryphäen – sei es im Archäologiesektor oder anderswo. Da drinnen musste es vor Freunden und Bekannten ihrer Familie nur so wimmeln.

»Wir sind da, *Sitt*.«

Ginesse rutschte vom Eselrücken, wobei sie ihr Gesicht sorgsam von der Terrasse abgewandt hielt. Dann öffnete sie ihren Geldbeutel und drückte dem Donkey-Boy einige Münzen in die Hand. Formgerecht begann der Junge sofort, lautstark nach mehr zu verlangen, bis ein uniformierter Portier mittleren Alters mit Turban auf dem Kopf die Eingangsstufen des Hotels herunter-eilte. Und sogar ihn erkannte sie wieder. Sein Name war Riyad und er war hier Portier gewesen, solange sie denken konnte. Er verscheuchte den zerlumpten Jungen mitsamt seinem Esel, nahm ihr gleichzeitig den Reisebeutel ab und hieß sie untertänig in mindestens einem halben Dutzend verschiedener Sprachen willkommen.

Sie betete, dass er sie nicht so einfach wiedererkennen würde, schob ihre dunkle Brille zurecht und zwang einen gleichgültigen Ausdruck auf ihr Gesicht.

»Dürfte ich Sie nach Ihrem Namen fragen, *Sitt*?«

»Mildred Whimpelhall«, antwortete sie und befürchtete dabei halb, er würde gleich rufen, sie sei eine Betrügerin.

Doch er lächelte nur warm und sagte: »Ah, ja. Miss Whimpelhall. Sie werden erwartet.«

Er geleitete sie in die riesige Hotellobby. Das Herz sank ihr noch tiefer. Die Halle war voller Leute, die in kleinen Grüppchen zusammensaßen und ihren Nachmittagstee einnahmen. Und wieder erkannte sie viele von ihnen. Lady Sukmore hatte sich auf einem Diwan niedergelassen. Zwei ihrer Spießgesellinnen, Mrs. Paurbotten und Miss Dangleford, saßen bei ihr. Diese drei Damen waren die übelsten Snobs in ganz Ägypten und regierten seit Jahrzehnten die Damengesellschaft des legendären Kairoer Turf-Clubs. Sie hatten Ginesse im zarten Alter von sechs Jahren dabei erwischt, wie sie den Leoparden der Countess Munter von Halwiener auf dem Golfrasen freilassen wollte, und sie daraufhin von all ihren »sozialen Veranstaltungen« ausgeschlossen.

»Das akzeptiere ich nicht!«, ertönte eine schrille Männerstimme und lenkte ihre Aufmerksamkeit auf den Empfangstresen. »Sie *werden* noch freie Zimmer für mich und meine Begleiter finden!«

Eine Gruppe Touristen hatte sich vor dem langen Tresen versammelt. Sie gaben laute Geräusche von sich und gestikulierten wütend in Richtung des gehetzt wirkenden Angestellten. Riyad warf der Gruppe einen resignierten Blick zu und wandte sich dann mit einem entschuldigenden Lächeln an Ginesse.

»Es scheint, als könnte sich Ihre Anmeldung ein wenig verzögern, Miss Whimpelhall. Würden Sie die Freundlichkeit besitzen, derweil eine kleine Erfrischung hier in der Lobby zu sich zu nehmen? Es wird sicher nicht lange dauern.« Dann senkte er seine Stimme und fügte in vertraulichem Ton hinzu: »Die Lobby wird ganz besonders als ein Ort geschätzt, an dem junge Damen sehen und gesehen werden können.« Er zwinkerte ihr betont zu und schien sich ihrer begeisterten Zustimmung so sicher zu sein, wie jemand, der einem Kind soeben ein Stück Schokolade angeboten hatte.

»Gibt es auch einen privaten Raum, in dem ich warten könnte?«, fragte sie.

Es war eine Sache, Haji hinters Licht zu führen, den sie sechs Jahre lang nicht gesehen hatte und der ihr sowieso noch nie besonders helle vorgekommen war. Etwas ganz anderes war es, jemanden zu täuschen, mit dem sie erst im vergangenen Jahr im Haus ihrer Eltern oder sogar hier im Shepherd's zu Abend gegessen hatte.

Riyad schüttelte bedauernd den Kopf. »Ich fürchte nein, aber ich versichere Ihnen, dass es sich nur um einen kurzen Moment handeln wird.«

Er machte eine einladende Geste zu einem der freien Plätze in der Mitte des Raumes, doch sie hatte bereits einen anderen, weniger exponierten freien Platz hinter einer der gewaltigen Vasen erspäht, die mit Dattelpalmen bepflanzt waren und die Lobby ringförmig umstanden. Lady Sukmore und ihre Freundinnen saßen zwar direkt auf der anderen Seite der Vase, doch hinter dieser Riesenurne würde man sie nicht bemerken.

Sie schob sich an Riyad vorbei und ging rasch hinüber, bevor ein anderer dieses halb verborgene Plätzchen besetzte.

»... fürchte, diese Saison wird recht langweilig werden. Ich *hoffe* es nicht«, hörte sie Mrs. Dangleford in dramatischem Tonfall sagen.

»Sei vorsichtig mit dem, was du dir wünschst, meine Liebe«, entgegnete Lady Sukmore. »Wie ich hörte, soll Ginesse Braxton wieder nach Kairo zurückkehren, es kann jeden Tag soweit sein.«

Du meine Güte. Sie sprachen über sie. Sie sah sich um, auf der Suche nach einem anderen freien Platz, doch es gab nur noch Sitzgelegenheiten neben anderen Gästen. Menschen, die ihr allesamt beunruhigend bekannt vorkamen.

»Dieses freche kleine Biest.« Mrs. Paurbotten rümpfte die Nase. »Hat einem direkt in die Augen gesehen, auf eine Art, die für ein Mädchen schon unnatürlich war. Sogar der Vater hat das bemerkt, wenn auch nicht die Mutter. Warum sonst hat er sie wohl ›seine kleine Abenteurerin‹ genannt.«

Aus dem Munde ihres Vaters hatte das viel netter geklungen. *»Ich fürchte, da haben wir eine kleine Abenteurerin großgezogen«* hatte er immer lachend gesagt. *»Am wohlsten fühlt sie sich, wenn es brenzlig wird.«*

»Dass sie das Mädchen weggeschickt haben, war das Beste, was sie tun konnten.« Das war wieder Lady

Sukmore. »Sie hat Mrs. Braxton wirklich das Leben schwer gemacht, wisst ihr.«

*Ja. Das wusste ich,* dachte Ginesse und ihre Laune verdüsterte sich.

Sie hatte sich ja nicht absichtlich in Schwierigkeiten gebracht. Sie hatte immer nur Gutes gewollt, aber irgendwie war da immer etwas im schäbigsten Schaufenster, an der anrüchigsten Straßenecke, auf dem höchsten Minarett oder in der engsten Spalte gewesen, das sie magisch angezogen hatte. Hinterher hatte sie immer beteuert, sie würde das nächste Mal besser aufpassen, vernünftiger und weniger impulsiv sein. Und sie hatte es immer auch so gemeint.

»Sie hätten sie schon viel früher wegschicken sollen.«

»Waren ganz vernarrt in das Mädchen«, sagte Mrs. Paurbotten mit einem hochmütigen Schniefen. »Es ist schon schlimm genug, wenn nur ein Elternteil so vernarrt in sein Kind ist, und sind es gleich beide – man sieht ja, wohin das führt.«

»Mir wird ganz anders bei dem Gedanken an all die Kosten, die sie unserer archäologischen Gesellschaft bereitet hätte, wenn sie geblieben wäre«, bestätigte Lady Sukmore.

Scheinheilige alte Hexe. Die archäologische Gesellschaft interessierte sie doch genauso wenig wie die muslimische Gemeinde.

»Ich schätze, am Ende war das Feuer also doch ein Glücksfall.«

Dieses verdammte Feuer. Sie hatte gar nicht vorgehabt, diesen blöden Papyrus anzuzünden. Es war nur ein Experiment mit einer Lupe gewesen, das schrecklich schief gegangen war.

»Wie das?«

»Immerhin hat es Mrs. Braxton endlich dazu gebracht, das Gör irgendwohin zu schicken, wo man mit ihm fertig wird.«

Die Erinnerung an das Feuer wurde von einem anderen Bild überlagert. Ihre Mutter, die mit ungewöhnlich hellen Augen im Foyer von Miss Timwells Schule gestanden hatte, der *School of Education and Improvements*.

*»Ägypten ist einfach zu gefährlich für ein so wissbegieriges Mädchen wie dich. Dort lauern zu viele Gefahren und du scheinst es mit jeder einzelnen aufnehmen zu wollen.«*

Ginesse hatte ihre Eltern angefleht, sie hatte beteuert, dass es nie wieder vorkommen würde, dass sie vorsichtiger und vernünftiger werden würde. Niemand, nicht einmal sie selbst, hatte es geglaubt. Zwei Armbrüche, eine Gehirnerschütterung, zahlreiche verstauchte Knöchel und mehr Kratzer und blaue Flecken, als sie zählen konnte, sprachen deutlich gegen sie.

»Sie haben noch nicht einmal versucht, sie auf eines der besseren Mädcheninternate zu schicken, sondern haben sich stattdessen für eine Einrichtung entschieden, die für ihren nachsichtigen Umgang mit eigenwilligen Kindern bekannt ist.«

Und sogar dort war es Ginesse nie gelungen, ihre Neugierde zu zügeln und ihre Erlebnislust im Zaum zu halten. Es war nicht so, dass sie nichts lernen wollte, sie wollte einfach nur *alles* lernen. Ihr Verstand war wie ein Sieb am

Ende einer Fischreuse; er fing alles ab, was in seiner Reichweite umhertrieb, und das war ein buntes Wirrwarr aus Fakten und Kuriositäten, aus Anekdoten und Geschichtswissen. Nichts war wichtiger als etwas anderes, nichts war weniger interessant, nur weil es weniger bedeutsam war.

Doch letztendlich hatte ihre Entschlossenheit sich ausgezahlt. Schließlich war sie hier, oder etwa nicht? Sie setzte sich aufrecht hin und weigerte sich, sich einschüchtern zu lassen. Wie sie die drei doch verabscheute.

»Es wundert mich nicht, dass sie zurückkommt. Die Londoner Gesellschaft setzt nicht die Maßstäbe, die wir so entschieden hüten. Möglicherweise ist sie ja auf der Suche nach einem Ehemann …«

Wie konnten sie es *wagen*, ihr Exil und *ihr Leben* zu missbrauchen, um sich die Zeit zwischen Tee und Abendessen zu vertreiben? Sie sprang auf und hatte die Vase bereits halb umrundet, ohne es richtig wahrzunehmen. Glücklicherweise erschien in diesem Moment Riyad und verhinderte Schlimmeres.

»Ah, Miss Whimpelhall«, rief er. »Wenn Sie mir bitte folgen wollen?« Er geleitete sie zur Rezeption und nahm ihre Anmeldung auf, bevor er sie an einen jungen Pagen weiterreichte. Der Junge nahm ihren Reisebeutel und ging voraus in die Great Moorish Hall, wo sie sich endlich sicher genug fühlte, um ihre dunkle Brille abzulegen. Sie steuerten die Haupttreppe auf der anderen Seite des Raumes an, deren unterste Stufen von den lebensgroßen Statuen zweier Nubierinnen flankiert wurden.

Direkt daneben standen Mr. Runyan und Mr. Bradley, zwei Bankiers und gute Freunde ihrer Mutter.

»Hassan«, rief Mr. Runyan dem Pagen zu, »guter Junge. Wir brauchen ein unvoreingenommenes Urteil, um einen Disput zu entscheiden … oh! So was. Das tut mir sehr leid. Ich habe Sie gar nicht gesehen. Ich hatte angenommen, der gute alte Hassan wäre ganz allein.« Er lächelte höflich und musterte sie mit offenkundigem Interesse. Vor allem ihre Haare.

Sie blieb stehen, womit sie auch den Pagen zum Innehalten zwang. Sie waren noch gut sechs Meter voneinander entfernt und in der Halle war es düster, da die Fensterläden zum Schutz vor der Nachmittagssonne geschlossen worden waren. Sie konnte nur hoffen, dass das reichte, um ihre Tarnung aufrecht zu erhalten.

Alle warteten darauf, dass sie etwas sagte, und als sie es nicht tat, trat Mr. Bradley einen Schritt vor. Auf seinen Zügen lag ein freundliches, wenn auch leicht verwirrtes Lächeln. Sie musste sich schleunigst etwas einfallen lassen.

»Bei Jingo, es scheint so, als wäre gerade niemand in der Nähe, der uns einander ordentlich vorstellen könnte«, sagte er und lachte vor sich hin. »Aber da wir uns ja schließlich in einem fremden Land befinden, sehe ich auch keinen Grund, auf solchen Förmlichkeiten zu bestehen.«

Sie atmete tief durch und fiel dann in einen resoluten Schritt, so dass dem Pagen nichts anderes übrig blieb, als eilig hinter ihr herzuhasten.

»Mein Name ist Donald Bradley und das dort ist …«

»Es tut mir leid, Ihnen zu widersprechen, Sir, doch es gibt immer einen Grund, an den Feinheiten der gesellschaftlichen Umgangsformen festzuhalten, und ich für meinen Teil werde das auch tun.« Sie rauschte an ihnen vorbei. »Wer sind wir denn, Sir, Barbaren?«

Irgendwie schaffte sie es, sich nicht umzudrehen, um ihre Gesichter zu sehen, aber sicher starrten sie ihr mit offenen Mündern hinterher. Beide waren so nette Gentlemen. Und sie hatte sich abscheulich benommen. Doch es war notwendig gewesen. Jetzt würden die beiden sich höchstens noch an ihr rotes Haar erinnern und daran, dass sie gänzlich eine … Lady Sukmore war.

# Kapitel 6

*»Steh auf und kämpf wie ein Mann, du jämmerlicher Bastard«, rief er seinem Feind zu, der fluchend vor ihm kauerte, »denn ich schlage niemanden, wenn er am Boden liegt, nicht einmal einen Schurken wie dich!«*

aus dem Tagebuch von Ginesse Braxton

Besorg mir ein paar saubere Kleider, bis ich hier fertig bin, dann ist noch ein Piaster für dich drin. Hier.« Jim warf dem Jungen ein paar Münzen für die Besorgungen zu. Der fing sie aus der Luft und verließ dann unter Verbeugungen rückwärts den Raum. Schließlich war Jim allein in dem Separee des öffentlichen Badehauses.

Es war spät geworden und der Himmel hinter dem hohen, kleinen Fenster in der gekachelten Wand verdüsterte sich allmählich. Im Raum herrschte ein nebliges Halbdunkel, das nur von dem Wandleuchter über der Tür erhellt wurde. Dampfschwaden stiegen von der Wanne in der Mitte des Zimmers auf und sammelten sich an der mit antiken Kacheln verzierten Decke, bis sie schließlich wieder zu Wasser wurden, das auf den glitschigen Steinboden zurücktropfte. Der Raum war heiß und roch säuerlich.

Vielleicht war das aber auch er selbst, dachte Jim.

Er hob einen Arm und schnüffelte. Also gut. Pomfreys zukünftige Braut hatte nicht ganz unrecht, er stank wirklich. Auch wenn er nicht verstand, warum sie ihm das so überheblich vor den Kopf geknallt hatte. Sie konnte es ihm doch wohl nicht übelgenommen haben, dass er ihr erklärt hatte, sie sei bei ihm sicher? Die meisten unverheirateten Ladys wären über die Beteuerung, ihr Führer gehe gewissenhaft mit ihrem Ruf um, nur zu dankbar gewesen. Auf dem britischen Heiratsmarkt war ein guter Ruf schließlich alles.

Allerdings war sie auch nicht gerade eine typische englische Miss.

Auch wenn sie todsicher eine Lady war. Ihr butterweicher Oberschichtakzent, die stolzen, flügelförmigen Brauen und das herrisch gehobene Kinn, all dies zeugte vom Einfluss eines erstklassigen Mädcheninternates. Genau wie ihre als selbstverständlich vorausgesetzte Überlegenheit anderen Menschen und Kulturen gegenüber. Was bedeutete, dass sie doch nicht so anders war.

Aber wie hatte sie es bloß geschafft, ihrer Erziehung mit so viel ungebrochener Stärke zu entkommen? Ihr Gang war zu raumgreifend und entschlossen, er passte nicht zu einem Mitglied der müßigen Gesellschaft. Außerdem hätte keine Schulleiterin dieses offene Lächeln toleriert. Und dann war da ihre geschmeidige und biegsame Taille, die kam sicherlich nicht von unzähligen Teestunden in diversen Salons. Sie war ihm ein Rätsel …

Warum vergeudete er eigentlich seine Zeit damit, sich über sie zu wundern? Sie war Pomfreys Rätsel und nicht seins.

Er schälte sich aus seinem Hemd, knüllte es zusammen und schleuderte es etwas heftiger als nötig auf eine der Steinbänke. Dann zog er sich, erst auf dem einen, dann auf dem anderen Bein hüpfend, die Stiefel aus. Als er gerade seine Gürtelschnalle gelöst und den Gürtel durch einige der Schlaufen gezogen hatte, sah er, wie sich die Dampfschwaden über der Wanne kräuselten. Er duckte sich und ein Holzknüppel zischte knapp an seinem Gesicht vorbei.

Er wirbelte zu seinem Angreifer herum und erkannte den dunklen, muskulösen Mann mit den schmalen Lippen und der Narbe am Kinn sofort: Vincent LeBouef.

Er sah sich nach einer möglichen Waffe um. Doch es gab keine. LeBouef sprang vor, Jim wich aus und machte einen Satz zurück, doch der Knüppel traf ihn an der Schulter. Der Schmerz raste durch seinen Arm und seine Finger wurden taub. Er warf sich zur Seite, rutschte auf den glatten Fliesen aus und fiel hart auf die Knie. Mit der unverletzten Hand fing er sich ab und sah auf. LeBouef kam auf ihn zugeschlendert.

»Weißt du, James«, sagte der Franzose launig. »Ich frage mich, wie oft ein Mann angegriffen werden muss, bis er einem Schlag von hinten so geschickt ausweichen kann. Verdammt oft, würde ich sagen.«

Jim kämpfte sich auf die Füße. »Du wärst überrascht.«

LeBouef schüttelte den Kopf. »Im Gegenteil. Da es hier ja um dich geht, nein, ich glaube nicht, dass ich überrascht wäre.«

»Das saß, Vincent.« Jim legte sich theatralisch eine Hand ins Kreuz und verzog das Gesicht. Ihm gelang es, den Gürtel mit seinen tauben Fingern durch eine weitere Schlaufe zu ziehen.

»Du machst dich unter deinen Verbündeten auch nicht gerade beliebt, Jim. Sie mögen dich nicht.«

»Sollte ich mich vielleicht öfter mal in ihren Stammkneipen blicken lassen?«

LeBouef lachte. Es war ein angenehmes, fröhliches Lachen, ein salonfähiges Lachen. Das war das wirklich Erschreckende an LeBouef. Er wirkte so kultiviert. So höflich.

Aber das war er nicht.

»Woher wusstest du, dass ich hier bin?«, fragte er, um Zeit zu schinden.

LeBouef zuckte die Schultern und sah offenbar keinen Grund, ihm nicht zu antworten. »Von dem Jungen, der hier die Handtücher zusammenlegt.«

Jim nickte, er war nicht überrascht. LeBouef hörte eine Menge ›Vöglein‹ zwitschern: Spitzel, Gerüchtemacher und Lauscher an der Wand. Und für Informationen über Jim bezahlte er sicher einen hohen Preis.

LeBouefs Lächeln wurde breiter. »Du kannst dir gar nicht vorstellen, wie überrascht ich war, als ich hörte, dass du wieder in Kairo bist. Das ist so unvorsichtig, und du, James, bist nicht gerade ein Mann, den ich unvorsichtig nennen würde. Oder hegst du vielleicht einen verdrehten Todeswunsch?«

»Nein«, antwortete Jim. »Ich bin ungemein daran interessiert, am Leben zu bleiben.«

»Ach wirklich? Das wundert mich«, bemerkte LeBouef im Plauderton und musterte Jim, als sei dieser ein Puzzle, zu dem ihm einige Teile fehlten. »Du hast nichts. Keine Familie. Kein Zuhause. Du gehörst nirgendwo hin. *N'est-ce pas?* So gesehen sind wir uns gar nicht so unähnlich, oder?«

Jim antwortete nicht. Je länger LeBouef philosophische Reden schwang, desto mehr Zeit gewann er, um wieder Gefühl in seine taube Hand zu bekommen.

»Ich«, LeBouef deutete mit dem Knüppel auf seine Brust, »wurde von einer tragisch korrupten Regierung aus Frankreich verjagt. Und aus welchem Land hat man dich gejagt?« Er hob fragend eine Braue.

»Nenn irgendeins. Die Chancen, dass man mich da rausgejagt hat, stehen ganz gut.«

LeBouef lachte wieder und schüttelte den Kopf. Den Ausdruck auf seinem Gesicht hätte man fast als Zuneigung deuten können. »Ich verstehe dich einfach nicht. Du hättest reich werden können, wenn du mein Angebot angenommen und dich mir angeschlossen hättest. Aber du hast es abgelehnt. Vielleicht geht es dir also gar nicht um Reichtum. Aber was außer Geld sollte dich sonst hierher geführt haben?«

Jim antwortete nicht.

»Du hast etwas Mysteriöses an dir, James. Und zu meinem großen Leidwesen bin ich ein Romantiker. Erzähl mir deine Geschichte.«

»Ich bin geschmeichelt, Vincent, und es tut mir leid, dich zu enttäuschen, aber da gibt es nichts. Schau dich nur um. Ägypten ist voller Menschen ohne Heimat, Name oder Familie.«

Eine ganze Weile sah LeBouef ihn nur an, in seinen Augen spiegelte sich eine stählerne Intelligenz. Schließlich seufzte er. »Ja, so ist es.«, erklärte er und klang dabei fast etwas enttäuscht. »Also. Wo ist mein Collier?«

In Jim blitzte ein Hoffnungsfunke auf, LeBouef wusste also nicht, dass er das juwelenbesetzte Pharaonencollier längst an einen anderen Interessenten verkauft hatte.

»Oh, ich wäre an deiner Stelle nicht so erleichtert, James. Dazu besteht kein Grund. Wo ist es?«

»Hör mal«, sagte Jim. »Ich werde dich nicht beleidigen und behaupten, es wäre alles nur ein Missverständnis gewesen und dass es nicht so ist, wie es aussieht, weil wir beide wissen, dass es ganz genau so ist. Ich bin in den Besitz eines bestimmten Objektes gekommen ...«

»Du bist nur deshalb in seinen Besitz gekommen, weil ich dich über seinen Aufenthaltsort aufgeklärt habe«, unterbrach ihn LeBouef eisig.

»Einen *Aufenthaltsort*, den du nicht erreichen konntest. Aber ich schon«, meinte Jim und hob die Hände zu einer beschwichtigenden Geste. Dabei gelang es ihm, einen Finger hinter den Gürtel zu stecken und ihn aus einer weiteren Schlaufe zu ziehen. »Ich weiß, ich hatte es eigentlich dir versprochen, für eine bestimmte Summe, aber dann ist ein anderer Käufer aufgetaucht.«

»Zweifelsohne ist er nur deshalb *aufgetaucht*, weil du ihn über deinen Besitz unterrichtest hast.«

»Stimmt.«

LeBouefs Mundwinkel zuckten.

»Ich bin Geschäftsmann, genau wie du«, erklärte Jim in seinem vernünftigsten Ton. »Was hättest du denn an meiner Stelle getan?«

»Steh zu deinem Wort und gib es mir.«

»Zu meinem Wort stehen?«, wiederholte James. »Um Himmels Willen, Vincent, wir sind Diebe«, rief er, packte das Ende des Gürtels, riss ihn aus der letzten Schlaufe und schleuderte LeBouef die schwere Metallschnalle direkt ins Gesicht. Sie erwischte ihn an der Stirn.

Blut quoll aus einem tiefen Riss und lief LeBouef übers Gesicht. Er japste, doch er war ein zu erfahrener Kämpfer, um seine Waffe fallen zu lassen. Er holte aus und traf Jim voll in die Rippen. Jim krümmte sich mit schmerzverzerrtem Gesicht, doch er schaffte es, sich näher an LeBouef heranzuschieben, was seinen Hieben etwas von ihrer Wucht nahm. Der Franzose schlug auf ihn ein und holte dann nach Jims Kopf aus, doch der schlang den Gürtel um LeBouefs Arm und zog ihn zu einer Schlinge um sein Handgelenk zusammen. Er riss heftig daran und der Knüppel fiel LeBouef aus der Hand.

Jim ließ sich nach hinten fallen, wobei seine Füße über den glitschigen Boden rutschten. LeBouef wurde nach vorne geschleudert. Jim packte ihn am Kragen, stemmte einen Fuß in seinen Bauch und schleuderte LeBouef über seinen Kopf hinweg gegen die Steinbank hinter sich.

LeBouefs Kopf krachte mit Übelkeit erregendem Knacken gegen den Marmor und er klappte zusammen wie eine Marionette, der man die Fäden durchtrennt hatte.

Ächzend rollte Jim sich herum und rappelte sich auf. Er tastete mit der Zungenspitze nach seinem Mundwinkel und schmeckte Blut. LeBouef hatte mehr als nur einen guten Treffer gelandet. Er fühlte ein Stechen in der Seite, seine Schulter pochte und sein linkes Auge schwoll bereits zu. Er humpelte zu dem Franzosen hinüber und stieß ihn mit dem Fuß an. Zufrieden damit, dass dieser anscheinend nicht nur so tat, als sei er bewusstlos, zog er LeBouef das Hemd aus und schlüpfte selbst hinein, denn er rechnete nicht damit, dass der Junge, den er zum Kleider kaufen geschickt hatte, zurückkommen würde.

Wenn er ihn irgendwo abseits versteckte, würde man LeBouef mit ein bisschen Glück vielleicht erst morgen früh finden. Und dann wäre Jim bereits weit weg.

Er riss eines der Handtücher in Streifen und band LeBouef damit die Handgelenke hinter dem Rücken zusammen. Vielleicht sollte er sich nach Osten absetzen, nach Indien zum Beispiel. Der einzige Grund, warum er noch lebte, war LeBouefs Unwissenheit darüber, dass sich das schwere, juwelenbesetzte Goldcollier bereits außer Landes befand und mittlerweile wahrscheinlich den Hals des Bullmastiffs schmückte, in den dieser stinkreiche österreichische Graf ganz vernarrt gewesen war.

Wenn LeBouef wieder aufwachte, würde er eine Mordswut haben, die nur Jims qualvoller Tod besänftigen könnte. Und er würde nicht aufhören, Jim zu jagen, bis er ihn gefunden hätte. Ägypten wäre für ihn erst wieder sicher, wenn LeBouef tot war. Eine schöne, aber leider sehr unwahrscheinliche Vorstellung, außer … Jim betrachtete den Bewusstlosen eine Weile und seufzte dann. Nein. Er konnte es nicht. Er würde sich Ägypten eben einfach aus dem Kopf schlagen müssen.

Resigniert fesselte er LeBouefs Füße und band sie dann an den Handgelenken fest. Dann stand er auf. Sein einziges Problem war Mildred Whimpelhall. Wenn er sie nicht zu Pomfrey brachte, würde der ihm vermutlich nie wieder die Gelegenheit geben, reinen Tisch zu machen. Und das würde bedeuten, er stünde bis an sein Lebensende in der Schuld von Colonel Lord Pomfrey.

Und das nagte an ihm.

Es hätte ihn nicht kümmern sollen, doch das tat es. Die Frage war nur, kümmerte es ihn so sehr, dass er sein Leben aufs Spiel setzen würde, nur um Mildred Whimpelhall nach Fort Gordon zu bringen? Allein der Gedanke war dumm.

Sollte doch ein anderer sie zu ihrem Verlobten bringen. Sollte doch ein anderer zusehen, dass ihr da draußen nichts Schlimmes zustieß, obwohl sie von nichts anderem als von schlimmen Dingen umgeben sein würden. Er war nicht der Einzige, der es schaffen konnte, sie heil nach Fort Gordon zu bringen. Aber er war der Beste.

LeBouef stöhnte. Jim zögerte kurz, zuckte dann die Schultern und verpasste ihm einen Tritt gegen das Kinn, was LeBouef wieder außer Gefecht setzte.

Was war schon dabei, wenn er diese Prüfung nicht bestand? Es interessierte ja doch nur ihn selbst. Es wäre nicht das erste Mal, dass er bei etwas versagte, und es würde bestimmt auch nicht das letzte Mal sein. Er könnte nach

Asien gehen oder sich nach Norden aufmachen, Richtung Baltikum. Es waren immer noch ein paar Orte auf der Welt übrig, an denen ein Mann sich verlieren konnte. Und auch wenn ihn allein bei dem Gedanken daran eine Erschöpfung überfiel, die tiefer war als jede körperliche Ermüdung, so würde er doch am Leben bleiben.

Vor sieben Jahren hatte er sich geschworen, dass er sich nie wieder für eine Frau in Schwierigkeiten bringen würde.

Und Mildred Whimpelhall zu ihrem Verlobten zu führen, fiel definitiv in diese Kategorie.

# Kapitel 7

*Ein ~~ängstliches~~ Schauder durchlief sie und ihr wurde bewusst, dass die Hand des Mannes, der vor ihr stand, nicht an den Umgang mit Tinte und Stift gewöhnt war, sondern nur an das kalte, harte Metall eines Colts.*

aus dem Tagebuch von Ginesse Braxton

Zeit zum Aufstehen, Miss Whimpelhall.«

Ginesse kämpfte sich aus der Umarmung eines unangenehmen Traumes und schlug die Augen auf. Vor ihr saß ein großer, schäbig aussehender Bandit. Sie blinzelte und langsam gewöhnten sich ihre Augen an das Halbdunkel ihres Hotelzimmers. Sie schüttelte den Kopf. Sie schien immer noch zu träumen, denn es gab einfach keine andere Erklärung dafür, dass James Owens auf ihrer Bettkante saß.

»Was tun Sie hier?«, murmelte sie und sah sich um. Ihr Fenster stand weit offen, dahinter lag die Terrasse.

»Wir müssen aufbrechen. Sofort.«

»Was tun Sie hier?«, wiederholte sie, raffte die Bettdecke hoch bis unters Kinn und robbte rückwärts, bis sie gegen das mit Schnitzereien bedeckte Kopfteil des Bettes stieß. Sie konnte ihn kaum erkennen. Alles, was sie sah, war, dass er sein Hemd gegen ein *Zaboot* getauscht hatte.

So nannte man die Tuniken, die von den ärmeren der Einheimischen getragen wurden. Eine große Verbesserung war das nicht.

Der Stoff stank nach Tabak. Und nach Schnaps. Sie schnupperte. Ja, er roch definitiv nach Schnaps. Sie beäugte ihn ängstlich über den spitzenbesetzten Rand ihrer Decke hinweg. Sie hatte gelesen, dass manche Männer zu schrecklichen Dingen in der Lage waren, wenn sie betrunken waren.

»*Was tun sie hier?*« Ihre Stimme wurde um eine Oktave schriller.

»Ich bringe Sie zu Ihrem Verlobten.«

Er klang eindeutig nicht lüstern. Sie entspannte sich ein wenig. »Zu meinem Verlobten?«

»Ja«, antwortete er. »Wir müssen aufbrechen. Sofort.«

»Ich komme nirgendwohin mit«, fauchte sie. »Bitte verlassen Sie sofort mein Zimmer, Mr. Owens.«

»Miss Whimpelhall, ich frage Sie nicht ...«

»Gut. Denn ich werde nicht gehen.« Gütiger Himmel. Dachte er wirklich, sie würde auf sein Kommando einfach mitten in der Nacht mit ihm davonjagen? Da war sie ja wohl aus etwas härterem Holz geschnitzt.

»Hören Sie zu, Miss.« Er beugte sich vor und stützte sich dabei auf seine große Faust, die er neben ihrem Oberschenkel in die Matratze bohrte. Der weiße *Zaboot* klaffte auf und entblößte seinen Oberkörper fast bis zur Taille. Seine Brust war breit und muskulös, auf den goldbraunen Härchen tanzten kleine Lichtreflexe. Schnell sah sie weg und ihre Wangen wurden heiß. Wie albern. Immerhin hatte sie einige äußerst provokative ägyptische Liebesgedichte gelesen, ohne mit der Wimper zu zucken. Nichts als trockene Worte über längst tote Liebespaare, spottete ihre innere Stimme. Das hier war etwas ganz anderes. Er war echt. Und er war ihr so nahe, dass sie diese ausgeprägte, harte Brust berühren könnte, wenn sie nur die Hand ausstreckte …

»Nein«, fiel sie ihm ins Wort. »Ich höre nicht zu. Gehen Sie jetzt freiwillig oder muss ich erst nach einem Wachmann läuten?«

»Sie werden nach niemandem läuten. Nicht, bevor sie mir zugehört haben.« Er verlagerte sein Gewicht und nun fiel Licht auf seine Züge.

Sie vergaß ihre Angst und Scham. »Um Gottes Willen! Was ist passiert?«

Er sah schrecklich aus. Sein linkes Auge war geschwollen, seine Lippen waren aufgesprungen und sein Kinn, auf dem sich bereits wieder Bartstoppeln zeigten, wurde von einem enormen Bluterguss verdunkelt.

Plötzlich dämmerte ihr, was geschehen sein musste. »Sie waren in eine Prügelei verwickelt! In eine Saloon-Prügelei!«, keuchte sie und erinnerte sich gleichzeitig an zahllose lebhafte Beschreibungen von verprügelten Männern aus ihren Wildwest-Groschenromanen. Sie beugte sich vor, um ihn besser betrachten zu können, und die Decke rutschte ihr unbeachtet von der Schulter. »So ist es doch?« Ein aufregender und erschreckender Gedanke kam ihr. »Ging es um eine Frau?«

»Was?«, fuhr er hoch und ein verwirrter Ausdruck legte sich auf sein Gesicht. Sie nahm ihm dieses Theater nicht ab.

»Ich habe also recht!«, stellte sie fest. »Sie haben sich in eine Barschlägerei gestürzt wegen eines …«, sie rang um Worte »eines *Flittchens*! Leugnen Sie es erst gar nicht!«

Was um Himmels Willen hatte Lord Colonel Pomfrey sich bloß dabei gedacht, eine so empfindsame und scheue Lady wie Miss Whimpelhall in die Obhut eines solchen Kerls zu geben? Was für eine Gewissenlosigkeit. James Owens hätte Miss Whimpelhall zu Tode erschreckt. Glücklicherweise war Ginesse weder empfindsam noch scheu.

Ungehalten griff er nach der Decke und warf sie ihr wieder über die Schulter. »In Kairo gibt es keine Saloons«, sagte er nur.

»Sie wissen genau, was ich meine. Irgendeine heruntergekommene Spelunke, in der die niedersten Triebe eines Mannes befriedigt werden.«

»*Die niedersten Triebe?*«

»Sie … Sie sollten sich schämen«, erklärte sie nachdrücklich. Sie war sich sicher, dass er irgendwo tief in seinem Innersten einen Funken Anstand besaß und sich der Wirkung einer wohlerzogenen Lady nicht entziehen konnte. So war es in den Büchern immer. »Sie wurden doch nicht zum Schurken geboren. Sie sollten … versuchen, ein besserer Mensch zu werden. Ich weiß, dass in Ihnen etwas Gutes steckt.« Sie hoffte, ihre Worte würden zuversichtlicher klingen, als sie sich fühlte. »Irgendwo.«

Einen Moment lang starrte er sie nur an, dann erhob er sich abrupt und ragte bedrohlich über ihr auf. Seine Augen glitzerten im Dunkel des Raumes.

»Sie ha'm mich durchschaut, Miss«, knurrte er mit deutlichem Wildwest-Akzent.

Wie *herrlich*.

»Ich hab mich in 'ne Schlägerei reinzieh'n lassen«, gab er zu. »Bin nich' stolz drauf, aber wenn der Schnaps, dieses Teufelszeug, einen erst mal in seinen Fängen hat, weiß man nie, wo's hinführt.«

»Wusste ich es doch!«, hauchte Ginesse.

»Sie hatt'n recht. Und jetzt, wo ich wieder nüchtern werd', sollt ich Sie besser warnen, Miss. Ich bin keins Ihrer britischen Schoßhündchen.«

Nein, dachte sie und zog sich die Decke noch enger um die Schultern, das war er ganz bestimmt nicht. Mit großen Augen sah sie zu ihm auf, unsicher, was er damit meinte. Ihr Herz schlug wie wild gegen ihre Rippen.

»*Comprende?*«

Sie runzelte die Stirn. »Wie bitte?«

»Verstanden?«

»Ja.«

»Wenn ich also sage, wir geh'n, dann geh'n wir auch. Hier bin ich der Ladestock, klar?«

Ladestock … Ladestock … Oh! Der *Boss*! Sie nickte.

»Und wenn ich Ihnen was bestimme, was mit unserer Reise zu tun hat, werd'n Sie's tun und Sie werd'n nich' widersprechen.«

»Ich würde niemals widersprechen. Das gehört sich nicht für eine Lady.«

»Aber Sie tun's doch grade.«

Sie öffnete den Mund, um zu … Sie schloss ihn wieder und schluckte schwer. Er klang ziemlich skrupellos und sie hatte ein kleines bisschen Angst.

»Schau'n Sie mich nich' so an«, fuhr er fort. »Von mir ha'm Sie nix zu befürchten, solang' Sie tun, was ich Ihnen sag. Ich hab nur ein Ziel, und zwar, Sie sicher zu Ihrem Liebsten zu bringen. Er hat Sie mir anvertraut und ich …«, mit bebenden Lippen wandte er den Blick ab, seine Gefühle schienen ihn fast zu übermannen, »und der Ehrenkodex des Wilden Westens bedeutet mir alles. Ich werd Sie zu ihm bringen, auch wenn ich Sie mir strampelnd und schreiend über die Schulter werfen muss.«

*Oh. Je.*

»Kapiert?«

»Ja.« Sie konnte sich gerade noch beherrschen, um ein Haar wäre sie damit herausgeplatzt, dass sie gar nicht Mildred Whimpelhall war und deshalb nirgendwo mit ihm hingehen würde. Mit jemandem wie James Owens hatte sie nicht gerechnet, als sie dieses Schauspiel begonnen hatte. Miss Whimpelhall hatte sich völlig zu Recht Sorgen gemacht.

Aber dann erinnerte sie sich daran, dass es Colonel Lord Pomfrey gewesen war, der Mildred diesem Mann anvertraut hatte, und auf das Urteil eines Mannes wie Colonel Lord Pomfrey konnte man sich verlassen. Niemals würde er Miss Whimpelhalls Tugend, geschweige denn ihr Leben aufs Spiel setzen.

Und was noch wichtiger war, Ginesse kam ihrem großen Ziel, ihrer Zukunft, ihrem Triumph immer näher.

Das durfte sie niemals vergessen. Sie durfte niemals vergessen, warum sie hier war und was ihr Erfolg bedeuten würde. Sie riss sich zusammen und hob das Kinn.

»Sie müssen mir versprechen, dass sie der Verlockung des Alkohols in Zukunft widerstehen werden.«

Er sah sie finster an. »Ich werde tun, was ich kann.«

»Versprechen Sie es mir.«

»Ich verspreche nichts, was ich nicht halten kann. Aber ich verspreche Ihnen, dass ich mein Bestes tun werde.«

»Es wäre mir sehr unangenehm, wenn ich Colonel Lord Pomfrey über ungebührliches Verhalten Ihrerseits informieren müsste.« Einen Versuch war es wert, doch sie fürchtete, diese Drohung würde Mr. Owens nicht sonderlich beeindrucken.

Ein harter Zug erschien um seinen Mund, doch er erwiderte nur: »Das wäre mir auch sehr unangenehm. Und deshalb ist es auch so wichtig, dass wir sofort aufbrechen. Bevor ich noch einmal den Verlockungen des Alkohols oder einer hübschen jungen Lady erliege.«

»Sofort?«

Er nickte.

»Es ist mitten in der Nacht.«

»Sie widersprechen ja schon wieder.«

»Aber es ist *wirklich* mitten in der Nacht.«

»Miss Whimpelhall«, erklärte er entschieden, »wir brechen auf, um eine äußerst heiße, äußerst große Wüste zu durchqueren.« Jetzt war wieder der schwache britische Akzent zu hören. Vielleicht kam sein Wildwest-Tonfall ja nur zum Vorschein, wenn er betrunken war oder unter großem emotionalem Druck stand. Was wirklich eine Schande wäre, denn dieser gefiel ihr sehr viel besser. »Was bedeutet, wir werden meistens vor Sonnenaufgang und nach Sonnenuntergang reisen«, fuhr er fort. »Und das bedeutet wiederum, dass wir umgehend aufbrechen werden. Noch zu dieser Stunde.«

Eigentlich konnte ihr es nur recht sein. Ein früher Aufbruch kam ihr sehr zupass, aber … »Aber ich hatte noch keine Zeit, meine Garderobe aufzustocken.«

»Darum habe ich mich schon gekümmert.«

»Sie?«

»Ich meine Pomfrey. Ich hatte ganz vergessen, dass er bereits arrangiert hat, dass passende Reisekleidung für Sie mit dem Rest unserer Ausrüstung zum Schiff gebracht wird.«

Sie musterte ihn und es beschlich sie das Gefühl, er verheimlichte ihr irgendwas.

»Fürs Erste werden Sie es nicht allzu unbehaglich haben«, fuhr er fort, als sie schwieg. »Wir werden die ersten beiden Reisetage auf dem Fluss verbringen, wo es kühler ist.«

»Ich verstehe.« Sie robbte zur Bettkante und stand auf, wobei sie die Decke um sich wickelte. Sie war zwar groß, doch er war gut zwölf Zentimeter größer. »Bitte gehen Sie.«

Er kam auf sie zu und sah zu ihr herunter. Dunkle Schatten fielen über sein ausdrucksloses Gesicht. »Es tut mir leid, Miss, aber wir werden jetzt aufbrechen«, sagte er leise. Bedrohlich. »Sie können dieses Zimmer entweder auf eigenen Beinen verlassen oder über meiner Schulter.«

Sie hatte es hier nicht mit einem unreifen kleinen Bruder oder einem liebevollen Vater zu tun, sondern mit einem grimmigen Fremden mit zweifelhaftem Ruf. Damit war sie überfordert.

*Das hier ist gefährlich. Er ist gefährlich,* dachte sie. Aber sie wollte nun mal nach Fort Gordon und ihr blieb keine andere Wahl, als mit ihm zu gehen.

»Ich bin ja einverstanden«, sagte sie. »Ich möchte nur, dass Sie das Zimmer verlassen, damit ich mich anziehen und die paar Dinge einpacken kann, die ich noch habe.«

So plötzlich wie sie sich eingestellt hatte, verschwand die Spannung im Raum wieder. »Oh. Tja, dann hätt'n Sie halt was sag'n soll'n.«

Er trat ans offene Fenster und hielt inne, seine Silhouette zeichnete sich gegen den kaum wahrnehmbar heller werdenden Himmel ab. »Wir treffen uns in einer halben Stunde am Rand des Gartens, nicht in der Eingangshalle. Wir müssen schließlich keine unnötige Aufmerksamkeit erregen.«

Er wartete ihre Antwort nicht ab, sondern schwang ein Bein über das Sims und verschwand lautlos in der Nacht, wobei er eine verwunderte Ginesse zurückließ. Warum sie selbst keine Aufmerksamkeit erregen wollte, war ihr klar, aber welchen Grund konnte er dafür haben?

# Kapitel 8

*Er nahm ihre schmale weiße Hand in die seine, zog sie an die Brust und legte sie auf sein Herz, damit sie es schlagen spüren konnte. »Geliebte, mein tapferes Mädchen«, rief er aus. »Öffne die Augen und lass mich erkennen, dass ich dich gerettet habe.«*

aus dem Tagebuch von Ginesse Braxton

»Du hast die Sache offensichtlich nicht ganz durchdacht«, sagte Haji. Er warf Jim das Bündel zu, das er mitgebracht hatte, und sprang dann zu ihm hinunter in den Bug der *Felucca*.

Jim ignorierte den Kommentar und reichte einem der Männer der Segelmannschaft das Paket, damit er es verstaute. »Hast du alles bekommen?«

Haji verzog verärgert das Gesicht. »Wenn du mit ›alles‹ meinst, ob ich Kleider für diese rothaarige Furie bekommen habe, dann ja. Wird es auch ihren Ansprüchen genügen? Nein. Zu meiner nicht besonders großen Überraschung gibt es nicht viele Geschäfte, die um vier Uhr morgens Damenmode verkaufen. Ich musste eine befreundete junge Dame aufsuchen, die nicht gerade entzückt war, als ich sie gebeten habe, ihre Garderobe mit einer Unbekannten zu teilen. Ich habe keine Ahnung, was sie da eingepackt hat.

Vielleicht irgendwelche Lumpen. Dafür schuldest du mir übrigens zehn Pfund.« Er sah sich um. »Wo ist Pomfreys Zukünftige überhaupt?«

Jim nickte zum Achterdeck des kleinen Segelschiffes hinüber, wo Mildred Whimpelhall saß. Die Arme auf das obere Barkholz gestützt, betrachtete sie den Sonnenaufgang. Das erste schwache Tageslicht malte ein rosiges Schimmern auf ihr Profil. Es zeichnete die Konturen ihrer geraden, majestätischen Nase und die klaren Linien ihres Kinns und ihres langen schlanken Halses nach.

»Warum trägt sie denn immer noch diese dunkle Brille?«, fragte Haji säuerlich. »Es ist doch noch nicht mal ganz hell.«

Jim wusste es nicht. Er hatte sich auch darüber gewundert und er fragte sich ganz besonders, welche Farbe wohl ihre Augen hatten. Im Hotelzimmer war es unmöglich gewesen, den genauen Ton zu bestimmen, aber diese Augen waren auf jeden Fall nicht hell und blass, sondern dunkel und intensiv, und sie wurden von langen, geschwungenen Wimpern umrahmt.

Auch noch ein paar andere Dinge waren ihm letzte Nacht aufgefallen. Als ihr die Decke auf die Hüften hinuntergerutscht war, hätte er schon blind sein müssen, um die Wölbung ihrer vollen Brüste nicht zu bemerken, die sich unter dem dünnen Baumwollhemd abgezeichnet hatten. Er wünschte fast, er wäre blind gewesen. Er wollte in ihr nichts anderes sehen als die Möglichkeit, seine Schuld zu begleichen. Aber sie hatte ausgesehen wie … Er schüttelte den Kopf und verbot sich, seiner Vorstellungskraft noch weiter zu folgen. Sie hatte ausgesehen wie eine Menge Ärger, so einfach war das.

Er hatte erwartet, Pomfreys Braut würde eine prüde Frömmlerin sein, die ihr Leben innerhalb sehr deutlicher und eng gesteckter Grenzen verbrachte. Er hatte erwartet, sie wäre so fantasievoll und heißblütig wie ein Karpfen. Auf keinen Fall hätte er sich diese Frau als eine temperamentvolle, feminine Vollblutromantikerin vorgestellt. Doch genau das war Mildred Whimpelhall.

Ohne jeden Grund hatte sie ihn in die Rolle eines geächteten Cowboys gesteckt. Nachdem er begriffen hatte, dass er rein gar nichts tun konnte, um sie von dieser Meinung abzubringen, hatte er beschlossen, dass er genauso gut einen Vorteil daraus schlagen konnte. Sie darum zu *bitten*, mit ihm zu kommen, hätte absolut nichts gebracht. Wenn sie nun mal unbedingt glauben wollte, er sei ein Schurke, dann würde er eben ein Schurke sein. Solange sie nicht genau wusste, wozu er fähig war, würde sie sich vielleicht nicht allzu widerspenstig geben. Was gut war, denn er ging jede Wette ein, dass sie verteufelt widerspenstig sein konnte.

Er musste unfreiwillig lächeln. Sie hatte ausgesehen wie ein frisch ausgebrütetes Eulenküken, wie sie da aus dem Nest ihrer Decken hervor mit großen Augen zu ihm aufgesehen hatte, ein bisschen verängstigt, ein bisschen neugierig …

»Ich habe getan, was möglich war.«

Jim sah auf, als Hajis Stimme ihn aus seinen Tagträumen riss.

»Die Crew«, erklärte Haji weiter und nickte zu den vier Männern hinüber, die auf dem Dock auf und ab liefen, ihre Ausrüstung aufluden und das Schiff bereit zum Ablegen machten. »Sie sind Nubier. Ich weiß, dass du kein Nubisch sprichst, aber sie waren das Beste, was ich auf die Schnelle zusammentrommeln konnte. Der Kapitän kann etwas Englisch.«

Jim nickte. Seine Englischkenntnis war vermutlich der einzige Vorzug des Kapitäns. Er war vor einer halben Stunde sturzbetrunken hier aufgetaucht und versuchte seitdem, wieder nüchtern zu werden. Der Nubier hatte einen Brustumfang wie ein Fass, und noch während Jim ihn beobachtete, rülpste er und brüllte einem Jungen einen Befehl zu. Der rannte daraufhin zum Achterdeck und begann, das Großsegel zu hissen. Leider schien er alles falsch zu machen, denn er erntete lautes Wutgeheul.

»Himmel, wenn wir es über den Fluss schaffen ohne abzusaufen, wäre das ein Wunder«, brummte Jim. »Wie viel zahle ich denen denn?«

»Jedem zwanzig Piaster pro Tag. Und noch mal fünfzig extra für den Kapitän.«

»Herrgott noch mal, Haji.«

»Komm schon, James. Ist doch nicht dein Geld, sondern das von Colonel Lord Pomfrey. Du musst ihm einfach nur die Rechnung überreichen. Und wenn ich du wäre, würde ich sie gnadenlos überziehen.« Er sah zu Mildred Whimpelhall hinüber und grinste. »Ich glaube, so was nennt man Gefahrenzulage.«

Sein Lächeln verflog. »Aber kein Geld der Welt ist es wert, dass du dein Leben aufs Spiel setzt. Das hier ist *verrückt, Habib*. LeBouef jagt vielleicht nicht höchstpersönlich hinter dir her, aber er wird einen Preis auf deinen Kopf aussetzen. Jeder Halunke im Umkreis von fünfzig Meilen wird nach dir Ausschau halten.«

»In der Wüste wird mir ja wohl kaum jemand hinterherschleichen«, entgegnete Jim, auch wenn alles, was Haji sagte, ihm auch schon durch den Kopf gegangen war.

»Und Miss Whimpelhall tust du damit auch keinen Gefallen, James. Du machst sie nur zu einer Zielscheibe.«

Auch daran hatte er bereits gedacht. »Wenn LeBouef ihr etwas antun würde, hätte er die gesamte britische Armee auf den Fersen und das weiß er ganz genau.«

»Quatsch!«, fuhr ihm Haji in die Parade. »Sie ist Pomfreys Braut. Also soll Pomfrey doch auch einen anderen finden, der sie zu ihm führt. Oder besser noch, soll er sie doch gleich selber holen.«

Jim zögerte. Haji hatte recht und als er sich diese unerfahrene Crew und ihren betrunkenen Kapitän, dessen zweifelhaften Fähigkeiten er Mildred Whimpelhall anvertrauen wollte, noch einmal genau ansah, geriet sein Entschluss ins Wanken. Sie war so jung und verletzlich. Er war sich zwar sicher, dass LeBouef ein zu berechnender Geschäftsmann war, als dass er Geld verschwenden und ihm bezahlte Mörder durch eine riesige, unerforschte Wüste hinterherschicken würde. Doch das bedeutete nicht, dass ein ehrgeiziger Kopfgeldjäger nicht mal sein Glück auf eigene Faust versuchen könnte.

»Hör mir zu«, drängte Haji weiter. »Dann muss sie eben eine Woche oder so in einem eleganten Hotel herumsitzen und warten. Wäre das denn so schlimm?«

Nein. Das wäre es nicht.

»Ja! Ja, das wäre es!«

Beim Klang der wütenden Frauenstimme fuhren beide Männer herum und erblickten Mildred Whimpelhall, die über die Ausrüstungskisten auf sie zu kletterte. Das Mädchen musste Ohren haben wie eine Fledermaus.

»Ah, Miss Whimpelhall«, rief Haji und sein Gesicht glättete sich. »Ich bin mir sicher, wenn Sie verstehen würden, was hier auf dem Spiel steht, würden Sie Mr. Owens nur allzu bereitwillig von seiner Pflicht entbinden.«

»Ich verstehe es *ganz genau*!«, protestierte sie und blieb auf einer Kiste neben dem Jungen stehen, der noch immer emsig, aber erfolglos versuchte, das Großsegel zu hissen. »Ich weiß, was hier auf dem Spiel steht und Mr. Owens' Probleme sind *nichts* im Vergleich zur Dringlichkeit meiner Situation.«

Hajis Blick wurde hart. »Auch, wenn es um sein Le…«

Jim packte ihn am Arm und schüttelte kaum wahrnehmbar den Kopf. »Hören Sie mal, Miss«, sagte er. »Es tut mir sehr leid, aber es ist etwas passiert, das ich nicht vorhersehen konnte. Es scheint, als wäre es das Beste für alle, wenn ein anderer Sie nach Fort Gordon brächte. Haji wird einen wirklich guten Führer für Sie aussuchen.«

»Ich *will* aber keinen anderen«, fauchte sie und wurde blass. »Ich will Sie.«

Ihre Unnachgiebigkeit überraschte ihn. »Das ist sehr schmeichelhaft, aber ich versichere Ihnen, dass wir jemanden finden werden, der beinahe …«

»Ach, zum Teufel«, schrie sie. »Es ist mir völlig egal, ob Sie ein guter Scout oder ein schlechter Führer oder ein mittelmäßiger Was-auch-immer sind. Mir ist nur wichtig, dass *Sie* jetzt hier sind. Es könnte Tage dauern, einen neuen Führer zu finden. Und *so* viel Zeit habe ich nicht.«

Er konnte sich beim besten Willen nicht vorstellen, wie Pomfrey es fertig gebracht hatte, eine derart inbrünstige Leidenschaft in ihr zu wecken, aber er versuchte es trotzdem. »Ich verstehe ja, dass Sie unbedingt zu Ihrem Verlobten wollen, doch hier geht es um Dinge, die ich nicht ändern kann.«

»Oh doch! *Sie* sind hier. *Ich* bin hier. Die *Crew* ist hier. Sie waren bereit zum Ablegen, bis *der da* aufgetaucht ist.« Sie durchbohrte Haji mit ihrem Blick.

»Ich bin untröstlich, der Grund für Ihre Enttäuschung zu sein, *Sitt*«, bemerkte Haji merklich ironisch.

Sie stampfte mit dem Fuß auf und die Kiste, auf der sie stand, geriet gefährlich ins Wanken. Sie bemerkte es nicht einmal. Sie stemmte die Hände in die Hüften und ihre Brust hob und senkte sich rasch vor Erregung. »Jetzt hören Sie mir mal zu. Ich werde nach Fort Gordon aufbrechen. Sofort. Mit Ihnen oder ohne Sie, Mr. Owens.«

»Aber, aber, Miss Whimpelhall. Sie sind sehr aufgebracht«, begann Jim ohne einen blassen Schimmer, wie er weitermachen sollte.

»Mit Ihnen oder ohne Sie«, wiederholte Ginesse. Sie wirbelte herum und deutete gebieterisch auf den Kapitän, der sich eine Auszeit davon gönnte, seine lustlose Crew anzubrüllen, um stattdessen mit wachsendem Interesse ihre Auseinandersetzung zu beobachten. »Sie, Kapitän. Verstehen Sie Englisch?«

»Ja«, gab er zu.

»Kennen Sie jemanden, der gewillt wäre, mich nach Fort Gordon zu bringen?«

»Nein«, er schüttelte heftig den Kopf. »Das ist sehr weit durch sehr schlimmes Land. Nein.«

Jim entspannte sich. Er hatte überhaupt nicht bemerkt, wie jeder Muskel in seinem Körper sich verkrampft hatte.

»Könnten Sie vielleicht jemanden auftreiben, der es für, sagen wir mal, fünfzig Britische Pfund tun würde?«

Der Kapitän hörte sofort auf, den Kopf zu schütteln. Er blinzelte und starrte zu ihr hinauf. »Die Tochter meines Cousins ist mit einem Beduinen verheiratet. Der würde vielleicht …«

»Nein«, unterbrach Jim ihn scharf. »*Nein*. Für eine Reise wie diese können Sie nicht einfach irgendjemanden anheuern, den Sie nicht kennen.«

»Von Ihnen weiß ich auch nicht mehr als das, was Colonel Lord Pomfrey mir geschrieben hat«, entgegnete sie. »Und anscheinend weiß er auch nicht viel über Sie. Ihm war gewiss nicht klar, dass Ihr Wort wertlos ist.« Abschätzig ließ sie den Blick über ihn wandern. »Auch wenn es ihm wohl hätte klar sein müssen.«

Er war schon schlimmer beleidigt worden und gehörte nicht zu denen, die sich von ein paar Worten in die Enge treiben ließen, aber es versetzte ihm doch einen Stich. »Ja, das hätte es wohl.«

»Oh!« Wieder stampfte sie mit dem Fuß auf. »Also gut. Kapitän, sobald diese Männer von Bord gegangen sind, können wir ablegen.«

»Zuerst müssen Sie mich bezahlen.«

»Natürlich. Ich habe das Geld gleich … Was tun Sie da, Mr. Owens? Lassen Sie sofort den Mann los!«

Er hatte den Kapitän über den Heckbalken hinweg an seinem *Galabeeyah* gepackt und zog ihn so dicht zu sich heran, dass ihre Nasen sich beinahe berührten. Verdammt. Jetzt wusste der Kapitän, dass sie Geld bei sich trug. Sie hatte sich soeben in eine gefährliche Lage gebracht, ohne es auch nur zu merken. Wie zum Teufel hatte sie es überhaupt unversehrt nach Ägypten geschafft?

Und er hatte tatsächlich geglaubt, seine Anwesenheit könnte ein Risiko für sie sein? Jetzt schwebte sie bereits in Gefahr und es würde nur immer schlimmer werden, denn so war sie nun einmal. Sie würde ihren Willen durchsetzen, egal, was für Konsequenzen das für andere hatte. Oder für sie selbst.

»Du wirst sie nicht alleine über den Fluss bringen«, drohte er dem Kapitän. »Nicht für fünfzig Pfund und auch nicht für hundert Pfund. Ist das klar?«

Der Kapitän hob beschwichtigend die Hände und wand sich aus Jims Griff. »Natürlich nicht, *Effendi*. Wo hatte ich nur meinen Kopf.«

»Nein!«, heulte Mildred Whimpelhall von ihrer Kiste herunter. »Das ist nicht fair. Sie können den Leuten nicht einfach befehlen, mich zu ignorieren!«

Jim sah sie finster an. »Es ist zu Ihrem eigenen Besten.«

»Oh, wie ich diesen Satz *hasse*«, zischte sie. Ihr Hut war ihr bei all dem Gestampfe vom Kopf gefallen und ihr grässlich rotes Haar löste sich allmählich, so dass es sich in medusenhaften Schlingen um ihr Gesicht wand.

»Diesem Mann hier können Sie vielleicht verbieten, mich über den Fluss zu bringen, Mr. Owens«, erklärte sie, »aber Sie können nicht jeden Kapitän an diesem Flussufer bedrohen, und das müssen Sie schon tun, wenn Sie mich aufhalten wollen. Ich werde jeden Mann mit einer *Dabihiya* oder einer *Felucca* oder auch einem Floß darum bitten, mich überzusetzen. Früher oder später wird es jemand tun, und Sie können nichts dagegen unternehmen, es sei denn, Sie haben vor, mich tagelang auf Schritt und Tritt zu verfolgen. Und da Sie es offenbar sehr eilig haben, mich loszuwerden, glaube ich nicht, dass Sie das tun werden. Sie können also genauso gut auch gleich gehen und mich meiner Suche überlassen, Mr. Owens.«

Er funkelte sie an. Sie funkelte zurück.

*Mist.*

»Allah sei gepriesen!«, rief der Junge plötzlich neben ihr, machte einen Luftsprung und stieß beide Fäuste triumphierend in die Luft, als das Großsegel endlich den Wind fing und sich aufblähte.

Leider währte sein Triumph nicht lange. Er hatte das Segel nicht vertäut und als die Brise es füllte, schwang die

Spiere herum, fegte über das Deck und wischte alles in ihrer Reichweite davon. Auch Miss Whimpelhall. In der einen Sekunde stand sie noch dort und starrte ihn an, und in der nächsten war sie verschwunden.

Jim sprang zur Seite und blickte hinunter ins Wasser, gerade noch rechtzeitig, um sie versinken zu sehen. Ihre dunklen Röcke wölbten sich um sie wie eine riesige Qualle – eine Qualle, die sie ertränken würde.

»Verlass Ägypten sofort, James«, sagte Haji ruhig. »Ich sorge dafür, dass sie sicher ist.«

Aber es war zu spät. Jim war bereits gesprungen.

Ginesse sank auf den Grund des Nils, ihre schweren Gabardineröcke zogen sie unerbittlich hinab. Sie öffnete die Augen. Trübes, schlammiges Wasser umgab sie und sie fühlte einen Anflug von Panik. Sie wusste nicht, wo oben und unten war. Desorientiert und verängstigt zwang sie sich ruhig zu bleiben. Sie konnte schwimmen, aber in diesen Röcken war es unmöglich. Sie musste sie loswerden.

Fieberhaft begann sie, die Bänder und Knöpfe zu lösen. Ihre Brust schmerzte, ihre Lungen fühlten sich an, als wollten sie bersten, aber sie wusste, wenn sie ausatmete, würden ihr nur Sekunden bleiben, bis sie ihre Lungen wieder füllen musste. Vorsichtig ließ sie einen schmalen Luftblasenstrom zwischen den Lippen entweichen und zerrte weiter an ihren Röcken. Ihr Kopf begann zu schwirren und ihre Finger wurden allmählich taub …

Dann packten sie plötzlich zwei kräftige Hände und sie wurde durch die Strömung nach oben gerissen. Ihr Kopf durchstieß die Wasseroberfläche und sie würgte und schnappte nach Luft. Starke Arme hoben sie hoch, ein weiteres Paar Hände hievte sie an Bord der *Felucca* und schleuderte sie an Deck wie ein volles Fischernetz.

Sie hustete und spuckte Wasser über das Deck. Dann wurde sie gegen eine harte, breite Brust gelehnt und ihr Kopf fiel in die schützende Mulde zwischen einem warmen Hals und einer muskulösen Schulter.

»Geht es Ihnen gut?« Seine Stimme war barsch und mitleidslos. Er schüttelte sie leicht. »*Geht es?*«

»Ja.«

Sie öffnete die Augen und blinzelte durch das Schlammwasser, das ihr noch immer übers Gesicht lief, zu Jim Owens hinauf, der sie ansah. Natürlich. Sie hatte es im selben Moment gewusst, in dem er sie berührt hatte. Seine Züge waren eine steinerne, unergründliche Maske, der Blick seiner grauen Augen strich über ihr Gesicht, ihr Haar und ihren Mund und fand schließlich ihre Augen.

»Sie sind mir nachgesprungen«, murmelte sie schwach und leicht verwundert.

Das schien ihn zu amüsieren, denn einer seiner Mundwinkel hob sich leicht. Sie deutete das als ein Lächeln. »Dachten Sie, ich würde es nicht tun?«

Sie antwortete, ohne nachzudenken. »Ich habe es nicht von Ihnen erwartet.«

»Ich hatte Sie auch nicht erwartet.« Seine Stimme klang merkwürdig, irgendwie verblüfft.

»Werden Sie mich nach Fort Gordon bringen?«, fragte sie ohne viel Hoffnung. Natürlich würde er es nicht tun. All ihre Pläne waren gescheitert, all ihre Träume davongewischt vom Schwung einer Spiere.

»Ja«, sagte er resigniert. »Ich schätze schon.«

# Kapitel 9

*Sie war immer bei ihm, eine schlanke mädchenhafte Gestalt, ein fröhlicher, ~~neugieriger~~ weiblicher Geist, der ihm vor Augen führte, wie einsam sein Leben gewesen war.*

aus dem Tagebuch von Ginesse Braxton

Jim hielt den Blick stur auf sein Ruder gerichtet und vermied es, zu Mildred Whimpelhall hinüber zu sehen, die vor ihm auf dem Schandeck saß und ihre bloßen Füße über die Kante herunterbaumeln ließ. Er wünschte, sie würde das lassen. Es machte ihn nervös, sie da sitzen zu sehen, als fordere sie die Flussgeister zu einem weiteren Versuch heraus, sie zu ertränken. Sie schien Gefahren einfach überhaupt nicht wahrzunehmen und hatte das Missgeschick von gestern anscheinend schon völlig vergessen. Als wäre es ganz normal, dass man mal in den Nil fiel.

Abgesehen von ihren nackten Füßen trug sie wieder die gleiche, sehr warm aussehende Gabardinereiseuniform. Den gestrigen Tag hatte sie zum größten Teil in ein langes Segeltuch gewickelt verbracht, während ihre Kleider am Mast trockneten. Das Bündel, das Haji gebracht hatte, war von der unfähigen Crew unter einem Haufen anderer Ausrüstungsgegenstände begraben worden. Doch auch das hatte ihr scheinbar überhaupt nichts ausgemacht. Seit er zugestimmt hatte, sie nach Fort Gordon zu bringen, war sie nur noch gut gelaunt gewesen.

Er hatte ja auch kaum eine andere Wahl gehabt. Es war klar, sie würde die Reise mit oder ohne ihn wagen. Irgendjemand musste sich schließlich darum kümmern, dass sie heil durch die Wüste kam, und da er Pomfreys Forderung zugestimmt hatte, war dieser Jemand nun mal er. Ob zum Guten oder zum Schlechten, sie gehörte jetzt zu ihm … bis er sie ihrem Verlobten übergab.

Eine leichte Brise kräuselte das Wasser und er sah zum Großsegel hinauf. Es blähte sich leicht, fiel dann aber wieder in sich zusammen. Der Wind, der kleine Segelschiffe normalerweise zuverlässig auch gegen die Strömung des Nils ans andere Flussufer brachte, hatte sie im Stich gelassen. Was bedeutete, er selbst und die nubischen Seemänner – diesen Haufen so zu bezeichnen war eindeutig eine Beleidigung für alle echten Seemänner – mussten jetzt die Aufgabe übernehmen, das Boot flussaufwärts zu manövrieren. Und das war harte, schweißtreibende Arbeit.

»Haben Sie schon einmal eine Postkutsche ausgeraubt?« Die Frage kam aus dem Nichts.

Verdattert blickte er auf, doch eigentlich hätte es ihn nicht verblüffen sollen. Sie löcherte ihn bereits den ganzen Tag mit derartigen Fragen. Haben Sie einen eigenen Colt? Haben Sie schon mal Vieh gestohlen? Außerdem wollte sie wissen, wie Whiskey schmeckte, und ob er schon einmal eine Büffelherde gesehen hatte.

»Oder einen Zug?« Sie sah ihn unverwandt an.

Welche anständige junge Lady stellte solche Fragen? Welche anständige junge Lady interessierte sich überhaupt für solche Dinge?

Seine eigene recht dürftige Erfahrung mit wohlerzogenen jungen Ladys hatte ihn auf jemanden wie Miss Mildred Whimpelhall nicht vorbereitet. Er kannte Frauen der Oberschicht als bescheidene, vornehme und zurückhaltende Wesen mit geziert gesenktem Blick und scheuem Lächeln. Charlotte beispielsweise wäre wohl eher nackt durch die Straßen gerannt, als dass sie einem Fremden so private Fragen gestellt hätte.

Mildred Whimpelhall schien dagegen so viele Fragen, so viele Meinungen und so viel … *Gespräch* in sich zu tragen, dass es für drei gereicht hätte. Egal auf welcher britischen Mädchenschule sie gewesen war, an ihrer Eltern Stelle hätte er auf jeden Fall sein Geld zurückverlangt.

»Sie müssen nicht antworten, wenn Sie nicht möchten«, lenkte sie ein.

»Wie unglaublich großzügig von Ihnen«, bemerkte er trocken.

»Aber ich wünschte, Sie täten es.« Verstohlen linste sie unter dem Fächer ihrer dichten Wimpern hervor zu ihm hinüber. Ihre Augen …

Gott helfe ihm, diese Augen. Sie hatte ihre Brille im Fluss verloren, was sich als zweischneidiges Schwert herausgestellt hatte. Es hatte ihm den Atem verschlagen, als er sie gestern auf der *Felucca* gegen seine Brust gelehnt und sie die flatternden Lider gehoben hatte. Ihre Augen waren die außergewöhnlichsten, die er jemals gesehen hatte. Wahrhaftes Coelin. Die Iris von einem sanften, grünlichen Blau mit kupfernen Einsprengseln war umgeben von einem dunklen Ring. Solche Augen trieben Männer in den Wahnsinn und zwangen sie in die Knie.

Manche jedenfalls. Ihn nicht.

Dann war Haji aufgetaucht, um nach ihr zu sehen, und sie war ohnmächtig geworden. Sie hatte sich jedoch schnell erholt, nachdem Haji verärgert darüber, dass Jim weiterhin an seinem Plan festhielt, das Schiff verlassen hatte.

»Nun?« Sie hatte ein gebundenes Schreibheft und einen Bleistiftstummel hervorgezogen. Was schrieb sie da überhaupt die ganze Zeit? Es kam ihm vor, als würde sie permanent etwas vor sich hin kritzeln. »Haben Sie schon einmal einen Zug überfallen?«

»Für was für einen Mann halten Sie mich eigentlich, Miss Whimpelhall?«

»Ich weiß es nicht. Deshalb versuche ich es ja herauszufinden«, entgegnete sie. »Aber es ist nicht gerade leicht, wenn Sie immer so einsilbig antworten.«

»Vielleicht antworte ich ihnen eben deshalb nicht, weil ich glaube, dass Ihnen die Antwort nicht gefällt.«

Darüber dachte sie nach. Sie streckte ein außerordentlich langes Bein aus, um die Zehen ins Wasser zu tauchen, und gewährte ihm so einen Blick auf einen grazilen Knöchel, einen elegant gebogenen Spann und hübsche rosige Zehen. Alles in ihm spannte sich bei diesem Anblick, was ihn reichlich aus der Fassung brachte.

Wie konnte etwas so Zweckdienliches wie ein Fuß nur so verdammt erregend sein?

»Vielleicht nicht«, gab sie schließlich zu. »Aber finden Sie nicht, ich verdiene es zu wissen, was für einem Mann Lord Colonel Pomfrey meine Sicherheit anvertraut hat?«

»Sollte es Ihnen denn nicht reichen, dass er es getan hat?«

»Nein«, entgegnete sie prompt. »Es geht um meine Sicherheit und nicht um seine.«

Ein weiterer Minuspunkt für das vermeintliche Mädcheninternat. »Vermeintlich« deshalb, weil er allmählich glaubte, dass sie niemals einen Fuß in solch eine Schule gesetzt hatte. Junge Ladys bestanden nicht derart offen auf ihrer Eigenständigkeit. Älteren Damen mochte ein ausgeprägter Wille und Unabhängigkeit vielleicht verziehen werden, doch sie war viel zu jung, um bereits einen Sinn für Unabhängigkeit entwickelt zu haben. Und sie war verdammt unabhängig.

Und außerdem hatte sie recht. Sie verdiente es wirklich zu wissen, was für ein Mann ihr Führer war, und ob er seine Aufgabe gewissenhaft erfüllen oder sich bei den ersten Schwierigkeiten aus dem Staub machen würde. An ihrer Stelle würde er es auch wissen wollen.

Doch er wollte ihr auch noch aus einem anderen Grund antworten. Er wollte, dass jemand – dass sie – ihn kannte. Er wollte nur für einige wenige Tage mehr sein als lediglich ein Geist, auch wenn er lieber nicht so genau wissen wollte, warum.

»Nein, ich habe noch nie eine Postkutsche ausgeraubt. Oder einen Zug. Oder eine Bank, um es vorwegzunehmen.«

»Aber *irgendetwas* haben Sie geraubt«, stellte sie fest und behielt ihn scharf im Auge. »Von irgendjemandem.«

»Ja. Von den Toten.« Ihr schockiertes Gesicht entlockte ihm ein kurzes, freudloses Lachen. »Ich meine aus Grabmälern. Ich habe keinen toten Viehdieben die Stiefel gestohlen oder so.«

»Manche nennen das auch Archäologie«, bemerkte sie steif.

»Wo liegt da der Unterschied?«, fragte er. »Was ich tue, ist ebenso Diebstahl, nur weniger direkt.«

Sie verspannte sich noch etwas mehr. Da hatte er wohl einen Nerv getroffen. Interessant. »Wenn die Öffentlichkeit davon profitiert, dann ist es Archäologie, wenn es dagegen nur die Gier eines Einzelnen befriedigt, ist es Diebstahl.«

»Ist Ihr Vater zufälligerweise Archäologe? Sie kommen mir da ein wenig voreingenommen vor«, fragte er amüsiert. Viele Herren, die der Oberschicht angehörten, bezeichneten sich selbst als Amateurarchäologen. Er hatte bereits so einiges an sie verkauft.

»Nein! Ich meine, ja.« Sie errötete. »Er ist ein begnadeter Enthusiast. Aber er ist kein *Dieb*.«

Das erklärte natürlich all die historischen Einsprengsel in ihren Unterhaltungen und die beiläufigen Anmerkungen, die sie immer machte, wenn sie an einer antiken Stätte oder Ruine vorbeifuhren.

»Und sicher handelt Ihr Vater immer streng nach Vorschrift, wenn es um den Erwerb von Antiquitäten geht.«

Sie wurde nur noch röter und räusperte sich. »Natürlich. Aber wir haben gerade nicht über meine Familie gesprochen, sondern über Ihre.«

»Eigentlich haben wir das nicht und wir werden es auch nicht«, korrigierte er gelassen und handelte sich damit einen bösen Blick von ihr ein. Sie war ja schlimmer als Haji und sogar noch durchschaubarer.

»Tja, dann haben wir eben über Ihr Leben in den wilden Grenzgebieten Amerikas gesprochen.«

»Nein. Sie haben darüber gesprochen. Ich habe nur gerudert.«

»Aber wenn Sie darüber sprechen *würden*, dann würde Sie das von der Hitze und der harten Arbeit ablenken, und davon, wie weit der Weg noch ist und wie lange es noch dauern wird, bis Sie sich endlich verabschieden können.« Ihre Worte munterten ihn nicht gerade auf, obwohl er glaubte, dass sie das eigentlich bezwecken wollte. »Oder davon, wie untüchtig Ihre Crew ist.«

Betont sah sie zu den Nubiern hinüber, die träge an den Rudern zu beiden Seiten der *Felucca* lümmelten. »Ich wage zu behaupten, dass es bis jetzt noch nicht mal zwei von Ihnen geschafft haben, synchron zu rudern. Meinen Sie, ich sollte ein kleines Ruderlied anstimmen? Sie wissen schon, um Sie alle in Einklang zu bringen und zu einem Team zu machen«, schlug sie vor.

»Nein«, entgegnete er hastig. Der Kapitän hatte ihm erzählt, dass es den Männern nicht gefiel, eine unverheiratete Frau an Bord zu haben. Sie hielten ihren Sturz ins Wasser und die seither anhaltende merkwürdige Flaute für ein schlechtes Omen. »Ich, ähm, genieße unsere Unterhaltung sehr.«

Sie lächelte breit und er begriff, dass er ihr auf den Leim gegangen war. »Haben Sie einen Mustang?«

Endlich mal etwas, über das er ohne Vorbehalt sprechen konnte.

»Ich hatte einen. Einen zähen kleinen Buckskin.«

»War es ein schönes Pferd?«, fragte sie hoffnungsvoll.

»Wohl kaum. Er sah aus wie ein Gargoyle und sein Trab hätte einem das Rückgrat brechen können, aber er ist niemals gestolpert, egal in welchem Gelände, und er wusste, wie man eine Kuh treibt.«

»Sie sind also ein erfahrener Reiter?«

»Ja.«

»Haben Sie ihn denn noch?«

»Nein.« So wie alles andere war auch sein Mustang verkauft worden, nachdem sein Vater gestorben und er damit plötzlich zum Erben geworden war. Wie ein dunkler Engel war Althea auf Jim herabgeschossen, hatte ihn aus Amerika von der Ranch seines Onkels geholt, ihn nach England geschleift und in ihr Haus gesperrt, das eher einem Mausoleum glich. Dieser Ort war für ihn nie ein Zuhause gewesen. Nichts hatte er mitbringen dürfen.

»Muss ich Ihnen denn wirklich jedes Wort aus der Nase ziehen?«, platzte sie zu seiner Verblüffung heraus. Er wusste wirklich nicht, warum sie das alles so interessierte. »Ich respektiere doch diese ganze geheimnisvolle Einsamer-Wanderer-Identität, aber Sie treiben es mit

Ihrer Verschlossenheit wirklich auf die Spitze. Da ist ja sogar die Sphinx mitteilsamer!«

Geheimnisvoller, einsamer Wanderer? So sah sie ihn also? Ein Lächeln zupfte an seinem Mundwinkel.

»Grinsen Sie nicht so. Sie geben sich ganz bewusst geheimnisvoll und das ist ein wirklich offensichtlicher Trick, um Ihre mysteriöse Ausstrahlung noch zu verstärken.«

Herrje. Sein schiefes Lächeln wurde zu einem breiten Grinsen. Sie war so unvorhersagbar. So komisch. »Ich habe eine mysteriöse Ausstrahlung?«

»Hätten Sie wohl gerne«, nahm sie ihre Worte leicht beleidigt wieder zurück.

»Tut mir leid«, erklärte er immer noch grinsend. Sie hatte die Arme vor der Brust verschränkt und sich mit emporgereckter Nase von ihm abgewandt. »Es schien mir zu dem Thema nur einfach nichts mehr zu sagen zu geben. Was wüssten Sie denn gerne?«

»Haben Sie Geschwister?«

»Ja. Einen vier Jahre jüngeren Halbbruder. Jock.« Es war lange her, dass er seinen Namen ausgesprochen hatte. Es fühlte sich merkwürdig an. Bittersüß. »Er war ein sanftmütiges Kind, wissbegierig und schüchtern. Ständig hatte er die Nase in irgendeinem Buch. Seine Mutter starb bei seiner Geburt.« Er hatte das einzige bisschen familiäre Wärme in Altheas großem kalten Haus verkörpert.

Sie strahlte ihn an. »Na also. War das so schwer?«

»Ja.«

Sie schnaubte äußerst undamenhaft.

»Und haben Sie denn Geschwister, Miss Whimpelhall?«, fragte er. »Ich weiß genauso wenig über Sie, wie Sie über mich, außer, dass Sie Pomfreys zukünftige Braut sind.«

»Ach«, sagte sie leichthin, »jede Menge. Sechs jüngere Brüder und der nächste ist gerade auf dem Weg. Ich bin wieder dran. Wo sind Ihre Eltern?«

*Diese* Erinnerungen wollte er nun wirklich nicht wieder ausgraben. »Beide tot«, gab er knapp zurück. Und stellte dann überrascht fest, dass er gerne mehr sagen wollte. »Meine Mutter ist gestorben, als ich vier war. Wir haben auf der Ranch meines Onkels gelebt, die bereits seit Generationen in Familienbesitz war. Nach dem Tod meiner Mutter hat mein Onkel mich großgezogen. Muss hart für ihn gewesen sein. Er war nie verheiratet und hatte mit mir bestimmt alle Hände voll zu tun.«

»Was war denn mit Ihrem Vater?«

»Meine Eltern lebten schon vor meiner Geburt nicht mehr zusammen. Ich habe meinen Vater nie kennengelernt. Nach dem Tod meiner Mutter hat er wieder geheiratet. Als ich vierzehn war, starb er und ich erbte seinen …« Es war lange her, dass der Gedanke ihn geschmerzt hatte und es gab keinen Grund, das jetzt wieder zuzulassen.

»Seinen was?«, fragte Miss Whimpelhall sanft nach.

»Alles eben. Keine große Sache. Jedenfalls nicht für mich. Seine Mutter meinte, man könne mich wirklich nicht länger wie einen wilden Barbaren aufwachsen lassen, also ist sie auf die Ranch gekommen und hat mich mitgenommen.« Er atmete aus und stellte überrascht fest, dass er die Luft angehalten hatte.

»Das tut mir leid«, sagte sie. »Ich … ich weiß, was es heißt, von einem Ort, den man liebt, weggeschickt zu werden.«

Sie sah so traurig und verloren aus. »Das ist lange her, Miss Whimpelhall. Solche Dinge passieren eben und man findet sich damit ab. So ist das Leben.«

Neugierig geworden, musterte sie ihn und ihr Gesichtsausdruck wandelte sich von traurig zu zustimmend.

»Und bevor mir die Stimme versagt, weil ich an so lange Gespräche nicht gewöhnt bin: Wollen Sie noch etwas wissen?«

Sie überlegte eine Weile, bevor sie mit der nächsten Frage aufwartete. »Mögen Sie Pferde?«

»Ob ich sie mag? Ich respektiere sie. Ich schätze sie. Ich bewundere ihre Anmut und ihre Schnelligkeit. Ich habe Achtung vor ihrer Bereitschaft und ihrem Mut, aber ich weiß nicht, ob ich ein Pferd *mögen* kann.«

»Aber natürlich tun Sie das«, platzte sie mal wieder heraus. »Das haben Sie doch gerade gesagt.«

Er konnte nicht anders, ihre Sturheit brachte ihn wieder zum Lächeln. »In Ordnung. Ich mag Pferde.«

»Sie würden ja auch einen feinen Cowboy abgeben, wenn nicht«, stellte sie mit Nachdruck klar und strich sich den Rock glatt. »Haben Sie denn jetzt auch ein Pferd? Hier?«

»Ja.« Dabei wollte er es belassen, doch dann sah er, wie sich in ihren unglaublichen Augen Gewitterwolken zusammenbrauten, und beschloss, einem erneuten Sturm zuvorzukommen. »Eine Araberstute und ihr Fohlen.«

Sie runzelte die Stirn. »Araberstuten sind seit der Epidemie sehr selten in Ägypten.«

*Woher wusste sie das?*

»Außer bei den Beduinen«, ergänzte sie beiläufig.

»Sie gehörte auch einem Beduinen«, erklärte Jim. »Sie hat mich sämtliche Pennys gekostet, die ich in drei Jahren Arbeit zusammengespart hatte. Aber das war mir egal. Als ich sie zum ersten Mal sah und sie mir zugewiehert hat, musste ich sie einfach haben.«

»Oh!« Miss Whimpelhall seufzte glücklich und legte das Kinn in die Handfläche. »Das ist ja so romantisch!«

Jim schnaubte. »Wohl eher dumm. Es kostet mich ein kleines Vermögen, sie zu halten. Ich hatte keinen Gedanken daran verschwendet, wie ich für sie sorgen oder was ich überhaupt mit ihr anfangen soll.«

Oder vielleicht hatte er das doch, was sogar noch einfältiger war. Vielleicht war das auch der Grund, warum er sie hatte decken lassen. Weil er irgendwo doch hoffte, er könnte vielleicht einmal stiller Teilhaber eines Gestüts sein und diese edlen Tiere züchten. Natürlich war es ein dummer Traum, aber da er ja sonst nichts hatte, für das er sein Geld ausgeben wollte, konnte er es sich leisten, es für ein, zwei törichte Träume zu verschwenden.

Er zwang sich zu einem weiteren Lächeln. »Ist die Befragung für heute vorbei?«

Sie errötete, nickte aber mit einem verletzten Ausdruck in den Augen, und er fühlte sich, als hätte er gerade ein Kätzchen getreten. »Natürlich.«

Er unterdrückte den Impuls, sich bei ihr zu entschuldigen. Er hatte seine Gründe, wenn er ihr nicht alles erzählte. Er hatte seine Gründe dafür, dass nur wenige Menschen überhaupt wussten, dass es ihn gab, und noch weniger, wo er zu finden war. Und er hatte seine Gründe dafür, dass er sich nicht in der Gesellschaft anderer Auswanderer aufhielt und nichts tat, das zu viel Aufmerksamkeit erregen konnte.

Er war ein Geist. Und Geister besaßen nun mal keine Häuser, sie hatten keine Liebschaften oder Freunde, sie bauten sich keine Existenz auf und besaßen auch keine Gestüte. Vor Jahren hatte er einen Pakt geschlossen, doch der würde nur gültig sein, so lange der Rest der Welt ihn für tot hielt, und Tote sprachen nicht über die Vergangenheit. Nur dass er genau das gerade getan hatte.

Er überlegte, wie viel er dabei riskiert hatte und kam zu dem Schluss, dass es nicht viel war. Was war schon dabei, wenn er Mildreds Cowboy-Fantasien ein wenig fütterte und dabei ab und zu mal einen Tropfen Wahrheit untermischte? Solange es nicht zur Gewohnheit wurde.

So lange *sie* nicht zur Gewohnheit wurde.

Danach blieb sie eine ganze Weile lang still, doch sie gehörte nicht zu denen, die sich so leicht die Laune verderben lassen. Als sie schließlich wieder sprach, klang sie fröhlich und unbefangen. »Wussten Sie, dass Kleopatra die Segel ihrer Schute mit Parfüm tränkte, so dass der Wind ihre Ankunft ankündigte, wenn sie den Nil herunterfuhr?«

»Nein.«

»Sie waren violett.«

»Oh.«

»Und wenn Marc Anton sie besuchte, bestreute sie den Boden ihrer Gemächer knöcheltief mit Rosenblättern.«

»Warum?«

»Warum?«, echote sie. »Weil es romantisch war.«

Er grollte leise und legte sich in die Ruder.

»Glauben Sie an Romantik?«

Oh-oh. Mit wieder voll erwachter Neugierde schwang sie sich zu ihm herum.

»Ich vermute, Romantik ist ganz nett, solange man noch jung ist.«

»Sie glauben, Romantik ist etwas für *Kinder*?«

»So ungefähr.«

»Das ist ja furchtbar. Waren Sie denn noch nie verliebt?«

»Einmal. Aber wie gesagt, damals war ich noch ein Junge. Es ist vorbeigegangen. Wie Fieber.« Er überlegte. »Was ich als Junge ja auch manchmal hatte.«

Bestürzt starrte sie ihn an, die Stirn in tiefe Falten gelegt. Dann glättete sich ihr Ausdruck plötzlich. »Ah«, meinte sie wissend, »sie hat Ihnen das Herz gebrochen.«

»Nicht die Spur.«

Sie senkte die Stimme und sah ihn mitfühlend an. »Ist sie der Grund dafür, dass Sie hier sind?« Mit einem leisen Keuchen sog sie die Luft ein, als ihr eine Erkenntnis kam.

»Oh! Aber natürlich ist sie das!«

Er wartete, fasziniert und gespannt, was sie als nächstes sagen würde.

»Ganz Amerika war nicht groß genug, um der Enttäuschung und dem Schmerz zu entfliehen, und deshalb sind Sie nach Ägypten gekommen, wo Sie ihr schönes, unerreichbares Antlitz nie wieder sehen müssen. Oh.« Ihre Fingerspitzen berührten ihr Herz.

Er prustete los.

Ihr verträumter Ausdruck verschwand und machte einer ärgerlichen Miene Platz. »Sie können sagen, was Sie wollen, ich *weiß*, dass ich recht habe. Sie waren verrückt vor Liebe und es ist tragisch zu Ende gegangen.«

»Tja, teilweise haben Sie sogar recht, es ist zu Ende gegangen«, sagte er gedehnt und war selbst erstaunt über seine Unbeschwertheit. Es hatte eine Zeit gegeben, in der er nur noch Bitterkeit empfunden hatte.

»Und wie ist es zu Ende gegangen?«

»Sie hat mir einen Brief geschrieben und unsere Verlobung gelöst.« Ein Blick genügte und ihm war klar, dass ihr das kaum reichen würde. Resigniert erzählte er weiter, bevor sie nachhaken konnte. »Man hatte sie vor mir gewarnt.«

»Weil Sie ein Revolverheld sind?«, fragte sie hoffnungsvoll.

Sie schaffte es immer wieder, ihn zu verblüffen. Man konnte fast meinen, sie *wollte*, er wäre ein Revolverheld. Aber das tat sie bestimmt nicht. Er hatte ein paar von der Sorte kennengelernt.

»Nein, man hatte ihr gesagt, meine Perspektiven wären nicht so gut, wie sie angenommen hatte.«

Sie rümpfte die Nase, als würde sie etwas Unangenehmes riechen. »Dann hat sie Sie auch nicht wirklich geliebt und Sie sollten sich freuen, sie los zu sein. Wenn eine Frau jemanden liebt, dann steht sie zu ihm, ungeachtet seiner gesellschaftlichen Position oder seiner finanziellen Aussichten.«

»Jetzt werden Sie wieder romantisch und Sie sind viel zu hart mit ihr. Sie war noch ein Mädchen, kaum achtzehn, und ihre Familie hatte gewisse Erwartungen an sie.« In ihrem letzten Brief hatte Charlotte ihm erklärt, dass sie nicht ohne die Zustimmung ihrer Familie heiraten könne und die Lügen, die er ihr aufgetischt hätte, alle ihre früheren Gefühle ersticken würden. Er hatte sie nie angelogen, doch er war zu stolz gewesen, es ihr zu sagen.

»Sie hätte ihrer Familie ihre Erwartungen um die Ohren hauen sollen«, rief sie so heftig, dass er sich fragte, was wohl ihre eigene Familie von ihr verlangt hatte. »War sie hübsch?«

»Oh, ja. Sehr hübsch.« Nach dem allgemeinen Verständnis, mit reiner Haut und einem Rosenknospenmund, zarten Händen und einer rundlichen, zierlichen Figur. Er hatte sie auf einem Fest kennengelernt. Er war erst spät dort eingetroffen, in Begleitung einer ganzen Gruppe junger Männer, die ihn eigentlich nur dabei haben wollten, weil seine Gesellschaft etwas Abwechslung versprach. Es war ihm egal gewesen. Jeder Grund, Altheas Haus zu entkommen, war ihm recht, auch wenn es nur für einen Abend war.

Auch Charlotte war eine Außenseiterin gewesen, trotz ihres offensichtlich teuren Kleides und der Tatsache, dass sie eine der kostspieligsten, wenn auch nicht wählerischsten, Mädchenschulen Englands besucht hatte. Seine »Freunde« hatten ihm zwinkernd zu verstehen gegeben, man könnte das frische Geld der Neureichen noch an ihr riechen.

Und er stank nach Kühen.

Er fand, sie passten ziemlich gut zusammen, und noch vor Ende des Abends hatte er ihr einen Kuss abgeluchst. Es war das erste Mal, dass er ein Mädchen geküsst hatte.

Und für die meisten Jugendlichen wäre das wohl schon genug gewesen, um sich zu verlieben. Aber sie war außerdem süß und sie hatte ihn bewundert. Sie hatte ihm das Gefühl gegeben, ein Gentleman zu sein und kein halbwilder Emporkömmling, dessen Benehmen und Akzent man ihm austreiben musste. Was Althea und ihre »Tutoren« auch hartnäckig versuchten.

»Oh.« Miss Whimpelhall sah weg und ihre Mundwinkel zogen sich leicht nach unten. »Sind Sie immer noch …« Sie brach ab. Anscheinend gab es sogar für Miss Mildred Whimpelhall ein paar Fragen, die zu direkt waren.

»Ich glaube nicht«, beantwortete er ihren halb ausgesprochenen Satz.

Ihr Blick schoss wieder zu ihm. »Sie *glauben* nicht?«

Er zuckte mit den Schultern. »Ja. Ich kann nicht behaupten, dass ich viel darüber nachgedacht habe. Also glaube ich es eben.«

»Aber sicher sind Sie sich da nicht?«

»Scheint so.« Er verstand einfach nicht, warum sie das so aufregte.

»Wenn Sie noch immer in sie verliebt wären, dann wüssten Sie es«, erklärte sie stur.

»Ach ja?«

»Ja. Wenigstens hoffe ich das, denn wenn Sie es nicht wüssten, dann wäre es nur eine sehr traurige, schwache Nachahmung von Liebe.«

»Dann sind Sie in Sachen Romantik also eine echte Expertin, Miss?«

»Tja«, sie hob eine Schulter und beließ es dabei.

»Sprechen Sie aus der Erfahrung ihrer eigenen tiefen und beständigen Liebe zu Pomfrey?« Er hätte sich nicht träumen lassen, dass er einer jungen Lady, die er erst seit ein paar Tagen kannte, jemals eine so intime Frage stellen würde. Es gab gewisse Grenzen, die ein Gentleman nicht überschritt. Welche Mängel in Miss Whimpelhalls Erziehung auch immer toleriert worden waren, Althea hatte sie ihm jedenfalls nicht durchgehen lassen – was ihm häufig schmerzlich bewusst geworden war.

Sie lief dunkelrot an. »Das geht Sie doch wohl kaum etwas an.«

Er ging nicht darauf ein. Schließlich hatte sie die Grenzen hier mehr oder weniger selbst abgesteckt.

»Aha. Ich verstehe«, sagte er. »Sie haben also einen Freibrief, um mir jede Frage zu stellen, die sie wollen, und Sie erwarten auch, dass ich sie beantworte, aber mir verweigern Sie dieses Privileg. Sie spielen nicht fair, Miss Whimpelhall.«

Beleidigt richtete sie sich auf. »Das tue ich sehr wohl.«

»Also dann«, fuhr er fort. »Lieben Sie ihn?«

»Natürlich.« Er glaubte ihr kein Wort.

»Wirklich«, meinte er. »Warum?« Warum bedrängte er sie so? Sie wirkte völlig durcheinander und er war kein Mann, der es genoss, ein Mädchen zu beunruhigen.

»Was für eine lächerliche Frage«, stotterte sie.

Und trotzdem machte er weiter. »Ganz und gar nicht. Sie haben sich immerhin zur Expertin erklärt, mich interessieren lediglich Ihre Referenzen. Ich suche nach Rat. Wie Sie ja bereits erkannt haben, waren meine Bemühungen bisher nicht sehr erfolgreich. Vielleicht können Sie mir ja dabei helfen, meine Zukunftsaussichten zu verbessern.«

»Wirklich?«, fragte sie und wirkte teils fasziniert, teils gegen ihren Willen geschmeichelt.

Er nickte. »*Falls* Sie tatsächlich die Expertin sind, für die Sie sich ausgeben. Ich muss mich schon sehr wundern. Über Ihre eigenen Gefühle wollen Sie nichts sagen. Vielleicht sind Sie ja überhaupt nicht in Pomfrey verliebt.« Er ignorierte den Freudenfunken, den dieser Gedanke in ihm entzündete. »Vielleicht waren Sie sogar noch nie verliebt. Vielleicht wissen Sie über die Liebe nur das, was Sie in Büchern über Kleopatra gelesen haben.«

Sie wirkte betroffen. »Das bin ich. Das war ich und das bin ich auch.«

Er musterte sie scharf. »Was genau lieben Sie an Pomfrey?«

»Na ja, er ist … er ist kühn.«

Pomfrey? Vielleicht verstand er unter diesem Wort ja etwas anderes.

»Kühn. Was noch?«

»Und er ist ein opferbereiter und loyaler Befehlshaber.«

Jim sagte nichts. Pomfrey war ein guter Feldherr, daran gab es nichts zu rütteln.

»Er ist pflichtbewusst, tüchtig und gewissenhaft.«

»Klingt als würde er ein gutes Pflugpferd abgeben.«

Sie funkelte ihn an und wirkte dabei eher genervt als beleidigt. »Und er ist großzügig und ehrenhaft. Und *romantisch*«, schloss sie und sah ihm direkt in die Augen. »Ich würde niemals einen Mann heiraten, der keine romantischen Gefühle für mich hegt. Eine Frau, auch wenn sie nicht hübsch ist, möchte gerne glauben, dass sie diese zarten, erhabenen und anmutigen Regungen in einem Mann weckt.«

Vielleicht liebte sie Pomfrey nicht, aber er war sicher, dass sie gerade die Eigenschaften aufgezählt hatte, die ihr am wichtigsten waren. Er hoffte für sie, dass Pomfrey wenigstens ein paar davon besaß. Aber er wusste, mit ihm verhielt es sich nicht so. Althea und das Leben, das er seit seinem Abschied von ihr in Ägypten führte, hatten ihm auch den letzten Rest einer romantischen Veranlagung ausgetrieben. Und wenn er Miss Whimpelhall ansah, war er sogar froh darüber. Denn sie war einfach zu verlockend, zu sehr das, was er wollte – falls er sich erlaubte, etwas zu wollen.

»Ist das genug?«, fragte sie.

»Mehr als genug. Sie haben es fast geschafft, dass ich

mich selbst in ihn verliebe«, erklärte er und als sie sich abwandte, um ihr Lächeln zu verbergen, sagte er sich, dass er sie gar nicht zum Lächeln hatte bringen wollen.

Und er wusste, dass er in mehr als einer Beziehung ein Lügner war.

# Kapitel 10

*Sie beobachtete, wie in den dunklen, klaren Tiefen seiner schrecklichen Augen allmählich die Erkenntnis erwachte, welch einen ~~herrlichen~~ wunderbar kühnen Mut das Mädchen besaß, das er beschützen sollte.*

aus dem Tagebuch von Ginesse Braxton

Sind Sie sicher, dass ich mir das nicht doch einmal ansehen soll¿«, rief Ginesse zu James Owens herüber. »Ich kenne mich mit Beulen und Blutergüssen ziemlich gut aus.«

»Daran habe ich keinen Zweifel und nein«, erwiderte Mr. Owens von seinem Platz hinter dem Mast aus, wo er saß und etwas las. Der Tag war gerade erst angebrochen und das Licht reichte kaum, um seine Miene zu erkennen, die sogar noch verschlossener war als sonst. »Vielen Dank.«

Sie hätte gerne gewusst, was er da las, aber sie fragte wohl besser nicht nach. Er schien im Moment nicht besonders gut auf sie zu sprechen zu sein, was wirklich schade war, denn es würde ein wunderschöner Tag werden. Die Luft war klar, der Wind wehte beständig und sogar die sonst so mürrische nubische Crew schien gutgelaunt zu sein.

Warum auch nicht? Immerhin hatten sie sich gestern frei genommen.

Der gestrige Tag hatte alles andere als gut begonnen. Der Kapitän hatte sich in der vorherigen Nacht hemmungslos betrunken, weshalb er am Morgen völlig außer Gefecht in seiner schmutzigen Kajüte lag und nicht im Stande war, der Crew irgendwelche Befehle zu geben. Also war Mr. Owens, der kein Wort Nubisch sprach, nichts anderes übrig geblieben, als pantomimische Anweisungen zu erteilen. Und da sie ja wohl kaum einfach zusehen konnte, wie diese Halunken die Situation ausnutzten, indem sie vorgaben, nichts zu verstehen, hatte sie Mr. Owens vorgeschlagen, den Männern doch einfach aufzuzeichnen, was sie tun sollten.

Er hatte ihren Vorschlag nicht besonders gut aufgenommen.

Also hatte sie die Initiative ergriffen und sehr detaillierte Zeichnungen angefertigt, die sie dann der Crew zeigte. Doch anstatt ihre äußerst anschaulichen Befehle auszuführen, hatten diese erbärmlichen Hunde so getan, als dächten sie, die *Felucca* solle auf Grund laufen. Ginesse hatte genau gewusst, was sie im Schilde führten, denn sie heckten den Plan direkt vor ihrer Nase aus, ohne zu begreifen, dass *sie* Nubisch sehr wohl verstehen – und sprechen – konnte.

Doch natürlich hatte sie das Mr. Owens nicht einfach weitererzählen können und sich stattdessen auf unüberhörbar laute und – wie sich herausstellte – nutzlose Bemerkungen über ein gewisses »Gefühl« verlegt, dass die

Crew »nichts Gutes« im Schilde führte. Mr. Owens hatte das als blanken Rassismus abgetan und war selbst dann noch dabei geblieben, als die Crew das Boot tatsächlich auf eine Sandbank auffahren ließ und den restlichen Tag damit verbrachte, auf dem Deck herumzulümmeln, zu essen und zu trinken und ab und zu halbherzig zu versuchen, das Boot wieder frei zu bekommen. Sie selbst hatte sich ans hinterste Ende der Sandbank verdrückt und sich betrogen und schlecht behandelt gefühlt.

Erst gegen Nachmittag war der Kapitän wieder einigermaßen ausgenüchtert und als er sah, was mit seinem Boot passiert war, hatte er zu brüllen begonnen. Ginesse, die einem Streit prinzipiell niemals aus dem Weg ging, hatte zurückgebrüllt. Und dann hatte sich Mr. Owens eingemischt und versucht, sie zu beruhigen, bis der Kapitän schließlich ausgeholt und Jim eine verpasst hat. Jedenfalls behauptete der Kapitän später, er hätte Jim treffen wollen, doch Ginesse war sich sicher, dass er es eigentlich auf sie abgesehen hatte und der Schlag nur versehentlich Jim erwischt hatte.

Seit dem war die angenehme Kameradschaftlichkeit, die sie an ihrem ersten Reisetag genossen hatten, verschwunden. Wann immer ihre Blicke sich trafen, sah Mr. Owens sie mit derselben unsicheren Wachsamkeit an, mit der man einen sich nähernden wilden Hund betrachten würde.

Sie erhob sich und schlenderte zur Seite des Bootes, um die Landschaft zu betrachten, die aus dem morgendlichen Zwielicht auftauchte. Silbrige Papyrusstauden erschienen am Westufer und auf dem Fluss schälten sich die Umrisse zahlreicher Boote aus dem dicken Nebel, der über das Wasser wallte. Sie erkannte elegante *Feluccas* und lange, luxuriöse *Dahabiyas* und *Dhows*. Außerdem praktische *Dorys* und gelegentlich sogar ein Rauch speiendes Dampfschiff, das seine Passagiere flussaufwärts nach Luxor brachte.

Sie fragte sich, was diese Passagiere wohl denken mochten, wenn sie ein britisches Mädchen unter dem wachsamen Blick eines großen, energischen Mannes im Bug eines Bootes stehen sahen. Vielleicht nahmen sie an, sie wären verliebt oder frisch verheiratet oder vielleicht sogar miteinander durchgebrannt. Sie könnte alles sein.

Es war ein überraschendes Glücksgefühl, das ihre Maskerade mit sich brachte. Sie hatte ihren Namen und ihre Vergangenheit abgelegt und damit auch sämtliche Vorurteile und Erwartungen. Noch nie war ihr bewusst gewesen, wie schwer der Glaube ihrer Familie und das in sie gesetzte Vertrauen auf ihr lasteten.

James Owens hatte keine Erwartungen an sie. Er sah in ihr nicht nur eine der wenigen weiblichen Kuriositäten an einer männlich dominierten Bildungsstätte oder Harry Braxtons unglückbringende Tochter oder Dizzy Braxtons Wechselbalg oder Sir Carlisles komische Großenkelin, die immer nur Ärger machte, oder einen *Dschinn* oder *Afrit*.

Es war so befreiend.

Ohne darüber nachzudenken, trat sie auf das Schandeck und griff nach einer der Fangleinen um das Gleichgewicht nicht zu verlieren. Sie schloss die Augen, bog den

Rücken durch und lehnte sich nach vorne über das Wasser, bis nur noch die straffe Fangleine sie an Bord hielt. Sie genoss das Gefühl, nicht Ginesse Braxton zu sein, und hob das Gesicht, um es vom ersten warmen Licht der Sonne küssen zu lassen. Ein Flüstern und Rascheln drang an ihre Ohren. Sie erkannte es als Flügelschlag und als sie die Augen öffnete, sah sie einen Schwarm schneeweißer Reiher über sich hinweggleiten. Ihre Flügel hoben sich schimmernd wie gebleichte Knochen gegen den opalisierenden Himmel ab.

Sie hörte, wie der Kapitän den Befehl gab, die Segel auszureffen, damit der Wind sie schneller über das Wasser tragen konnte. Sie lächelte, als die Brise ihr übers Gesicht strich und an ihrem hochgesteckten Haar zupfte, damit es sich löste und hinter ihr her wehen konnte …

»*Ukak!*« Stopp!

Es ging blitzschnell. Sie fuhr herum und erblickte eine *Dahabiya*, die auf sie zuschoss. Wieder schrie der Kapitän und rannte nach vorne, er packte das Großsegel und riss daran, woraufhin das Boot zur Seite schwang. Der plötzliche Ruck fegte sie von den Füßen und schleuderte sie weit hinaus über das Wasser, während sie sich verzweifelt mit beiden Händen an die Fangleine klammerte.

Panisch strampelte sie mit den Beinen und versuchte, irgendwo Halt zu finden. Unter ihr war nur das gierige Rauschen des Wassers und direkt vor ihr tauchte die *Dahabiya* auf. Die Zeit schien stillzustehen. Sie sah die gestreiften Segel vor dem milchigen Morgenhimmel, fühlte den scharfen Schmerz der Fangleine, die in ihre Handflächen schnitt, und roch das Brackwasser des Flusses. Und dann blitze ein Gedanke auf: *Ich werde sterben. Ich werde sterben und ich habe nie mit einem Mann geschlafen. Ich wünschte, Mr. Owens hätte mir gezeigt, wie das ist.*

Doch plötzlich legte sich ein kräftiger Arm um ihre Taille. Sie klammerte sich noch immer an die Fangleine und hatte Angst, den Griff zu lösen.

»Lassen Sie los.« Sie wandte den Kopf. James Owens hatte ein Bein um die Deckstütze geschlungen, stemmte sich mit dem anderen von außen gegen den Bootskörper und hielt sie über dem Wasser an sich gedrückt. »Bevor dieses Schiff uns beide zerquetscht«, schlug er vor. Sie ließ los. Gerade noch rechtzeitig schwang er sie hinauf, dann rammte sie die *Dahabiya*. Einen Moment lang hielt er sie einfach nur fest, seine Brust hob und senkte sich wie ein Blasebalg unter ihrer Wange, sein Herz donnerte unter ihrem Ohr.

»Alles in Ordnung?«, fragte er scharf. »Sind Sie verletzt?«

»Es geht mir gut«, sagte sie. Sie konnte sich nicht erinnern, sich jemals so sicher gefühlt zu haben.

»Verdammter, verdammter *Mist*! Was zum Teufel ist eigentlich los mit Ihnen?«

Sie war starr vor Schreck.

Bis jetzt war Mr. Owens noch nie laut geworden. Selbst, wenn er durch die Trunksucht des Kapitäns oder die Faulheit der Crew provoziert worden war, hatte er immer mit beherrschter Stimme gesprochen und die Fassung bewahrt. Sogar als er auf Arabisch geflucht hatte, war sein Ton eher geschäftsmäßig geblieben.

Sie stieß sich von ihm ab und er ließ sie los. »Ich weiß nicht, was Sie meinen.«

»Können Sie denn nichts als Ärger machen?«, brüllte er sogar noch lauter.

Da war es wieder, dieses grässliche Wort aus ihrer Kindheit, und es entzündete eine Flamme in ihrem Bauch. Tapfer kämpfte sie darum, ihren Zorn im Zaum zu halten. Er mochte vielleicht kein Gentleman sein, doch sie war eine Lady. Für diesen Unterschied hatte sie hart gearbeitet und es hatte sie viel Mühe gekostet, ihr aufbrausendes Temperament zu zügeln und ihres Hanges zu überstürzten Worten und Taten Herr zu werden.

»Ich weiß *wirklich* nicht, was Sie meinen«, brachte sie heraus. Er funkelte sie an. Sie richtete sich zu voller Größe auf und versuchte zurückzufunkeln.

»*Heute*«, bellte er, »haben Sie uns beinahe kentern lassen. *Gestern* haben Sie unser Boot auf Grund laufen lassen. Und *vorgestern* musste ich in diesen Drecksfluss springen, um Sie rauszufischen!«

Das war zu viel.

»Tja, immerhin haben Sie also *endlich mal ein Bad genommen*!«, schrie sie zurück. »Vermutlich das erste dieses Jahr!«

Und während sie einander so anbrüllten, tauchte eine weitere *Dahabiya* aus dem Nichts auf und kappte das Bugspriet der *Felucca*. Der Ruck schleuderte sie gegen einen Kistenstapel und sie klappte zusammen wie eine Ziehharmonika, fassungslos und erschrocken. Das konnte doch nicht wahr sein. Wie groß war die Wahrscheinlichkeit, dass sie gleich zweimal an einem Tag von einem anderen Boot gerammt wurden? Vielleicht war sie ja *doch* ein Unglücksbringer.

Ihre Wut verflog und Tränen stiegen ihr in die Augen. Sie rollte sich zusammen, verbarg den Kopf unter den Armen und weinte.

»Sind Sie in Ordnung?«, hörte sie Mr. Owens fragen und zwei große Hände legten sich auf ihre Schultern und zogen sie hoch. »Mildred, geht es dir gut?«

Sie schniefte jämmerlich und fragte sich, wer Mildred war, bis ihr wieder einfiel, dass er sie meinte. Sie lugte zu ihm hoch. Er kniete vor ihr und betrachtete sie besorgt.

Das gab ihr den Rest. Sie verdiente sein Mitgefühl nicht. Sie hatte ihn angelogen und benutzt, sie hatte ihn dazu gebracht, in den Fluss zu springen und sein Leben für sie zu riskieren, und sie hatte ihn angebrüllt und jetzt kümmerte er sich um sie.

Sie schlang die Arme um seinen Hals, vergrub ihr Gesicht an seiner Schulter und schluchzte. Sie heulte, wie sie seit ihrer Verbannung aus Ägypten nicht mehr geheult hatte, mit lauten, herzzerreißenden Schluchzern purer Verzweiflung. Und er ließ es zu. Er drückte sie nur an sich und ließ sie weinen.

»Aber, aber«, raunte er schließlich, er klang hilflos und ungeschickt. »Schon gut. Es ist ja alles gut. Sie sind doch in Ordnung.« Er tätschelte ihr den Kopf und drückte sie noch etwas fester.

»Nein, das bin ich nicht«, schluchzte sie. »Ich bin nicht *in Ordnung*. Ich bin eine Katastrophe.«

»Nein, das sind Sie nicht«, widersprach er, aber er klang nicht besonders überzeugend.

»Ich bin eine Katastrophe und Sie hassen mich!«, hickste sie. »Sie wünschten, Sie hätten mich nie getroffen. Sie … Sie verfluchen den Tag!«

»Nein, das tue ich nicht«, versicherte er und tupfte ihr mit dem Zipfel seines Hemdes die Augen trocken. »Ich verfluche ihn nicht, fest versprochen.«

»Doch, das tun Sie«, widersprach sie schniefend. »Und ich kann es verstehen. Ich würde es auch tun, wenn ich Sie wäre.«

»Nein, das tue ich nicht. Wirklich nicht.«

»Das sagen Sie doch nur, um mich zu trösten. Alles was ich mache, geht schief.«

»Es sieht ganz so aus, nicht wahr?«, sagte er wieder in diesem merkwürdig verlorenen Tonfall, während er ihr immer noch sorgfältig die Augen trocken tupfte. »Aber das ist nicht Ihre Schuld.«

Sie blinzelte die letzten Tränen weg. »Ist es nicht?«

»Nein. Sie sind einfach nur … Ich weiß auch nicht.« Das war zwar nicht gerade ein Freispruch, aber es genügte. Sie lächelte ihn an, plötzlich glücklich, und sie glaubte zu hören, wie er die Luft anhielt.

»Und Sie verfluchen den Tag, an dem wir uns getroffen haben wirklich nicht?«, fragte sie.

»Wirklich nicht.«

»Das ist sehr anständig von Ihnen.«

»Ach ja?«

»Ja. Und ich verspreche, dass ich keinen Ärger mehr machen werde. Kein bisschen.«

»Wie schön.« Er klang, als hätte er nicht die leiseste Hoffnung, dass sie ihr Versprechen halten würde. Und sie selbst war sich da ehrlich gesagt auch nicht so sicher, aber sie würde ihr Bestes geben.

Sie setzte sich auf und er zog sie mühelos auf die Füße. Sie strahlte ihn an. Er starrte zu ihr hinunter und sah irgendwie ein bisschen komisch aus. Dann wandte er sich abrupt ab und ging wortlos zum Heck der *Felucca* hinüber. Verwirrt sah sie ihm nach.

»Was haben Sie vor?«, wollte sie wissen.

»Ich suche meine Tasche.«

»Warum?«

Er blieb stehen, drehte sich um und sah sie an. »Weil ich einen Drink brauche.«

»Aber wirklich, Mr. Owens«, sagte sie besorgt. »Ich weiß ja, dass die letzten Minuten äußerst erschütternd waren, aber wir alle wissen doch, der Alkohol spendet uns nur falsche Beherztheit.«

»Das ist ausreichend für mich.«

Sie runzelte die Stirn. »Sie müssen der Versuchung widerstehen.«

Er wandte sich wieder ab. »Genau das sage ich mir auch die ganze Zeit«, hörte sie ihn murmeln.

Doch er ging einfach weiter.

# Kapitel 11

*Jene üppigen Attribute, die den vom Schicksal begünstigteren Frauen zur Zierde gereichen, mochten ihr zwar fehlen, doch ihre schönen Hände und Füße, ihre herrlichen, strahlenden Augen und ihr weicher Mund ließen keinen Zweifel an ihrer Weiblichkeit.*

aus dem Tagebuch von Ginesse Braxton

»Hören Sie, Miss Whimpelhall. Ich werde diesen Polizisten dort drüben nach dem Verbleib von Pomfreys Soldaten fragen.«

Ginesse blickte zweifelnd zu dem alten Mann hinüber, der in ägyptischer Uniform vor einem sehr kleinen, getünchten Haus am Ende des Kais saß. Er schien zu schlafen.

»Und ich möchte, dass Sie einfach hier auf dieser Kiste sitzen bleiben. Genau dort, wo Sie jetzt sind. Gehen Sie nicht weg, sprechen Sie mit niemandem und *fassen sie nichts an*.«

Sie runzelte die Stirn.

»Meinen Sie, Sie schaffen das?«

»Was für eine alberne Frage.«

»Ja«, bestätigte er schlicht. »Es ist eine alberne Frage, aber *können* Sie das schaffen? Nur fünf Minuten lang?«

Betont überheblich zog sie Luft durch die Nase ein, wandte den Kopf ab und nickte.

»Gut.«

Sie drehte sich wieder zu ihm, doch er hatte sich bereits auf den Weg den Pier hinunter gemacht. Er warf einen Blick über die Schulter zu ihr zurück. Sie dachte, er hätte seine Meinung geändert, und wollte aufstehen, doch er sah sie so streng an, dass sie sich trübsinnig wieder auf eine der Kisten zurücksinken ließ. Die Crew hatte das Boot tatsächlich noch irgendwie entladen, bevor sie sich aus dem Staub machte.

Nicht ohne Bewunderung sah sie ihm dabei zu, wie er den alten Mann begrüßte und in ein Gespräch verwickelte. Er wirkte so gesund und männlich. Letzte Nacht badete er im Fluss, während sie weit ab vom Ufer festgemacht hatten. Und sie hatte ihn dabei gesehen, während sie versuchte, in dem improvisierten Zelt einzuschlafen, das die Crew auf seinen Befehl hin jede Nacht im Bug der *Felucca* aufbaute.

Ihr war zwar bewusst, dass es nicht sehr schicklich war, aus dem Zelt in Richtung der plätschernden Geräusche zu spähen, aber sie war noch nie besonders gut darin, einer Versuchung zu widerstehen. Und ehrlich gesagt hatte sie sich auch nicht besonders angestrengt. Ihr erschien es nur recht und billig, dass sie sich nun mit den resultierenden Schuld- und Schamgefühlen herumschlagen musste, denn sein Anblick war atemberaubend gewesen. Er hatte hüfttief im dunklen Wasser gestanden und sich die breite Brust und die langen kräftigen Arme eingeseift. Dann ließ er sich unter Wasser sinken und strich sich nach dem Auftauchen das nasse Haar aus dem Gesicht, während das Wasser glitzernd an seinem großen Körper hinabrann.

Er wirkte geschmeidiger, als sie sich vorgestellt hatte – und ja, sie schämte sich dafür, doch sie fragte sich, wie er wohl nackt aussah, und da sie sowieso schon Schuldgefühle hatte, war das ja jetzt auch egal. Die Linien seiner breiten Schultern liefen zu einer schmalen Taille und schön geformten Hüften zusammen, die im Wasser verschwanden. Das Mondlicht schimmerte in dem goldenen Flaum, der seine Brust und Unterarme bedeckte, und betonte das Muskelspiel seines Bauches, während er sich ein weiteres Mal einseifte und der dichte Schaum an seinem Körper hinabglitt …

Abrupt richtete sich Ginesse auf und suchte hektisch nach etwas, mit dem sie sich Luft zufächeln konnte. Es war aber auch heiß hier in der Sonne. Sie suchte noch immer, als Mr. Owens zurückkam.

»Ich muss schon sagen, Miss Whimpelhall, ich bin beeindruckt. Sie haben es tatsächlich geschafft, volle fünf Minuten lang nicht in Schwierigkeiten zu geraten. Das muss ein Rekord sein.«

»Ganz und gar nicht«, gab sie schnippisch zurück. »Letztes Jahr habe ich ganze vierzehn Minuten geschafft.«

Das hatte er nicht erwartet. Seine dunklen Brauen zuckten überrascht in die Höhe und dann lachte er. Zum ersten Mal sah sie ihn richtig lachen. Er wirkte plötzlich jünger und längst nicht mehr so finster. Seine weißen Zähne blitzten, Fältchen bildeten sich in seinen Augenwinkeln und auf seinen Wangen erschienen tiefe Grübchen. Sie hatte ihn für gut über dreißig gehalten, doch jetzt musste sie diese Annahme korrigieren. Wahrscheinlich war er nicht einmal viel älter als sie selbst.

Fröhlich lächelte sie ihn an. Es gefiel ihr, dass sie ihn zum Lachen gebracht hatte. Das sollte er öfter tun.

»Der Polizist hat einen Jungen losgeschickt, der nach Pomfreys Männern Ausschau halten soll. Das hier ist eine Kleinstadt. Es wird nicht lange dauern.«

»Und was dann?«, wollte sie wissen.

»Dann?«, wiederholte er. »Dann übergebe ich den Soldaten die Fürsorge für Sie. Und von dem Moment an bin ich nur noch der Führer.« Sie war sich sicher, eine Spur von Erleichterung in seinem Gesichtsausdruck zu erkennen. War ihm ihre Gesellschaft denn so lästig gewesen? Es hatte doch nur drei Zwischenfälle gegeben. Jedenfalls nur drei größere Zwischenfälle. Das war doch eigentlich gar nicht so viel.

»Haben Sie mein Geld?«

Beim Klang der Stimme des Kapitäns drehten Mr. Owens und sie sich um. Der untersetzte Kerl kam auf sie zu gestampft und seine finster entschlossene Miene hätte einer Bulldogge alle Ehre gemacht. Zehn Fuß vor ihnen blieb er stehen und beäugte Ginesse argwöhnisch, während er mit Mr. Owens sprach. »Sie schulden mir noch meinen Lohn.«

»Jep«, stimmte Mr. Owens zu, griff in die Tasche seines Hemdes und zog ein Bündel Banknoten hervor. Er zählte ein paar Scheine ab und reichte sie dem Kapitän.

Der Kapitän schnappte nach dem Geld, zählte rasch nach und sah dann wieder auf. »Das wird nicht reichen, um die Schäden an meinem Boot reparieren zu lassen, die diese … diese …« Sein Blick durchbohrte Ginesse förmlich.

»Passen Sie auf, was Sie sagen«, riet ihm Mr. Owens leise.

»Die diese Person verursacht hat«, brachte der Kapitän zwischen zusammengebissenen Zähnen heraus. »Sie schulden mir noch einmal hundert Piaster.«

»Seien Sie froh, dass Sie überhaupt bekommen, was wir verhandelt haben. Ihre Crew ist keine Segelmannschaft, sondern ein Possentheater.«

Vermutlich wusste der Kapitän zwar nicht, was ein Possentheater war, aber er verstand die ungefähre Bedeutung. Zornesröte stieg ihm ins Gesicht. »Und wer bezahlt mir einen neuen Sparren? *Sie* werden das tun. Weil *die da* schuld an allem ist.«

Mr. Owens lächelte und es hatte nichts von dem Lächeln, mit dem er sie vorhin angesehen hatte. Es erreichte seine Augen nicht. Ginesse würde anstelle des Kapitäns jetzt sehr vorsichtig sein. »Ich habe mir die abgebrochene Sparrenspitze angesehen«, sagte Mr. Owens. »Sie war schon verrottet, bevor wir Ihr Boot überhaupt betreten haben.«

»Das spielt keine Rolle. Sie hat das Boot vor die *Dahabiya* gezogen und den Sparren zerbrochen!«, knurrte der Kapitän und deutete auf Ginesse.

»Es ist wohl kaum möglich ein vollbesetztes Boot irgendwohin zu zieh…«, begann Ginesse, hielt dann aber in ihren Erläuterungen inne, als Mr. Owens sie scharf ansah.

»Ihr Boot ist nicht einmal die Nägel wert, die es zusammenhalten«, erklärte Mr. Owens. »Sie wissen das und ich weiß es auch.« Er pflückte einen weiteren Schein aus seinem Bündel und hielt ihn dem Kapitän hin. »Betrachten Sie es als eine Gabe reiner Nächstenliebe. Und jetzt sind wir quitt. Sollte ich feststellen, dass von meiner Fracht irgendetwas fehlt, werde ich Ihnen einen Besuch abstatten.«

Der Kapitän schnappte empört nach Luft, riss Mr. Owens den Schein aus der Hand und steckte ihn ein. »Ich bin kein Dieb, Mr. Owens. Ich bin vielleicht ein Säufer und mein Boot mag sehr bescheiden sein – und jetzt ist es sogar noch sehr viel bescheidener«, er versetzte ihr einen vernichtenden Blick, »und manchmal bin ich dazu gezwungen, Gesindel und Diebe anzuheuern, doch *ich* bin keiner. Ihre Fracht ist komplett.« Als er sich abwandte und davon stampfte, hörte Ginesse ihn noch »Hoffe ich« auf Nubisch murmeln.

»Kann ich jetzt aufstehen?«, fragte sie, sobald er weg war.

»Nein.«

Sie tat es trotzdem. »Jetzt würde ich gerne eines der Kleider anziehen, die Colonel Lord Pomfrey für mich geschickt hat. Sie haben mich tagelang vertröstet.«

Zuerst hatte es auf der *Felucca* weder die passende Zeit noch einen geeigneten Ort zum Umziehen gegeben. Der Kapitän hatte ihr zwar seine Kajüte angeboten, einen kleinen, vollgestopften Raum unter dem Großsegel, doch nach einer kurzen Besichtigung dieses Rattennestes hatte sie beschlossen, lieber an Deck zu schlafen. Nachdem Mr. Owens die Crew angewiesen hatte, so etwas Ähnliches wie ein Zelt für sie zu errichten, hatte sie nach den Kleidern gefragt. Doch sie waren nirgends zu finden gewesen.

Nach einer flüchtigen Bestandsaufnahme hatte Mr. Owens erklärt, sie würden sich wohl irgendwo zwischen den Vorratskisten befinden, die er ebenfalls zum Fort bringen sollte. Doch er wusste nicht wo und würden sie versuchen, sie zu finden und alle Kisten durchwühlen, würde es ein schreckliches Chaos geben. Sie war eine vernünftige Frau und hatte sich einverstanden erklärt, zu warten. Und so hatte sie die vergangenen drei Tage in Mildred Whimpelhalls Reiseuniform verbracht, die mittlerweile mehrere Risse aufwies und an einigen Nähten auseinanderklaffte.

Im Vergleich zu Mr. Owens in seinem frischen – relativ frischen – Hemd, in der Hose, mit den ledernen Hosenträgern über den breiten Schultern und einem schlichten *Khafiya*, den der sich lose um den Hals geschlungen hatte, kam sie sich schmuddelig vor. Und ihr war heiß. Furchtbar heiß.

Auf dem Wasser war es nicht so schlimm gewesen, aber hier auf dem Dock in der prallen Sonne lief ihr der Schweiß den Rücken hinunter und tränkte das eng anliegende Jackett. Ihres Unterrockes hatte sie sich bereits entledigen können, doch jetzt wickelte sich ihr Rock bei jedem Schritt um ihre verschwitzen Beine. Sie konnte es gar nicht erwarten, aus diesen übelriechenden, erbärmlichen Lumpen herauszukommen.

Verlegen berührte sie ihr Haar. Sie hatte es seit Kairo nicht mehr gewaschen und es fühlte sich ein wenig, na ja, steif an. Sie fürchtete, dass noch immer Überreste ihres Missgeschicks mit dem Fluss darin verfangen waren.

»Könnten Sie wohl versuchen, den Beutel mit meinen Kleidern zu finden?«

Als Antwort begann er damit, Kisten und Kästen von den Stapeln zu heben und sie auf dem ganzen Dock zu verteilen, bis er endlich ein bestimmtes Bündel fand und es ihr hinhielt.

»Vielen Dank.« Sie stand auf und schritt den Kai hinunter. Er begleitete sie. »Könnten Sie den Polizisten bitten, mir zum Umziehen sein Büro zur Verfügung zu stellen?«

Am Ende des Kais sprach Jim mit dem Polizisten, der ihrem Anliegen großzügig entsprach. Sie schlüpfte an den Männern vorbei in das kleine Büro und schloss die Tür hinter sich. Dann legte sie das Bündel auf den Schreibtisch und schlug das Wachstuch auf. Sie runzelte die Stirn, piekte mit dem Finger in das Kleiderhäuflein und hob das oberste Kleidungsstück hoch. Ihr Stirnrunzeln vertiefte sich noch mehr. Sie hob ein weiteres Stück hoch. Dann durchwühlte sie den Rest, auf der Suche nach etwas, in dem sie ein halbwegs angemessenes Erscheinungsbild abgeben würde.

Doch es gab nichts.

»Ich komme lieber nicht raus«, rief Mildred Whimpelhall durch die geschlossenen Läden des kleinen Fensters.

»Warum nicht?«

»Da muss jemand die falschen Kleider gebracht haben. Sie sind absolut unangemessen«, erklärte sie in merkwürdigem Ton. »Ich habe keine Ahnung, welche Frau so etwas tragen würde. Wenn es denn überhaupt eine Frau war.«

Was war da los? Vielleicht besaß Hajis Freundin keine europäischen Kleider und hatte nur einen Kaftan eingepackt. Es war möglich, dass Miss Whimpelhall die Vorstellung nicht gefiel, sich in der Öffentlichkeit in ägyptischer Kleidung zu zeigen.

Er war enttäuscht. Aber warum maßte er sich an, überhaupt *irgendetwas* von Miss Whimpelhalls Taten und Ansichten zu halten?

*Weil dir klar war, dass du sie hättest wegschieben sollen, als sie ihre Arme um deinen Hals geschlungen und geweint hat. Weil es dir nicht zusteht, sie zu trösten oder zu umarmen oder zu berühren oder sonst etwas … Und weil dir auch klar war, dass du sie genauso wenig loslassen konntest, wie du die Sonne vom Himmel holen kannst.*

»Es wird schon gehen«, sagte er, verärgert über sich selbst. »Früher oder später müssen Sie ja rauskommen, also können Sie es auch genauso gut jetzt gleich tun. Wir haben nicht den ganzen Tag Zeit, Miss Whimpelhall. Besonders dann nicht, wenn wir in der Abenddämmerung aufbrechen wollen.«

»Na schön«, rief sie schließlich in einem Ton, der eindeutig eine Warnung sein sollte.

Sie trat aus der Tür und Jims Mund wurde trocken. Woran sicher die Hose schuld war.

Wo hatte Hajis Freundin nur eine Hose her, wie sie die Militärkadetten trugen? Sie überließ nichts der Fantasie, schmiegte sich eng an ihren wohlgeformten Po und verbarg auch nicht die Stelle, wo ihre Oberschenkel zusammenliefen, was einen verheerenden Effekt auf ihn hatte. Ein Teil von ihm betete, sie möge nie wieder einen Rock anziehen, während ein anderer Teil dem ägyptischen Polizisten am liebsten den Turban vom Kopf gerissen hätte, um sie damit zu verhüllen, bevor sie jemand sah.

Die *Farasia*, die sie darüber trug, machte die Sache auch nicht gerade besser, da der aufreizend dünne Baumwollstoff ebenso viel von ihrer goldbraunen Haut zeigte wie verhüllte. Und darunter trug sie eine *Antaree*, eine kurze, eng anliegende Seidenweste mit tiefem Ausschnitt, wodurch ihre Brüste äußerst vorteilhaft betont wurden.

»Sehen Sie?«, fragte sie gereizt mit einer schwungvollen Geste, die ihren gesamten Aufzug einschloss.

Er schluckte schwer.

»Bedecken Sie sie, bevor man sie noch sieht!« Der ältliche Polizist war von seinem Stuhl hochgeschossen und stellte sich nun vor sie, um sie vor den Blicken möglicher Passanten abzuschirmen. »Das ist anstößig!«

Jim sah sich nach etwas um, das er ihr überwerfen könnte.

»Diesen Rock und die Jacke ziehe ich jedenfalls nicht mehr an«, warnte sie ihn und wirkte halb verzweifelt und halb wütend. »Wenn Sie oder er mir irgendwoher einheimische Kleidung besorgen können, werde ich sie nur zu gerne anziehen, aber dieses zerlumpte Kostüm werde ich nicht tragen. Nie mehr!«

Sie meinte es ernst.

Jim wandte sich an den armen Polizisten, der so angsterfüllt um sich spähte wie eine Weihnachtsganz nach einer Axt. »Wo finde ich hier etwas Passendes zum Anziehen?«

»Bringen Sie sie dazu, wieder reinzugehen. Tun Sie irgendwas!«

Verdammt. Sie würde noch einen Aufruhr verursachen. Jim stellte sich neben den Polizisten und verstärkte so den menschlichen Sichtschutz um sie. »Hören Sie zu«, erklärte er ihr. »Sie dürfen so nicht gesehen werden. Sie müssen wieder hineingehen und warten, bis ich etwas gefunden habe um ihre … ihre …«, er gestikulierte in Richtung ihrer Beine.

»Ich habe Ihnen ja gesagt, dass ich lieber nicht rauskommen sollte.«

»Und da hatten sie auch völlig recht«, bestätigte er. »Gehen Sie wieder rein. Bitte.«

Ohne Widerworte wandte sie sich um und marschierte abermals ins Büro, wobei sich ihm die Sicht auf einen äußerst straffen Hintern bot. Ihr energischer Hüftschwung ließ ihm das Blut in den Ohren rauschen.

Mit leisem Ächzen machte er sich auf die Suche nach etwas – egal was – mit dem sie sich verhüllen konnte. Wenn sie es auf dieser Reise nicht selbst schaffte, ihn noch irgendwie umzubringen, dann würde es diese verdammte Hose fertig kriegen.

# Kapitel 12

*Das Gerüst seiner Hoffnungen, Träume, Sehnsüchte und Mühen stürzte um ihn herum zusammen. Er hatte auf Treibsand gebaut.*

aus dem Tagebuch von Ginesse Braxton

Sir Robert Carlisles Wohnhaus, Kairo, fünf Tage später

Der Junge kniete unter der *Mashrabiya,* einer mit aufwendigen Schnitzereien verzierten Abdeckung des Lüftungsflügels, und bot den wenigen Passanten auf der Wohnstraße nicht übermäßig eifrig die Reiskuchen seiner Schwester zum Kauf feil. Es spielte auch keine Rolle, ob er sie loswurde oder nicht, er war aus einem anderen Grund hier. Mit gespitzten Ohren lauschte er auf das, was im Zimmer über ihm geschah.

»Auf keiner Passagierliste der Züge, die Rom in letzter Zeit verlassen haben, steht ihr Name«, stellte Hajis Tante Magi klar. Sie durchbohrte ihn mit ihrem Blick, während er nervös vor Sir Roberts überladenem Schreibtisch stand.

Es war Jahre her, dass er zuletzt in diesem Studierzimmer gewesen war, doch es sah noch immer genauso aus wie damals. Die vollen Bücherregale, der abgewetzte orientalische Teppich, der zerkratzte und mit Tintenflecken übersäte Mahagonischreibtisch, die sorgsam zusammengerollten Papyri und die Tonfigürchen waren ihm wunderbar vertraut. Und obwohl der Grund für sein Hiersein nicht gerade erfreulich war, konnte er nicht anders, als sich irgendwie … zuhause zu fühlen.

»Wir müssen Mr. Braxton endlich ein Telegramm schicken«, erklärte Magi.

Er hatte *gewusst*, man würde ihn irgendwie dafür verantwortlich machen, dass der *Afrit* nicht aufgetaucht und ganz offensichtlich regelrecht verschwunden war. »Tante Magi, ich bin sicher …«

»*Du* kannst dir über gar nichts sicher sein.« Magi, eine zierliche, dunkelhaarige Frau, deren faltenloses Gesicht ihr Alter nicht verriet, wirbelte zu ihm herum. »Wenn dem Mädchen irgendetwas zustößt …«

»Aber Magi, Ginesse ist zweifellos in der Lage, sich die richtigen Zugverbindungen herauszusuchen, ohne dabei in Schwierigkeiten zu geraten«, sagte Sir Robert, der hinter seinem Schreibtisch saß, in beruhigendem Ton. Obwohl sein weißes Haar etwas dünner und seine Brauen ein wenig dichter geworden waren und seine Hände ein paar Leberflecken mehr aufwiesen, sah er mit fünfundachtzig nicht viel anders aus als mit siebzig. »Es ist zu früh, um ihre Eltern zu beunruhigen. Vielleicht hat sie noch einen kurzen Abstecher nach Griechenland unternommen? Das würde …«

»Und *vielleicht* hat sie das auch nicht«, fiel ihm Magi ins Wort. »Warum ist sie überhaupt von Bord gegangen? Sie sagt nichts dazu. Das da sagt nichts darüber.« Wütend schlug sie auf das Telegramm. »Wir wissen gar nichts, außer dass sie nicht hier ist und dass wir keine Ahnung haben, wo sie steckt.«

»Sie wird es uns zweifellos erzählen, wenn sie erst in Ägypten ankommt«, versuchte es Sir Robert noch einmal. »Du solltest dem Mädchen etwas mehr Vertrauen entgegenbringen, Magi. Sie hat mich immer an ihre Mutter erinnert, eine äußerst umsichtige, vernünftige junge Frau.«

Magi und Haji starrten Sir Robert an. Haji, weil niemand, der Ginesse Braxton kannte, sie jemals umsichtig oder gar vernünftig nennen würde, und Magi, wenn er ihre Miene richtig deutete, weil sie das gleiche über ihren früheren Schützling Desdemona dachte. Haji hätte dieses mangelnde Urteilsvermögen Sir Roberts fortgeschrittenem Alter zugeschrieben, wenn er nicht gewusst hätte, dass Sir Robert immer nur das Beste – wie unbegründet es auch sein mochte – von jedem dachte, der ihm nahe stand. Immerhin hielt er Magi für die personifizierte Heiterkeit.

Sie starrten ihn noch immer an, unsicher, was sie erwidern sollten, als Hashima, das einzige Dienstmädchen des Hauses, in der Tür zur Bibliothek erschien. »Draußen warten eine Lady und ein Gentleman und sie wollen zu Miss Braxton.«

Alle drei fuhren zu ihr herum.

»Ich wusste nicht, was ich tun sollte«, verteidigte sie sich. »Wenn früher die Behörden aufgetaucht sind, sollte ich immer so tun, als wüsste ich von nichts. Also hab ich genau das getan. Soll ich sie wegschicken?«

Die drei sahen sich an.

»Nein, bring sie herein«, entschied Magi schließlich.

Hashima verschwand und kehrte kurz darauf mit einer britischen Lady und einem britischen Gentleman im Schlepptau zurück. Mit einer Handbewegung gab sie ihnen zu verstehen, sie könnten die Bibliothek betreten, dann verließ sie den Raum rückwärts und schloss die Flügeltür.

Haji musterte die Neuankömmlinge, während der Gentleman vortrat und Sir Robert die Hand entgegenstreckte. Er war ein schlanker junger Mann. Anfang zwanzig, mit heller Haut und ebenso hellen Haaren und Augen. Sein Gesicht wirkte intelligent und lebendig. Seine Begleiterin war eine unscheinbare Brünette mit hängenden Schultern und schüchternem Auftreten.

»Sir Carlisle«, sagte der Gentleman und beugte sich über den Schreibtisch, um Sir Robert die Hand zu schütteln. »Es ist mir in der Tat eine Ehre, Sir. Ich habe Ihre Monografie über den Weinanbau und seine Beziehung zum Bevölkerungswachstum während der dritten Dynastie mit großem Interesse gelesen.«

»Tatsächlich?« Sir Roberts Miene hellte sich auf.

»Oh ja«, bekräftigte der Mann und richtete sich wieder auf. »Eine wirklich inspirierende Arbeit, Sir.«

Sir Robert warf sich sichtlich geschmeichelt ein wenig in die Brust und strich sich über den prunkvollen weißen Schnurrbart. »Wie freundlich von Ihnen.« Er runzelte die Stirn. »Aber wer sind Sie überhaupt, wenn Sie die Frage erlauben?«

»Entschuldigung. Gestatten Sie mir, mich vorzustellen«, erwiderte der Mann mit einer Verbeugung. »Ich bin Geoffrey Tynesborough, Professor für Antike Geschichte am Hart's College in Cambridge.«

Haji zog die Brauen zusammen. An diesem College studierte Ginesse. Er sah zu Sir Robert hinüber, doch der war abgelenkt, da er murmelnd in den turmhohen Papierstapeln auf seinem Schreibtisch herumblätterte. »Ich habe das Original hier irgendwo. Bestimmt möchten Sie es gerne sehen. Geben Sie mir eine Minute …«

Nachdem er eine Weile gewartet hatte, räusperte sich Professor Tynesborough und machte eine Geste zu seiner Begleiterin hinüber. »Und diese Lady ist Miss Mildred Whimpelhall von Paxton-on-Tyne, in Somer…«

»*Was?*«

Der Engländer wandte sich verwirrt von dessen Ausbruch zu Haji um.

Die Lady lief dunkelrot an.

»Ja«, antwortete Professor Tynesborough. »Miss Whimpelhall.«

»Aber … aber das kann nicht sein«, stammelte Haji.

»Wie bitte?«, fragte der Gentleman nun sichtlich noch verwirrter.

»Vor fünf Tagen wurde mir Miss Whimpelhall auf dem Misr-Bahnhof vorgestellt, von James Owens, einem Freund von mir, der den Auftrag erhalten hatte, sie durch die Wüste zu ihrem Verlobten, Colonel Pomfrey, zu führen.«

Miss Whimpelhalls Augen wurden groß, ihre Lippen formten ein tonloses kleines »O« und mit einem leisen Seufzen sank sie in eine tiefe Bewusstlosigkeit. Professor Tynesborough fing sie auf, bevor sie zu Boden fallen konnte, und unter dem Fenster machte sich eines von LeBouefs Vöglein auf, direkt zur Hand seines Meisters.

»Aber was für einen Grund sollte Miss Braxton haben, sich für mich auszugeben?«, fragte Miss Whimpelhall kurze Zeit später. Sie lag auf Sir Roberts abgenutztem altem Sofa in der Bibliothek. Sir Robert hatte nie eingesehen, warum er ständig neue Dinge erwerben sollte, nur weil er es konnte. Trotz seines enormen Reichtums gab Sir Robert nur für eines viel Geld aus: für seine Feste, die er zwar unregelmäßig, dafür aber mit großem Vergnügen ausrichtete.

»Weil sie ein Dämon ist«, grollte Haji zwischen zusammengepressten Zähnen hindurch. »Und weil Dämonen so etwas nun einmal tun. Sie machen einem das Leben«, er warf Miss Whimpelhall einen düsteren Blick zu, »zur Hölle.«

»Aber es ergibt einfach keinen Sinn. Es fällt mir schwer, es zuzugeben, doch, ja, Miss Braxton schien von meiner Beschreibung Lord Colonel Pomfreys recht eingenommen zu sein. Jedoch nicht so sehr, dass man vermuten könnte, sie sei irgendeinem Wahn verfallen.« Allein der Gedanke schien sie abzustoßen.

»Das will ich doch auch nicht hoffen. Die Frauen der Familie Braxton sind für ihre Besonnenheit bekannt«, erklärte Sir Robert.

Magi schnaubte leise. Sir Robert sah sie mit hochgezogenen Brauen an. Sie erwiderte seinen Blick mit gesenkten Brauen. Zwischen ihnen ereignete sich eine stumme Form der Kommunikation, bis Sir Robert schließlich seufzte. »Na gut. Wir schicken Harry ein Telegramm.«

Es dauerte eine Weile, doch schließlich schafften sie es, die Ereignisse vor dem Erscheinen des Professors und Miss Whimpelhalls in eine chronologische Reihenfolge zu bringen.

Die Lady, die wahre Miss Whimpelhall, war in Italien von Bord gegangen, weil sie unter heftiger Seekrankheit gelitten hatte, genau, wie sie es von Ginesse Braxton angenommen hatten. Aber nach nur einem Tag der Erholung hatte sie beschlossen, dass sie es sich nicht gestatten durfte, dem nachzugeben, was sie nur als eine Form der Charakterschwäche betrachten konnte. So hatte sie das nächste Schiff nach Alexandria bestiegen und zwischenzeitlich zudem entdeckt, dass ihr Miss Braxtons Gepäck versehentlich, wie sie angenommen hatte, mitsamt ihrem eigenen von der *Lydonia* zugestellt worden war.

Auf See hatte Miss Whimpelhall die Bekanntschaft von Professor Tynesborough gemacht, der ebenfalls unterwegs nach Kairo war. Im Zuge ihrer Unterhaltungen hatten sie festgestellt, dass sie eine gemeinsame Freundin, Miss Braxton, besaßen, die er zu besuchen hoffte. Es war ihm eine Freude gewesen, Miss Whimpelhall nebst Miss Braxtons Gepäck zu Sir Roberts Haus zu begleiten, wohin Miss Braxton unterwegs gewesen war, wie sie Miss Whimpelhall erzählt hatte. Und nun waren sie hier.

»Aber warum sollte sie so etwas tun?«, fragte Miss Whimpelhall wieder. »Ich dachte, wir wären Freundinnen geworden. Ich wollte ihr so gerne noch einmal für ihre liebevolle Fürsorge danken.«

»Vielleicht kann ich etwas Licht in diese Sache bringen«, sagte Professor Tynesborough. Er hatte Miss Whimpelhalls Ausführungen schweigend gelauscht, doch nun erhob er sich von seinem Stuhl und verschränkte die Hände hinter dem Rücken. »Miss Braxton ist eine meiner Studentinnen.« Bei diesen Worten hoben sich Sir Roberts Brauen ein weiteres Mal.

»Ich habe sie während ihres ersten Jahres am College kennengelernt. Sie war nicht wie die anderen Studenten und ganz sicher war sie nicht wie andere Frauen. Ich habe vermutet, dass nicht allein ihre Faszination für das Fach hinter ihrem Eifer, mit dem sie den Abschluss anstrebte, steckte. Sie war eine ausgezeichnete Studentin, wohlgemerkt, doch egal, wie gut sie abschnitt, sie schien nie zufrieden zu sein und suchte stets nach einer Möglichkeit, sich noch weiter auszuzeichnen. Es lag eine gewisse Verzweiflung in ihren Anstrengungen und dies weckte meine Anteilnahme. Also bot ich ihr an, mir bei einigen meiner Nachforschungen zu helfen.«

Warum sollte Ginesse Braxton denn verzweifelt sein?, fragte sich Haji und runzelte die Stirn. Wenn sie eigentlich gar nicht Ägyptologie studieren wollte, konnte sie es doch einfach lassen und tun, was immer ihr Spaß machte. Verwöhntes Balg.

»Vor etwa sechs Monaten kam sie zu mir und zeigte mir etwas, das sie gefunden hatte und für eine verschlüsselte Karte hielt. Ich tat es als reines Wunschdenken ab und kurz darauf kündigte sie ihre Stellung bei mir. Ich glaube«, erklärte er ernst, »dass Miss Braxton zu diesem Zeitpunkt zu dem Schluss gekommen ist, dass sie all ihre Verpflichtungen mir gegenüber nun erfüllt habe und dass sie ihre Nachforschungen von da an allein fortsetzen wollte.«

»Ich bin nicht sicher, dass ich verstehe, was Sie damit meinen, Sir«, sagte Sir Robert.

»Unsere Entfremdung schmerzte mich und so begann ich vor einigen Monaten, den Spuren ihrer Nachforschungen zu folgen. Und was ich entdeckte – oder besser, was sie entdeckt hatte – faszinierte mich außerordentlich. Ich glaube, sie weiß, wo sich die verlorene Stadt Zerzura befindet, und sie hat sich als Miss Whimpelhall ausgegeben, um dorthin zu gelangen, wo sie Zerzura vermutet, nämlich ganz in der Nähe von Fort Gordon.«

»Aber warum? Warum sollte sie nicht einfach mir oder ihrem Vater alles erzählen, damit wir ihr helfen können?«, fragte Sir Robert.

Tynesborough zögerte kurz und als er schließlich antwortete, war seine Miene weich geworden. »Ich glaube, sie möchte sich durch ihre eigenen Leistungen einen Platz in den Annalen der Archäologie verdienen, neben allen anderen Mitgliedern ihrer so herausragenden Familie.«

»Was?«, rief Sir Robert verwirrt. »Das ist doch lächerlich. Sie muss sich ihren Platz nicht erst verdienen. Dieser Platz ist ihr Geburtsrecht.«

»Vielleicht tut sie es ja nicht, weil es von ihr verlangt wird, sondern, weil sie selbst es von sich verlangt.« Tynesboroughs Lächeln war voller Zuneigung.

Geheiligt sei Allah, dachte Haji, der Mann ist in den *Afrit* verliebt.

»Das glaube ich einfach nicht«, beharrte Sir Robert.

»Haben Sie eine andere Erklärung dafür, dass sie Miss Whimpelhalls Identität angenommen hat? Beantworten Sie mir eine Frage. Hätte sie es aus eigener Kraft schaffen können nach Fort Gordon zu kommen?«

»Bah!«, platze Magi, die ungewöhnlich lange still gewesen war, heraus. »Fest steht offenbar nur, dass Ginesse unter dem Namen einer anderen Lady unterwegs nach Fort Gordon ist. Warum sie das alles getan hat, wird sie uns schon selbst erzählen, wenn sie erst wieder da ist.« Sie deutete auf Haji. »Du wirst sie zurückholen.«

Entsetzt zuckte er zurück. »Aber Tante Magi, ich habe hier geschäftliche Dinge zu erledigen, ich kann nicht einfach weg.«

»Doch, das kannst du. Du solltest Ginesse Braxton hierher bringen und du hast diese Aufgabe nicht erfüllt.«

Er knirschte mit den Zähnen. Er hatte schmerzlich lernen müssen, dass sein Leben nicht mehr lebenswert sein würde, falls er ablehnte. »Wie du wünschst.«

»Wie wunderbar!« Der leise Ausruf des Entzückens stammte von Miss Whimpelhall. »Vielleicht … Ich meine, ich wage kaum zu fragen, aber ich wäre Ihnen außerordentlich dankbar, wenn ich Sie auf Ihrer Expedition begleiten dürfte, Mr. Elkamal.«

»Nein«, entgegnete Haji prompt. Das Letzte, was er brauchen konnte, war noch eine weitere Bürde. Diese ohnmächtig werdende, wachsgesichtige Frau würde eine entsetzliche Mitreisende abgeben.

»*Doch*«, befahl Sir Robert. »Wenn Ginesse dieser Lady Unannehmlichkeiten bereitet hat, ist es unsere Pflicht dafür zu sorgen, dass sie so schnell wie möglich wieder mit ihrem Verlobten vereinigt wird. Und ich komme auch mit.«

»Was?«, riefen sowohl Magi als auch Haji.

»Sie ist meine Enkelin und wenn sie schon gerettet werden muss, dann sollte ich doch wohl dabei sein. Und außerdem, wenn das Mädchen wirklich Zerzura findet, dann will ich es sehen.« Plötzlich schien ihm etwas einzufallen und er lächelte. »Wir werden ein Fest daraus machen!«

Wenn Sir Robert sich etwas in den Kopf gesetzt hatte, wich er nicht mehr davon ab. Dieser Charakterzug war mit den Jahren nur noch stärker geworden. Widerstand war zwecklos.

»Ich gehe auch«, verkündete Magi. Sir Robert öffnete mit protestierender Miene den Mund, doch ein Blick von Magi genügte und er klappte ihn wieder zu. Im Stillen betete Haji die farbenfrohsten von Jim Owens' Kraftausdrücken herunter.

»Und ich auch«, erklärte der Professor und fügte dann rasch hinzu: »Wenn ich mich Ihnen aufdrängen darf?«

Sir Robert musterte ihn misstrauisch.

»Nein, Sir«, sagte der Professor vollendet würdevoll, »ich würde Miss Braxton niemals ihre Entdeckung stehlen. Ich habe persönliche Gründe.«

»Und die wären?«, fragte Magi überheblich.

Der Professor wirkte verlegen. »Ich fühle mich verantwortlich. Wenn ich ihr zugehört hätte, dann hätte diese ganze Situation vielleicht verhindert werden können. Und wenn ich jetzt eine Vorschlag machen dürfte?«

»Nur zu«, ermunterte ihn Sir Robert.

»Wir sollten aufbrechen, sobald es menschenmöglich ist.«

»Und warum das?«, fragte Magi stirnrunzelnd. »Nach dem, was sie erzählt haben, geht es ihr doch gut.«

»Sie kennen Miss Braxton doch gut?«

Alle außer Miss Whimpelhall nickten mit unterschiedlich ausgeprägter Begeisterung.

»Dann können Sie sich vielleicht vorstellen, in was für Schwierigkeiten sie geraten könnte, ohne jemanden, der über ihre, ähm, Neigungen Bescheid weiß und sie davor beschützt?«

# Kapitel 13

*»Wenn ich sie noch länger ansehe, verliebe ich mich am Ende in sie«, dachte er sich. »Ich konnte einem hübschen Gesicht und einem fröhlichen Charakter noch nie widerstehen.«*

aus dem Tagebuch von Ginesse Braxton

In der ägyptischen Wüste, zehn Tage später

Der Pistolenschuss hallte durch die Wüstenlandschaft und Pomfreys Soldaten warfen sich Deckung suchend auf den Boden, sogar Neely, ihr bereits ergrauter Lieutenant.

Auf der anderen Seite des Camps zuckte Mildred zusammen und sah auf das frische Loch im Sand neben sich herab. Sowie auf die Überreste des großen, gelblichen Skorpions, der noch vor einer Sekunde dort gelauert hatte. Dann betrachtete sie den Stein in ihrer Hand, den sie gerade von eben dieser Stelle aufgehoben hatte.

»Ich fürchte, ich stehe ein weiteres Mal in Ihrer Schuld, Mr. Owens«, erklärte sie und ihre Stimme zitterte nur ganz leicht.

»Nicht der Rede wert«, antwortete Jim, steckte die Pistole gelassen zurück in sein Schulterholster und lehnte sich auf dem Schlafsack zurück. Es brachte ihn schon längst nicht mehr aus der Fassung, wenn er etwas erschießen, kopfüber in etwas hineinspringen, etwas verjagen oder auf etwas hinaufklettern musste, um sie von irgendeinem Abgrund zurückzuzerren, an dessen Rand sie ständig entlangzubalancieren schien. Das gehörte eben zum Job. »Bitte, erzählen Sie weiter.«

»Interessiert es Sie denn wirklich?« Sie klang sowohl zweifelnd als auch hoffnungsvoll und diese Mischung war einfach unwiderstehlich. Außerdem interessierte es ihn tatsächlich. Sie war ein wandelndes Lexikon für Merkwürdigkeiten und Obskures. Die vermeintliche Mädchenschule hatte zwar nicht ihre Lebhaftigkeit gezähmt, dafür aber eindeutig ihren Intellekt geschliffen.

»Ja, wirklich.«

Sie platzierte den Stein wieder auf den Überresten des Skorpions und verließ dann schleunigst den Ort des Geschehens. »Wo war ich?«

»Sie haben gerade davon erzählt, wie Akheusnatens Name aus den historischen Überlieferungen getilgt wurde, und ich glaube, den Stein da haben Sie aufgehoben, um die Tilgung zu demonstrieren.«

»Ach ja«, rief sie und nahm den Faden wieder auf. Er hörte ihr eine Weile zu, doch dann schweiften seine Gedanken ab. Er fand die ägyptische Geschichte zwar durchaus spannend, aber noch spannender fand er sie. Nach zehn Tagen unter der Wüstensonne war ihr pflaumenfarbenes Haar zu einem zarten Zimt ausgeblichen und ihre Haut hatte einen satten Goldton angenommen, was ihre blaugrünen Augen leuchten ließ wie Türkise im warmen Wüstensand.

Sie trug noch immer diese verdammte Hose, aber wenigstens war sie verborgen unter einer weißen *Tob*, einer Art Robe, die er einem Händler in Suhag abgeschwatzt hatte. Im Allgemeinen waren die letzten Tage ruhig verlaufen. Na ja, da war diese leichte Lebensmittelvergiftung gewesen und eines der Zelte hatte Feuer gefangen. Ab und zu war ihnen auch mal ein Kamel abgehauen und jetzt diese Sache mit dem Skorpion, aber ansonsten …

Es war nicht ihre Schuld, dass sie vom Unglück verfolgt wurde. Der Skorpion zum Beispiel. Hundert andere Menschen hätten diesen Stein hochheben können, ohne dass etwas darunter gewesen wäre. Aber wenn Mildred Whimpelhall einen Stein aufhob, dann lauerte hundertprozentig ein Skorpion darunter.

Aber auch wenn sie oft nichts dafür konnte, war sie doch nicht ganz unschuldig. Sie war impulsiv und bockig und handelte oft unüberlegt. Irgendwie schaffte sie es immer, das Schicksal herauszufordern und das Schicksal konnte dieser Versuchung offenbar nie widerstehen.

Doch meistens war die Aufgabe, sie zu beschützen, ganz erträglich und sie handelte sich – oder anderen – höchstens ein, zwei blaue Flecken ein. Manchmal gefror ihm jedoch auch das Blut in den Adern. Als sie direkt vor der *Dahabiya* über dem Nil gehangen hatte, zum Beispiel.

Sie hätte sterben können.

Noch nie in seinem Leben hatte er solche Angst gehabt, nicht einmal, als er sich damals vor sieben Jahren in das Lager der Mahdi geschlichen hatte und sich ganz sicher gewesen war, dass ihm jeden Moment eine Kugel den Schädel zerfetzen würde. Der Schreck hatte so tief gesessen, dass er, als sie wieder sicher vor ihm an Bord stand, jede Kontrolle verloren und sie angebrüllt hatte. Er verlor sonst nie die Fassung. Und noch während er sie anschrie und sie zurückbrülle, hatte ihn ein ganz und gar unwillkommenes Gefühl überfallen. Als sie dann Sekunden später schluchzend gegen seine Brust gesunken war, hatte dieses Gefühl Wurzeln geschlagen und ließ sich seitdem nicht mehr ausreißen, egal, wie sehr er es versuchte. Er war bezaubert.

Er sagte sich, es sei nichts weiter als eine Vernarrtheit. Es war Jahre her, seit er zuletzt Zeit in Gesellschaft einer jungen Lady verbracht hatte. Er war anfällig für so was. Und was war schon dabei? Viele Männer verfielen dem Zauber der Sirenen, die ja gerade ihre Unerreichbarkeit so unwiderstehlich machte. Es fiel ihm zwar schwer, sich dieses stürmische und äußerst unverblümte Mädchen in der Rolle einer Sirene vorzustellen, aber genau das war sie eben. Sie war unerreichbar und er war bezaubert.

Also betrachtete er sie und prägte sich all ihre Liebreize ein, er hortete jeden Eindruck, jedes Detail ohne Vorbehalt oder Reue, er sammelte sie für eine Zukunft ohne sie.

Ja. Es war ganz harmlos, eine moralisch einwandfreie Art, sich die Zeit zu vertreiben. Beinahe unschuldig. Beinahe …

»… und jetzt kommt das Beste.« Sie beugte sich zu ihm vor, als würde sie ihm jeden Moment den Namen des Liebhabers ihrer Nachbarin verraten, anstelle eines dreitausend Jahre alten Skandals um einen toten König. »Es gibt einige Hinweise in den Aufzeichnungen, die belegen, dass *er* vielleicht eine *Sie* war.« Mit genüsslich schockierter Miene richtete sie sich wieder auf.

»Ist nicht wahr.«

»Doch!«, bekräftigte sie und wedelte sich lässig mit ihrer Pferdeschweiffliegenklatsche vor dem Gesicht herum, um die Insektenscharen zu verscheuchen, die sie auf dieser Reise begleiteten. Es machte ihr nicht halb so viel aus, wie er erwartet hatte. Obwohl Pomfrey dafür gesorgt hatte, dass sie bestens ausgestattet waren, und ihr sogar eine Matratze und Porzellan zur Verfügung stand, musste sie doch an einen völlig anderen Lebensstandard gewöhnt sein.

Doch sie verschlang die Saubohnen-Öl-Pampe, die es jeden Abend zu essen gab, mit bemerkenswertem Appetit und beklagte sich nie über den Wüstenwind, der einem Augen und Mund austrocknete, oder über die Hitze oder den Gestank der Kamele. Immer war sie gut gelaunt, anpassungswillig und gewinnend. Es war, als wäre sie für dieses Leben geboren worden.

Pomfrey hatte gut gewählt. Gott verfluche ihn. Auch wenn Jim aufgefallen war, dass Mildred ihren Verlobten kaum einmal erwähnte … Aber vielleicht fühlte sie sich auch einfach unwohl bei dem Gedanken, mit ihm über ihren Liebsten zu sprechen. Zum Glück. Denn Jim war sich ganz und gar nicht sicher, ob er derartige romantische Geständnisse von ihr an Pomfrey mit Haltung ertragen könnte.

Zum hundertsten Mal erinnerte er sich daran, dass seine Aufgabe nur darin bestand, sie zu ihm zu bringen, und genau das würde er auch tun. Er war mit ihrem Schutz beauftragt worden und wenn das bedeutete, dass er sie auch vor sich selbst schützen musste, dann würde er eben auch das tun.

»Mr. Owens?«, fragte sie und riss ihn damit aus seinen Gedanken. »Geht es Ihnen gut? Sie sehen so merkwürdig aus.«

»Es geht mir gut«, sagte er. »Und es wäre mir lieber, Sie würden mich einfach Jim nennen. Das kann man im Notfall schneller rufen als ›Mr. Owens‹.«

Sie reagierte völlig unerwartet auf diese betont beiläufige Bemerkung. Anstatt pikiert oder gekränkt zu sein, lächelte sie ihn so zufrieden an wie ein Fohlen im Frühlingsklee. »Wirklich?«

»Wirklich.«

»Danke, Jim.« Sie zögerte und er wartete in der Hoffnung, sie würde ihm die gleiche Vertraulichkeit anbieten, doch dann senkte sie den Blick, als hätte sie seine Gedanken gelesen.

Er hatte nicht ernsthaft erwartet, dass sie ihm ebenfalls gestatten würde, sie beim Vornamen zu nennen. Gewisse

Verhaltensregeln und eine angemessene Distanz mussten eingehalten werden und sie schien darauf bestehen zu wollen, auch wenn er es nicht tat.

Sie wand sich ein wenig und fühlte sich sichtlich unwohl, doch das hatte er gar nicht gewollt. »Erzählen Sie weiter«, sagte er. »Es ging gerade um einen Pharao, der vielleicht eine Pharaonin war …«

»Es gibt keine Pharaoninnen. Das ist wie bei dem Wort ›Majestät‹, da existiert einfach keine weibliche Form«, stürzte sie sich auf die Ablenkung. »Und wie ich vorher schon gesagt habe, haben seine – oder vielleicht ihre – Baumeister zwei *Merkhets* verwendet, um seine – oder ihre – Pyramide auszurichten. Den ersten haben sie nach dem Nordstern ausgerichtet und den zweiten nach einem nordöstlichen Meridian.«

Sie dozierte weiter in jener leicht spröden, professionellen Art, die er immer an ihr bemerkte, wenn sie über das alte Ägypten sprach. Er betrachtete sie und genoss den Klang ihrer Stimme. Gelegentlich ließ er seinen Blick auf der Suche nach Gefahren durch das Camp schweifen, doch er landete immer wieder bei ihr und verweilte jedes Mal etwas zu lange.

Plötzlich bemerkte er, dass sie zu sprechen aufgehört hatte, und nun auf eine Antwort von ihm wartete.

»Sie kennen sich wirklich gut aus mit ägyptischer Geschichte«, sagte er. »Ich lebe seit sieben Jahren hier und weiß nicht einmal die Hälfte.«

Sie errötete. »Nun ja, ich bin inzwischen seit … seit sechs Jahren mit Colonel Lord Pomfrey verlobt und wusste, dass ich einmal in Ägypten leben werde. Da ist es doch nur vernünftig, so viel wie möglich über dieses Land zu lernen, oder?« In ihrer Antwort lag auf irgendeine Weise zu viel Zufriedenheit.

»Es ist sicher ratsam, doch ich weiß nicht, wie viele andere Frauen es auch tun würden. Seit sechs Jahren, wirklich?«

»Ja.«

Verflucht noch mal. Sie musste noch auf der Schulbank verlobt worden sein. Dann war es gewiss keine Liebesheirat. Vermutlich war die Ehe zwischen ihrer Familie und Pomfrey vereinbart worden.

Seine Abneigung Pomfrey gegenüber verstärkte sich noch mehr. Was für ein Mann verlobte sich mit einem Kind? Und was für eine Familie erlaubte das auch noch? Doch immer, wenn sie von ihrer Familie sprach, was nur sehr selten vorkam, hörte er nichts als warme Zuneigung in ihrer Stimme.

Was für einen Grund mochten sie gehabt haben, sie zu verkuppeln? Geld? Land? Oder suchten sie die Verbindung zu einer Familie mit Adelstitel? Wünschte sie sich eine andere Zukunft oder fügte sie sich willig in ihr Schicksal, wo es doch nun einmal feststand?

Wie Charlotte.

Früher hatte die Erinnerung daran, wie bereitwillig Charlotte Altheas Lügen hingenommen hatte, einen tiefen und bitteren Zorn in ihm wachgerüttelt. Doch das war lange vorbei, das Gefühl war verblasst wie seine Sandkastenliebe für sie. Arme Charlotte, sie hatte nichts

Falsches getan. Sie war nichts als eine Schachfigur in den Plänen ihrer Eltern gewesen, genau wie er selbst nur eine Schachfigur in Altheas Plänen gewesen war.

Er war bereit gewesen, alles aufzugeben, sein Leben, seinen Namen, sein Erbe, um Althea zu trotzen, und dabei hatte er ihr doch nur gegeben, was sie die ganze Zeit gewollt hatte: uneingeschränkte Kontrolle. Wie leicht es doch war, etwas einfach wegzuwerfen, anstatt dafür zu kämpfen.

Er sah wieder Mildred an. Wie lange, wie hart würde er um sie kämpfen, wenn sie die Seine wäre? Für immer und ohne Grenzen.

»Owens!«

Beim Klang seines Namens wandte Jim sich um. Lieutenant Neely, ein dürrer, in die Jahre gekommener Veteran mit abgebrochenen Zähnen und Cockney-Akzent, näherte sich ihm. Jim erhob sich. »Was kann ich für Sie tun, Lieutenant?«

»Da Sie mit diesem Schuss jede Wüstenratte im Umkreis von zwanzig Meilen auf uns aufmerksam gemacht haben, schieben Sie heute eine Doppelschicht Nachtwache.«

Er klang eher mürrisch als autoritär und sein Blick wich Jims Augen immer wieder aus. Er war kein guter Anführer, zu ängstlich und zu streitlustig. Es war wahrscheinlich reine Formsache gewesen, dass er mit der Zeit in den Militärrängen aufgestiegen war.

»Natürlich«, sagte Jim.

Der Mann zögerte und nagte an seiner Unterlippe.

»Noch etwas?«, wollte Jim wissen.

»Yeah«, entgegnete Neely, nahm Jim beim Arm und zog ihn ein wenig zur Seite. »So sieht's aus, Owens. Ich denke, wir sollten zurück nach Suhag. Hören Sie«, sprach er schnell weiter, bevor Jim etwas einwenden konnte. »Lassen Sie mich ausreden. Als wir dort war'n, hab ich ein paar von diesen Händlertypen sagen hören, dass die Mahdi wieder mal aufsässig sind und vorhaben, Karawanen zu überfallen. Sie und ich, wir wissen beide, dass ich nicht genug Männer und Munition hab, um mit einem Überfallkommando fertig zu werden.«

»Diese Gerüchte gibt es schon seit Jahren, Neely. Uns wird schon nichts passieren.« Jim klopfte dem Mann auf die Schulter. »Sogar wenn sie wirklich irgendwo da draußen sind, könnten sie genauso gut nach einem Sandkorn in der Wüste suchen wie nach uns. Wir sind hier mitten im Nirgendwo, mindestens siebzig Meilen von der Forty Day Road entfernt.«

Und das war kein Zufall. Anstatt der alten Handelsroute zu folgen, hatte er sie mit voller Absicht weiter nach Süden geführt. Die alte Karawanenstraße wurde noch immer oft benutzt und das machte sie zu einem beliebten Revier für Banditen und Gesetzlose. Ihre jetzige Route führte sie zu einer weitgehend unbekannten Oase, die noch etwa drei bis vier Tagesmärsche von ihnen entfernt war.

Neely schüttelte heftig den Kopf. »Der Kerl, der grade Wache hatte, schwört, er hätte in der Ferne etwas aufblitzen sehen. Und gestern Nacht hab ich ein Feuer entdeckt. Die Jungs scheißen sich vor Angst in die Hosen.«

Jim antwortete nicht, denn Neely hatte recht, sie wurden tatsächlich verfolgt. Vor drei Tagen hatte Jim die Anzeichen dafür entdeckt und in der Nacht einen Erkundungsritt unternommen, um sich ihre heimlichen Begleiter näher anzusehen. Doch er hatte kein Glück gehabt. Aber wer immer dort draußen war – wenn sie ihnen etwas antun wollten, hätten sie es schon längst getan.

So unwahrscheinlich das auch sein mochte, vielleicht waren es einfach nur Reisende, die zufällig in die gleiche Richtung unterwegs waren und nichts mit ihnen zu tun haben wollten. Aber Neely davon zu überzeugen, würde nicht leicht sein. Also erwähnte er es besser erst gar nicht. Neelys Beunruhigung war bereits auf die Soldaten übergesprungen. Tuschelnd standen sie in kleinen Grüppchen zusammen, blickten sich immer wieder nervös um und hielten ihre Gewehre umklammert. Frisch eingezogene Wehrpflichtige, schätze Jim, noch ganz grün hinter den Ohren und leicht beeinflussbar. Verdammter Neely.

»Luftspiegelungen«, meinte Jim. »Wenn es Banditen wären, hätten sie uns schon längst angegriffen. Ich habe mich gestern Nacht umgesehen und wenn dort draußen irgendjemand wäre, hätte ich es bemerkt.«

»Da irren Sie sich, Mr. Owens. Und es könnte ein tödlicher Irrtum sein«, widersprach Neely und wischte sich über die Stirn. »Das waren keine Luftspiegelungen.« Er sah Jim gehetzt an. »Haben Sie schon mal gesehen, was diese Barbaren einem Menschen antun?« Er holte tief Luft, schloss die Augen und ließ die Luft dann wieder entweichen. »Glauben Sie mir, das wollen Sie nicht. Ich wünschte, ich hätt's nicht. Seit zwanzig Jahren bin ich im Dienst. Noch eins und ich geh in Pension. Noch ein Jahr und ich bin unterwegs nach England. Ich will nicht davor noch sterben. Wir sollten umkehren.«

»Hören Sie sich doch nur mal zu«, entgegnete Jim. »Sie reden Unsinn. Was würde es ändern, wenn wir umkehren? Banditen können uns auf dem Rückweg genauso gut verfolgen wie auf unserer jetzigen Route.«

»Nein«, widersprach Neely verbissen. »Sie werden uns bei dieser Oase auflauern. Wenn wir jetzt umkehren, werden sie das nicht erwarten. Wir gehen nach Suhag zurück und warten dort, bis Pomfrey mehr Männer schickt. Sechs reichen nicht.«

Einen Moment lang dachte Jim darüber nach. Doch er glaubte nicht, dass sie in Gefahr waren, und die Hälfte der Strecke bis nach Fort Gordon hatten sie bereits hinter sich. Jetzt umzukehren wäre lächerlich. Und wenn sie es taten, würde ihm seine Ehre gebieten, solange bei Mildred in Suhag zu bleiben, bis Pomfreys Verstärkung eintraf. Zwei Wochen mit ihr. Vielleicht sogar länger.

Und das, gestand er sich mit brutaler Ehrlichkeit ein, wäre ein Fehler. Mit jedem Tag, den er in ihrer Gesellschaft verbrachte, wurde es schwerer, an seinem Entschluss, ehrenhaft zu bleiben, festzuhalten. Einfach seine Aufgabe zu erfüllen und dann zu gehen. Er fürchtete, wenn er zu viel Zeit mir ihr verbrachte, würde er genau das nicht tun, er würde nicht gehen. »Nein, Neely. Wir kehren nicht um.«

Neelys Haltung wurde steif und er hob leicht sein Gewehr. »Wir tun, was ich sage. Ich bin hier der Befehlshabende.«

Jim blieb still. Er stand einfach da, sah Neely in die Augen und ließ ihn die Lage selbst einschätzen. Er wollte Neely nichts tun. Der Lieutenant hatte vermutlich niemals gedacht, dass er je wieder lebend aus Ägypten herauskam, und jetzt, da das Ende seines Aufenthalts hier zum Greifen nah war, hatte er Hoffnung geschöpft. Und die Hoffnung war Hand in Hand mit der Angst gekommen.

Neely tat Jim leid. Aber sie würden nicht umkehren.

Einige lange Sekunden musterte Neely ihn zähneknirschend, eines seiner Augenlieder zuckte. Dann endlich, mit einem Laut irgendwo zwischen Knurren und Schluchzen, wandte er sich ab und ging davon.

»Was hatte das zu bedeuten?« Mildred hatte sich erhoben und stand nun dicht neben ihm.

»Nichts«, antwortete Jim. »Er wollte nur dass ich die Nachtwache übernehme.«

»Oh«, sagte sie. »Müssen Sie denn jetzt gleich gehen?«

Nein. Ja. Jetzt gleich. Bevor es zu spät ist ... Wenn es das nicht längst schon ist.

»*Nein.*«

Sie schenkte ihm ihr spitzbübisches Lächeln. »Dann wollen Sie doch sicher, dass ich Ihnen alles über die Erbauung der Stufenpyramiden erzähle.«

»Nichts wäre mir lieber.«

Sie ließ sich wieder zu Boden sinken, lachte ein bisschen und hob die Feder eines Geiers auf, der irgendwo hoch oben über sie hinweg geflogen sein musste.

Er versuchte, sich an Charlottes Gesicht zu erinnern, doch es war nicht mehr da. Alles, was er sah, war das Mädchen vor ihm, das sich jetzt vorbeugte, um mit einer Geierfeder ein Bild für ihn in den Sand zu zeichnen. Aus ihrem hochgesteckten Haar hatte sich eine Strähne gelöst, die sich an ihren Hals schmiegte, wie die Hand eines Liebhabers …

Der Gewehrkolben traf ihn hart an der Schläfe.

Er fühlte, wie seine Knie nachgaben, und dachte noch, LeBouef würde sich sicher schieflachen, wenn er erfuhr, dass Jim Owens endlich doch noch überrumpelt worden war, weil er ein Mädchen anschwärmte, das Strichmännchen in den Sand zeichnete.

# Kapitel 14

*Auch im Angesicht größter Bedrängnis war sie stets ein tapferes Mädchen. Man hätte sie gar heldenmutig nennen können und ~~Unfälle~~ Gefahren waren ihr nicht unbekannt.*

aus dem Tagebuch von Ginesse Braxton

Sie werden mitkommen!«, brüllte Neely.

»Das werde ich nicht«, beharrte Ginesse. Sie kniete neben dem bewusstlosen Jim Owens am Boden und berührte sachte die klaffende Wunde an seinem Kopf, unsicher, ob sie einen Schädelbruch ertasten könnte, selbst wenn er einen hatte.

»Packt zusammen und beladet die Kamele! *Sofort!*«, brüllte Neely seine Männer an, die sofort aufsprangen und das Lager mit einer Geschwindigkeit abbauten, die sie beim Errichten nie an den Tag gelegt hatte.

Drohend wandte er sich wieder an sie. »Gott verdammt, Mädchen. *Wollen* Sie denn unbedingt sterben?«

»Ich werde nicht sterben«, entgegnete sie.

»Ganz genau. Weil Sie nämlich mitkommen werden und damit basta. Owens kann hier draußen verrotten, wollte es ja nicht anders. Aber ich hab die Aufgabe, Sie zum Colonel zu bringen, und das werde ich auch tun.«

»Aber Sie tun es nicht. Sie bringen mich zurück nach Suhag.«

»Nur bis Verstärkung eintrifft. Stehen Sie jetzt auf.«

»Nein«, sagte sie, den Blick auf Jim gesenkt. »Ich werde Mr. Owens nicht allein lassen.« Er sah blass aus, auch wenn sein Atem regelmäßig ging.

»Hören Sie, Miss Whimpelhall«, holte Neely in angestrengt vernünftigen Ton aus. »Wenn Sie nicht mitkommen, können Sie sich genauso gut mit Mr. Owens' Pistole hier eine Kugel in den Kopf jagen. Weil Sie dann nämlich sterben werden, so sicher wie's in der Hölle einen Teufel gibt.«

Er hatte Jim von hinten niedergeschlagen. Sie verabscheute ihn.

»Mr. Neely«, entgegnete sie mit harter, unbeugsamer Stimme, »lassen Sie mich eines klar stellen. Ich werde nicht mit Ihnen kommen. Wenn Sie mich zwingen wollen, werde ich mich bei jedem einzelnen Schritt wehren. Und wenn Sie sich von hinten an mich heranschleichen und mich bewusstlos schlagen«, immerhin hatte Neely so viel Anstand, an dieser Stelle zu erröten, »werde ich bei der ersten Gelegenheit fliehen. – Weil ich, Mr. Neely, mehr Vertrauen in einen besinnungslosen Mr. Owens habe, als in einen disziplinlosen Schuft und seine nicht weniger unehrenhaften Soldaten.« Sie musterte Neelys Männer mit vernichtendem Blick. Keiner von ihnen konnte ihr in die Augen sehen.

Sie waren mit dem Abbau des Lagers fertig. Die Zelte waren verschnürt und die Lastkamele bereits beladen und in einer Reihe zusammengebunden worden.

Neely riss sich zusammen. »Owens hat mir keine Wahl gelassen«, erklärte er so würdevoll wie möglich.

»Und *ich* lasse Ihnen auch keine. Ich werde ihn nicht hier zurücklassen.«

Er fletschte die Zähne und ging neben ihr in die Hocke, so dass sie sich direkt in die Augen sahen. »Haben Sie schon mal gesehen, was diese Barbaren mit einem Mann so anstellen?« Seine Stimme war bedrohlich leise. »Sie richten ihn so zu, dass man ihn nicht mal mehr als Menschen erkennt, das tun sie. Manchmal schneiden sie Stücke aus ihm raus, häuten ihn lebendig oder ziehen seine Eingeweide heraus und hängen sie ihm um den Hals. Oder manchmal überlassen sie auch der Wüste die Arbeit. Sie fesseln ihn und lassen ihn solange draußen in der Sonne schmoren, bis seine Haut sich schält wie bei einem Grillschwein. Sie schneiden ihm die Augenlider ab, so dass er in die Sonne starren muss, bis er blind wird, und dann lassen sie ihn Stückchen für Stückchen von den Ameisen fressen.«

Alles Blut wich aus ihrem Gesicht, obwohl sie diese Geschichten nicht zum ersten Mal hörte. Manchmal hatte sie in den Ausgrabungscamps ihres Vaters wach gelegen und gelauscht, während niemand ahnte, dass die so leicht verletzlichen, schutzbedürftigen Ohren eines kleinen Mädchens mithörten. Und auch von den *Fellachen* hatte sie ähnliche Grausamkeiten gehört, nur dass die Barbaren in deren Geschichten Uniformen trugen.

»Ich möchte gar nicht daran denken, was sie mit einer Frau tun werden«, schloss Neely eindringlich.

Sie schluckte, wandte den Blick aber nicht ab. »Ich werde Mr. Owens nicht allein lassen.«

Sie starrten einander eine volle Minute lang an, bevor er ruckartig aufstand, Verwünschungen ausstieß und seinen Hut auf den Boden schleuderte. Sie sah ihm reglos zu.

»Wenn ich ohne Owens in Suhag auftauche, kümmert es niemanden«, brüllte er sie an. »Aber wie soll ich erklären, dass ich da bin und Sie nicht?«

»Das ist Ihr Problem.«

»Verdammt noch mal, Mädchen, es ist mir egal, ob ich Sie auf ein Kamel fesseln muss …«

Dann verstummte er, denn sie war aufgestanden und zielte mit einer Pistole genau auf seine Brust. Mit Jim Owens' Pistole. »Zum letzten Mal, Mr. Neely, ich werde Mr. Owens nicht verlassen und da Sie bereits erklärte haben, dass Sie ihn nicht mitnehmen werden …«

»Bei dem Versuch würde ich meine Haut riskieren«, unterbrach Neely sie.

»Wie auch immer, ich werde nicht ohne ihn gehen. Und wenn Sie noch einen Schritt näher kommen, schieße ich auf Sie. Ich weiß zwar nicht, ob Sie das gleich umbringen wird, aber bei dieser geringen Entfernung wollen Sie doch bestimmt kein Risiko eingehen.«

Die Soldaten traten murmelnd von einem Bein aufs andere. Die Situation hatte eine unangenehme Wendung genommen.

»Gott verfluche Sie, Mädchen!«, explodierte Neely, doch jetzt klang er eher hilflos als wütend.

Sie hielt die Pistole weiterhin auf seine Brust gerichtet. »Lassen Sie uns ein Kamel und Proviant da«, befahl sie.

Er fluchte wieder und rief mit einer scharfen Geste einem seiner Männer einen Befehl zu. »Binde das letzte Kamel los.« Als der Mann zum Ende der Kolonne hastete, wandte Neely sich wieder an Ginesse.

»Hören Sie. Ich möchte Sie nicht hier lassen. Ich bin Christ. Jedenfalls meistens. Und ich weiß nicht, wie hart ich Owens erwischt hab, so sieht's aus. Ziemlich hart, schätze ich. Vielleicht wacht er nicht mehr auf, und was tun Sie dann?«

Ein bodenloser Abgrund tat sich vor Ginesse auf. Sie schluckte und ließ nicht zu, dass sie hinabgesogen wurde. Sie glaubte ihm nicht. Ihr Vater hatte mehr als einen Schlag auf den Kopf abbekommen und er war immer wieder aufgewacht. Und Jim würde es auch.

»Das Risiko gehe ich ein.«

Nüchtern musterte er sie noch eine weitere Minute lang, unglücklich und resignierend.

»In Ordnung, Miss. Sie haben gewonnen. Ich hab getan, was ich konnte, um Sie zum Mitgehen zu bewegen. Und falls es Sie tröstet – für das, was ich Mr. Owens angetan hab, wissen Sie, müssen ich und meine Jungs einen französischen Abgang machen, da wir sonst garantiert verurteilt werden.« Vorwurfsvoll sah er sie an, als würde sie ihm absichtlich schaden wollen.

»Sie *müssen* uns ja nicht hier zurücklassem«, erklärte sie.

Neely schnaubte. »Erstens sagt man von diesem Kerl, dass er ein echt harter Knochen ist, und ich möchte nicht rausfinden, ob dieser Ruf berechtigt ist. Und zweitens haben meine Männer in einiger Entfernung ein Feuer entdeckt, egal, was Owens sagt. Also gedenke ich, lieber aus Ägypten zu fliehen, solange ich meinen Kopf noch auf den Schultern trage, als hier zu bleiben und ihn mir abschneiden zu lassen.«

Aber Jim hatte gesagt, es gebe keinen Grund zur Beunruhigung, und wenn Jim sagte, da sei nichts, dann war da auch nichts. »Dann ist ja alles gesagt.« Sie wünschte, Neely würde endlich verschwinden, damit sie die Pistole weglegen und sehen konnte, ob sie irgendetwas für Jim tun konnte.

Der Soldat, der das Kamel losgebunden hatte, führte es zu Neely hinüber. Diese Kamelstute war nicht ohne Grund das letzte Tier in der Karawane gewesen. Sie war alt und gallig, mit räudigem Fell und nur noch einem Auge. Sie spuckte und traf Neely an der Hose. Ginesse beschloss, sie zu mögen.

Neely brüllte einen weiteren Befehl und einer der Soldaten löste seinen Wasserschlauch vom Sattel und warf ihn zu Neely hinüber. Der fing ihn auf und schleuderte ihn Ginesse vor die Füße. Sie sah nicht hinunter, was Neely zweifellos beabsichtigt hatte, damit er ihr die Pistole entreißen konnte. Wieder fluchte er.

»Ich an Ihrer Stelle würde zusehen, dass ich wegkomme, bevor Mr. Owens aufwacht.«

Er wandte sich ab und stürmte zu seinen Männern hinüber. Doch nach ein paar Schritten drehte er sich noch einmal zu ihr um. Verblüfft sah sie, dass seine Lippen bebten und ihm Tränen in den Augen standen.

»Was denn noch?«, fragte sie zunehmend gereizt. Der Kerl war ja schlimmer als eine Romanfolge von Dickens. Immer, wenn man gerade dachte, dies wäre das Ende, geschah noch irgendetwas Unvorhergesehenes.

»Sie sind ein tapferes Mädchen, Miss Whimpelhall«, sagte er mit erstickter Stimme. »Dumm wie Brot, aber mutig wie ich es nicht sein kann. Ich wünschte, ich könnte Ihnen versprechen, dass ich davon berichten werde, wo Ihre edlen Knochen liegen, doch das werd ich nicht, so stehen die Dinge nun mal. Ich werd ihnen sagen, dass Owens mit Ihnen durchgebrannt ist und dass Banditen Sie beide erwischt haben. Und wenn das nächste Schiff in Alexandria ablegt, werd ich an Bord sein, egal, wie diese Sache ausgeht. Also, auf Wiedersehen, Miss Whimpelhall. Denken Sie nicht zu schlecht von mir, wenn Sie sterben.«

Wie die meisten Abschiedsreden, war auch diese nicht gerade ermutigend.

Er schwang sich auf sein Kamel, salutierte zum Abschied und gab dem Tier die Fersen, bis es in Trab fiel. Seine Männer folgten ihm.

Sie ließ die schwere Pistole langsam gegen ihr Bein sinken und ging neben Jims reglosem Körper in die Hocke, während sie dem Trupp nachsah, bis seine Umrisse am Horizont verschwammen. Sehr bald würde es dunkel sein und dann würde die Kälte kommen, schnell und gefährlich.

Sie strich mit der Hand über Jims Stirn. Sie fühlte sich ein wenig warm an, aber nicht fiebrig. Doch sie wusste ja noch nicht einmal, ob man bei einem Schädeltrauma überhaupt Fieber bekam. Sie untersuchte ihn noch einmal und biss sich auf die Unterlippe. Sollte sie versuchen, ihn aufzuwecken? Sie konnte sich nicht erinnern, ob ihre Mutter jemals versucht hatte, ihren Vater nach einem solchen Schlag aufzuwecken. Und wenn ja, wie? Mit Wasser? Ohrfeigen? Oder schütteln?

Was, wenn sie seine Verletzungen nur noch verschlimmerte? Was, wenn sie etwas, das sowieso schon angeknackst war, brach und damit bleibenden Schaden verursachte? Schließlich entschied sie, dass Jims Körper wohl selbst am besten wusste, wann es Zeit zum Aufwachen war. Behutsam bettete sie seinen Kopf in ihren Schoß und zwang sich, zu warten. Was nicht gerade ihre Stärke war.

Der Gedanke, dass sie vielleicht sterben würden, geisterte durch ihre Sinne. Falls es so kam, würde niemand je von ihrem Tod erfahren. Auch Neelys Lügen würden nicht dabei helfen, sie zu finden. Alle würden nach Mildred Whimpelhall suchen, die irgendwann in Kairo auftauchen und Pomfreys Begräbnisvorbereitungen in Hochzeitspläne und seine Trauer in Glück verwandeln würde.

Ginesse seufzte. Vielleicht würden die Pomfreys eines Tages, wenn sie auf ihren Hochzeitstag anstießen, flüchtig an die fremde junge Frau denken, die sich als Mildred ausgegeben hatte, und vielleicht würden sie sich fragen, warum sie das getan hatte und wer sie wohl gewesen war.

Es gab absolut keinen Grund für irgendjemanden, jemals darauf zu kommen, dass Ginesse Braxton, Mildreds Reisegefährtin, die Identitätsdiebin war. Besonders deshalb nicht, weil ihr Großvater ihr Telegramm früher oder später doch noch lesen und dann glauben würde, sie sei irgendwo in Osteuropa verschwunden. Alle würden denken, man habe sie vielleicht entführt, damit sie die Braut eines asiatischen Prinzen wurde, oder sie sei mit einem bulgarischen Grafen durchgebrannt.

Das klang äußerst romantisch und sie fühlte sich ein bisschen besser, bis ihr Blick auf den funkelnden Smaragdring fiel, den sie trug. Ihre Mutter hatte ihn ihr zu ihrem sechzehnten Geburtstag geschenkt. Ihre Mutter …

*Was habe ich nur getan?*

Wenn sie starb, würde sie ihre Eltern damit zu einem Leben verdammen, das nur noch eine endlose, vergebliche Suche wäre. Denn egal, wie gering die Chancen standen, ihre Eltern würden niemals aufhören, nach ihr zu suchen. Niemals. Sie würden jeder Spur folgen, bis sie ihre Knochen fanden oder bis sie selbst starben. Weil sie sie liebten. Sie liebten sie und sie würden ihre Überreste niemals finden, weil sie an den falschen Orten suchen würden.

Der Gedanke daran, wie sie Jahr um Jahr endlos umherirrten, erfüllte sie mit Grauen und Scham. Sie hätte einen Brief hinterlassen können, in dem sie ihr Vorhaben erklärte. Sie hätte ihn bei einer verantwortungsvollen Person hinterlegen können, für den Fall, dass sie nicht zurückkehrte. Und falls sie jemals wieder die Gelegenheit bekam, etwas so Dummes zu tun, dann würde sie auf jeden Fall alles aufschreiben. Aber … sie hatte doch niemals daran gedacht, dass sie sterben könnte. Sie hatte nicht mit Neely gerechnet, diesem verfluchten Mistkerl!

Sie sah hinab auf Jims gebräuntes, schönes Gesicht, seine Wimpern warfen einen fächerartigen Schatten über seine hohen Wangenknochen und sein Haar hing ihm in wirren, feuchten Strähnen in die Stirn. Er wirkte so viel jünger, so verletzlich. Sein harter Gesichtsausdruck war verschwunden, die Unerbittlichkeit gemildert und seine Züge schienen entspannt. Sie strich ihm die Haare zurück. Auch wenn sie noch einmal vor der Wahl stünde, könnte sie Jim nicht verlassen, sie würde nicht … *Verdammt*, sie hasste Neely.

Warum wachte Jim nicht auf? Er war jetzt schon seit beinahe zwanzig Minuten bewusstlos. Die Mondsichel stieg am orchideenfarbenen Himmel auf. Bald würde es Nacht sein. Vorsichtig schob sie die Hände unter Jims Kopf und ließ ihn zu Boden sinken. Sie musste Vorkehrungen treffen, bevor die eisige Wüstennacht hereinbrach … Er stöhnte.

Auf den Knien rutschte sie zurück an seine Seite und legte die Hände um sein Gesicht. »Mr. Owens. Jim.« Eine Träne fiel auf seine Wange. »Geht es dir gut?«

»Nein«, ächzte er. Er schnitt eine schmerzverzerrte Grimasse und lugte mit einem Auge zu ihr hoch. »Was ist passiert?«

»Lieg still. Neely hat dich von hinten mit dem Gewehrkolben erwischt.«

Er rollte sich auf die Seite und richtete sich stöhnend in eine sitzende Position auf. »Wo …?«

»Versuch nicht aufzustehen. Sie sind weg«, sagte sie und schlang einen Arm um seine Schultern.

»Weg?« Er sah sich fassungslos um. »Sie haben Sie *allein* gelassen?«

»Nein. Du bist doch hier. Und jetzt hör auf. Dein Kopf blutet wieder.«

Er legte eine Hand auf seine Stirn, holte scharf Luft und zuckte zusammen. »Wie lange ist das her?«

»Vielleicht eine Viertelstunde – *Nein!* Du bist nicht in der Verfassung, um daran irgendwas zu ändern.«

Aber er kämpfte sich bereits auf die Füße. Sie schob sich mit einer Schulter unter seinen Arm und tat ihr Bestes, um ihn zu stützen, während er sich unter Schmerzen aufrichtete. Er war schwer und schwankte, sie musste ihre Arme fest um seine Taille schlingen, um zu verhindern, dass er wieder hinfiel.

»Bitte«, sagte sie. »Du kannst nichts tun. Du tust dir nur weh. Du musst …«

Doch ihre Worte fanden kein Gehör. Noch während sie sprach, knickten seine Knie ein und er sank langsam zu Boden, ihre Arme noch immer um ihn geschlungen. Er hatte erneut das Bewusstsein verloren.

# Kapitel 15

*Schade um seine lang vergangenen Träume! Denn er hatte einst einen flüchtigen Blick auf höhere Ziele als den bloßen Erwerb von Geld und die käuflichen Freuden des Fleisches erhascht.*

aus dem Tagebuch von Ginesse Braxton

»Mmm. Das ist einfach köstlich. Sie müssen diese Entenbrust kosten, Professor Tynesborough«, sagte Sir Robert und schwenkte seine Gabel einladend über ein perfekt gebratenes Stück Fleisch in einer dicken Granatapfel-Brandy-Reduktion, neben dem sich ein Berg glänzender kleiner Couscous-Perlen auftürmte.

Der Professor schüttelte bedauernd den Kopf. »Aus Mitleid mit meinem armen Kamel muss ich leider ablehnen. Ich schwöre, ich habe seit Beginn der Reise mindestens zehn Pfund zugenommen.«

»Haji, dann musst du mir damit helfen«, forderte Sir Robert Haji auf und wandte sich zu ihm um. »Ich kann dem Koch nicht ganz alleine gerecht werden und er ist ein wirklich empfindlicher und leicht reizbarer Kerl. Allerdings ist er auch ein verflixt guter Koch und es wäre eine Schande, wenn er kündigen würde.«

Das hielt Haji zwar nicht für sehr wahrscheinlich, da sie sich über hundert Meilen von der nächsten Stadt entfernt mitten in der Wüste befanden, doch er spießte sich trotzdem ein Stück des delikaten Fleisches auf die Gabel und legte es auf seinen Teller. Er musste zugeben, dass der Koch wirklich außergewöhnlich gut war. Wo Sir Robert den Küchenmeister aufgetrieben und wie er ihn dazu gebracht hatte, sie auf ihrer »Rettungsmission« zu begleiten, war ihm ein Rätsel. Aber vielleicht doch kein so großes, räumte Haji ein, vermutlich hatte Sir Robert ihm ein Angebot gemacht, das er nicht hatte ablehnen können.

Sir Robert scheute auf dieser Reise keine Kosten. Sie saßen unter einem Zeltpavillon, dessen offene Seiten mit hauchdünnen Netzschleiern verhängt waren. Diese hielten die Insekten in Schach und wallten anmutig in der leichten Brise. Weiße Leinentücher lagen auf den Tischen, die mit in der Sonne funkelnden Kristallgläsern und Silberbesteck gedeckt waren. Unter silbernen Servierglocken ruhten die verschiedensten Speisen in Erwartung ihres Urteils, darunter auch traditionelle arabische Gerichte wie ein erfrischender Salat aus Tomaten mit Koriander und Minze, in Knoblauch, Zitronensaft und Olivenöl geschmorte Kichererbsen und gegrillte, mit Weinbeeren gefüllte Täubchen.

Dieser Luxus endete nicht etwa außerhalb des Speisepavillons. Jeden Tag errichteten zwei Dutzend Träger und Bedienstete am frühen Nachmittag eine wahre Zeltstadt, ausgestattet mit Matratzen, Kissen und gestreiften Sonnensegeln, die sich weit über Vorder- und Rückseite der Zelte erstreckten und jede noch so leichte

Brise auffingen, um ihren Mittagsschlaf angenehmer zu machen. Sir Robert war sein Mittagsschlaf heilig.

Sobald die Sonne tief genug stand, packten die *Fellachen* alles wieder zusammen und sie stiegen auf ihre zänkischen Kamele, um noch drei bis vier Stunden zu reiten, bevor ihr *Reis* namens Zayed – noch ein Mann, den Sir Robert persönlich angeheuert hatte – den Tagesmarsch für beendet erklärte. Die *Fellachen* errichteten das Lager erneut, während ihr Koch eine letzte, leichte Mahlzeit zubereitete. Danach zogen sie sich in die Zelte zurück, um noch vor dem Morgengrauen mit Kaffee und Croissants geweckt zu werden. Alsdann brachen sie von Neuem auf und ritten so lange, bis Sir Robert fand, dass es zu heiß zum Weiterreisen sei.

Unnötig zu erwähnen, dass sie sich Fort Gordon nicht gerade im Eiltempo näherten.

Und das würde sich auch nicht ändern. Sir Robert hielt sich außergewöhnlich gut, doch er war immerhin *fünfundachtzig*. Trotz ihrer luxuriösen Unterkunft, exzellenten Essens und ihrer langsamen Marschgeschwindigkeit war es eine harte Reise und keiner von ihnen, besonders nicht Sir Robert, sollte an die Grenzen seiner Ausdauer stoßen.

Außer vielleicht ihr *Reis*, ein Beduine, der nur wenig Geduld für die vielen Pausen aufbrachte, die sein betagter Auftragsgeber anordnete.

Haji sah nach draußen, wo Zayed mit verschränkten Armen vor dem Zelt stand; alles an ihm strahlte Missbilligung aus. Er hatte keine Ahnung, wo Sir Robert einen Beduinen aufgetrieben hatte, der bereit war, sie zu führen. Doch Sir Robert verband eine lange Geschichte mit diesem Land und während all der Jahre hatte er sich unter den verschiedensten Bevölkerungsgruppen Respekt und Bewunderung verdient und darunter befanden sich auch einige nomadische Beduinen.

»Miss Whimpelhall?«, fragte Professor Tynesborough. »Ein wenig Rotwein vielleicht?«

»Ich glaube, lieber nicht«, lehnte sie ab.

»Es ist doch hoffentlich alles in Ordnung, meine Liebe?«, fragte Sir Robert voller Fürsorglichkeit. Die Jahre mochten vielleicht seine Durchhaltevermögen beeinträchtigt haben, nicht jedoch sein Selbstverständnis als Galan.

»Es ist nur das viele reichhaltige Essen«, gab sie zu. »Es ist mir äußerst unangenehm, doch ich würde alles für eine einfache Scheibe ungewürzten Fleisches und ein Stück Käse geben. *Kuhmilch*käse.«

»Macht Ihnen Ihr Magen wieder zu schaffen?«, fragte Magi. Sie saß direkt neben Sir Robert, von wo aus sie stets ein wachsames Auge auf ihn hatte.

»Ein wenig«, antwortete Miss Whimpelhall errötend. Noch nie hatte Haji eine Frau kennengelernt, der so schnell das Blut in die Wangen schoss. Jede noch so kleine Bemerkung über körperliches Befinden reichte schon aus, um ihr Gesicht bis unter den braunen Haaransatz leuchtend rot anlaufen zu lassen.

Haji hatte jene Miss Whimpelhall, die Ginesse Braxton zum Besten gegeben hatte, schon schlimm genug gefunden, doch die echte Miss Whimpelhall war sogar noch schlimmer. Jeden Abend erschien sie zu spät zum

Dinner und jedes Mal, wenn sie Magi und ihn erblickte, schossen ihre Augenbrauen in die Höhe. Sie hätte kaum deutlicher ausdrücken können, dass sie Magi und ihn eher unter den Bediensteten als unter den zu Bedienenden erwarten würde. Und teilweise hatte sie damit sogar recht. Seine Tante und er entstammten einer Kaste weit unter jener der Paschas und Adligen. Miss Whimpelhall gab sich stets freundlich, doch ihre Liebenswürdigkeit sollte nur vermitteln, wie überlegen sie sich allen anderen fühlte.

Außer ihm schien das allerdings niemand zu bemerken, nicht einmal Magi. Doch Magis Welt drehte sich ja auch einzig und allein um Sir Robert. Sie bemerkte Miss Whimpelhalls Voreingenommenheit genauso wenig wie Hajis Unbehagen deswegen.

»Da lässt sich gewiss etwas machen, Miss Whimpelhall«, versicherte Magi und gab einem der Bediensteten, die sich leise im Hintergrund hielten, ein Zeichen. Auch Haji wäre bestimmt einer von ihnen geworden, wenn Magi und Sir Robert nicht gewesen wären.

»Sagen Sie Professor, wo genau hat Ginesse diesen Hinweis auf den Fundort Zerzuras entdeckt?«, wollte Sir Robert wissen, als sie ihr Mahl fortsetzten.

Es war nicht das erste Mal, dass dieses Thema angeschnitten wurde.

»Den vermeintlichen Hinweis, Sir Robert«, korrigierte ihn der junge Professor sanft. »So merkwürdig es auch klingt, doch sie hat ihn in einer Schriftrolle entdeckt, die aus der Bibliothek von Papst Urban dem Zweiten stammte.«

»Jemand hat dem Papst eine demotische Schrift geschickt? Das ist absurd! Diese Sprache ist schon fünfhundert Jahre vor seiner Weihung ausgestorben.«

»Ich sagte ja auch nicht, dass die Schrift an ihn gerichtet war, sie wurde ihm lediglich zugeschickt. Von einem Gutsherren, den er während des Ersten Kreuzzugs nach Nordafrika geschickt hatte, glaube ich.«

Fasziniert beugte sich Haji auf seinem Stuhl vor. Es war lange her, seit er ein rein akademisches Gespräch hatte genießen können, und sowohl Sir Robert als auch Lord Tynesborough hatten ein Gefühl der Leere gefüllt, dessen er sich nicht einmal bewusst gewesen war. Es war bittersüß, sich vorzustellen, wie sein Leben jetzt wohl aussehen würde, wenn er nur die Mittel für eine anständige Ausbildung besessen hätte.

»Was hat er denn bloß in Nordafrika getan?«, bohrte Haji nach.

Professor Tynesborough hob entschuldigend eine Hand. »Ich weiß es nicht. Der Papyrus ist nur der Sprache wegen, in der er geschrieben wurde, auf meinem Tisch gelandet. Ich habe eine kurzen Blick darauf geworfen und ihn sofort wieder vergessen. Es schien nur ein Frachtbrief einer Karawane zu sein, der zu Kleopatras Regierungszeit geschrieben wurde, er fiel also nicht in meinen Zuständigkeitsbereich. Nicht alt genug«, fügte er zur Erklärung für Miss Whimpelhall hinzu. »Etwa fünftausend Jahre zu jung. Ich gab ihn an Miss Braxton weiter, damit sie ihn katalogisieren konnte.«

Der Koch, ein Kopte namens Timon mit Vollbart, einer Haut, so dunkel wie Teakholz und einem enormen Bauch, den er wie eine Schwangere vor sich her schob, erschien in der Tür. Er trug ein Tablett mit einer Servierglocke darauf.

»Welcher Dummkopf hat hier nach Käse verlangt?«, wollte er wissen. »Wie bitte soll ich einen Käse mitten durch die Wüste transportieren? Es gibt keinen Käse.«

Miss Whimpelhall sah zu dem verächtlich dreinschauenden Mann hoch und sank auf ihrem Stuhl zusammen.

»Ah, Timon«, begrüßte Sir Robert den Koch überschwänglich. »Miss Whimpelhall hier hat eine leichte Magenverstimmung. Sie ist an ein solch fantastisches Essen nicht gewöhnt, was mich kaum wundert.«

Die dunklen Augen des Kochs richteten sich auf Miss Whimpelhall. »Kein Käse und kein ungewürztes Fleisch.«

»Was haben Sie denn da, Timon?«, fragte Sir Robert.

»Die Zutaten für ein Dessert, das Ihnen die Freudentränen in die Augen treiben wird«, verkündete der Koch. »Eine hauchzarte Crêpe, Orangenlikör, Butter und Zucker. Ich werde es *en table* zubereiten.« Er wartete nicht erst auf Erlaubnis, sondern schnippte nur einmal mit den Fingern und ein Bediensteter, der ein kleines Tischchen trug, erschien.

»Wunderbar! Ich weiß doch, dass Sie Süßes gerne mögen«, rief Sir Robert fröhlich mit einem betonten Blick auf Miss Whimpelhalls Figur. »Sie müssen zugeben, dass der Koch ein wahres Genie ist, wenn es um

Desserts geht, also werden Sie wenigstens in diesem Punkt nicht enttäuscht werden.« Er schmunzelte und schien Miss Whimpelhalls verlegene Miene nicht einmal zu bemerken.

Haji wollte schleunigst wieder an ihre vorherige Konversation anknüpfen. »Verzeihen Sie meine Neugierde, Professor, aber warum sollte ein Kreuzritter einen solchen Frachtbrief an einen Papst schicken?«

»Tja«, Professor Tynesborough wackelte leicht mit dem Finger, »weil besagte Karawane aus Zerzura gekommen war.«

Der Koch fuhr hoch. »Zerzura? Zerzura ist nichts als eine Legende.«

»Wahrscheinlich«, stimmte Professor Tynesborough zu und schien sich nichts dabei zu denken, archäologische Theorien mit einem Koch und einem ägyptischen Hochstapler zu debattieren. Gott, Haji mochte diesen Kerl. Er erinnerte ihn irgendwie an Jim. »Miss Braxtons Nachforschungen legen den Schluss nahe, dass sich die Oase der kleinen Vögel in einer Gebirgskette tief in der südwestlichen Sahara befindet. Doch bisher hat noch niemand diese Gebirgskette jemals gesehen, geschweige denn die Stadt.«

»Jedenfalls noch kein Europäer«, entgegnete Haji aufgeregt. »Ich habe zwar noch nichts von diesen Bergen gehört, doch einige der Männer, mit denen ich handele, treiben wiederum mit Männern Handel, die behaupten, sie hätten die Schultern der Wüste gesehen, damit meinen sie ein riesiges Plateau.«

Der Koch hielt im Sautieren einiger Zitrusfrüchte in Butter und Zucker inne und ließ mit einem verächtlichen Laut eine zarte Crêpe in den goldenen Sirup gleiten. »Und ich nehme an, dort wartet die Bundeslade nur auf ihre Entdeckung?«

»Wohl kaum«, meinte Sir Robert. »Die jüdische Gemeinde achtet sorgfältig darauf, die Übersicht über derartige Angelegenheiten zu wahren. Nein, die ging in Alexandria verloren. Aber wenn es tatsächlich eine Stadt so tief in der Wüste gegeben hat, ist es nur sinnvoll anzunehmen, dass sie einen Hauptumschlagsplatz für den Karawanenhandel und ein kulturelles Zentrum der alten Welt darstellte. Oh, es gäbe in der Tat große Schätze zu entdecken.« Er lächelte dem Koch zu. »Aber keine Bundeslade.«

»Hier«, verkündete der Koch, »haben Sie Ihren Schatz.« Er stellte einen Teller vor Miss Whimpelhall ab, bevor er den anderen das Dessert servierte. Dann verließ er den Pavillon mit einer kaum wahrnehmbaren Verbeugung.

Einige lange, genussvolle Momente schwiegen sie, während sie das Dessert verspeisten. Schließlich lehnte sich Sir Robert zurück. »Hin und wieder genieße ich auch das primitive Leben«, sagte er und tätschelte zufrieden seinen Bauch. »Da weiß man die feinere Seite des Daseins erst wieder richtig zu schätzen, was? Wie es Ginesse wohl geht? Ob sie wohl schon in Fort Gordon angekommen sind?«

»Falls nicht, dann müssten sie jeden Moment dort eintreffen«, sagte Haji und dachte an Jim. Haji wollte lieber nicht dabei sein, wenn Jim hinter Ginesses Maskerade kam. Er war kein Mann, der es gut aufnahm, wenn er zum Narren gehalten wurde. Ginesse sollte besser dafür beten, dass Jim nicht vergaß, wer ihr Vater war. Und dass es ihm überhaupt etwas bedeutete. Wobei Haji sich da ganz und gar nicht sicher war.

»Gut. Gut. Es würde mir gar nicht gefallen, wenn sie es nicht mindestens genauso gut hätte wie wir.« Sir Robert sah zu Professor Tynesborough hinüber. »Sie war schon immer eine zähe kleine Entdeckerin, fühlte sich in der Wüste so zuhause wie ein Tuareg-Räuber. Hat sich immer eher wie ein Junge als wie ein Mädchen benommen.«

»Interessant«, erwiderte Lord Tynesborough. »Ich frage mich, ob sie es wohl als Erleichterung empfunden hat, nach London zu kommen und dort mit all der Fürsorglichkeit empfangen zu werden, mit der man jungen Ladys dort im Allgemeinen begegnet.«

Sir Robert runzelte bei diesen Worten die Stirn, als sei ihm selbst noch nie ein solcher Gedanke gekommen. »Ich habe immer gedacht, dass sie ihr Leben hier sehr gemocht hat. Hat sie sich Ihnen gegenüber anderweitig geäußert, Professor?«

»Nein«, versicherte der Professor hastig. »Ich habe mich nur ein wenig gewundert. Sie schien so entschlossen zu sein, einen Abschluss nach dem nächsten zu erringen, obwohl sie nicht zu jenen Studenten gehörte, die ausschließlich für ihre Forschung leben. Ich dachte, dass sie vielleicht nach einem Grund suchte, um in England zu bleiben, statt … hierher zurückzukehren«, endete er etwas zaghaft.

»Oh«, murmelte Sir Robert, die Stirn noch immer in Falten gelegt und die Lippen nachdenklich gespitzt. Er sah traurig aus, bemerkte Haji und verfluchte Tynesborough dafür, dass er dem alten Mann eine seiner schönen Illusionen genommen hatte.

»Ich glaube, sie war in Ägypten sehr glücklich, Sir Robert«, warf Haji ein und erntete einen dankbaren Blick von ihm. »Und ich kannte sie ziemlich gut, wissen Sie noch? Sie haben mich zu ihrem Kindermädchen ernannt, wenn sie die Ausgrabungsstätten von Mr. Braxton besuchen durfte.«

»Kindermädchen?«, fragte Sir Robert verblüfft. »Hast du es so gesehen?«

Haji winkte ab und lächelte, um zu zeigen, dass er deswegen keinen Groll fühlte. »Nun ja, das war ich doch, oder nicht?«

»Nein«, Sir Roberts edelmütiges altes Gesicht nahm einen verletzten Ausdruck an. »Ich habe dich eher als eine Art großen Bruder für sie betrachtet. Und ich habe dich gebeten, in diesem Sinne auf sie achtzugeben, als Mitglied der Familie, nicht als Angestellter. Ich dachte, das wüsstest du.«

Haji erstarrte. Nein. Das hatte er nicht gewusst.

»Aber dann, nach dem Feuer, nachdem Ginny uns verlassen hat, nun ja … stellte sich heraus, dass du für uns offenbar nicht das Gleiche empfunden hast, du bist verschwunden.« Ein leichter Vorwurf lag in Sir Roberts Blick. »Es wurde ziemlich … leer im Haus, nachdem ihr beide, du und Ginesse, nicht mehr da wart, das muss ich schon sagen. Doch ich nehme an, junge Männer müssen nun einmal ihren eigenen Weg gehen. Ich wünschte nur, du wärst mit uns in Kontakt geblieben. Für uns gehörst du zur Familie, auch wenn du das anscheinend anders siehst. Warum bist du gegangen, Haji?«

*Wegen meiner Schuld. Wegen meines Stolzes. Weil ich das Feuer, das Ginesse entfacht hat, weiter brennen ließ, um sie zu beschuldigen. Ich dachte, wenn sie erst einmal weg wäre, würde man mich bemerken, mich ernst nehmen, mich unterrichten.*

Doch das hatten sie nicht getan. Ohne Ginesse hatte es keinen Grund mehr gegeben, weshalb Haji bei den Ausgrabungen dabei sein sollte. Der einzige, der jemals echtes Interesse an Hajis Ausbildung gezeigt hatte, war Sir Robert gewesen, und er hatte ihn betrogen. Haji hatte nicht in Sir Roberts Haus bleiben und mit ansehen können, wie sehr sie alle Ginesse vermissten, wohl wissend, dass er für alles verantwortlich war. Und es war alles umsonst gewesen. Im Laufe der Jahre war es ihm gelungen, seine Schuldgefühle zu mildern, indem er Ginesse für alles verantwortlich machte.

»Ich hielt es für das Beste«, sagte Haji und ausgerechnet Miss Whimpelhall rettete ihn davor, noch mehr sagen zu müssen.

»Wie … demokratisch«, bemerkte sie und lächelte strahlend.

# Kapitel 16

*Scheu hob sie ihre bebenden Lippen zu seinem Mund und durch dieses ehrfürchtige Geschenk ihrer selbst wurde ihm der erhabene Genuss ihres reinen, süßen Kusses zuteil.*

aus dem Tagebuch von Ginesse Braxton

Bitte Jim«, sagte Ginesse, »ich brauche nur ein paar Stunden Pause, bevor wir aufbrechen.« Dies war eine neue Taktik, denn der Versuch, ihm vernünftig zu erklären, dass es nicht ratsam war, so bald nach einer Kopfverletzung wieder zu reiten, hatte zu nichts geführt.

Jim, der gerade dabei war, in der Satteltasche, die Neely zurückgelassen hatte, nach etwas Nützlichem zu suchen, musterte sie scharf. Sie tat ihr Bestes, möglichst erschöpft auszusehen, was nicht weiter schwierig war.

»Verdammter Neely«, brummte er leise. »In Ordnung, Miss Whimpelhall. Ein paar Stunden, aber ich muss Ihnen sagen, dass Neely uns nicht viel dagelassen hat. Hier drin ist nichts, kein Zelt, kein Essen und keine Kohle. Nur zwei Decken, eine Ersatzuniform und eine Zunderbüchse.«

»Dieser widerwärtige Wurm …«, setzte Ginesse an.

»Wird immer widerwärtiger«, beendete Jim den Satz. »In diesem Wasserschlauch ist kaum noch genug für einen Tag.«

Ginesse starrte Jim an und das enorme Ausmaß von Neelys Verrat sickerte nur langsam in ihr Bewusstsein. Sie hatte fest geglaubt, dass sie ihre Reise mehr oder weniger unverändert würden fortsetzen können – nur eben mit einem halben Dutzend Reisegefährten weniger –, wenn Jim erst wieder erwacht war. Doch jetzt begriff sie, dass Neely nie gewollt hatte, dass sie es wieder aus der Wüste heraus schaffte. Oh ja, er hatte ihnen zwar ein altes, einäugiges Kamel überlassen, doch wohl nur, um sein Gewissen zu beruhigen. Was nützte ihnen schon ein Kamel, wenn sie nicht genug Wasser und Verpflegung hatten? Das Kamel würde vielleicht überleben, sie jedoch nicht.

Dennoch, dachte Ginesse trotzig, Neely hatte nicht mit Jim gerechnet. Ein Dutzend Neelys waren nichts im Vergleich zu ihm.

»Ich verstehe einfach nicht, warum Neely Sie nicht mitgenommen hat. Damit hat der Trottel praktisch sein eigenes Todesurteil unterschrieben«, murmelte Jim schon mindestens zum fünften Mal. »Besonders, wenn ich …« Seine Stimme wurde zu einem dunklem Grollen.

Ginesse antwortete nicht. Alles was sie sagen konnte, würde irgendwie erfunden sein müssen, also blieb sie lieber stumm. Weil sie ahnte, er würde wütend werden, wenn sie ihm erklärte, dass sie sich geweigert hatte, mit ihm zu gehen. Sehr wütend.

»Die Oase, zu der wir wollen, ist nicht dieselbe, zu der du Lieutenant Neely und seine Männer führen wolltest, oder?«, fragte sie, um ihn abzulenken.

»Nein. Sie liegt näher.«

»Warum sind wir dann nicht gleich dorthin geritten?«

»Weil sie nicht auf unserem Weg liegt, sondern gut zwanzig Meilen abseits, und weil wir genügend Wasser dabei hatten, dass es bis zur nächsten Oase gereicht hätte.«

Ha! Sie triumphierte. Neely hatte nicht damit gerechnet, dass es noch eine andere, nähergelegene Oase gab. So viel zu seinen düsteren Vorhersagen.

»Aber auch dieser Wasserplatz ist noch mindestens einen Zweitagesritt von hier entfernt und wir sollten keine kostbare Zeit mit Schlafen vergeuden, wenn wir uns genauso gut auf den Weg machen könnten, besonders, weil es Nacht ist und wir nicht schwitzen werden.«

Schon, dachte sie. Das ergab Sinn. Aber es machte ganz und gar keinen Sinn, wenn Jim am Ende mit dem Gesicht voran im Sand landete und sie ihn nicht mehr aufs Kamel bekam. »Nur ein paar Stunden. Bitte«, bat sie.

Er sah sie an und nickte dann. »Hören Sie«, erklärte er, »wir haben nur eine Decke für uns, eine für das Kamel und das Kamel selbst.«

Sie runzelte die Stirn.

»Das ist alles, mit dem wir uns warm halten können.«

»Und wir haben uns gegenseitig«, wandte sie äußerst vernünftig ein.

Er fuhr hoch. »Tja, ja. Ich wollte vorschlagen …«

»Natürlich. Es wäre dumm, wenn wir uns nicht eng aneinander legen würden. Das haben meine Brüder und ich auch immer so gemacht. Meine Mutter hat das immer einen Welpenhaufen genannt. Am besten drückst du dich ganz eng an das Kamel und ich lege mich dann so vor dich, dass wir wie Löffel zusammenpassen.«

»Ähm, nein«, erklärte er. Sie spähte zu ihm hinüber und fragte sich, warum seine Stimme so merkwürdig belegt klang. »Nein, Sie drücken sich an das Kamel und dann lege ich mich vor Sie.«

Sie zuckte die Schultern. »Einverstanden.«

Vollkommen vernünftig und unschuldig klingende Vorschläge sind ihr schon immer zum Verhängnis geworden, musste Ginesse sich ein paar Minuten später eingestehen, als sie eingekeilt zwischen dem mageren, einäugigen Kamel und Jim Owens' angespanntem, kräftigem Körper dalag. Warm war er, keine Frage. Nein, er war geradezu heiß. Seine Haut strahlte eine Hitze ab, die geradewegs in ihr Inneres zu sickern schien, und sie fühlte sich sicher und behütet. Allerdings wusste sie einfach nicht, was sie mit ihren Händen anstellen sollte. Sie versuchte es damit, sie wie zum Gebet gefaltet zwischen Jims Schulterblätter zu legen, doch dadurch entstand ein sehr unwillkommener Abstand zwischen ihrem und Jims Körper. Und da es bei dieser ganzen Körperwärme-teilen-Geschichte eben darum ging, die Wärme der Körper zu teilen, wäre das doch ziemlich widersinnig gewesen.

Zudem hatte sich der *Afrit* in ihr zu Wort gemeldet und erklärt, da diese ganze männliche Pracht nun im wahrsten Sinne des Wortes direkt vor ihr lag, wäre es doch geradezu eine Schande, die Gelegenheit, die das Schicksal ihr beschert hatte, nicht auszunutzen – wenigstens ein ganz kleines bisschen –, um herauszufinden, ob er sich auch so gut anfühlte, wie er aussah.

Er tat es. Und genau das war jetzt das Problem. Er fühlte sich sogar noch besser an, als er aussah. Sie hatte einen Arm um seine Taille geschlungen und sofort war er erstarrt, als hätte er einen elektrischen Schlag erhalten. Er war so … kompakt, so hart, wie eine lebendige Statue, wie warmer Marmor. Sie legte eine Hand auf seinen muskulösen Bauch, der sich sofort anspannte. Sie legte die Wange gegen seinen Rücken und er gab einen unwilligen Laut von sich.

»Ist alles okay?«, fragte sie besorgt.

»Ja, ja.« Sie fühlte sein heftiges Nicken mehr, als dass sie es sah. »Alles klar. Ist schon gut so. Schon gut. Schlafen Sie jetzt.«

Schlafen? Wie sollte sie denn jetzt schlafen? Ihre Sinne waren wie berauscht von seiner männlichen Kraft, was sie gleichzeitig erregte und paralysierte. Faszinierend. Noch nie hatte sie etwas so Fremdartiges empfunden, etwas so Exotisches und Köstliches. Sie beschloss, wach zu bleiben und jeden Augenblick auszukosten, sich jede Empfindung, jede Bewegung und jeden Herzschlag einzuprägen …

»Betest du etwa, Jim?«, fragte sie, überzeugt sich verhört zu haben.

»Jep«, antwortete er. »Und wenn es Sie nicht stört, mache ich jetzt besser auch gleich damit weiter.«

Es war ziemlich unbequem, auf dem Rücken eines Kamels eine Unterhaltung zu führen, fand Ginesse. Besonders dann, wenn sich beide Reiter einen Sattel teilten. Und ganz besonders dann, wenn einer der Reiter – der zufällig sehr, sehr männlich war – hinter ihr saß, die Arme locker um ihre Taille geschlungen, seine Brust an ihrem Rücken und seine langen Oberschenkel an ihre geschmiegt. Und sogar noch schwieriger wurde es, wenn sein Atem ihr über die Schläfen strich und die Mulde an seiner Schulter ein perfektes Kissen abgab. In dem Fall war eine Unterhaltung wirklich so gut wie unmöglich.

Seit kurz vor Mitternacht waren sie nun schon unterwegs und bis zur Morgendämmerung konnten es nur noch ein, zwei Stunden sein. Es war die kälteste Zeit der Nacht. Im Tiefschwarz des Himmels über ihnen glitzerte das Kreuz des Südens wie Eissplitter. Vor ihnen erhob sich eine riesige Sanddüne, die sich über mehrere Meilen erstreckte. Ihr Kamm schimmerte bläulich im kühlen Licht, wie eine gewellte Messerklinge.

»Ist er groß?«

»*Was?*«, bellte er und Ginesse zuckte erschrocken zusammen.

»Ist es ein großer Wasserplatz?«

»Nein.«

Unbehaglich rutschte er hinter ihr im Sattel herum.

»Werden wir dort wohl auf andere Reisende treffen?«

»Das bezweifle ich.«

Sie runzelte die Stirn. Seit sie auf das Kamel gestiegen waren, hatte er kaum ein Wort gesagt, und er schien immer einsilbiger zu werden. Was sie nicht schlimm fand, denn sie wollte gar nicht reden. Sie konnte sich ohnehin auf kaum etwas anderes konzentrieren, als auf das Gefühl, hier in seinen Armen zu liegen. Seitdem sie die Pause an ihn gekuschelt verbracht hatte, wollte sie nichts anderes, als sich wieder an ihn zu schmiegen – oder etwas Vergleichbares.

Sie war einundzwanzig und eine unabhängige, moderne Frau, die oft genug geküsst worden war, um zu wissen, dass es da enorme Unterschiede gab. Und sie wollte ihre Erfahrungsliste unbedingt noch erweitern. Und ganz besonders wollte sie wissen, wie es war, Jim Owens zu küssen. Bitteschön, jetzt hatte sie es zugegeben.

Natürlich war es zwecklos. Er würde sich kaum mit einer Frau einlassen, die einem anderen versprochen war. Dazu war er zu ehrenhaft. Auch wenn er dieser Idee doch nicht so abgeneigt wäre, könnte sie es ja wohl kaum erlauben. Sie war angeblich verlobt und ihrem zukünftigen Bräutigam so zugetan, dass sie die halbe Welt umrundet hatte, um an seiner Seite zu sein. Was würde Jim von Mildred Whimpelhall denken, wenn sie ihn küsste? Und was sollte eigentlich Mildred Whimpelhall, die echte Mildred Whimpelhall, davon halten, wenn er versuchte, sie zu küssen? Was war er für ein Mann, wenn er versuchte, die Braut eines anderen zu küssen?

*Ein Mann, der dieser Braut einfach nicht widerstehen kann, ein Mann, der verrückt ist vor Verlangen. Aus welchem Grund auch immer.*

Ach, zur Hölle und zum Teufel mit Mildred Whimpelhall und dem, was sie dachte, *Ginesse Braxton* war es egal. *Sie* wünschte sich, dass Jim Owens sie küsste, und so traurig es in Bezug auf ihre moralische Stärke auch sein mochte, aber Ginesse Braxton würde auch nicht schlechter von ihm denken, wenn er es tat.

Vielleicht sollte sie ihm sagen, wer sie wirklich war … Aber wenn sie das tat, würde er vermutlich einfach auf dem Absatz kehrt machen und sie zurückbringen. Also schmiegte sie sich doch besser hier in seine Arme und genoss es einfach.

Die Zeit verstrich und sie entspannte sich. Der wiegende Gang des Kamels war so beruhigend, als würde man in einem Schaukelstuhl sitzen. Bei jedem Schritt wurde sie sanft gegen Jim gedrückt. Seine Wärme drang durch die dünnen Baumwollschichten und strich ihr über den Rücken, die Wirbelsäule hinab bis zu ihren Hüften und noch tiefer. Sie kuschelte sich an ihn und fühlte, wie seine Schenkel sich spannten und … und noch etwas, das sich gegen sie drückte.

Sie hätte zutiefst beschämt sein sollen, entsetzt, bestürzt oder zuallermindest verlegen. Doch das war sie nicht. Die Erkenntnis ihrer weiblichen Macht erwachte in ihr, aus dem Dämmerschlaf gerissen durch das, was diese harte Männlichkeit zu bedeuten hatte. Jim Owens nahm sie als Frau genauso wahr, wie sie ihn als Mann. Triumphierend lächelte sie in die Dunkelheit. Er hatte also nicht mehr Interesse an ihr als an seiner angeblichen Schwester, oder?

»Sagen Sie was«, platze er plötzlich heraus. Er klang angestrengt.

»Wie bitte?«

»Sie haben seit einer halben Stunde nicht mehr geredet. Sagen Sie irgendwas. Erzählen Sie mir etwas über die Geschichte des Safrans oder darüber, wie man chinesische Grillenkäfige herstellt, oder für welche Rituale man Obsidian verwendet. Irgendetwas. Egal was.« Mehr als angestrengt, schon fast verzweifelt.

Sie wandte sich halb um, damit sie ihn ansehen konnte. Seine Augen glänzten im von der Düne reflektierten Licht. Dann schob er plötzlich mit einem tiefen Grollen in der Kehle eine Hand unter ihr Knie, hob ihr Bein über den Sattelknauf und drehte sie herum, so dass sie jetzt seitlich an ihn geschmiegt, die Beine über seinen Schenkel gelegt im Damensitz ritt.

Erleichtert atmete er auf. »So. Und jetzt. Reden Sie.«

Er war sich also nicht einfach nur ihrer Weiblichkeit bewusst, stellte sie fest und ihr Magen machte einen Hüpfer. Er wollte sie. Und obwohl ein Teil von ihr, dieser neu erwachte weibliche *Dschinn*, seine Macht gerne getestet hätte, wusste die vernünftige Akademikerin in ihr es doch besser.

Sie suchte nach einem Gesprächsthema. »Nach einer Schätzung von Napoleon Bonaparte könnte man mit den Steinen der Großen Pyramiden eine zehn Fuß hohe Mauer um ganz Frankreich bauen.«

»Hm.« Er hielt den Blick stur geradeaus gerichtet.

»Ein Florentiner aus dem fünfzehnten Jahrhundert ist dafür verantwortlich, dass Amor als Symbol der Liebe gilt. Während des Karnevals stattete er seiner Angebeteten als Amor verkleidet einen Besuch ab, also mit Flügeln und allem, und er brachte einhundertfünfzig Männer mit, um ihr ein Ständchen zu bringen. Vor ihrem Haus stellten sie einen prunkvoll geschmückten Triumphwagen auf. Nachdem ihr Lied zu Ende war, warf er seine Flügel auf den Wagen, der daraufhin in Flammen aufging. Dabei wurde ein Mechanismus ausgelöst und hunderte von Pfeilen wurden in die Luft geschossen, von denen der Sage nach einer ihr Herz durchbohrte und ihre Gunst gewann.

Als das Schauspiel vorbei war, ritt er sein Pferd die ganze Straße rückwärts hinunter, bis sie ihn nicht mehr sehen konnte und schwor auf diese Weise, ihr niemals den Rücken zuzukehren.«

»Meine Güte«, bemerkte Jim trocken. »Klingt, als wäre der Kerl komplett durchgedreht. Wie viele Menschen außer seiner Freundin wurden denn von den Pfeilen noch durchbohrt?«

»Das war romantisch. Aber wie konnte ich nur vergessen, dass ich mit jemandem spreche, der Romantik für kindisch hält«, entgegnete sie und bemerkte, wie es sie enttäuschte. Doch sie hatte eigentlich kein Recht, wegen Jim Owens' romantischer Veranlagung oder Nicht-Veranlagung enttäuscht zu sein. »Lass mich mal nachdenken, was könnte dich interessieren …?« Nachdenklich legte sie die Stirn in Falten. »Amenhotep der Dritte, ein Herrscher der achtzehnten Dynastie, begann mit dem Bau des Luxor-Tempels, aber Ramses der Zweite erweiterte ihn während …«

»Nein«, unterbrach er sie.

Sie blinzelte. »Was nein?«

»Nichts mehr über Ägyptens tote Könige und Pharaonen oder über ihre Gräber und Papyri. Keine Vorträge mehr. Erzählen Sie mir etwas, das *Sie* interessiert.«

Seine Worte drangen nur langsam in ihr Bewusstsein. »Aber ich interessiere mich doch für diese Dinge.« Warum klang sie dann so unsicher? »Wirklich.« Und so abwehrend?

Er schaute auf sie hinunter. »Nein, das tun Sie nicht. Sie versuchen Ihren … Sie versuchen, Pomfrey zu beeindrucken. Sobald Sie anfangen über Pharaonen zu sprechen, klingt Ihre Stimme abgehackt und entschlossen, als würden Sie eine mündliche Prüfung ablegen. Es ist keine notwendige Voraussetzung, wissen Sie.«

»Was ist keine notwendige Voraussetzung?«

»Sie müssen nicht sämtliche Herrschernamen und die dazugehörigen Grabstätten auswendig hersagen können, um in Ägypten zu leben.«

»Darum geht es nicht«, erklärte sie steif, jeder Gedanke an Küsse und weibliche Macht war verflogen. »Ich finde es faszinierend. Die unterschiedlichen Dynastien und Häuser, die Herrscherreiche … Du nicht?«

»Nein.«

Ihr klappte der Mund auf. Was er da sagte, war nicht nur unvorstellbar, in ihrer Familie war es geradezu ein Sakrileg. »Du findest es nicht faszinierend?«

Er zuckte mit den Schultern und mit dieser gleichgültigen Geste wertete er ihre Welt, ihr Leben und ihre Familie zu einem belanglosen Hobby ab. »Ich finde es ab und zu ganz unterhaltsam, aber Dynastien sind auf Gräber gebaut. Ich bevorzuge die Lebenden.«

Sie wollte es nicht glauben. »Aber ich hatte den Eindruck, dass du … dass du deinen Lebensunterhalt zu einem großen Teil mit deinem Wissen über ägyptische Geschichte und Kunstgegenstände bestreitest. Du arbeitest doch bei den Ausgrabungen!«

Seine Mundwinkel zuckten und er sah sie amüsiert an. »Ich kenne mich mit Grabstätten einigermaßen aus, aber das ist nur mein Job, Mil… Miss Whimpelhall.«

Sie wusste nicht, was sie sagen sollte. Ihr ganzes Leben hatte sich bisher auf die eine oder andere Weise um ägyptische Archäologie gedreht. Ihre gesamte Familie definierte sich dadurch: ihr Großvater, ihr Vater, ihre Mutter, ihre Brüder … und natürlich sie selbst. Sie runzelte die Stirn und wandte den Blick ab, dann fühlte sie ein Vibrieren in seiner Brust. Er *lachte* tatsächlich.

Ihre Miene wurde noch finsterer. Er hatte kein Recht, sie auszulachen oder ihre Interessen, ihre Begeisterung und Motivation infrage zu stellen. Wer war er schon und wie konnte er sich nur einbilden, er könnte beurteilen, was sie faszinierte und was nicht? Er kannte sie ja nicht einmal. Er hielt sie für Mildred Whimpelhall, Pomfreys Langzeitverlobte aus London.

Jim hatte Ginesse Braxton nie kennengelernt. Er konnte nicht einmal ansatzweise verstehen, wie wichtig das alles hier für *Ginesse Braxton* war und wie wichtig es war, dass ihr Name im gleichen Atemzug mit ihrer glanzvollen Familie genannt wurde. Er konnte es nicht, weil er keine Ahnung hatte, wie es war, sich wie ein Kuckucksei zu fühlen. Was sie natürlich *nicht* war! Sie hatte bewiesen, dass sie dazu gehörte! Sie hatte es mit ihrem Abschluss in Antiker Geschichte bewiesen und sie würde es ein weiteres Mal beweisen, indem sie Zerzura entdeckte, und das alles war *faszinierend*!

Seit Tagen hatte sie nicht mehr an die verlorene Stadt gedacht, doch nun strömte die Erinnerung daran, was hier auf dem Spiel stand, mit aller Macht auf sie ein. Nicht, dass sie es vergessen hätte, aber der Rhythmus ihrer Reise und Mr. Owens' geheimnisvolle Vergangenheit und ihr albernes Geschreibsel und ihre Unterhaltungen und sein düsterer Charme und seine warme Umarmung … das alles hatte Zerzura irgendwie in den Hintergrund gedrängt. Sie war so vollkommen in ihrer Rolle als Mildred Whimpelhall aufgegangen, dass sie vergessen hatte, wer sie wirklich war.

»Es tut mir leid zu hören, dass Sie meinen Enthusiasmus für das alte Ägypten nicht teilen, Mr. Owens«, erklärte sie förmlich. »Aber Sie liegen gründlich falsch. Ich hege ein leidenschaftliches Interesse an ägyptischer Geschichte und Archäologie.«

»Wissen Sie«, sagte er und sah eher verwirrt als gemaßregelt aus, »wenn Sie glauben, dass Pomfrey das beeindrucken wird, dann täuschen Sie sich. Er weiß nichts über Archäologie, und Grabstätten und Pharaonen sind ihm völlig egal. Sie müssen ihm nichts vorspielen. Sie müssen nur Sie selbst sein. Glauben Sie mir«, fuhr er mit weicherer Stimme fort, »das ist genug.«

»Manchmal ist es aber eben nicht genug«, entgegnete sie so leise, dass sie sich nicht sicher war, ob er es gehört hatte.

»Also gut«, erklärte er in leicht resigniertem Tonfall. »Dann erzählen Sie mir eben etwas, das *mich* interessieren könnte.«

»Da habe ich eine bessere Idee«, warf sie ein, weil sie dem Gedankengang, auf den seine Fragen sie gestoßen hatten, lieber nicht weiter folgen wollte. Sie wollte gar nicht so genau wissen, was sie dazu gebracht hatte, dieses Täuschungsmanöver aufzuführen, was sie dazu gebracht hatte, Jim zu täuschen. »Wie wäre es, wenn *du* jetzt mal *mir* etwas erzählst?«

Eine subtile Veränderung durchlief seinen Körper. Es war nicht einmal ein Verspannen, sondern eher ein innerer Rückzug, und zwischen ihnen tat sich eine Distanz auf, die so fühlbar war, als hätte er sie zu Boden gleiten lassen.

»Was würden Sie gerne hören?«, fragte er.

»Colonel Lord Pomfrey hat mir geschrieben, du wärst ein Schurke.«

»Ach wirklich?«

Sie lugte kurz unter ihren Wimpern hervor zu ihm hoch. »Bist du das denn?«

»Definieren Sie Schurke.«

»Jemand von zweifelhafter Moral.«

»Dann hat er recht gehabt.« Er verlagerte ihr Gewicht ein wenig, so dass sie jetzt in seiner Armbeuge lag und zu ihm aufsah. Sein Mund war entspannt und seine Stimme klang gelassen, doch in seinem Blick, den er fest auf die Landschaft vor ihnen gerichtet hielt, lag ein harter Zug.

»Ja«, bestätigte sie schließlich. »Und Colonel Lord Pomfrey hat auch geschrieben, du wärst ein Rohling.«

»Wieder richtig.« An seinem Kiefer zuckte ein Muskel.

»Und Colonel Lord Pomfrey sagt, du hättest schlechte Manieren und einen ungehobelten Umgangston«, fuhr sie fort und bevor sie sich dieser Sünden wegen ebenfalls für schuldig bekennen konnte, fügte sie schnell noch hinzu, »aber das finde ich nicht.«

Dafür erntete sie einen verwirrten Blick von ihm.

»Er sagt außerdem, du würdest dich mit Banditen und« – sie entschied, die Bezeichnung »Schakal«, die Pomfrey in seinem Brief gewählt hatte, lieber nicht zu erwähnen – »mit Gesetzlosen einlassen.«

»Wie schmeichelhaft, dass Pomfrey so viel Tinte für meine Schwächen übrig hatte.« Jetzt klang er überhaupt nicht mehr wie ein Cowboy, sondern eher wie ein hochnäsiger europäischer Aristokrat, gelangweilt und amüsiert, doch darunter schwelte eine kalte Wut darüber, dass jemand es gewagt hatte, über ihn zu urteilen.

»Und Colonel Lord Pomfrey sagt, man kann dir nicht trauen …«

»Kennen Sie überhaupt seinen Vornamen?«

Die Frage traf sie vollkommen unvorbereitet. »Ich … Was meinst du damit?«

»Colonel Lord Pomfrey. Sie nennen ihn nie beim Vornamen.« Er sah sie an. Sein Kopf war leicht nach unten geneigt und seine Züge wirkten im Mondlicht wie aus kühlem Stein gemeißelt.

»Natürlich weiß ich, wie er mit Vornamen heißt«, blaffte sie und versuchte dabei, so überzeugend wie möglich zu klingen – leider hatte sie es nämlich tatsächlich vergessen.

»Denn wenn Sie meine Verlobte wären, würde ich wollen, dass Sie mich beim Vornamen nennen, auch dann, wenn ich es nicht hören könnte.« Er war ihr jetzt so nahe, dass sie seinen Atem über ihre Lippen streichen spürte, so nahe, dass sie seine ineinander verflochtenen Wimpern erkennen konnte, so nahe, dass sie die feinen Sandspuren an seinem Hals erahnte. Das Grau seiner Augen wurde zu Rauch und sein Blick war so intensiv, wie sie es noch nie zuvor erlebt hatte. Ihr stockte der Atem und ihr Herz begann zu rasen.

Obwohl sie die drohende Gefahr spürte und obwohl sie instinktiv ahnte, dass sie sich jetzt besser nicht rühren und kein Wort sagen sollte, konnte sie sich einfach nicht beherrschen. »Warum?«, flüsterte sie.

»Weil mein Name dann jedes Mal, wenn Sie ihn aussprächen, Ihre Lippen berühren würde.« Alle Härte war aus seiner Stimme gewichen und sie war so dunkel und rauchig wie sein Blick. »Wie ein Kuss.«

Sie schaffte es einfach nicht, sich abzuwenden, obwohl er ihr die Gelegenheit dazu ließ. Stattdessen tat ihr Körper das, was der Verstand ihr verbot, und sie hob das Kinn. Er senkte den Kopf und seine Lippen berührten federleicht ihren Mund.

Ein Prickeln durchlief sie und es war, als wären all ihre Sinne plötzlich erwacht. Er zog sie näher und drückte den Mund nun entschiedener auf ihre Lippen. Sie gab seinem sanften Drängen nach und schmiegte sich an ihn. Er legte einen Arm um ihre Taille und ließ seine Hand ihren Hals hinabgleiten, strich ihr den dünnen Baumwollstoff von der Schulter und streichelte den Ansatz ihrer Brüste über dem engen Untergewand aus Satin.

Sie bog den Rücken durch, wölbte sich seiner Berührung entgegen und das durchbrach schließlich die Mauer seiner Entschlossenheit und schwemmte das Verbot, das er sich selbst auferlegt hatte, davon. Er presste sie so fest an sich, dass sie seinen Herzschlag spürte, und sein Kuss wurde noch intensiver. Seine Zunge strich über ihre Lippen und als die unerwartete Berührung sie aufkeuchen ließ, fühlte sie seine Zunge in ihren Mund gleiten, tief, sinnlich und erregend.

Er schob sie ein wenig zur Seite und unterbrach den Kuss. Sie gab einen protestierenden Laut von sich, doch dann fühlte sie seine Lippen wieder auf der Haut. Sie strichen die Linie ihres Kinns entlang und ihren Hals hinab, wobei sie eine Spur zarter Küsse hinterließen. Bei der Mulde unter ihrer Kehle hielt er inne und fuhr mit der Zunge darüber, kostete sie.

Die Empfindung war so intensiv, so aufregend, dass ein Zittern sie durchlief. Sie ließ den Kopf nach hinten sinken und gab sich seiner Berührung hin. Seine Finger strichen ihr über die Schulter, streiften zart ihre Brust und weckten ein unbeschreibliches Verlangen in ihr. Sie wollte mehr.

Sie wollte seine Hand auf ihrer Brust spüren, sie sehnte sich nach Linderung und konnte doch nicht genug bekommen von dieser süßen Folter.

Sie wand sich vor Erregung, bis seine Finger endlich ihre Brust liebkosten. Sie sog scharf die Luft ein und presste sich gegen ihn, jeder bewusste Gedanke wurde erstickt von erwartungsvoller Sehnsucht.

»Bitte. Bitte«, keuchte sie.

Doch er erhörte sie nicht. Langsam nahm er die Hand wieder von ihrer Brust und löste sich von ihr. Sie starrte ihn an, verwirrt und unsicher und voller Verlangen. So voller Verlangen.

Er sah blass aus unter seiner gebräunten Haut, doch das hätte auch am Mondlicht liegen können. Nur seine Augen wirkten lebendig und sein Blick schien zu brennen. Er sah zur Seite und murmelte etwas, das sie nicht verstand. Dann sah er sie wieder an. Das Feuer seiner Augen war erloschen und sein Gesicht war ausdruckslos. Sanft, aber entschlossen zog er ihr den Kaftan wieder zurück über die Schulter und richtete sie dann auf.

Als er schließlich sprach, klang seine Stimme so kühl und distanziert wie eine Erinnerung an den Winter. »Was Ihre Frage angeht, ob man mir trauen kann«, sagte er, »dürfte sie jetzt wohl beantwortet sein.«

# Kapitel 17

*Obwohl er verzweifelt gekämpft hatte, lag es doch nicht in seiner Macht, zu bestimmen, wohin sein Herz ihn führte.*

aus dem Tagebuch von Ginesse Braxton

Die Sonne stand direkt über ihnen, als Jim endlich den Umriss der Felsen erblickte, zwischen denen die Oase lag.

Er sah auf die Frau hinunter, die schlafend in seinen Armen lag, und er gratulierte sich dazu, dass er es geschafft hatte, sie hierher zu bringen, ohne sie sich zu nehmen, wie sie sich ihn genommen und ihn mitsamt seiner sogenannten Ehre verwüstet und in Schutt und Asche gelegt hatte. Ehre. Er hatte die letzten sieben Jahre damit verbracht, mit gezinkten Karten zu spielen, Gräber auszurauben und seine Fäuste und seine Waffe an den Meistbietenden zu verkaufen. Was für eine Anmaßung es doch gewesen war, anzunehmen, er hätte auch nur noch ein Fünkchen Ehre übrig.

Dass er sich in Pomfreys zukünftige Braut verliebt hatte, war ihm ja nicht genug gewesen, nein, er musste sie kosten, sie küssen, sich das nehmen, was nur Pomfreys hätte sein sollen. Jeder Mann mit nur einem Rest von Moral hätte das respektiert, egal wie sehr man ihn provozierte. Und was hatte sie schon getan, um ihn zu provozieren? Sie hatte nur in seinem Arm gelegen, vollkommen vertrauensvoll und nicht einmal ganz wach. Seinem Körper war es gleich gewesen.

Jeder Augenblick mit ihr in seinen Armen hatte sich bis in die Unendlichkeit ausgedehnt, bei jedem Schritt des Kamels war sie gegen seine Lenden geschaukelt worden und das hatte seiner morschen Selbstbeherr schung den Rest gegeben. Und dann hatte sie seine viel-en Sünden aufgezählt und er hatte sich auf die Gelege-nheit gestürzt und sie als Entschuldigung benutzt, um sich endlich das zu nehmen, was er wollte. Oder, dachte er grimmig, wenigstens einen Teil davon, denn sobald sein Mund ihre Lippen berührt und sie die Hände Halt suchend in seinem Nacken verschränkt hatte, war ihm das nicht mehr genug gewesen. Er hatte mehr gewollt. Er hatte sie gewollt, alles an ihr.

Und wenn sie nur etwas erfahrener gewesen wäre, wenn sie nur einen Hauch von Vertrautheit mit dieser Form der Leidenschaft gezeigt hätte …

Doch dann hatte er sie bitten gehört und auch wenn er annahm, dass sie es aus Erregung getan hatte, war er sich nicht von Herzen sicher gewesen. Und sein Herz blieb standhaft, wo seine Ehre nur allzu leicht das Feld geräumt hatte. Er liebte sie und er würde sie weder ängstigen noch ihr weh tun, ganz egal wie sicher er sich auch war, dass sich jede nur mögliche ihrer Befürchtungen bald in etwas Wunderbares verwandelt hätte. Ihr geschmeidiger Körper hatte sich an ihn geschmiegt, ihre Hüften hatten sich in unbewusster Aufforderung gehoben, ihre Lippen hatten sich seinem Mund bereitwillig geöffnet, ihre Brust hatte sich gegen seine Hand gedrückt. Bei der bloßen Erinnerung durchfuhr ihn ein Schauer, und er lächelte grimmig in die sengend heiße Wüstenlandschaft hinaus und dachte sich, was für einen passenden Vergleich diese doch für sein ungestilltes Verlangen abgab.

Gott sei Dank war sie in den folgenden langen, angespannten und schweigsamen Stunden, während derer sie zweifellos gebetet hatte, dass er nicht noch einmal versuchen würde, sich ihr aufzudrängen, irgendwann eingeschlafen. Das hatte sich als unerwarteter Segen herausgestellt, denn es erlaubte ihm ein paar gestohlene Augenblicke lang, das zu spüren, was er nicht für immer haben konnte: die Glätte ihres Haares an seinen Lippen, ihre samtweiche Wange, ihren leichten, biegsamen Körper an seinem. Der Arm, in dessen Beuge ihr Kopf ruhte, schmerzte bereits von der langen Anspannung, doch das nahm er gerne in Kauf, um sie weiter betrachten zu können. Um sich einzuprägen, wie sich das Braun ihrer Haut an ihren Wangen in ein zartes Apricot verwandelte. Um die Goldfächer ihrer Wimpern in seiner Erinnerung zu verankern, den ausgeprägten Schwung ihrer vollen Lippen und die majestätische Kontur ihrer Nase.

Er wandte den Blick ab und zwang sich dazu, ihn fest auf die langsam größer werdende Oase gerichtet zu halten. Doch auch das bot ihm keine Ablenkung. Er fühlte jeden ihrer Atemzüge, den sanften Hauch an seinem Hals, den entspannten Druck ihrer Finger an seiner

Schulter, wohin sich ihre Hand im Schlaf gestohlen hatte. Während all der langen Jahre seines selbst gewählten Exils hatte er nie etwas gewollt oder gebraucht. Er hatte sich mit seiner Isolation abgefunden und war mit seiner Beobachterrolle zufrieden gewesen. Er war zufrieden gewesen mit dem, was er als Spiel ohne Gewinner betrachtete, von der Peripherie aus zuzusehen.

Doch dann war dieses zierliche Mädchen in sein Leben geplatzt wie ein gedankenloser Archäologe und sie hatte sich unter seiner Abwehr hindurchgegraben, achtlos sein Herz freigelegt, einige Dinge zusammengefügt und andere zerbrochen und zerstreut. Er hatte gedacht, er wäre mittlerweile so gefühllos und gleichgültig wie eine Mumie, doch ein flüchtiger Blick aus ihren Augen hatte gereicht, und sein Herz hatte mit einem scharfen Stich wieder zu schlagen begonnen.

Und das verdammte Ding schlug einfach immer weiter und widersetzte sich allen klugen Ratschlägen und jeder Vernunft, egal, wie weh es tat. Und verdammt, *es tat weh*. Denn sie würde niemals ihm gehören. Niemals.

Er betrachtete sie wieder und sein Herz setzte zu einem rebellischen Trommelwirbel an. Sie war beeinflussbar, romantisch und unerfahren. Sie hielt ihn für eine Art Cowboy/Banditen/Schwarzen Ritter. Wenn man das zusammennahm, dann konnte es ihm vielleicht gelingen, sie zu verführen. Er war nicht unbegabt, er hatte nicht als Mönch gelebt und die Frauen, mit denen er das Bett geteilt hatte, hatten einem eifrigen und nur selten erreichbaren Schüler gerne etwas beigebracht. Es könnte ihm gelingen.

Er schloss die Augen und kämpfte die verlockenden Bilder nieder, die in seinen Gedanken aufstiegen.

*Und dann? Was dann?*

Er hatte ihr nichts zu bieten, nicht einmal einen Namen. Er hatte vor Jahren einen Pakt mit dem Teufel geschlossen und obwohl er es für sie gerne mit dem Teufel aufgenommen hätte, waren da doch auch noch andere, die in einer solchen Schlacht Schaden davontragen würden.

Althea hatte angenommen, Charlottes Verrat würde ihn brechen, damit er endlich die demütigende Lektion lernte, dass es niemanden kümmerte, wer er war, sondern nur *was* er war. Und zwar genau das, was Althea ihm zu sein erlaubte. Aber es hatte ihn nicht gebrochen. Stattdessen hatte es ihn mit der eisernen Entschlossenheit erfüllt, sich ihrem Willen niemals zu unterwerfen. Und bei ihrem letzten, schicksalhaften Treffen, hatte Althea das begriffen.

*»Dann wünschte ich, du wärst tot«, hatte sie gesagt. »Sei tot. Geh fort und stirb, damit Jock zum Erben wird. Geh fort und stirb … oder bleib und warte, bis ich dafür sorge.«*

Er war noch so jung gewesen, so kämpferisch und leichtfertig. Er hatte Althea in die Augen gesehen und dort nur seinen eigenen Hass wiedererkannt, und er hatte gewusst, dass sie ihn töten würde, wenn sie könnte.

Und es war ihm egal gewesen.

Doch es war ihm nicht egal gewesen, was aus dem Bruder seiner Mutter, seinem Onkel, werden würde. Es war ihm nicht egal gewesen, was aus der Youngblood-Ranch werden würde, dem einzigen Zuhause, das er je gekannt hatte.

Damals war es ihm wie ein fairer Handel erschienen. Althea hatte ihm nie irgendetwas geschenkt, kein Lächeln, kein freundliches Wort, keinen Penny, der nicht sowieso schon ihm gehörte. Das einzige, was er je von ihr bekommen hatte, waren harte Lektionen, und zwar von der brutalsten Sorte. Also hatte er gelernt, auch nichts von ihr zu *wollen*. Er hatte gelernt, alles geringzuschätzen, was ihr etwas wert war, alles zu verachten, was sie ihm vorenthielt, und alles herabzusetzen, was sie verherrlichte. Es war leicht gewesen, dem Geburtsrecht, das ihr so viel mehr bedeutete als er, den Rücken zu kehren.

Und er hatte es nie bereut. Bis Mildred aufgetaucht war.

Bis sie aufgetaucht war, waren ihm die Folgen seines Verzichts überhaupt nicht bewusst geworden. Bis sie aufgetaucht war, hatte er es nie als Verlust gesehen. Er konnte ihr nicht einmal einen Namen bieten. Oder ein Zuhause, einen Ort der Beständigkeit mit Freunden und Verbindungen, ein in allen Bereichen erfülltes Leben.

Er besaß nichts außer seinen beiden Pferden und dem, was er bei sich trug.

Ein paar schicksalsschwere Augenblicke lang überlegte er sogar zurückzugehen. Noch war sein Tod nicht offiziell bestätigt worden. Althea konnte den Fall erst in einigen Monaten vor Gericht bringen. Danach wäre es zu spät. Seinen Namen konnte er vielleicht zurückgewinnen, doch alles andere würde verloren sein. Und selbst wenn er sein Geburtsrecht einklagen wollte, hätte er kein Geld, um für die Prozesskosten aufzukommen.

Doch er konnte es ohnehin nicht tun. Er konnte sich sein Glück nicht auf Kosten anderer erkaufen. Nicht auf Kosten seines Halbbruders Jock, der sich mittlerweile wohl an den Gedanken gewöhnt hatte, der Erbe ihres Vaters zu sein, und auch nicht auf Kosten seines Onkels, der die Youngblood-Ranch nach der Landrückgabe wieder zu früherem Ruhm führen konnte.

Außerdem gehörte Mildred Whimpelhall zu einem anderen, sie gehörte zu einem kühnen, pflichtbewussten, schwer arbeitenden, tüchtigen, großzügigen und *romantischen* Mann. Zu jemandem, der ihre Liebe verdiente.

»Ist das dort die Oase oder eine Fata Morgana?«, fragte sie leise.

Er sah zu ihr hinunter, doch sie wich seinem Blick aus. Sie musste aufgewacht sein, während er mit seinem Gewissen gerungen hatte.

»Es ist die Oase.«

Sie war nicht so malerisch, wie man sie in Gedichten immer beschrieben fand. Es war nichts als ein gezackter Felskamm, eine steinerne Faust, die durch die Erdkruste gebrochen war und ein schmales, aber stetiges Rinnsal Wasser mit sich führte, das sich in einem grasgesäumten flachen Tümpel sammelte. Einige kümmerliche Doum-Palmen daneben.

Jim ließ das Kamel im Schatten der Felsen in die Knie gehen und stieg ab. Eine Schlange glitt am Fuß der Steine entlang und verschwand in einem Spalt. Jim markierte die Stelle, an der sie verschwunden war, hob Mildred aus dem Sattel, ohne erst um Erlaubnis zu fragen, und stellte sie auf die Füße. Die langen Stunden auf dem Kamelrücken hatten ihre Beine geschwächt und sie schwankte leicht. Er stützte sie und fühlte, wie sie zusammenzuckte. Er fluchte still und riss seine Hände zurück.

Wortlos drehte er sich um und löste ihr Gepäck vom Kamelrücken. Er warf es in den Schatten und machte sich dann daran, das Tier abzusatteln. Er spürte ihren Blick und ohne aufzusehen sagte er: »Das Wasser ist warm und ein wenig salzig.« Seine Stimme klang ruhig, ausgeglichen und verriet nichts von seiner inneren Zerrissenheit. »In meinem Gepäck ist eine Blechtasse. Benutzen Sie einen Zipfel Ihrer Robe, um das Wasser durchzuseihen.«

Er hörte, wie sie sich entfernte und in den Taschen herumkramte. Dann vernahm er ein melodisches Plätschern und ein leises Aufkeuchen. Er drehte sich um und sah sie mit geraffter Robe bis zu den Waden im Wasser stehen. Sonnenlicht glänzte auf ihrem Haar. Obwohl der Schweiß weißliche Spuren auf ihren staubverkrusteten Wangen hinterlassen hatte und ihre Nase sonnenverbrannt war, hatte sich ein unwiderstehliches Lächeln auf ihrem Gesicht ausgebreitet. Noch während er hinsah, schälte sie sich aus der *Tob* und warf sie ans Ufer. Dann streifte sie sich ohne zu zögern die *Farasia* über den Kopf und stand nun nur noch in der eng anliegenden, tief ausgeschnittenen rubinroten *Antaree* und dieser verdammten Hose da. Sein Körper reagierte sofort.

»Dreh dich um«, befahl sie.

Er tat es, sowohl frustriert als auch erleichtert. Etwas segelte am Rand seines Gesichtsfeldes vorbei und landete zerknautscht am Fuß der Felsen. Ihre Hose. Dicht gefolgt von der *Antaree*. Sie lachte. Vielleicht hatte sie ja einen Sonnenstich und war nicht mehr ganz zurechnungsfähig. Denn hier stand sie, mitten im Nirgendwo, mit einem Mann, der sie soeben geschändet hatte, von ihrer Eskorte im Stich gelassen und zum Sterben ausgesetzt – was er nicht vergessen würde, das schwor er sich – und sie lachte.

Nein, dachte er dann. Sie war sich der Gefahr und des Ernstes der Lage sehr wohl bewusst, aber es war einfach nicht ihre Art, sich der Angst zu beugen und von ihr alle Fröhlichkeit ersticken zu lassen. Sie lebte im Hier und Jetzt und dieser Moment war freudig. Er sollte sich daran ein Beispiel nehmen.

»So ein Mist!«, rief sie aus. »Könntest du mir meine Kleider bitte wieder zurückwerfen?« Sie klang etwas zögerlich, aber nicht argwöhnisch. »In meinem Enthusiasmus sie loszuwerden, habe ich sie einfach irgendwohin geworfen. Und ich würde sie gerne auswaschen.«

Er hob ihre Kleider auf und warf sie über die Schulter nach hinten. Er hörte, wie sie in dem Tümpel landeten und sie kicherte.

»Sagen Sie mir Bescheid, wenn Sie soweit sind«, rief er. »Dann lege ich Ihre Kleider über die Felsen. Sie werden nicht lange zum Trocknen brauchen.«

Nach einigen weiteren Minuten voller Geplätscher, hörte er sie schließlich wieder rufen: »Ich bin fertig. Sie können die Sachen jetzt holen kommen. Sie liegen am Ufer.«

Er wandte sich um, wobei er den Blick fest auf das Ufer gerichtet hielt, doch er konnte nicht ganz verhindern, dass er sie sah. Sie hatte sich so tief ins Wasser gekauert, dass es ihr bis über die Schultern reichte. Ihr Haar trieb wie ein Fächer aus karamellfarbener Seide auf dem Wasser. Der Tümpel war aufgewühlt von ihren Bewegungen und das Wasser trüb, doch er konnte trotzdem schemenhaft erkennen, wie sie die Arme über der Brust verschränkt hielt – eine goldbraune, nymphenhafte Silhouette, die im drei Fuß tiefen Wasser kniete, eine Wüsten-Najade.

Sie sah ihn unverwandt an, in ihren schönen Augen lag ein Ausdruck, so undurchschaubar wie die windgepeitschte Wüste. Doch, Gott sei Dank, lag darin keine Furcht vor ihm.

Er sammelte ihre Kleider ein und legte sie auf den Felsen zum Trocknen aus. Dann nahm er der Kamelstute den Kappzaum ab und gab ihr einen Klaps auf das Hinterteil. Eine weitere Aufforderung brauchte sie nicht, kurz darauf ertönte ein gewaltiges Platschen, gefolgt von einem protestierenden Schrei. Er lächelte. In dem Tümpel war wohl kaum genug Platz für Mildred und das Kamel.

»Sie sollten nicht zu lange in der Sonne bleiben«, rief er über die Schulter. »Waten Sie zum Schatten zwischen den Felsen hinüber und warten Sie dort, bis Ihre Kleidung trocken ist, sonst verbrennt die Sonne Ihre Haut.«

»Jawohl, Sir.« Sie klang ziemlich ironisch.

Er machte sich daran, ein Lager aufzubauen und einen Unterschlupf zu errichten, indem er die Kameldecke über zwei hohe Felsen legte und an den Zipfeln mit Steinen befestigte. Dann hob er eine flache Feuermulde aus, über der er mit etwas Glück diese Schlange würde braten können. Um sich zu wärmen, würde ihnen der Brennstoff allerdings nicht reichen. Am Boden von Neelys Tasche hatte er nur ein paar Brocken Steinkohle gefunden.

Verfluchter Neely. Verfluchter, dummer, *toter* Neely. Niemanden würde es scheren, dass er Jim zum Verrotten zurückgelassen hatte, doch Pomfreys Verlobte dem Tod zu übergeben, bedeutete, sich selbst dem Erschießungskommando auszuliefern.

Aber sie würde nicht sterben. Das würde er nicht zulassen. *Bei Gott,* er würde sie nicht sterben lassen. Er würde sie zu Pomfrey bringen und dann gehen. Sie würde ein sicheres und zufriedenes Leben führen mit einem Mann, den sie respektierte und bewunderte. Sie würde glücklich sein und dieses Wissen würde ihm reichen.

Und er? Nachdem er sie Pomfrey übergeben hatte, würde er mit der Jagd auf Neely beginnen. Und er glaubte nicht, dass er in besonders versöhnlicher Stimmung sein würde, wenn er ihn fand.

»Könntest du bitte auf die andere Seite gehen, während ich mich anziehe?«, fragte sie schließlich.

Das tat er und nur einen Moment später rief sie ihn zurück. Das erste, was ihm auffiel, war, dass ihre Hose und ihre *Antaree* noch immer in der Sonne trockneten, was hieß, dass sie unter der fließenden weißen Robe nichts außer dem dünnen Baumwollhemd trug, das ihr nur bis zu den Oberschenkeln reichte. Was eigentlich egal sein sollte. Die *Tob* war aus mehr Stoff geschneidert, als die meisten englischen Kleider, und so lose gewickelt, dass man die Gestalt darunter nur erahnen konnte.

Aber genau das war das Problem. Mit jeder Bewegung enthüllte sie den Umriss eines geschmeidigen Armes oder Beines, einer schlanken Hüfte oder einer hohen, runden Brust und mit der nächsten Bewegung verbarg sie ihn wieder. Völlig unbeabsichtigt vollführte sie so eine Show, die derart aufreizend und verlockend war, wie man sie selbst in Kairos Rotlichtviertel nicht zu Gesicht bekam. Und die Tatsache, dass ihr all dies nicht einmal bewusst war, erhöhte seine Qual nur noch.

Einige Sekunden lang starrte er sie einfach nur an wie ein Schuljunge, dann wandte er sich ab und stapfte direkt ins Wasser.

# Kapitel 18

~~*Scheu hob sie ihre bebenden Lippen zu seinem Mund und durch dieses ehrfürchtige Geschenk ihrer selbst wurde ihm der erhabene Genuss ihres reinen, süßen Kusses zuteil.*~~

aus dem Tagebuch von Ginesse Braxton

Jim stand mit nacktem Oberkörper im Wasser und wrang sein Hemd aus. Er war schon seit gut zehn Minuten dabei, es zu bearbeiten, und wenn er so weitermachte, würde er es noch in zwei Teile wringen. Aber wenn er nicht so in sein Handeln vertieft gewesen wäre, hätte er am Ende noch bemerkt, wie sie ihn anstarrte.

Unter der Haut seines flachen Bauches zeichneten sich ausgeprägte Muskeln ab, als er sich vorbeugte, und sein Bizeps und die langen Sehnen auf seinen Unterarmen zeigten ein beeindruckendes Spiel, während er das arme Hemd mit einer Heftigkeit verdrehte, die dem Zweck vollkommen unangemessen schien. Der leichte Flaum aus goldbraunen Härchen auf seinen Armen und seiner Brust wurde dunkler und dichter, je weiter die sich verjüngende Spur den Bauch hinunterführte und schließlich unter seinem Hosenbund verschwand.

Er hätte so glatt und makellos wie ein Selkie ausgesehen, wäre da nicht ein runzeliges Wundmal an seinem linken

Oberarm gewesen; und die lange, gezackte Narbe quer über seinen Rippen; und noch eine schmale, sichelförmige Narbe unter seinem rechten Schulterblatt; und … meine Güte, der Mann war ja das reinste Narbenmosaik. Unerwarteter Ärger durchflutete sie, weil er zugelassen hatte, dass ein so perfekter Körper derartig misshandelt worden war, weil er nicht besser auf sich achtgegeben hatte. Aber sie hatte kein Recht, irgendwelche Besitzansprüche auf Jim Owens anzumelden.

Sie kauerte sich zusammen und wurde mit jedem Moment trauriger, jetzt, wo das Hochgefühl, das sie bei ihrem Bad verspürt hatte, verflogen war.

Er musste sie für ein ganz übles Flittchen halten, die sich erst mit dem einen Mann verlobte und dann in den Armen eines anderen schwach wurde. Wenn sie denn wenigstens schwach geworden *wäre*. Aber nein, sie hatte genauso darauf gebrannt, ihn zu berühren, wie sich berühren zu lassen, sie hatte ihn ebenso leidenschaftlich geküsst, wie er sie.

Und ganz offensichtlich hatte ihr Verhalten ihn abgestoßen, trotz seiner scharfen Selbstanklage, denn er schien es nicht einmal mehr über sich zu bringen, sie anzusehen, und wenn er es doch einmal tat, war seine Miene hart und es lag etwas darin, das sie nicht deuten konnte. Doch sie fürchtete, dass es Verachtung war. Was sollte es auch sonst sein? In Jims Augen hatte sie ihren Verlobten betrogen, sie hatte Colonel Lord … Lord … – wie hieß der blöde Kerl nur mit Vornamen?! Sie hatte sich unehrenhaft verhalten und das musste einem so ehrenhaften Mann wie Jim ein Gräuel sein.

Sie verdiente seine Missbilligung. Oder jedenfalls verdiente Mildred Whimpelhall sie, dieses Luder.

Aber konnte man mit Ginesse Braxton denn nicht etwas nachsichtiger sein? Immerhin war *sie* ja niemand anderem versprochen. Sie hatte sich keinem anderen Mann verpflichtet. Sie war einfach nur eine junge Frau mit einem leidenschaftlichen Wesen, ein bisschen impulsiv und manchmal eben unvernünftig. Aber sie hatte nichts und niemanden betrogen, abgesehen vielleicht von ein paar unnötig beengenden und, wenn man sie im Lichte der historischen Fakten betrachtete, auch völlig überholten Moralvorstellungen.

Wenn nur Jim das auch so sehen könnte.

Ihre Mundwinkel zuckten. *Wenn* er es so sehen könnte, läge sie längst flach auf dem Rücken unter ihm. Nein, sie konnte Jim Owens nicht sagen, wer sie war. Ihre Maskerade war ihr bester Keuschheitsgürtel. Vielleicht sogar ihr einziger Keuschheitsgürtel, dachte sie und betrachtete traurig seinen breiten, muskulösen Rücken. Aber das bedeutete nicht, dass er Mildred Whimpelhall für eine hoffnungslos gefallene oder besser für eine *fallende* Frau halten musste.

Sie stand auf, als er aus dem Wasser stieg. Er sah kurz zu ihr hinüber, wandte dann aber den Blick ab und steuerte den Schatten auf der anderen Seite des Felskamms an. Dort setzte er sich hin, packte seinen Stiefel, zog ihn sich vom Fuß und kippte das Wasser heraus. Das gleiche tat er mit dem anderen Stiefel und zog schließlich auch seine Socken aus, um sie auszuwringen.

Sie holte tief Luft und ging zu ihm hinüber. Er sah sie näherkommen, kramte in der Tasche neben sich nach einem Hemd und zog es sich rasch über. Dann saß er einfach da und blickte ihr misstrauisch entgegen, mit angewinkelten Knien, die Füße fest auf dem Boden und die Hände zu Fäusten geballt auf seinen Oberschenkeln liegend. Er strahlte Anspannung aus. Sie konnte nicht verhindern, dass ihr Blick kurz zu der Schwellung zwischen seinen Beinen flog, und sie dachte daran, wie es sich angefühlt hatte, als sich dieses männliche Glied gegen ihre Hüfte gepresst hatte. Hitze strömte ihr in die Wangen.

»Ich bin gekommen, um mich zu entschuldigen«, sagte sie.

Er starrte sie an und wirkte völlig entgeistert. Dann stieß er einen geschlagenen Seufzer aus, entspannte seine Hände und Arme und ließ die Schultern sinken. »Und Sie meinen das wirklich ernst, stimmt's?«

Sie runzelte die Stirn. »Natürlich tue ich das. Was ich getan habe, war gewissenlos. Ich bin verlobt. Ich hätte niemals …«

»Stopp. Kein Wort mehr.« Er erhob sich. »Ist Ihnen denn nicht einmal der Gedanke gekommen, dass ich es bin, der sich entschuldigen sollte?«

Er fuhr sich mit der Hand durch das nasse Haar. »Man hat mir die Aufgabe anvertraut, die zukünftige Braut eines anderen Mannes zu ihm zu bringen, damit er sie heiraten kann. Eine heiligere Pflicht als diese kann ich mir kaum vorstellen. Und ich habe das in mich gesetzte Vertrauen verraten. Kein Mann von Ehre hätte das getan.«

Er wählte also den edlen Weg, indem er sie von jeder Schuld freisprach.

Ihre Miene verfinsterte sich zusehends.

Sie wollte aber nicht freigesprochen werden. Sie bestand auf gleichem Recht für alle. Immer taten jene die ihr wichtig waren so, als wäre sie für nichts verantwortlich, sie erfanden die unglaubwürdigsten Ausreden für all die Missgeschicke, die ihr unterliefen. Sie verstand diesen Impuls, sie schätzte ihn sogar, doch all ihre Möchtegern-Beschützer übersahen dabei anscheinend, dass sie Ginesse mit diesem Verhalten in die Rolle eines Kleinkindes drängten.

Und was sie letzte Nacht empfunden hatte – was sie jetzt empfand –, war alles andere als kindlich.

»Und auch keine Frau von Ehre«, erwiderte sie hitzig. »Ich habe sogar einen noch größeren Verrat begangen, denn ich habe Colonel Lord Pomfreys Heiratsantrag angenommen. Und ich sollte ihn deshalb lieben.«

»Sie *sollten*?«, hakte er sofort nach.

Sie räusperte sich. »Ich meine, deshalb liebe ich ihn.«

»Ach wirklich?« Er hatte nur einen Schritt auf sie zugemacht, doch mit dieser kleinen Bewegung füllte er ihr gesamtes Blickfeld aus. Sie konnte das Heben und Senken seiner Brust unter dem Leinenhemd sehen, das Zucken eines Muskels in seinem Gesicht, die indigoblauen Ringe um seine helle, graublaue Iris.

»Schließlich heirate ich ihn doch.«

»Tun Sie das?«

Sie wich einen Schritt zurück, er folgte ihr mit locker schwingenden Armen. Sein Gang war träge und zugleich irgendwie raubtierhaft.

»Tun Sie das?«, wiederholte er.

Sie hielt inne, hob das Kinn und fühlte, wie ihre Lippen bebten. Sie war drauf und dran, ihm die Wahrheit zu sagen. Und was würde er dann tun? Würde er sie für ihre Lügen verachten? Natürlich würde er das, er war ein Mann von Ehre und er würde jede Form der Unehrlichkeit verachten. Bei dem Gedanken verließ sie der Mut.

»Ja«, flüsterte sie.

Dieses eine Wort ließ ihn so abrupt stehenbleiben, als hätte ihn ein unerwarteter Schlag getroffen.

»Es tut mir leid«, flüsterte sie.

Er wirkte müde. Geschlagen. »Sie haben sich schon entschuldigt«, sagte er und wandte sich ab.

Sie hatte keine Ahnung, welcher Teufel sie ritt. Sie hätte einfach stumm bleiben können, sie hätte stumm bleiben *sollen*. »Du hast gesagt, du solltest eigentlich derjenige sein, der sich entschuldigt. Aber das hast du nicht. Warum nicht?«

Er drehte den Kopf und sein Blick durchbohrte sie. »Treiben Sie keine Spielchen mit mir, Miss Whimpelhall.« Seine Worte waren ein finsterer Schwur. In seiner Stimme lagen Versprechen und Drohung, warnend und verlockend. »Es könnte Ihnen nicht gefallen, wie dieses Spiel ausgeht.«

»Warum hast du dich nicht entschuldigt?«

Er stand jetzt direkt vor ihr. Sein Blick war zu dunkler Glut geworden, in der nur noch ein letzter Funke glomm, ein Gewahrsein ihres Körpers, ein Lauern, das ihre Knie weich werden ließ und ihr Herz dazu brachte, schneller zu schlagen. Nervös befeuchtete sie sich die Lippen mit der Zungenspitze. Mit wölfischer Intensität beobachtete er diese simple Geste. »Weil ich es nicht bedaure.«

Irgendetwas hatte sich in ihm verändert. Sein Lächeln wirkte träge, doch all seine Sinne waren gespannt auf sie gerichtet und er schien nichts anderes mehr wahrzunehmen. Die Wüste um sie herum löste sich auf und mit ihr die Hitze, der Tümpel und die Sonne, alles verschwamm und es gab nichts mehr außer ihnen beiden.

Sie konnte sich nicht abwenden und ihr fiel nichts ein, womit sie dieses fremdartige Empfinden vertreiben konnte. Sie biss sich auf die Lippen und bemerkte zu spät, dass sie seinen Blick damit wieder auf ihren Mund gelenkt hatte. Es war, als würde er sie wieder küssen. Ihr ganzer Körper prickelte von diesem Erwachen der Lust und tief in ihrem Inneren breitete sich langsam eine feuchte Wärme aus.

»Hör auf damit«, hauchte sie leicht verzweifelt. Der ernste, distanzierte Cowboy hatte sich in einen raubtierartigen Mann verwandelt. Sie war sich nicht sicher, ob ihr das gefiel, und sie hatte definitiv keine Ahnung, wie sie damit umgehen sollte.

»Womit?«, fragte er.

»Damit.«

»Ich tue doch gar nichts.«

»Du … belästigst mich.«

Ihre Wortwahl schien ihn zu amüsieren, doch er machte ein paar Schritte rückwärts und lehnte sich, die Arme vor der muskulösen Brust verschränkt, gegen einen Felsen. »Sie belästigen mich doch genauso.«

»Tue ich nicht. Das würde ich nie tun. Ich bin mir über die Gefahr jetzt im Klaren und ich würde nie … irgendetwas tun, für das ich mich noch einmal entschuldigen muss.«

»So ein Ärger.«

»Sagen Sie das nicht!«

»Warum nicht?«

Seine Worte reizten sie, sein Blick, sein Lächeln, die Art, wie er mit ihr umging, verursachten ein Kribbeln in ihr, ein Prickeln in ihren Lippen und Fingerspitzen und ein schwaches Pulsieren in ihren Brustwarzen. Es war ein Reiz, den sie nicht besänftigen konnte. Nur er konnte das. Sie trat einen Schritt näher an ihn heran, verärgert über seine Selbstbeherrschung und seine Belustigung.

»Weil du mich nie wieder küssen darfst und weil ich dich auch nie wieder küssen darf«, stieß sie atemlos hervor und war sich bewusst, ihn damit zu locken, dass sie sich in Gefahr begab. Sie wusste, dieses aufregende, gefährliche Gebiet, auf das sie sich wagte, würde sie nur durch ihn kennenlernen.

»Ich weiß.«

»Das schulden wir … Colonel Lord Pomfrey.«

»Ich weiß.«

Er beobachtete ihr Näherkommen in entspannter, sogar gleichgültiger Haltung, doch sie ließ sich nicht täuschen. Hinter seiner kühlen Fassade lauerte eine schier unerträgliche Spannung.

»Ich bin eine Frau, ich bin allein und auf dich angewiesen.«

Er sagte kein Wort.

Ermutigt davon, machte sie einen weiteren Schritt auf ihn zu. »Ich bin dir ausgeliefert.«

»Miss Whimpelhall«, raunte er, »ich bezweifle, dass Sie jemals jemandem ausgeliefert waren.«

»Aber jetzt bin ich es«, beharrte sie und ging noch einen Schritt, so dass sie den Kopf heben musste, um ihn anzusehen.

»Das Gleiche könnte ich von Ihnen sagen.«

Die Haut über seinem bartstoppeligen Kinn war so makellos und samtig. Seine Augen wurden von dunklen Wimpern überschattet und als er sie jetzt zu Schlitzen verengte, zeigten sich Fältchen in den Augenwinkeln. Sie konnte sich einfach nicht davon abhalten, eine Hand an seine Wange zu legen. Bei ihrer Berührung fielen seine Lider zu und als er die Augen wieder aufschlug, brannte sein Blick.

»Sie spielen mit dem Feuer, Miss Whimpelhall«, sagte er.

Das war nicht ihre Absicht. Sie war schon immer impulsiv gewesen und ließ sich von tiefen, kompromisslosen Instinkten leiten. Und genau das tat sie auch jetzt. Sie legte beide Hände leicht auf seine Brust, die sich unter ihrer Berührung schwer hob und senkte. Sein Herzschlag pulsierte in ihren Handflächen.

Sie beugte den Kopf und legte die Lippen auf die Mulde unter seiner Kehle. Ein Schaudern durchlief ihn und plötzlich erwachte er aus seiner Starre. Er schlang ihr den Arm um die Taille und presste sie hart an sich, während seine freie Hand sich fest um ihren Hinterkopf legte. Er beugte sie nach hinten, so weit, dass sie sich Halt suchend an ihn klammern musste.

»Ist es das, was du willst? Einen Grundkurs in Verführung?«, grollte er und seine Lippen entblößten eine Reihe starker weißer Zähne, seine Augen glühten wie Kohlestückchen in seinem dunklen Gesicht. Sie erbebte. »Natürlich. Was sonst sollte ich auch für dich sein?«, knurrte er mit einem brutalen Lächeln. »Nun gut, ich kann es tun. Ich kann so sein.«

Er stürzte sich auf sie, sein Mund war heiß und gierig, er strafte sie und sie weidete sich an seiner Stärke, an seinem Hunger, seinem Verlangen. Begierig öffnete sie die Lippen und ihre Zunge empfing die seine. Dieser harte, warme Muskel drang in sie ein, wie eine Imitation des Liebesaktes in ihren Mund. Hinter ihren Lidern tanzten kleine Lichter, sie presste sich gegen ihn und grub die Finger in seine Schultern.

Vage war ihr bewusst, dass er sie langsam zu Boden sinken ließ, die Kiesel und Felssplitter schnitten ihr scharf in Rücken und Beine. Dann war er über ihr, sein Bein zwischen ihren Schenkeln, ein Arm unter ihren Schultern. Er umfasste ihren Kiefer und hielt sie fest, so dass sie seinem sinnlichen Angriff ausgeliefert war. Sie keuchte gegen seinen Mund und ihre Hüfte presste sich als Ausdruck einer instinktiven Einladung gegen sein Bein.

Er riss den Kopf zur Seite, schloss die Augen und holte keuchend und gequält Luft …

Und deshalb sah er auch den Gewehrlauf nicht, der sich in seine Seite bohrte.

# Kapitel 19

*Die kalten Augen dieses Mannes erschütterten sie bis ins Mark und jagten einen Schauer schieren Entsetzens durch ihren Körper.*

aus dem Tagebuch von Ginesse Braxton

Sie waren zu viert. Und sie waren in indigoblaue Gewänder gehüllt. Für weitere Beobachtungen hatte Jim keine Zeit.

Er packte den Gewehrlauf und versetzte ihm einen Stoß, was den Mann am anderen Ende aus dem Gleichgewicht brachte. Dann riss er dem Mann das Gewehr aus den Händen, während Mildred versuchte, an die Pistole in Jims Tasche zu kommen. Er sprang auf, schwang das Gewehr wie einen Schläger und traf seinen Angreifer seitlich am Kopf. Bewusstlos brach der zusammen und Jim fuhr herum, um sich dem nächsten zu stellen, doch dann krachte ein Gewehrschuss direkt an seinem Ohr und Jim erstarrte.

Von irgendwo hinter ihm rief ihm ein Mann etwas in einer Sprache zu, die er nicht verstand. In der universellen Geste des Ergebens hob Jim beide Hände. Ein Mann in tintenblauem Gewand und Turban, von dessen Gesicht nur die Augen zu sehen waren, schnappte sich das Gewehr und schlug es Jim hart gegen den Kopf. Er taumelte benommen, schaffte es aber, auf den Beinen zu bleiben.

Ein weiterer Mann packte Mildred am Arm und zerrte sie auf die Füße. Er zog sie zu Jim hinüber und schubste sie gegen ihn, wobei er einen Befehl bellte, den keiner von ihnen verstand. Jim ergriff Mildreds Arm und schob sie hinter sich.

»Wir sind Engländer«, rief er. »Wenn uns irgendetwas zustößt, wird man euch dafür bestrafen.«

»Das sind Tuareg«, flüsterte Mildred so leise, dass nur er sie hören konnte, »keine Ägypter, und sie befinden sich mehrere hundert Meilen von ihrer Heimat entfernt. Es müssen Händler sein. Und es *könnten* Sklavenhändler sein.« Sie hielt ihre Stimme weiterhin gesenkt und ihren Blick abgewandt. »Und in dem Fall sprechen sie vielleicht arabisch.«

Jim stellte es nicht in Frage. Er hatte von dem Blauen Volk der Sahara gehört, das seinen Namen aufgrund der charakteristischen Farbe der traditionellen Gewänder erhalten hatte, aber er war noch nie zuvor einem Tuareg begegnet. Sie lebten weit westlich der Gebiete, die er durchstreifte. Dies mussten die Reiter sein, die ihnen auch schon auf den Fersen gewesen waren, bevor Neely und seine Männer den Rückzug angetreten hatten. Und als sie sahen, dass Neely nicht mehr da war, hatten sie die Gelegenheit ergriffen und sich gedacht, dass sie jetzt, wo sie in der Überzahl waren, einen Raubzug riskieren könnten. Verfluchter Neely.

Schnell schätzte er die Lage ein. Abgesehen von dem Mann, der noch immer bewusstlos zu seinen Füßen lag, sah er sich noch drei weiteren gegenüber: dem Mann, der gesprochen hatte, dem mit dem Gewehr und einem, der den Führstrick des ersten von sechs schwer beladenen Kamelen in der Hand hielt. Am Ende der Reihe stand ein prachtvoller rauchgrauer Araberhengst.

Jim hielt denjenigen, der das Gewehr abgefeuert hatte, für den Anführer. Auch wenn es nicht er gewesen war, der die Befehle gerufen hatte, hielt er doch die einzige Feuerwaffe in der Hand und er zielte damit weiterhin auf Jim. Jim wandte sich an ihn.

»Du wirst dich und deine Männer ins Unglück stürzen, wenn ihr uns etwas antut«, sagt er in gewähltem Arabisch. »Die Engländer werden euch finden.« Obwohl das Gesicht des Mannes wie das seiner Kameraden verhüllt war, konnte Jim sein Lächeln beinahe fühlen. Seine Worte waren nichts als eine leere Drohung und das wussten sie beide. Die Tuareg lebten in einem Gebiet, das von den Franzosen beherrscht wurde, nicht von den Engländern.

»Wir *suchen* keinen Ärger«, antwortete der Mann in holprigem Arabisch, doch er legte eine feine Betonung auf das Verb und Jim verstand, dass sie zwar keinen Ärger suchten, ihm aber auch nicht aus dem Weg gingen, falls es dazu kam.

»Wir sind wegen des Wassers hergekommen und haben dich hier gefunden, während du gerade diese Frau genossen hast.« Jim fühlte, wie bei dieser geschmacklosen

Bemerkung Wut in ihm hochkochte, doch er zwang sich dazu, sich nichts anmerken zu lassen.

»Soweit bin ich dank euch ja nicht gekommen«, sagte er und erntete amüsiertes Schnauben von einigen der Männer.

Der Anführer versuchte herauszufinden, was Mildred ihm wohl bedeutete, vielleicht, um abschätzen zu können, wie viel Lösegeld er für sie verlangen könnte, vielleicht aber auch aus einem ganz anderen Grund. Er wusste es einfach nicht. Er musste dieses Spiel hier richtig spielen. Ihr beider Leben hing davon ab.

Der Mann zog sich den Schleier vom Gesicht. Vom jahrelangen Tragen des indigoblau gefärbten Stoffes, hatte seine untere Gesichtshälfte ebenfalls einen dunkelblauen Farbton angenommen, so dass es aussah, als trüge er einen indigoblauen Bart. Er war weder jung noch alt, irgendwo in den unschätzbaren Jahren zwischen fünfundzwanzig und fünfzig, während derer die Wüstenbewohner sich kaum veränderten. Sein Blick schweifte zu Mildred. »Wer ist sie?«

»Sie ist meine.«

»Deine Frau?«

Jim dachte schnell. Wenn der Targi sie für wertvoll genug hielt, würde er sie vielleicht als Geisel nehmen. Oder vielleicht würde er sie auch einfach so mitnehmen. »Nein. Sie gehört mir nur«, entgegnete er kalt.

Der Mann nickte nachdenklich und gab seinen Männern dann einen Befehl in seiner Muttersprache. Einer von ihnen trat vor und zerrte den Bewusstlosen aus dem Weg, während der andere die Waffe übernahm und sie weiterhin auf Jim richtete. Der Anführer ging einen Schritt auf Mildred zu. »Ihr Haar ist rot.« Er legte den Kopf schief. »Jedenfalls rot genug.«

»Stimmt«, bestätigte Jim. Er hatte keine Ahnung, ob das gut oder schlecht war, die Miene des Mannes blieb unbewegt.

»Rothaarige Frauen bringen Glück.«

Etwas am Tonfall des Mannes und an der Art und Weise, wie er Mildred musterte, schien ihr verdeutlicht zu haben, was er gesagt hatte, denn sie begann ganz leicht zu zittern und ihr Gesicht wurde blass. Doch sie sagte kein Wort. Sie stand einfach da und hielt den Blick gehorsam gesenkt. Kluges Mädchen.

»Ach wirklich?«, fragte Jim mit einem barschen Lachen. »Schau dir nur an, was für ein Glück sie mir gebracht hat.« Er machte eine Geste, mit der er die Oase, ihren unzureichenden Unterschlupf und das uralte, einäugige Kamel einschloss.

Der Mann lächelte und stellte sich jetzt direkt vor Mildred. Er wandte den Kopf hin und her und versuchte, sie dazu zu bringen, ihm in die Augen zu sehen, doch sie tat es nicht. Er grinste Jim an.

»Sie ist gut erzogen. Wie lange hast du sie schon?«

Der Targi hielt sie also für seine Sklavin. Er musste jünger sein, als Jim angenommen hatte, oder er war nicht oft mit anderen Kulturen in Kontakt gekommen, sonst hätte er gewusst, dass Europäer keine Sklaven hielten.

»Eine Weile.« Jim zuckte mit den Schultern.

»Wie viel hast du für sie bezahlt?«, fragte der Targi und musterte Mildred noch immer kritisch.

»Zu viel.«

»Hm.«

Einer der anderen Tuareg, der neben Mildred stand, streckte plötzlich die Hand aus und legte sie grinsend auf Mildreds Brust. Mildred schnappte nach Luft. Schnell wie eine Schlange, packte Jim den Targi an der Kehle. Würgend zerrte der Mann an Jims Handgelenk, doch Jim bemerkte es kaum. Er drückte zu, den Blick starr auf den sich windenden und zappelnden Mann geheftet.

»Genug!«, donnerte der Anführer, doch über Jims Sicht hatte sich ein roter Schleier gelegt und in seinem Kopf war nur noch Platz für den instinktiven Wunsch nach Zerstörung. Er schüttelte den Mann, wie ein Mungo, der eine Kobra in den Fängen hält, fühlte, wie der Griff des anderen sich lockerte und hörte undeutlich, dass Mildred seinen Namen rief.

»Ich sagte, sie gehört mir«, zischte er durch zusammengebissene Zähne.

Der Anführer der Tuareg griff nach dem Gewehr und presste Mildred den Lauf gegen die Schläfe. »Halt!«

Jim hielt inne. Er löste die Umklammerung und der Mann fiel würgend vor Jim auf die Knie.

Der Anführer sagte etwas in scharfem Tonfall und der Mann kroch davon, den Kopf dicht am Boden. Dann wandte sich der Targi wieder an Jim, er sah alles andere als glücklich aus und Jim fragte sich, ob Mildred wohl reiten konnte, denn wie es aussah, bestand ihre einzige

Hoffnung wohl darin, dass er die Männer so lange ablenkte, bis sie auf dem Rücken dieses Hengstes saß …

»Vergib dem da. Er ist ein Schwein mit den Manieren eines Hundes«, knurrte der Targi mit harter, wütender Stimme.

Irgendetwas hatte sich verändert. Das Lächeln auf dem Gesicht des Anführers und seine falsche Freundlichkeit waren verschwunden. Der sah aus wie eine Katze, der man den Schnurrbart gekappt hatte: stocksauer.

»Er ist entehrt«, flüsterte Mildred ihm zu. »Ich habe … etwas darüber gelesen. In seinem Volk ist es verboten, das Eigentum eines anderen zu berühren, wenn der es vorher nicht erlaubt hat, und der Anführer ist für die Taten seiner Männer verantwortlich. Er ist also bloßgestellt worden. Vielleicht wird er dich entschädigen wollen. Aber sei vorsichtig mit dem, was du sagst, er wird versuchen dich so misszuverstehen, dass er sich beleidigt fühlen kann.«

Jim nickte leicht mit dem Kopf, um zu verdeutlichen, dass er sie verstanden hatte. Einige der stärker isolierten Stämme, mit denen er zu tun gehabt hatte, waren bekannt für ihre zumindest nach außen hin ausgeprägten patriarchalischen Strukturen. Wenn es so aussah, als suchte er ihren Rat, würde das sein Ansehen schwächen und das konnte er sich gerade nun wirklich nicht leisten. Die Informationen, die sie ihm gegeben hatte, waren wertvoll, aber er war zu erfahren, um viel auf das Pflichtgefühl dieses Mannes zu geben. Vielleicht konnte er tatsächlich einen Nutzen daraus ziehen, aber nur bis zu einem gewissen Punkt. Und der Kern des Problems bestand darin, herauszufinden, wann dieser Punkt erreicht war.

Der Mann war ein Händler und die erste Regel im Handel lautete, den anderen das erste Gebot machen zu lassen. Also sagte er nichts.

Einige endlose, stumme Minuten lang schätzen sie sich gegenseitig ab, bis der Targi schließlich mit einer ungeduldigen Handbewegung das Wort ergriff. Er sprach eine Mischung aus Arabisch und seiner Muttersprache und verschwieg mehr als er preisgab, doch nach ein paar kurzen Sätzen hatte Jim das Wesentliche verstanden.

Anscheinend hatte der Clanführer dieser Gruppe vor einiger Zeit den Führer eines anderen Clans beleidigt. Da dieser andere Clan allerdings erheblich stärker, reicher und mächtiger war, hatte ihr eigener Führer es sich schließlich anders überlegt und Juba, den Mann vor ihm, losgeschickt, um als Versöhnungsgeschenk eine Araberstute von den Beduinen zu erwerben. Zu ihrer Enttäuschung waren die Beduinen jedoch nicht bereit gewesen, sich von einer ihrer wertvolleren Stuten zu trennen, und so hatte sich Juba stattdessen mit einem Hengst auf den Rückweg gemacht.

Jim lauschte ihm stumm und mit ausdrucksloser Miene.

Es schien zu funktionieren. Juba kaute auf seiner Unterlippe. Wenn Mildred recht hatte, dann hoffte er, Jim zu einem unüberlegten Kommentar zu verleiten, den er dann absichtlich missverstehen konnte. Dann könnte er die Lage retten, indem er sich tödlich beleidigt fühlte, Jim umbrachte und mit Mildred verschwand. Doch Jim behielt sein Schweigen unbeirrt bei. Der Targi würde annehmen, dass er auf eine Entschuldigung wartete.

Und sobald Juba sich erst einmal entschuldigt hätte, wäre er gezwungen, sie ungehindert ziehen zu lassen. In jedem nomadischen Volksstamm, mit dem Jim es je zu tun gehabt hatte, galt eine zwingende Regel, die besagte, dass man jemanden, bei dem man sich entschuldigt hatte, schlichtweg nicht ausrauben oder töten durfte, egal, wie sehr man es auch wollte. Auf eine verdrehte Art und Weise verstand Jim das sogar.

»Ich habe hier dieses wunderbare Pferd«, knurrte Juba schließlich, rot vor Zorn. »Er ist ein König unter den Hengsten. Sieh selbst.«

Betont gelangweilt sah Jim zu dem herrlichen Tier hinüber, das am Ende des Zuges rastlos auf der Stelle tänzelte. Mit unverbindlicher Miene sah er wieder den Targi an.

Woraufhin dieser in die Hände klatschte und einen Befehl rief. Aus dem Schatten kam der Mann gehinkt, den Jim zuvor bewusstlos geschlagen hatte, ging zu dem Hengst hinüber und führte ihn zu Juba, wobei er Jim misstrauisch beäugte.

»Schau ihn dir an«, sagte Juba. »Er ist perfekt. Sieh dir diesen edlen Kopf an, die kleinen, schmalen Ohren und die weiten Nüstern. Schau dir an, wie majestätisch er den Hals trägt und wie gerade seine Beine sind. Er ist der Erste unter den Hengsten.« Der Targi winkte ihn heran. »Fühl selbst. Fühle, wie kräftig er ist, wie gut bemuskelt.«

Achselzuckend ging Jim zu dem Pferd hinüber. Die Nüstern des Hengstes bebten, während er sich näherte. Als der Hengst Jims fremdartige Witterung aufnahm, wich er zurück und scharrte den Sand auf, seine Ohren zuckten vor und zurück, um das leiseste Geräusch einzufangen.

Er war wahrlich prächtig. Seine Oberlinie war gleichmäßig und sein Rücken kurz und breit. Wie Juba bereits betont hatte, war sein Hals lang und elegant geschwungen und wies den freien Kehlgang auf, der die besten Pferde der arabischen Zucht auszeichnete. Die Mustangs, die er als Junge geritten hatte, waren stämmig und sehr kompakt, doch dieses Tier wies, obwohl es nicht viel größer war, die langen und geschmeidigeren Muskeln und kleineren Hufe eines Pferdes auf, das geschaffen dafür war, weite Strecken zu zurückzulegen.

Jim streckte die Hand aus und der Hengst reckte den Hals, die großen, glänzenden Augen fest auf Jim gerichtet. Er schnupperte vorsichtig und sein warmer, feuchter Atem berührte Jims Knöchel. Dann zog er den Kopf wieder zurück und wartete. Langsam strich Jim dem Tier über die Kruppe und den Widerrist und dann die Beine hinab. Der Hengst stand entspannt da und drehte ab und zu ein Ohr in Jims Richtung.

»Siehst du? Ist es nicht so?«

»Es ist ein gutes Pferd«, stimmte Jim vorsichtig zu.

»Gut? Es gibt in ganz Ägypten kein Tier wie ihn. Er ist ein Pferd für einen *Amenokal.*«

»Hm.«

Juba sah ihn finster an, wandte sich abrupt ab und begann, vor Jim auf und ab zu schreiten, bis er schließlich direkt vor ihm stehen blieb. Sein blau geflecktes Gesicht teilte sich zu einem breiten Grinsen, das sehr weiße, sehr kaputte Zähne offenbarte. »Ich mag dich. Du bist ein Sohn der Wüste, wie ich. Du weißt, wie man ein Pferd berührt, du kennst dich aus. Zwar nicht so gut wie ein Tuareg«, wandte er mit entschuldigend gehobener Schulter ein, »aber zumindest so gut wie ein Beduine.«

Jim sagte noch immer nichts und wartete, was als nächstes kommen würde. Er konnte es sich vorstellen.

»Und weil ich dich mag, werde ich dir wohl einen Handel anbieten. Dabei wird nicht gefeilscht«, erklärte er und an dem tödlichen Glimmen in seinen sonst eher freundlichen Augen erkannte Jim, dass er das besser glauben sollte. Er nahm die Warnung zur Kenntnis. »Es ist eigentlich gar kein gerechter Handel. Es ist eher ein Geschenk.«

»Ja?«

»Ich werde diesen Prinz der Wüste, diesen Bruder des Windes gegen dein Kamel eintauschen.«

Jim wartete.

»Ja? Ich sehe schon. Ich verstehe. Du bist sprachlos, du kannst dein Glück kaum fassen. Genau wie ich an deiner Stelle. Also. Gilt der Handel?«

»Den Hengst gegen dieses einäugige Kamel?«, fragte Jim. »Das ist alles? Das ist der Handel?«

»Ja!« Juba lachte und vollführte eine überschwängliche Geste. »Ich bin selbst überrascht von mir.« Er drehte sich um und griff nach der Führleine des Hengstes. Dann hielt er abrupt inne und wandte sich wieder um, ganz so, als sei ihm gerade noch etwas eingefallen – etwas so Unwichtiges, dass es ihn beschämte, es überhaupt zu erwähnen. »Oh. Und gegen die Frau.«

Jim hörte einen erstickten Laut von Mildred, doch er sah sie nicht an.

»Sind wir uns einig?«, fragte Juba.

»Darauf kannst du wetten«, sagte Jim.

Ginesse sah zu, wie Jim sich seine Tasche, in der jetzt allerdings seine Pistole fehlte, über die Schulter band und einen Schluck aus der Feldflasche nahm, die Juba ihm anbot. Behände schwang er sich auf den bloßen Rücken des Hengstes, ein Sattel war nicht teil der Abmachung gewesen. Er sah zu Juba hinab. »Das Mädchen ist eine Jungfrau. Das wird euer Führer sicher zu schätzen wissen«, sagte er in lautem, aber gleichgültigem Ton.

Ginesse dankte ihm stumm dafür. Mit diesen Worten hatte er ihre Jungfräulichkeit zu einem Bestandteil des Geschenks gemacht, das die Tuareg ihrem Anführer, dem *Amenokal,* überbringen wollten. Juba würde es sich jetzt, wo seine Männer von ihrem gesteigerten Wert wussten, zweimal überlegen, bevor er sie vergewaltigte. Hoffte sie jedenfalls.

Sie starrte Jim an, beschwor ihn stumm, sich umzudrehen, sie anzusehen und ihr irgendwie zu verstehen zu geben, dass alles gut werden würde. Sogar in ihrem vor Angst und Schock gelähmten Zustand konnte Ginesse nicht anders, als seinen Umgang mit dem Pferd zu bewundern. Ihr Vater war auch ein guter Reiter – nein, ein fantastischer Reiter –, aber das war nichts im Vergleich zu Jim Owens. Keine brutalen Stöße in die Flanken, kein barsches Geschrei oder Zügelschlagen, was immer Jim auch tat, er tat es lautlos und nicht wahrnehmbar. In einem Moment stand das Pferd noch völlig reglos und im nächsten jagten die beiden schon geräuschlos über den Sand, wie ein zum Leben erwachter Zentaur, bis sie aus dem Lichtkegel des Feuers verschwunden waren.

Er sah nicht zurück.

# Kapitel 20

*Sie stählte sich für das, was vor ihr lag, und betete, dass sie nicht gezwungen sein würde, das höchste Opfer darzubringen.*

aus dem Tagebuch von Ginesse Braxton

»Mein Vater ist Harry Braxton.« Ginesse sprach arabisch und behielt sorgfältig einen respektvollen Ton bei, während sie dem Tuareg-Anführer durch das Lager folgte. »Er ist ein wichtiger Mann, ein stolzer Stammesfürst. Er wird euch reich belohnen, wenn ihr mich sicher nach Fort Gordon bringt.«

Juba ignorierte sie, wie er bereits seit vier Tagen all ihre Beteuerungen und Bitten ignorierte.

»Bitte, es ist wichtig«, sagte sie eindringlich.

Er wandte sich um und tat überrascht, sie noch immer hinter sich zu sehen. Sie blieb stehen und hob ihm in einer flehenden Geste die Handflächen entgegen. »Bitte, mein Vater …«

»Hat dich verkauft«, unterbrach sie Juba. »Genug. Du bist eine Sklavin und nicht mein Weib. Mir bluten schon die Ohren von all dem Flehen und den Lügen.«

So berühmt ihr Vater auch sein mochte, sein Ruf war scheinbar noch nicht bis nach Libyen vorgedrungen. Jeden Tag setzte Juba sie auf ein Kamel in der Mitte der

Karawane und jede Nacht verschwand er in seinem luxuriösen Zelt, während sie sich gegen die Kälte an eines der Kamele kuschelte. Er erklärte die Wüste zu ihrer Wächterin und die machte ihre Sache gut.

Wohin sollte sie schon gehen? Sie würde nicht weit kommen, bevor sie sich den Elementen geschlagen geben müsste. Und selbst wenn es ihr gelang, eines der Kamele zu stehlen, würden die Tuareg sie letztendlich einholen und zurückbringen.

Aber heute war etwas anders. Sie hatten die Dünen hinter sich gelassen und reisten nun durch ein steinigeres Gebiet. Es war eine Landschaft aus Sand und Geröll, unterbrochen von niedrigen Plateaus und seichten *Wadis*, die von Hainen aus kleinen, zähen Akazien gesäumt wurden. Juba ließ früh anhalten und schlug sein Zelt an der Mündung einer schmalen Felsspalte im Boden auf.

Die Männer tauschten misstrauische Blicke, machten sich jedoch trotzdem daran, das Lager zu errichten, ein Feuer zu entfachen und die Kamele zu entladen und zu hobbeln. Ginesse spürte Jubas Blick mehr als einmal auf sich ruhen. Die rauen Bedingungen, ihre endgültige Bestimmung als Geschenk für einen mächtigen Anführer und ihre Jungfräulichkeit hatten bisher dafür gesorgt, dass sie sicher und wohlgenährt geblieben war, doch sie fürchtete, damit würde es nun bald vorbei sein.

In der ersten Nacht war sie überzeugt gewesen, dass Jim zurückkommen, sich ins Lager schleichen und sie den Tuareg unter der Nase wegstehlen würde. Doch er war nicht gekommen.

Und das war gut so, denn auch die Tuareg hatten ihn erwartet. Sie hatten auf der Lauer gelegen, die Gewehre auf den Knien, die Augen wachsam auf die noch so schwächste Bewegung draußen in der Wüste geeicht.

Auch in der nächsten und in der übernächsten Nacht hatte sie wachgelegen und angestrengt nach einem Geräusch gelauscht, das Jims heimliches Näherkommen ankündigte. Doch er war auch in diesen Nächten nicht erschienen.

Sie hatte Angst. Und wenn sie sich gestatten würde, über ihre Situation nachzudenken, würde sich ihre Angst in Panik verwandeln. Jedes Mal, wenn Juba sie ansah, zitterte sie. Jedes Mal, wenn sie sich vorstellte, dass er so auf ihr lag, wie Jim es getan hatte, rebellierte ihr Magen und sie musste sich die Faust gegen die Lippen pressen, um nicht zu würgen.

Allmählich wurde die Zeit knapp. Sie hätte ihm aus dem Weg gehen und sich so unauffällig wie möglich verhalten sollen. Jetzt betrachtete er sie nachdenklich, wobei er sich mit dem abgebrochenen Nagel seines Daumens über die Wange fuhr. Sie konnte förmlich sehen, wie er seine Möglichkeiten durchging. Nur Jims Wort bezeugte ihre Jungfräulichkeit und wenn sich später herausstellte, dass sie doch keine Jungfrau war, nun, dann könnte Juba immer noch behaupten, er sei von dem Sklavenhändler, von dem er sie gekauft hatte, betrogen worden. Natürlich wäre das beschämend, was ihm zweifellos schwer zu schaffen machte, doch die Frage war, wie schwer? Nicht schwer genug, fürchtete sie.

Dieses verdammte Hennapulver. Ginesse hatte keinerlei Illusionen bezüglich ihrer natürlichen weiblichen Anziehungskraft und deshalb musste ihr Wert allein in den roten Haaren liegen und damit in deren Fähigkeit, ihrem zukünftigen Besitzer Glück zu bringen. Dabei waren sie doch kaum noch rot.

»Geh in mein Zelt und warte dort auf mich. Dann können wir die Sache mit deinem Vater und dem Lösegeld besprechen.«

Er log. Er versuchte nicht mal ernsthaft, das zu verbergen. Seine Stimme klang schleppend und sein Blick war spöttisch.

»Bitte. Wir können doch hier draußen …«

»Wir werden in meinem Zelt reden«, unterbrach er sie schroff. »Später. Du gehst jetzt hinein und wartest auf mich. Oder soll ich dir zeigen, wie man Sklaven in meinem Volk bestraft?«

»Nein«, flüsterte sie.

»Gut. Denn du würdest so oder so in meinem Zelt landen. Und jetzt geh.«

Sie hatte keine Wahl. Sie neigte den Kopf vor ihm und tat, was er ihr befohlen hatte. Die Innenausstattung des Zeltes wäre eines Scheichs würdig gewesen. Mehrere Lagen Perserteppiche waren über den Sand gebreitet und ein halbes Dutzend perlfarbener, bestickter Satinkissen in der Mitte aufgehäuft worden. Von der Decke baumelten Seidenquasten, so groß wie Zierkürbisse, und zwei reich verzierte Kupferlaternen, die jedoch noch nicht brannten.

Neben dem Kissenstapel hockte ein niedriges Tischchen aus gehämmertem Messing und darauf standen eine emaillierte Karaffe und mehrere Mokkatässchen. An einer der Zeltwände stand eine Ottomane, an deren Kopfende eine Wasserpfeife thronte. Auf der Ottomane lagen weitere Kissen und eine bunte Decke.

Alles wirkte so zivilisiert und gemütlich. Ginesse drehte sich um sich selbst und suchte das Zelt nach etwas ab, das sie als Waffe benutzen konnte. Juba trug einen Krummdolch in der Scheide an seinem Gürtel und auch die anderen trugen Messer, die sie an ihren Oberarmen befestigt hatten. Vielleicht gab es ja auch hier irgendetwas …

Fünf Minuten später gab sie ihre Suche auf. Abgesehen von ein paar persönlichen Dingen und einigen Kleidungsstücken war das Zelt bemerkenswert aufgeräumt. Hier gab es nichts Nützliches, außer vielleicht die Sporen an einem Paar Stiefel. Das musste reichen.

Fieberhaft machte sie sich daran, einen Sporn zu lösen, wobei sie angestrengt auf die Bewegungen der Männer draußen horchte. Nachdem sie es geschafft hatte, stellte sie die Stiefel sorgfältig wieder so hin wie vorher. Dann wartete sie und ihr Herz hämmerte dumpf in ihrer Brust.

Sie lauschte der schleppenden Unterhaltung der Männer, dem Klappern des Kochgeschirrs, dem leisen »Nurrr« der Kamele und dem Knistern des Feuerholzes. Allmählich wurde es dunkel im Zelt, der Wind frischte auf und ließ den Sand über die Zeltplane kratzen. Als schließlich das letzte Licht erloschen war und sie mithilfe von Feuersteinen die Kupferlampen entzündet hatte, hörte sie Juba gebieterisch einige Anweisungen bellen. Die Männer schienen sich nur unwillig zu fügen und antworteten mit einigen mürrischen Beschwerden, doch kurz darauf vernahm sie das Ächzen der Kamele, die geweckt und auf die Beine getrieben wurden.

Er schickte also einige, vielleicht sogar alle, Männer fort. Vermutlich diejenigen, denen man ein Geheimnis am wenigsten anvertrauen konnte.

Ihr Herz begann zu rasen und sie zog sich tiefer in das Zelt zurück. Sie hielt den Sporn hinter ihrem Rücken verborgen, ihre Handflächen wurden glitschig vom Schweiß und ihre Knie fühlten sich an wie Wasser.

Es kam ihr vor, als stünde sie eine Ewigkeit dort, den Blick starr auf den Zelteingang gerichtet. Im Lager war es unnatürlich still geworden, die einzigen Geräusche waren die gelegentlichen Kamellaute und das Knistern des Feuers. Sie hörte, wie ein Mann etwas sagte und ein anderer antwortete, und dann vernahm sie sich entfernende Schritte.

Und schließlich hörte sie mit Entsetzen das Geräusch, vor dem sie sich die ganze Zeit gefürchtet hatte: den selbstsicheren Tritt eines Mannes, der auf das Zelt zukam.

Sie hob das Kinn und fühlte zu ihrer Bestürzung Tränen in ihren Augen aufsteigen. Wütend blinzelte sie die Tränen fort. Sie war doch besser als das. Sie war mutiger.

Sie sah eine große Silhouette, die sich gegen die Zeltplane abzeichnete. Der Wind ließ die Gewänder des Mannes um sein Schattenbild tanzen, die Gestalt war groß, unheimlich und unendlich bedrohlich. Eine dunkle Hand griff nach der Eingangsplane und riss sie grob zur Seite. Er beugte den Kopf und trat ein.

Jim Owens.

# Kapitel 21

*Es war ~~himmlisch~~ ~~großartig~~ ~~erstaunlich~~ ~~unglaublich~~ ~~transformierend~~ jenseits all dessen, was sie beschreiben konnte.*

aus dem Tagebuch von Ginesse Braxton

Sie war eine große Frau, doch sie wirkte herzzerreißend zerbrechlich, wie sie dort im hintersten Winkel des Zeltes kauerte. Sie starrte ihn an, wie festgewachsen, und sie zitterte am ganzen Körper.

»Ich bin nie fort gewesen. Ich war die ganze Zeit dort draußen. Ich habe alles beobachtet. Ich konnte nicht früher kommen, weil sie genau das erwartet haben.« Er sprach zu schnell, zu dringlich, die Worte stolperten aus seiner verengten Kehle.

Gott, sie musste furchtbare Angst gehabt haben. Sie musste gedacht haben, er hätte sie verlassen. Aber er hatte keine Möglichkeit gehabt, ihr ein Zeichen zu geben, das nicht auch ihre Entführer bemerkt hätten. Und hätten die Tuareg auch nur den Hauch eines konkreten Verdachtes gehegt, wäre sie als Sklavin in Libyen gelandet.

»Aber ich hätte nicht zugelassen, dass er …« Er brach ab und sah sie so eindringlich an, als wollte er sie dazu zwingen, zu verstehen.

Er war während der letzten vier Tage durch die Hölle gegangen. Er hatte gewusst, wie sie litt. Mehr als einmal war er drauf und dran gewesen, alle Vorsicht über Bord zu werfen und auf gut Glück einen Versuch zu wagen. Sein eigenes Leben konnte er aufs Spiel setzen – aber niemals ihres. Also hatte er abgewartet, bis sich die Tuareg trennen und nicht länger wachsam sein würden. Jeder Moment hatte sich qualvoll in die Länge gezogen. Und dann hatte Juba zwei seiner Männer voraus geschickt und die würden sobald nicht zurückkommen.

»Du bist gekommen.« Es war kaum mehr als ein Flüstern und er konnte nichts darin lesen, so sehr er auch wollte. Er konnte nicht sagen, ob in ihrer Stimme Schrecken oder Ungläubigkeit oder Verachtung oder etwas ganz anderes mitschwang. Und schließlich konnte er ihr nur mit der schlichten Wahrheit antworten, in der sowohl ein Versprechen als auch eine Erklärung lagen.

»Immer«, sagte er. »Ich werde immer kommen, wenn du mich brauchst.«

Und mit diesen Worten fiel die Starre von ihr ab, die sie in den Klauen gehalten hatte. Sie stürmte durch das Zelt auf ihn zu, warf sich in seine Arme und umschlang seinen Hals. Ihre Wucht ließ ihn einen Schritt zurückstolpern, er hob sie ein wenig und drückte sie an sich.

»Ich wusste, dass du kommen würdest«, schluchzte sie an seinem Hals. »Ich wusste es, ich wusste nur nicht wann, und als du dann nicht gekommen bist, hatte ich Angst, dir wäre etwas Furchtbares passiert!«

Er schloss die Augen und rang die aufwallenden Emotionen nieder, die ihn auf die Knie zu zwingen drohten. Sie hatte gewusst, dass er kommen würde. Sie hatte ihm vertraut und an ihn geglaubt. Sie hatte nie an ihm gezweifelt. Stattdessen hatte sie Angst um ihn gehabt. *Um ihn.* Dabei war sie diejenige, die sich in der Gewalt von Sklavenhändlern befand.

»Lass das nie wieder zu.«

»Nie wieder.«

Jetzt weinte sie richtig, Schluchzer schüttelten sie und aus ihren Augen strömten Tränen, die an ihren Wangen hinabrannen, während sie zu ihm hochsah. Er konnte nicht mehr klar denken, er wusste nicht, was er tun oder sagen sollte, um alles wieder *gut* zu machen. Wann immer in seinem Leben etwas schief gegangen war, hatte er gehandelt, er hatte etwas *getan*. Er hatte gesucht, gejagt, gestohlen und gekämpft; er hatte seine Fäuste, seine Muskeln, sein Hirn und eine gehörige Portion Verschlagenheit eingesetzt und getan, was er tun musste. Aber jetzt, hier, mit ihr, hatte er keine Ahnung, wie es weitergehen sollte.

»Geht es dir gut?«, fragte er und hob ihr Gesicht an, um ihr in die Augen sehen zu können. Er versuchte, darin zu lesen, ob er trotz allem doch zu spät gekommen war. *»Geht es dir gut?«*

»Sag mir, was ich tun soll«, bat er. »Sag mir, wie ich das hier in Ordnung bringen kann. Soll ich ihn töten?« Endlich mal eine echte Idee.

»Nein!«

»Es wäre ein fairer Kampf. Im Moment sind Juba und der Andere zwar gefesselt und bewusstlos, aber ich könnte Juba wecken, ein bisschen warten und dann die Säbel oder Pistolen holen. Ganz nach seiner Wahl. Oder wir nehmen einfach unsere Fäuste.« Ja, die Idee gefiel ihm.

»Nein!«, rief sie und rückte ein wenig von ihm ab. »Nein. Du … du …« Ihre Blicke trafen sich. Fasziniert beobachtete er, wie ihre Pupillen sich weiteten, wie sich ihre vollen Lippen teilten, so unvorstellbar verlockend. Ihre Zungenspitze berührte einen Moment lang ihre Oberlippe. Und das kostete ihn den letzten Rest seiner mühsamen gewahrten Beherrschung.

Eine Welle der Erleichterung und der Lust durchflutete ihn und ließ seinen Körper steinhart werden. Mit qualvoller Deutlichkeit wurde er sich jeder einzelnen Stelle bewusst, an der ihr Körper ihn berührte. Er spürte das sanfte Gewicht ihrer Brüste, ihre schlanke Taille, ihre geschmeidigen Schenkel, die sich an seine schmiegten, und die leichte Wölbung ihres Venushügels, die über sein steinhartes Glied strich.

Er wagte nicht, sich zu rühren, ja nicht einmal, zu atmen. Er stand am Rande eines Abgrunds, kurz davor, jede Kontrolle über sich zu verlieren.

Und dann küsste sie ihn. Es war kein zarter, fragender Kuss, er war heiß und schien ihn zu versengen. Sie öffnete die Lippen, legte die Hände um sein Gesicht und ihre Beine umschlangen seine Hüften.

Sein Körper reagierte, bevor sein Verstand auch nur die Chance hatte, einzugreifen.

Seine Finger vergruben sich in den Gewändern, die sie von ihm trennten, und schoben den Stoff nach oben, seine Zunge drang tief in ihren Mund, er kostete sie aus, schwelgte in ihrer Hitze und in ihrem verlangenden Kuss. Seine Hände legten sich um ihren runden, festen Po und er hob sie noch ein wenig höher. In seiner Brust stieg ein tiefes Grollen auf, als ihr Körper über seinen Penis strich, quälend und köstlich zugleich. Plötzlich unterbrach sie den Kuss, löste ihre Umarmung und stellte sich auf die Füße. Bevor er sich jedoch noch dafür verfluchen konnte, zu grob und zu heftig gewesen zu sein, wanderten ihre Hände an seiner Brust hinab. Mit einer einzigen, achtlosen Bewegung riss sie sein Hemd auf, woraufhin sich die Knöpfe kullernd auf dem rotgoldenen Perserteppich verteilten, und streifte ihm den Stoff von den Schultern.

Sie war ganz auf ihr Tun konzentriert, ihr Blick hing an seiner Brust, ihr Atem ging stoßweise und ihre Haut war gerötet. Ihre Hände strichen über seine Brust, zeichneten das Relief seiner Bauchmuskeln nach und glitten schließlich zu seinem Hosenbund. Er fühlte, wie sie die Gürtelschnalle löste, sie zerrte an den stark beanspruchten Knöpfen seiner Hose bis sie ihn endlich befreit hatte. Ihre Fingerspitzen strichen über seine geschwollene Eichel.

Er schloss die Augen und biss die Zähne zusammen, versuchte, seine übermächtige Erregung zu beherrschen. Doch sie ließ es nicht zu. Sie legte die Hände auf seine Schultern und umschloss mit den Beinen wieder seine

Taille. Sie stemmte sich an seiner Brust hoch, presste sich an ihn, rieb gegen ihn und schluchzte schließlich frustriert auf.

Noch nie hatte er etwas Vergleichbares erlebt. Seine Ehre zerfiel vor seinem schieren Verlangen zu Staub, all seine Prinzipien verbrannten im tosenden Feuer der Leidenschaft zu Asche. Er versuchte es. Immer und immer wieder beschwor er ein inneres Mantra herauf: Sie gehörte nicht ihm, sie gehörte nicht ihm …

Doch das tat sie. Zur Hölle mit seiner Ehre, zur Hölle mit Pomfrey, zur Hölle mit der Welt. *Sie gehörte ihm.*

»Bitte«, raunte sie heiser. »Ich weiß nicht … Ich kann nicht …«

Er schon. Er konnte.

Er schob die Hände unter ihre Schenkel, packte sie und hob sie hoch, bis er ihre feuchte Wärme an seinem Glied spürte. Dann ließ er sie langsam auf sich gleiten, zitternd vor Anstrengung sich zurückzuhalten. Nicht einen Moment lang löste er den Blick von ihrem Gesicht. Sie keuchte vor Lust, doch dann verwandelte sich das Keuchen in einen überraschten Schmerzenslaut. Sie sah ihn an, ihre Augen wirkten ängstlich, als fühlte sie sich irgendwie betrogen.

Mit einer einzigen knappen Bewegung, durchstieß er die zarte Membran und hielt sie dann wieder fest. Ihre inneren Muskeln krampften sich um ihn in einem instinktiven Versuch, ihn daran zu hindern, weiter vorzudringen. Zu spät. Er sagte kein Wort, Gott helfe ihm. Er konnte nur dort stehen, beinhart und bewegungslos, und warten, bis sie sich an das Gefühl gewöhnt hatte.

Ihre Hände umschlossen seine Schultern fester, sie wirkte verwirrt und leicht verletzt, unter der Robe hoben und senkten sich ihre Brüste bei jedem raschen Atemzug. Langsam hob sie die Hüften, entzog sich dieser zu intimen Verbindung und dann fühlte er es, ein allmähliches Nachgeben ihrer Muskeln, die einsetzende Akzeptanz ihres Körpers. Wieder weiteten sich ihre Augen überrascht, doch diesmal ohne jede Angst.

Er umfasste ihre weichen Hüften und drängte gegen sie, in sie, in sie hinein. Ein leiser Aufschrei entrang sich ihrer Kehle und ein Ausdruck des Erstaunens breitete sich über ihr Gesicht. Die Hände um seine Schultern geklammert, presste sie sich enger an ihn, um ihn noch tiefer in sich zu spüren, dann hob sie die Hüften wieder ein wenig. Langsam fand sie ihren Rhythmus, während sie in all ihrer Unerfahrenheit erkundete, was sein Körper dem ihren zu geben hatte.

Er hielt es aus, so lange er konnte, mit zusammengebissenen Zähnen und geschlossenen Augen, aus Angst, der Anblick ihrer langsam erwachenden Lust würde ihn zum Höhepunkt bringen, bevor sie soweit war. Doch schließlich waren ihre unbeholfenen Bewegungen und ihre leisen, frustrierten Laute einfach zu viel für ihn.

Nacheinander hob er ihre Hände zu dem Querbalken hinauf, der das Zeltdach hielt und schloss sanft ihre Finger darum.

»Halt dich daran fest«, flüsterte er gegen die feuchte Haut ihres Halses. Dann stieß er tief in sie hinein. Sie keuchte und umklammerte den Stützbalken. Die Wucht seiner Stöße brachte die Kupferlaternen zum Schwingen und tauchte ihr vor Verlangen glühendes Gesicht abwechselnd in goldenes Licht und in Dunkelheit, zeigte sie ihm in einer Reihe von in Bildern eingefangener Leidenschaft.

Wieder stieß er zu und wieder, hart, tief, und alles war verloren, jede Kontrolle, jeder Gedanke, es gab nur noch das Wissen, dass sie ihm gehörte.

Vage wurde ihm bewusst, dass sie den Stützbalken wieder losgelassen und die Finger tief in seine Schultermuskeln vergraben hatte. Ihre Beine waren fest um seine Taille geschlungen und sie beantwortete jeden seiner Stöße mit einer köstlichen, unbeholfenen, kleinen Bewegung, sie wand sich, rieb gegen ihn auf der Suche nach ihrer eigenen Erlösung und trieb ihn damit schier in den Wahnsinn. Noch mehr als seinen eigenen Höhepunkt wollte er ihr Gesicht sehen, wenn sie ihren fand.

Er packte ihre Hüften und presste sie fest an sich, stieß in ihre Weichheit, rieb gegen die kleine, samtige Perle der Lust, die dort verborgen war. Ihr Kopf fiel zurück, ihre Hände ballten sich zu Fäusten vor seiner Brust und sie stieß ein gequältes Stöhnen aus.

Mit einem Keuchen kam sie, plötzlich, heftig. Ihre Augen flogen auf und ihre Blicke trafen sich, grenzenloses Erstaunen malte sich auf ihr Gesicht. Seine Lust steigerte sich ins Unermessliche und mit einem letzten heftigen Stoß ergab er sich ihr. Er wandte den Blick nicht ab, ließ sie sehen, was sie mit ihm tat, wie sie ihn sich selbst entfremdete, wie sie ihn zerstörte.

Mit einem unterdrückten Schrei ergoss er sich in sie, heiß und wild.

Ein Teil von ihm, der ruchlose, lüsterne Gesetzlose, frohlockte darüber, was er getan hatte, während sich der Schatten des ehrenhaften Mannes, der er einmal gewesen war, angewidert zurückzog.

Sanft hob er sie hoch, löste die Umklammerung ihrer Beine und stellte sie behutsam auf die Füße. Mit einem Geräusch wie ein leises Flüstern fielen ihre Gewänder wieder hinab bis zu ihren Füßen und verhüllten sie. Sie schwankte leicht und er fasste sie stützend um die Ellbogen. Ihre Augen wanderten über sein Gesicht, doch er konnte diesen fragenden Ausdruck darin nicht deuten.

Für Entschuldigungen war es jetzt zu spät, er war nicht länger der Ehrenmann, den sie verdiente. »Es kann mehr sein als nur das«, sagte er. »Es kann etwas … Besseres sein. Das verspreche ich.«

Verständnislos sah sie ihn an. »Etwas Besseres?«

Die schwankenden Laternen tauchten ihr Gesicht noch immer in ein Wechselspiel aus goldenem Licht und Schatten.

»Ich bin kein guter Mann, Mildred. Ich habe Dinge getan, die du verachten würdest, aber ich habe nie jemanden ermordet und ich habe nie einem anderen etwas gestohlen, das rechtmäßig ihm gehört.« Er holte tief Luft. »Bis jetzt.«

Sie wich ein paar Schritte zurück. »Ich *gehöre* Pomfrey?«

Ihr erzürnter Tonfall rang ihm ein Lächeln ab. Sie würde sich mit aller Macht dagegen wehren, irgendjemandes Eigentum genannt zu werden. »Nein, nicht du. Aber ihm gehört das Recht, dich seine Braut zu nennen.«

Das Recht, sie seine Braut zu nennen, ihr ein Haus zu bauen und ihr Kleider und Schmuck zu kaufen; das Recht, ihr die Welt zu zeigen und ihre Augen bei jeder neuen Entdeckung und jedem zuvor unbekannten Detail aufleuchten zu sehen; das Privileg, sie Staatsmännern und Offizieren vorzustellen und deren Bewunderung sowie ihre Verwirrung darüber zu beobachten. All die Dinge, die er ihr niemals bieten konnte. Weil er ein Niemand war. Ein Schatten. Ein lebender Geist.

Er hatte nichts, was er in eine Ehe bringen konnte, nichts, das er ihr anstelle Pomfreys geben konnte. *Gar nichts.*

Er hatte sie sich selbstsüchtig und mitleidlos genommen. Es hatte keine Zärtlichkeit gegeben, keine Rücksicht auf ihre Jungfräulichkeit, keine sanften geflüsterten Beteuerungen und langsamen Annäherungen. Vier Tage lang hatte sie in Angst gelebt, sie hatte nicht gewusst, was sie erwartet, und als sie hier ihres drohenden Vergewaltigers harrte, war er erschienen. Es war nur natürlich und allzu verständlich. Ihre Angst war plötzlich von ihr abgefallen und sie hatte voller Dankbarkeit und Erleichterung das Leben gefeiert und zwar auf die ursprünglichste Art. Und er hatte ihre spontane Reaktion ausgenutzt, um sich endlich zu nehmen, was er begehrte, was er wollte, seitdem er sie zum ersten Mal gesehen hatte.

Es wäre mehr als dumm von ihr, seinen Antrag anzunehmen, und Mildred Whimpelhall war nicht dumm. Aber sie war eine *Lady*. Und er würde ein Gentleman sein. Er würde um ihre Hand anhalten und sie würde annehmen. Was hatte sie denn auch für eine Wahl? Er hatte ihr keine Wahl gelassen.

Er holte tief Luft. »Miss Whimpelhall, ich kann die letzten Minuten nicht ungeschehen machen, aber ich kann es wieder in Ordnung bringen und alles legitimieren. Wenn Sie mir die Ehre erweisen würden, mich zu heiraten, werde ich alles in meiner Macht Stehende tun, um Sie glücklich zu machen.«

»Ungeschehen machen? *Legitimieren?*« Die unverhohlene Fassungslosigkeit in ihrer Stimme traf ihn. Doch vermutlich hatte er es nicht anders verdient.

»Ja«, entgegnete er steif. »Dachten Sie, ich wäre schon so verkommen, dass ich nicht einmal um Sie anhalten würde?«

»Ich habe nichts dergleichen *gedacht*«, fauchte sie mit funkelnden Augen. »Ich habe *überhaupt nicht* gedacht.«

Es war nicht nötig, dass sie ihm seine Verfehlungen noch so unter die Nase rieb, er war sich ihrer vollauf bewusst. Aber auch das verdiente er wohl. »Dann sollten Sie es jetzt tun.«

»Ach ja?« Sie klang unsicher und abwehrend. Sie verschränkte die Arme vor der Brust, doch diese Geste war keineswegs eindrucksvoll, sondern ließ sie furchtbar jung und verletzlich wirken. »*Warum* sollte ich dich heiraten?«

»Warum?«, wiederholte er dumpf.

»Ja. Und erklär mir, warum du mich heiraten willst.«

Weil ich ein selbstsüchtiger Bastard bin. Weil allein die Vorstellung, dass du in den Armen eines Anderen liegen wirst, schlimmer schmerzt als ein Dolch in meiner Seite. Weil ich, selbst, wenn ich dich niemals wiedersehe und in fünfzig Jahren als alter Mann sterbe, nur dein Gesicht vor Augen haben werde. Weil ich dich will. Ich will dich.

*»Ich habe Sie entehrt. Ich könnte nicht … Ich bin nicht ehrlos, auch wenn meine Taten dagegen sprechen. Bitte, Sie müssen mir das glauben.«*

»Oh, das tue ich.« Ihre Stimme klang seltsam. Die Laternen hatten ihr sanftes Pendeln eingestellt und ihr Gesicht lag nun in undurchdringlichem Schatten. »Ich bin sicher, du bist ein *außerordentlich* ehrenhafter Mann.«

»Danke.« Wenn sie an ihn glaubte, war alles möglich. Irgendwie würden sie es schaffen. Irgendwie würde er sie glücklich machen.

»Und obwohl ich mir der *Ehre*, die du mir erweist, sehr wohl bewusst bin«, sagte sie mit emotionsloser Stimme und in äußerst bedächtigem Tonfall, »muss ich deinen Antrag leider ablehnen.«

»Was?«

»Ich werde dich nicht heiraten.«

Ihre Worte ergaben keinen Sinn. Sie würde auch Pomfrey nicht heiraten, ohne ihm zu erzählen, was passiert war, oder ihm wenigstens mitzuteilen, dass sie keine Jungfrau mehr war – was Pomfreys Braut definitiv zu sein hatte. Dafür war sie einfach zu ehrenhaft. Und sie konnte unmöglich so naiv sein, anzunehmen, dass Pomfrey sie noch immer wollte, wenn er erst die Wahrheit kannte.

Es sei denn, sie kannte ihn überhaupt nicht.

Das musste es sein. Sie fühlte sich verpflichtet, an dem Versprechen, das sie Pomfrey gegeben hatte, festzuhalten, und ihr war nicht bewusst, dass er es nicht tun würde. Natürlich kannte sie ihn nicht, wie sollte sie auch? Sie war noch ein Kind, als man sie einander versprochen hatte, und sie hatten die meiste Zeit ihrer Verlobung getrennt voneinander verbracht.

Jim fuhr sich durchs Haar. »Miss Whimpelhall« – diese Förmlichkeit war jetzt doch nur noch idiotisch – »Mildred. Du musst mich heiraten. Du musst begreifen, dass das, was ich getan habe, alles verändert hat. Für uns alle. Und auch für Pomfrey.«

Sie sah verwirrt aus, als hätte sie Schwierigkeiten, den Sinn seiner Worte zu verstehen. »Weil ich eine … gefallene Frau bin?«

Er wusste nicht, was er erwidern sollte. Sie hatte sich noch nie vor klaren Worten gescheut und wenn es je einen Zeitpunkt für klare Worte gegeben hatte, dann jetzt. Sie musste einfach begreifen, dass Pomfrey sie nicht mehr wollen würde. »Ja. Ich hätte es zwar nie so ausgedrückt« – genau genommen würde er jeden erwürgen, der es tat – »aber, ja.«

»Ich verstehe.«

»Hör zu. Ich würde alles tun, um die Umstände zu ändern, aber das kann ich nicht. Ich bin nicht der Mann, den du wählen würdest. Ich wünschte bei Gott, ich wäre ein anderer. Aber ich glaube trotzdem, dass eine Ehe funktionieren könnte. Da ist immerhin Leidenschaft zwischen uns, das ist wohl kaum zu leugnen. Das muss doch auch etwas wert sein.«

Seine Worte schienen ihr die Unabänderlichkeit dessen, was sie getan hatten, erst vollends bewusst zu machen, denn als er geendet hatte, schwankte sie und sogar in dem matten, flackernden Licht sah er, wie ihr Gesicht jegliche Farbe verlor.

»Ja. Etwas. Aber nein. Ich werde dich nicht heiraten.« Ihre Stimme zitterte leicht.

In wachsender Verzweiflung kniff er die Augen zusammen und da wurde ihm eines klar. Er hatte erwartet, dass sie seinen Antrag ohne zu zögern annehmen würde, und tief in seinem Unterbewusstsein war er *glücklich* gewesen, dass es so gekommen war. Er war sich seines *Sieges* sicher gewesen, ja, seines *Sieges*, und mit dieser Erkenntnis kamen Schuldgefühle und Abscheu vor sich selbst. Er hatte sie wenn schon nicht bewusst, so doch gezielt an sich gebunden.

Und trotzdem wies sie ihn zurück.

»Mildred. Heirate mich. Ich werde tun, was immer ich kann, um dich glücklich zu machen.«

»Daran habe ich keinen Zweifel.« Er konnte sie kaum noch verstehen.

»Dann heirate mich.« Er streckte die Arme nach ihr aus, schloss die Distanz zwischen ihnen und zog sie an sich. Sie kam nicht freiwillig und das schmerzte ihn mehr als alle Worte, die sie hätte sagen können. Er ließ sie los und sah ihr in die Augen, als wollte er sie durch die schiere Kraft seiner Entschlossenheit dazu bringen, seinen Antrag anzunehmen. »Bitte.«

»Nein.«

»Warum nicht? Was ist, wenn du schwanger bist? Was, wenn du ein Kind bekommst?«, rief er hilflos und zornig. »Hast du daran schon gedacht? Was willst du dann tun?«

»Pomfrey wird für es sorgen.«

»Du arme, ahnungslose Närrin«, flüsterte er. »Verstehst du denn nicht? Pomfrey wird dich nicht mehr heiraten. Und er wird ganz sicher nicht den Bastard eines anderen großziehen.«

Ohne zu blinzeln erwiderte sie seinen Blick. »Pomfrey wird es nicht wissen«, erklärte sie mit klarer, hohl klingender Stimme. »Es gibt viele Wege, wie man seine Jungfräulichkeit verlieren kann, ich werde einen davon geltend machen. Und wenn ich tatsächlich schwanger bin – viele Kinder werden zu früh geboren.«

Sein Herz setzte einen Schlag aus. Er glaubte ihr nicht. Ihre Worte standen in vollkommenem Gegensatz zu allem, was er über sie wusste. Zu allem, was er über sie zu wissen *glaubte*. Langsam schüttelte er den Kopf, als wolle er ihre Worte verneinen, er suchte nach irgendeiner anderen Erklärung, einem anderen Grund für ihre Zurückweisung.

»Was hast du denn erwartet?«, fragte sie mit schwerer, emotionsgeladener Stimme. »Pomfrey ist ein Colonel, der eine brillante Karriere vor sich hat. Er besitzt Macht und Einfluss, den Respekt seiner Vorgesetzten und die Bewunderung seiner Männer.«

Jedes Wort schnitt ihm wie die Klinge eines Rasiermessers ins Herz. Er zuckte zusammen, als hätte er einen Peitschenschlag auf den Rücken bekommen.

»Er ist nobel und ehrenhaft, wenn auch vielleicht nicht ganz so *ehrenhaft* wie du, da er mich, wie du ja bereits gesagt hast, wohl nicht heiraten würde, wenn er von dem hier wüsste. Von uns. Aber er hat einen ehrwürdigen Namen, Reichtum und Ansehen. Und du hast … ein Pferd.« Ihre Stimme brach und sie schluchzte auf. »Ich werde meine Zukunft nicht wegwerfen, nur wegen eines Fehltritts.«

*Ein Fehltritt.* Sie hätte keinen vernichtenderen Ausdruck finden können. Ihre Worte spiegelten ihm mit grausamer Ausführlichkeit wider, wie lächerlich seine Hoffnungen, jemals ihre Hand zu gewinnen, doch waren.

*Natürlich. Natürlich würde sie lieber Pomfrey belügen, als deine Frau zu werden.* Er hätte an ihrer Stelle wohl das Gleiche getan. Er stand völlig reglos und sehr aufrecht, wie damals, Jahre zuvor, als er ein ebensolches Urteil hatte erdulden müssen: *Wertlos. Unterlegen. Besser tot.*

»Offensichtlich hast du einen wesentlich klareren Blick auf die Dinge als ich«, erklärte er. »Ich beglückwünsche dich zu deinem Urteilsvermögen und natürlich zu deiner Entscheidung.«

Wenn das überhaupt noch möglich war, wurde ihr Gesicht noch blasser, und es erschütterte ihn. Er hasste es sogar jetzt noch, ihr wehzutun. Er konnte ihren Anblick nicht länger ertragen und so nahm er sie am Handgelenk und zog sie hinter sich her aus dem Zelt.

»Was hast du vor?«, fragte sie und Angst mischte sich in ihren Ton. »Wohin bringst du mich?«

»Wohin Sie vom ersten Tag an wollten, Miss Whimpelhåll«, knurrte er. »Zu Colonel Lord Pomfrey, diesem verfluchten Bastard.«

# Kapitel 22

*Sie würde ihre Tage ~~im Kloster~~ als Nonne beschließen, sich vor Sehnsucht verzehrend, mit verletzter Seele und gebrochenem Herzen.*

aus dem Tagebuch von Ginesse Braxton

Obwohl diese neu entdeckten Muskeln in ihrem Inneren wehtaten und zwischen ihren Beinen immer wieder ein scharfer Schmerz emporjagte, stieg Mildred ohne seine Hilfe auf das Kamel. Schweigend wartete sie, während Jim die anderen Kamele mit einem Klaps auf den Rumpf hinaus in die Wüste schickte. Als ihre Blicke sich trafen, erklärte er knapp, dass er kein Mörder sei und dass es den Tuareg irgendwann gelingen würde, ihre Kamele wieder einzufangen.

»Wie *ehrenhaft*«, ihre Stimme triefte vor Sarkasmus.

»Es geht so. Sonst würde ich ihnen auch das Pferd dalassen«, entgegnete er und warf einige zusätzliche Wasserschläuche über den Kamelrücken, bevor er Ginesses Knie zur Seite schob, um den Sattelgurt nachzuziehen. »Aber ich finde, man sollte für seine Dummheit bezahlen, und sie tun das mit dem Hengst.«

Seitdem hatte er nicht mehr mit ihr gesprochen. Was nur klug von ihm war, denn seit er ihr gesagt hatte, er wünschte bei Gott, *er wäre ein anderer,* und dass er, obwohl er die vergangenen Minuten *nicht ungeschehen* machen konnte, sich doch ehrenhaft verhalten und sie *legitimieren* würde, hatte sie mit dem Gedanken gespielt, die Waffe, die hinter ihr in einer Gewehrtasche steckte, zu packen und ihn zu erschießen.

Was alles so unerträglich machte, war die Tatsache, dass sie ihn nur zehn Minuten, bevor er diese Dinge gesagt hatte, noch tief in sich gespürt hatte, und dass noch nie in ihrem Leben etwas so *richtig* gewesen war. Selbst jetzt noch würde sie diese Momente nicht rückgängig machen wollen. Er hatte ihr die intimsten Freuden gezeigt, die sie sich nur vorstellen konnte. Es war eine so tiefe, intensive, *geteilte* Freude gewesen, dass sie nicht mehr gewusst hatte, wo ihr Körper endete und seiner begann. Es hatte nur noch die sich langsam steigernde Erwartung gegeben, die in immer engeren Kreisen auf einen atemberaubenden Höhepunkt zugelaufen war, bis er sie endlich erfasst, mitgerissen und dann schwach und verwundbar in seinen Armen zurückgelassen hatte. Und sie war verwundbar gewesen, weil sie ihn liebte. Diesen Bastard.

In den vergangenen Wochen war ihr klar geworden, dass sie sich mehr als Respekt oder Anerkennung, mehr als einen ihren Brüdern ebenbürtigen Platz in der Geschichte der Archäologie, dass sie sich inniger als alles andere wünschte, so gesehen zu werden, wie sie wirklich war. Frei von ihrer unfallträchtigen Vergangenheit oder akademischen Erwartungen oder dem Glanz ihrer Familie. Jim Owens kannte sie einfach nur als ein Mädchen mit lebhafter Fantasie, einer unstillbaren Neugierde und einer romantischen Veranlagung – und mit einer gewissen Neigung zu impulsiven Handlungen. Das Mädchen, das sie eben war, nicht das Mädchen, das sie zu sein versuchte.

Genau so, wie sie auch ihn sah.

Cowboy, Graf, Händler oder Beduinenprinz. Bezeichnungen spielten keine Rolle mehr. Das war es nicht, was sie sah. Sie sah einen starken, ernsten Mann, der selten lachte, aber einen unwiderstehlichen Humor besaß. Einen umsichtigen und bedächtigen Mann, der trotzdem durchaus schnell und kühn handeln konnte. Einen gebildeten und weltgewandten Mann. Er war sowohl Gentleman als auch Schurke, er war fähig, listig und, zum Teufel, ehrenhaft. Er war der Mann, den sie liebte. Der Mann, den sie wollte.

Und jetzt, da sie wusste, was sie wollte, würde sie sich mit nichts geringerem mehr zufrieden geben. Wenn sie Jim Owens' Herz nicht haben konnte, würde sie auch sonst nichts von ihm annehmen. Sie würde nicht zur Figur in einer traurigen Geschichte von unerwiderter Liebe werden. Sie würde ihre Tage nicht mit der Hoffnung vertun, dass er sein »ehrenhaftes« Angebot nicht doch irgendwann bereute. Sie hatte schon zu viele Jahre damit verbracht, das sein zu wollen, was andere von ihr erwarteten, und sie würde nicht ihr Leben lang versuchen, jemand zu sein, den Jim Owens lieben konnte. Entweder tat er es oder eben nicht.

Und trotzdem wollte sie ja sagen. Sie wollte glauben, dass Leidenschaft, wie er es ausgedrückt hatte, doch

»auch etwas wert sein« musste. Sie wollte glauben, dass er, egal was er gesagt oder eben nicht gesagt hatte, sie doch so sehr schätzte, dass sich irgendwann Liebe daraus entwickeln konnte. Und wenn sie es sich lange genug einredete, würde sie es schließlich auch glauben, so gut kannte sie sich. Genau wie sie es am Ende auch fertig gebracht hatte, sich selbst davon zu überzeugen, ihre Leidenschaft für die Archäologie und Ägyptologie käme der ihrer Brüder und ihres Vaters gleich.

Wie sonderbar, dass das gerade jetzt, nachdem sie begriffen hatte, wie falsch sie damit lag, alles zu sein schien, was ihr noch blieb.

Also hatte sie das Einzige getan, was ihr einfiel, um sich davor zu bewahren, einen schrecklichen Fehler zu begehen, und seinem verlockenden, ehrenhaften Antrag nachzugeben: Sie hatte eine Mauer zwischen ihnen errichtet, die er nicht einzureißen versuchen würde. Pomfrey.

Wie schockiert, wie *gekränkt* er ausgesehen hatte, nach ihrer Erklärung, sie habe nicht vor, Pomfrey von ihrer ... physischen Beziehung zu erzählen. Aber die Behauptung hatte immerhin ihren Zweck erfüllt. Und nur, um ganz sicher zu gehen, dass er sie nicht drängen, sein Ziel nicht weiterverfolgen, ihre Entschlossenheit nicht ins Wanken bringen würde, hatte sie ihm das Märchen aufgetischt, dass sie auf all den Dingen bestand, die Pomfrey ihr bieten konnte und er nicht. Sie hatte erwartet, dass er sich angewidert zurückziehen würde. Aber sie hatte nicht damit gerechnet, dass er sich in diesen unnahbaren, kalten Fremden verwandeln würde.

Doch es war besser so. So würde sie immerhin nicht vergessen, dass er ihr lediglich eine ehrenhafte Alternative angeboten hatte, um nicht als »gefallene Frau« zu enden. Von Leidenschaft oder unsterblicher Liebe war nie die Rede gewesen.

Unsterbliche Liebe. Sie mochte naiv sein, aber sie wusste, dass es das gab. Sie war Zeugin einer jener großen Liebesgeschichten, nämlich der ihrer Eltern. War es denn zu viel verlangt, das Gleiche zu wollen? Vielleicht war es das ja tatsächlich, aber mit weniger konnte sie sich nicht zufrieden geben.

Sie ritten in die Nacht hinaus. Obwohl die Folgen seiner Inbesitznahme ihr zunehmend Schmerzen bereiteten, beklagte sie sich mit keiner Silbe. Er ritt ein ganzes Stück vor ihr, ein Schattenriss vor dem Wüstenmond, so vollkommen mit dem grauen Hengst verschmolzen, dass sie ein und dasselbe Geschöpf hätten sein können. Endlich erreichten sie irgendwann nach Mitternacht ein Gehölz aus niedrigen Dornbüschen und er wandte sich zu ihr um.

»Hier rasten wir«, sagte er und schwang sich elegant vom sattellosen Rücken des Arabers.

Sie gab dem Kamel mit dem Reitstock das Zeichen zum Hinknien und dieses eine Mal gehorchte das störrische Biest. Vorsichtig schwang Ginesse ein Bein über den Sattel und stieg ab. Sobald ihre Füße den Boden berührten, gaben ihre Knie nach, doch sie fiel nicht. Schon war Jim bei ihr und hob sie auf die Arme, sein Gesicht zeigte wieder einen harten und wütenden Ausdruck.

Wie hatte sie ihn nur jemals rätselhaft finden können? Es fiel ihr jetzt so leicht, ihn zu deuten. Seine Frustration, seine Schuldgefühle, seine Besorgnis. War da denn nicht auch Liebe? Aber warum hatte er es dann nicht gesagt?

»Warum hast du nichts gesagt?«, fragte er.

»Weil es dich nichts angeht«, erwiderte sie. Doch ihr verräterischer, treuloser Körper schmiegte sich schon an ihn.

Seine Augen glitzerten so kalt wie Raureif. »Lassen Sie uns eines klarstellen, Miss Whimpelhall. Bis ich Sie bei Pomfrey abliefere, geht mich *alles* etwas an.«

Mit einem Ruck hob er sie noch etwas höher an seine Brust. Sie schrak zusammen und schlang haltsuchend die Arme um ihn. »Haben Sie verstanden, Miss Whimpelhall?«

Sie schluckte, unsicher, wie sie mit diesem scheinbar gefühllosen Fremden umgehen sollte. »Ja.«

»Gut.« Er trug sie ein Stück, stellte sie dann behutsam auf die Füße und stützte sie, während sie unelegant zu Boden sackte. Dann ging er wieder zu dem Kamel, sattelte es ab und kehrte mit einer Decke aus der Satteltasche zurück. Er breitete sie auf dem Boden aus. »Legen Sie sich da drauf.«

Sie widersprach nicht. Sie war wund, durchgefroren und erschöpft. Sie schaffte es kaum, lange genug wach zu bleiben, um einen Schluck aus der Feldflasche zu nehmen, die er ihr brachte. Dann fiel sie zurück und schlief bereits, als ihr Kopf die Decke berührte.

Es war noch dunkel, als sie schließlich wieder erwachte und sich ein weiteres Mal in Jims Armen wiederfand, doch im Osten war ein schwacher Lichtschimmer zu sehen und der Mond war untergegangen.

»Brechen wir schon auf? Lass mich runter. Ich kann laufen.«

»Nein, können Sie nicht«, brummte er.

Er musste das Kamel bereits gesattelt haben, während sie noch schlief, denn es stand schon bereit. Der graue Hengst war dahinter angebunden. Er setzte sie seitlich auf den Sattel, stieg dann hinter ihr auf und zog sie auf seinen Schoß.

»Das ist nicht nötig«, sagte sie scharf. »Ich kann sehr gut alleine reiten. Das habe ich doch auch die ganze letzte Nacht getan.«

Er schloss kurz um Beherrschung ringend die Augen. Als er sie wieder öffnete, klang er gelassener. »Das weiß ich und es tut mir leid. Ich weiß auch, dass Sie Schmerzen haben müssen und dass der Ritt letzte Nacht alles nur noch verschlimmert hat«, sagte er. »Sie sollten nicht mehr im Herrensitz reiten. Jedenfalls für eine Weile. Aber obwohl mir sehr wohl bewusst ist, dass Sie sicher nicht in meiner Nähe, geschweige denn in meinen Armen sein wollen, können wir es uns, wie die Dinge stehen, einfach nicht leisten, zu warten, bis Ihre Wunden verheilt sind. Es tut mir leid.«

Hitze stieg ihr in die Wangen. »Wie weit ist es noch bis zur Garnison?«

Er zögerte. »Ich bin nicht sicher. Die Tuareg haben keinen geraden Kurs gewählt. Während der Verfolgung habe ich meine Orientierungspunkte verloren. Es können noch drei Tage sein, oder auch eine Woche.«

Sie bemerkte eine gewisse Gespanntheit in seiner Stimme. »Haben wir genug Wasser?«

Er wich ihrer Frage nicht aus. »Vermutlich.« Er legte den Kopf schief. »Ganz die Pragmatikerin, was?«

Sie hörte keinen Spott heraus, doch sie versteifte sich trotzdem. »Ich weiß eben gerne, wo ich stehe.«

»Tun wir das nicht alle«, murmelte er und schnalzte sacht, um das Kamel anzutreiben. »Tun wir das nicht alle.«

Vom Pferderücken aus beobachtete Jim mit einiger Besorgnis, wie Ginesse auf dem einäugigen Kamel schwankte. Sie ritt vor ihm und sie schien ihren Kopf kaum noch hochhalten zu können. Sie sah aus wie ein Sack schmutziger Wäsche. Die einst makellosen Gewänder waren schon längst nicht mehr weiß, ihr Haar war verfilzt und kleine Stöckchen steckten darin, ihr Gesicht war mit Staub und Schweiß verschmiert. Trotzdem erschien sie Jim als das schönste Geschöpf auf Erden.

Er hatte eindeutig den Verstand verloren. Und vermutlich würde er ihn auch niemals wiederfinden. Denn so sehr er es auch wollte, er konnte einfach nicht verleugnen, wie viel sie ihm bedeutete. Er konnte sie nicht einmal ansehen, ohne ein tiefes Gefühl des Wiedererkennens, als sei er nach einer langen Reise endlich heimgekommen. Und das musste definitiv Wahnsinn sein, denn immerhin hatte sie ihm unmissverständlich klar gemacht, dass sie ihn nicht wollte, dass sie lieber ihre Ehre verleugnete – und ganz egal, was sie tat, er *wusste*, sie war eine ehrenhafte Frau –, als ihn anstelle eines anderen zu heiraten.

»Wie weit, glaubst du, ist es noch?«, fragte sie schwach.

Seine Besorgnis nahm zu. Es waren vier Tage vergangen, seit sie das Tuareg-Lager verlassen hatten, und wann immer er sie gefragt hatte, wie es ihr ginge, hatte sie geantwortet, alles sei in Ordnung. Jetzt glaubte er ihr nicht mehr. Denn sie hätte nie so eine Frage gestellt, wenn sie nicht am Ende ihrer Kräfte wäre. Sie beklagte sich nie. Niemals. Sie war so unerschrocken wie stur.

Auch wenn sie den ersten Tag in beharrlichem Schweigen verbracht hatten, hätte er wissen müssen, dass es nicht so bleiben würde. Nicht mit ihr. Bevor die Sonne am zweiten Tag untergegangen war, hatte sie ihm schon kleine Anekdoten über tote Könige, tansanische Zweifüßler und Napoleons Hygienegebräuche erzählt und ihm erklärt, wie man Kakteen am besten pflegte.

Aber gestern Morgen war ihnen das Essen ausgegangen und sie hatten den Tag unter einem provisorischen Hitzeschutz verbracht. Auch ihre Wasservorräte gingen zur Neige. Wenn sie es morgen nicht zum Fort schafften, würde er das Pferd erschießen müssen – ein besserer Tod als qualvolles Verdursten –, um weiterziehen zu können.

»Nicht mehr weit.« Er hatte sie noch nie zuvor belogen, aber er hatte ja auch noch nie einen Grund dazu gehabt.

»Oh.«

»Brauchst du etwas Wasser?« Zum Teufel mit all der Förmlichkeit.

»Nein. Es ist nur … Die Sonne ist so heiß. Kommt es dir nicht auch heißer vor?«

»Wir machen eine Pause.« Es war noch früh am Tag und ein letzter Rest der Nachtkühle mäßigte die Hitze bisher noch. Wenn sie die Sonne jetzt schon kaum zu ertragen fand, würde sie es in ein paar Stunden nicht mehr aushalten können.

»Nein. Je länger wir rasten, desto länger dauert es noch. Wir müssen weiter.«

Er schüttelte den Kopf. »In ein paar Minuten müsste ich dich ans Kamel binden.«

Sie schenkte ihm ein schwaches, schiefes Lächeln. »Na ja, du kannst kaum behaupten, dass dir das nicht gefallen würde.«

Gott, das Mädchen war ganz schön dreist. Dreist und schelmisch und absolut bezaubernd. Er hatte noch nie eine Frau wie sie getroffen. Und das würde er auch niemals wieder. Er würde es nicht einmal versuchen. Er würde sich mit einer Erinnerung an eine dreiwöchige Höllentour durch die Wüste zufrieden geben, die er angetreten hatte, um die einzige Frau, die er jemals geliebt hatte, zu einem anderen zu bringen. Etwas in der Art musste auch die Sünder im Hades erwarten.

Sie hatten die unausgesprochene Übereinkunft getroffen, alle persönlichen Themen zu meiden, und besonders das, was im Zelt der Tuareg geschehen war. Und jetzt hatte sie diese Abmachung gebrochen.

Er hätte es nicht anders erwarten sollen, sie spielte nie nach den Regeln.

»Mir vielleicht schon«, gab er trocken zu. »Aber dir bestimmt nicht. Wir werden einfach eine kurze Pause machen.«

»Nein. Nein … ich bin nur so müde. Vielleicht … wenn du mich einfach … vor dir im Sattel halten könntest? Dann könnte ich schlafen.«

Damit wagten sie sich auf gefährliches Terrain. Trotz der sorgfältig gewählten Förmlichkeit, mit der sie ihn behandelte, und der gewissenhaften Bemühungen, ihn nicht zu berühren, konnte sie nicht verleugnen, wie sehr ihr Körper auf seinen reagierte. Nachdem er begriffen hatte, dass sie Schmerzen haben musste, hatte er sie vor sich auf das Kamel gesetzt. Er hatte bemerkt, wie sie sich für den Bruchteil einer Sekunde an ihn schmiegte, wenn er sie hochhob. Er hatte bemerkt, wie ihre Augen aufleuchteten, wenn sein Blick auf ihren Mund fiel, und wie ihr Atem stockte, wenn er ihr eine Strähne aus den Augen strich.

Genau, wie ihr auch seine Reaktion auf sie nicht verborgen geblieben sein konnte. Sie hätte schon eine Rüstung tragen müssen, um es nicht zu bemerken. Also hatte sie nach zwei Tagen erklärt, dass sie jetzt wieder problemlos alleine reiten konnte. Was sich als zweischneidiges Schwert erwiesen hatte. Er war grenzenlos erleichtert gewesen und hatte das Gefühl ihres Körpers an seinem zugleich unendlich vermisst.

»Natürlich.« Sie zügelten ihre Tiere. Er stieg ab und band den Hengst hinter dem Kamel an, dann kletterte er hinter sie in den Sattel des Kamels. Ohne jedes Zögern lehnte sie sich an ihn. Unbeholfen legte er die Arme um ihre Taille und ergriff die Zügel. Sie legte die Wange an seine Brust und schloss die Augen. Ein schwaches, ironisches Lächeln spielte um ihre aufgesprungenen Lippen. »Keine Sorge, Jim. Ich verspreche dir, ich werde die Situation nicht ausnutzen«, murmelte sie.

»Schade«, raunte er.

Er hatte die Situation einmal ausgenutzt und würde es bei der leisesten Ermutigung wieder tun. Aber sie hörte ihn schon nicht mehr, sie war bereits eingeschlafen.

# Kapitel 23

*»Du dachtest, du könntest dich mit diesem armen, sanften Mädchen ein bisschen vergnügen, weil sie allein und schutzlos war, nicht wahr, du teuflischer Schweinehund?«*

aus dem Tagebuch von Ginesse Braxton

Colonel Lord Hilliard Pomfrey stand, vor seinen Augen einen Feldstecher, auf dem Wachturm der Garnison. »Ich glaube, auf diesem Kamel sitzen sogar *zwei* Araber, Jones.«

Der noch junge Lieutenant neben ihm vollführte einige Feineinstellungen an dem im Boden verankerten Fernglas und sah dann wieder durch die Linsen zu den Gestalten hinüber, die noch etwa eine Meile entfernt waren und sich langsam näherten. »Tatsächlich, Sie haben recht, Sir. Einer der Männer hält den anderen vor sich. Vielleicht ist er verletzt und sie suchen hier ärztliche Hilfe?«, mutmaßte er.

»Ein Araber, der ärztliche Hilfe bei der britischen Armee sucht? Nicht sehr wahrscheinlich. Nein, Hilfe würden sie nur bei ihren eigenen Leuten suchen.«

»Es sei denn, sie sind Reisende, die von Banditen überfallen wurden.«

»Hm.« Pomfrey überlegte. »Vielleicht. Doch wir befinden uns so weit von jeder Karawanenroute entfernt, dass auch das eher überraschend wäre.«

Fort Gordon war auf den Überresten eines alten römischen Forts erbaut worden und lag am westlichsten Ausläufer eines Gebiets, das wohl nur ironischerweise den Namen »New Valley – Neues Tal« trug. Es war ein sich scheinbar endlos erstreckender Höhenzug, der die nördlichen Dünen von den südlichen trennte. Das einzig bemerkenswerte an diesem Ort war, dass hier eine der wenigen Oasen lag. Es war der letzte Außenposten, bevor man ein Niemandsland aus Stein, Sand und Wind betrat. Das Fort markierte also eine Grenze, die kaum jemand zu überschreiten versuchte. Aber wer immer es auch versuchen mochte, der würde es bei Gott mit der Armee seiner Majestät zu tun bekommen.

Um es einfach auszudrücken, Colonel Lord Pomfrey hatte das Privileg, Englands abgelegensten ständig bemannten Stützpunkt zu befehligen. Und er war stolz darauf. Nur wenige Männer waren der Aufgabe, sich einer solch extremen Isolation zu stellen, gewachsen und er war einer davon. Wie er selbst, so waren auch seine Männer sorgfältig und speziell für ihre Aufgabe ausgesucht worden. Und während er zurecht stolz darauf war, einen so standfesten Charakter zu besitzen, der ihm die Kraft zum Durchhalten gab, so war er doch nicht sonderlich stolz darauf, zuzugeben, dass er es schon genießen würde, diese Isolation mit einer Gehilfin zu teilen, die ihn bei allen häuslichen Aufgaben unterstützte.

Er ließ den Feldstecher sinken und runzelte die Stirn. Selbst wenn man ein gemächliches Tempo voraussetzte, hätten Mildred und ihre Eskorte bereits vor einer Woche eintreffen müssen. Wäre etwas Unvorhergesehenes eingetreten, hätte Neely sicherlich einen Mann vorausgeschickt. Außerdem war genau das der Grund, warum er Owens in seine Dienste gezwungen hatte. Der Mann mochte ein Halunke und ein Gauner sein, aber sein Wissen über die Wüste und ihre Bewohner war beispiellos, zumindest unter den Weißen. Er vertraute darauf, dass Owens sie beschützte.

»Soll ich die Männer das Tor öffnen lassen?«, fragte Jones.

»Nein. Wir warten ab, was sie zu sagen haben«, befahl Pomfrey. »Nehmen Sie zwei Ihrer besten Schützen und lassen Sie anlegen, wir behalten die beiden im Visier, bis wir wissen, was sie hier wollen.«

»Ja, Sir«, bestätigte Jones und salutierte knapp, bevor er Pomfrey auf dem Turm zurückließ, dessen Gedanken wieder zu Mildred und ihrer rätselhaften Verspätung zurückkehrten.

Vielleicht hätte er bessere Männer schicken sollen, um sie zu eskortieren. Er hatte eine vollzählige Besatzung bestehend aus mutigen und erfahrenen Männern unter seinem Kommando, unter denen er hatte auswählen können, doch er hatte einen betagten Veteran, den nur noch ein Jahr von seiner Pensionierung trennte, und eine Handvoll junger Rekruten geschickt.

Damals war es die naheliegendste Entscheidung gewesen. Neely sollte sie lediglich eskortieren. Er war nie davon ausgegangen, dass Neely und seine Männer in einen Kampf verwickelt werden würden. Owens' oberste Pflicht war es gewesen, jede gefährliche Situation zu umgehen. Und selbst wenn es einen Angriff gegeben haben sollte, waren Neely – ein erfahrener Berufssoldat – und seine Jungs der Sache sicher gewachsen. Und er *wusste*, Owens war es auch. Der Mann besaß ein unglaubliches Talent, auch die tödlichsten Gefahren zu überleben.

Damals, als sie auf Owens stießen, hatte Pomfrey eine Schwadron auf Erkundungszug an der sudanesischen Grenze entlang tief in die Wüste geführt. Owens war durch die libysche Wüste gehumpelt und hatte ein halbtotes Pferd hinter sich hergezogen. Erst später hatte Pomfrey erfahren, dass dem Jungen zwei Kugeln im Leib steckten, dass er mehrere gebrochene Knochen hatte, fast verhungert war und an starker Austrocknung litt.

Sich seiner Pflicht als Christ stets bewusst, ließ er seine Männer anhalten, um den armen Jungen, der wankend vor ihm stand, zu retten. Während er sich von seinem Kamel schwang, befahl er seinen Männern, eine Trage bereitzustellen. Sie beeilten sich, seinem Befehl nachzukommen, und er fragte den Jungen nach seinem Namen. Da er nicht sofort antwortete, ergriff Pomfrey die Gelegenheit und erlöste das arme Pferd mit einem Kopfschuss von seinen Leiden.

Was dann geschah, verblüffte ihn noch immer. Als das Pferd zusammenbrach, war Owens aufgefahren, und noch bevor Pomfrey begriff, was vor sich ging, hatte ihm Owens schon einen Faustschlag mitten ins Gesicht verpasst, der ihn rückwärts zu Boden warf.

»Verdammter Bastard!«, brüllte der Junge. »Sie verfluchter Scheißkerl, ich verdanke diesem Pferd mein Leben!«

Ein paar seiner Soldaten packten den Jungen, woraufhin er vor Schmerzen aufgestöhnte. Pomfrey reagierte nachsichtiger.

»Seid vorsichtig mit ihm, Männer«, rief er »Die Sonne und der Wind müssen ihn in den Wahnsinn getrieben haben.«

Der Junge wollte sich auf ihn stürzen, doch seine Soldaten hielten ihn fest. Pomfrey rappelte sich hoch und betastete vorsichtig sein Kinn.

»Ich war diesem Hengst etwas schuldig!«, schluchzte der Junge. »Er hat mich treu getragen und so wird es ihm vergolten!«

Traurig sah Pomfrey zu seinen Männern. »Seht ihr? Ein Mann bei klarem Verstand könnte wohl kaum glauben, er habe einem seelenlosen Tier gegenüber eine Schuld zu begleichen.«

Nun war auch das letzte bisschen Kraft, das dem Jungen noch geblieben war, erschöpft. Er taumelte, als sei sein Gewicht mehr, als seine Beine noch tragen konnten. »Lasst mich los«, keuchte er.

»Du sagst, du seist diesem Tier etwas schuldig. Doch was ist mit der Schuld mir gegenüber, Junge? Habe ich dir nicht gerade das Leben gerettet? Und du zeigst dich für diesen Akt der Gnade erkenntlich, indem du mir ins Gesicht schlägst. Ist das vielleicht achtbar? Ist das *ehrenwert?*«

Seine Worte hatten den gewünschten Effekt auf den zerschundenen jungen Mann. Er hörte auf, sich zur Wehr zu setzten. Er zwinkerte, als hätte er Schwierigkeiten, klar zu sehen. »Ich werde es Ihnen vergelten«, stieß er hervor. »Ich schwöre, ich werde meine Schuld begleichen. Um nichts in der Welt möchte ich Ihnen verpflichtet sein.«

Und dann hatte er das Bewusstsein verloren.

Diese Begegnung hatte Pomfrey davon überzeugt, dass er Owens vertrauen konnte, denn dieser war auf seine eigene primitive und heidnische Weise ein Ehrenmann. Wenn Owens sich schon einem Pferd gegenüber derart verpflichtet fühlte, wie stark musste sein Pflichtgefühl dann erst einem Mann gegenüber sein, der ihm das Leben gerettet hatte? Nein, er war sich absolut sicher gewesen, dass Owens der Richtige war, um Mildred zu beschützen. Er hoffte nur, dass er seine Fähigkeiten nicht überschätzt hatte.

Er richtete seine Aufmerksamkeit wieder auf die beiden Araber, die sich der Garnison näherten. Er wünschte, sie würden einfach wieder verschwinden, doch dem war nicht so.

»Öffnet die Tore!«, brüllte der Reiter.

Mein Gott. Er war *Engländer*.

»Sir?«, rief der junge Lieutenant zu ihm hoch.

»Zum Teufel mit euch, das hier ist Mildred Whimpelhall!«, brüllte der Mann auf dem Kamel wieder. »*Und jetzt öffnet die verdammten Tore!*«

*Mildred?* »Öffnet die Tore! Sofort!«, befahl Pomfrey und rannte die Stufen hinunter. Er kam unten an, als Jim Owens gerade ins Fort ritt.

»Mildred! Mein Gott, Owens, was ist passiert?«

Owens hielt sie vor sich im Sattel, sie war in schmutzige ägyptische Lumpen gewickelt, ihr Gesicht war fast gänzlich von einem Schleier verborgen und nur eine lange, verfilzte, rötliche Haarsträhne fiel über Owens' Arm. Das bisschen, das er von ihrem Gesicht erkennen konnte, war genauso verdreckt wie ihre Kleidung, verkrustet von Schweiß und Staub. Ihre Augen waren geschlossen und er konnte nicht erkennen, ob sie noch atmete.

»Ist sie in Ordnung?«

Owens nickte. Er sah genauso mitgenommen aus wie die Frau, die er hielt. Seine Haut war unter der Staubkruste verbrannt und seine Lippen weiß vom Salz seines Schweißes. »Sie ist nur bewusstlos. Sie braucht Wasser und etwas zu essen. Und Ruhe.«

Sein Blick ruhte auf dem reglosen Bündel, während Pomfrey zwei seiner Soldaten zu sich winkte. »Holt sie da runter und befreit sie um Himmels Willen von diesen Lumpen.«

Sie hasteten zu den Neuankömmlingen hinüber und hoben die Hände, um sie Owens abzunehmen, der sie jedoch nur sonderbar widerwillig in ihre Arme gleiten ließ.

»Vorsichtig«, befahl Owens scharf. »Seid ja vorsichtig. Sie hat viel durchgemacht.«

Die Ehefrauen einiger seiner Männer erschienen im Gefolge der Gattin eines seiner Nachwuchsoffiziere. Ihre faszinierten Blicke flogen zwischen Mildred und James Owens hin und her.

»Hätten Sie wohl die Güte, nach Miss Whimpelhall zu sehen, Mrs. Bly?«, fragte Pomfrey. »Sie braucht ein Bad und etwas Neues zum Anziehen.

»Zuerst braucht sie Wasser und dann etwas zu essen«, widersprach Owens. »Danach können Sie sich um ihr Aussehen kümmern.«

Pomfrey lief rot an. »Das versteht sich von selbst.«

Während Mildred davongetragen wurde, stieg Owens vom Kamelrücken. Der Mann konnte sich kaum noch auf den Beinen halten, bemerkte Pomfrey. Er wankte, doch als einer der Soldaten ihn zu stützen versuchte, schüttelte er ihn ab.

Pomfrey lächelte ihm verhalten zu. »Sobald Sie gegessen und sich gewaschen haben, können Sie in mein Büro kommen und mir berichten, was mit dem Rest meiner Männer geschehen ist«, erklärte er und nickte einem seiner jungen Lieutenants zu, der zwar Haltung angenommen hatte, dessen Mund jedoch vor Verblüffung offen stand. »Jones wird Sie zur Männerkaserne führen.«

»Natürlich«, bestätigte Jones. »Wenn Sie mir bitte folgen wollen, Mr. Owens?«

Owens nickte müde und wandte sich zum Gehen, doch Pomfrey hatte das Gefühl, ihm noch etwas sagen zu müssen. Die Reise hatte den Mann offensichtlich an seine Grenzen gebracht und doch hatte er Mildred hierher geführt. Sein Vertrauen in Owens war also doch gerechtfertigt gewesen.

»Owens«, rief er.

Der junge Mann hielt inne und seine Schultern sackten erschöpft herunter, dann drehte er sich zu ihm um.

Pomfrey lächelte. »Nun, Sie haben stets erklärt, Sie würden Ihre Schuld mir gegenüber begleichen, und das haben Sie soeben getan«, sagte er freundlich. »Ich denke, damit sind wir quitt.«

Ein seltsames, ironisches Lächeln umspielte Owens' aufgesprungene und blutende Lippen. »Glauben Sie?«

»Aber natürlich«, entgegnete Pomfrey. »Sie etwa nicht?«

»Nicht einmal annähernd, Colonel«, antwortete er und mit dieser mysteriösen Bemerkung wandte er sich ab und humpelte davon.

Pomfrey fragte sich immer noch, was Owens wohl gemeint haben konnte, als dieser eine Stunde später in der Tür seines Büros erschien. Er hatte sich gewaschen, rasiert und eine der khakifarbenen Regimentsuniformen angezogen, da seine eigenen Kleider nicht mehr zu retten gewesen waren, doch er sah trotzdem noch immer schrecklich aus. Dunkle Ringe lagen unter seinen Augen, seine Wangen waren eingefallen und seine Wangenknochen zeichneten sich scharf unter seiner verbrannten und sich schälenden Haut ab.

»Ah, Owens. Ist schon in Ordnung, Hobbins«, sagte er zu seinem Sekretär, der pflichtbewusst aufgesprungen war, um die Heiligkeit des Büros seines Vorgesetzten zu verteidigen. »Kommen Sie rein, Owens, setzen Sie sich.«

Er bot Owens den Stuhl an der gegenüberliegenden Schreibtischseite an und wartete, bis Owens sich gesetzt hatte. »Darf ich Ihnen einen Tee anbieten?«, fragt er, hob die Kanne, die Hobbins ihm kürzlich gebracht hatte, und schenkte sich eine Tasse ein.

Owens ignorierte sein Angebot. »Wie geht es ihr?«

»Ihr?«, fragte Pomfrey.

»Mi– Miss Whimpelhall.«

»Oh«, Pomfrey nickte. »Gut, soweit ich weiß, ansonsten hätte man mich mit Sicherheit informiert. Danke der Nachfrage.«

»Sie meinen, Sie haben sie noch nicht einmal gesehen?«

»Aber natürlich nicht«, rief Pomfrey ernsthaft erstaunt. »Ich kann Ihnen versichern, dass sie mir kaum danken würde, wenn ich sie in ihrer derzeitigen Verfassung aufsuchen würde. Es würde sie zutiefst beschämen. Ich werde sie zu gegebener Zeit sehen. Morgen vielleicht.«

Ein kaltes Glitzern lag in Owens' hellen Augen.

»Nun, berichten Sie mir bitte von Neely und dem Rest meiner Männer.«

»Sie haben uns im Stich gelassen«, sagte Owens schlicht.

»*Was?*«

»Neely hatte sich in den Kopf gesetzt, dass wir von mahdistischen Räubern verfolgt würden, die vorhatten, uns zu überfallen. Er wollte auf halber Strecke umkehren. Ich lehnte es ab.«

»Neely hat Sie und Miss Whimpelhall zurückgelassen und ist desertiert?«, fragte Pomfrey ungläubig.

»Ich kenne die Einzelheiten nicht. Er hat mich bewusstlos geschlagen. Als ich wieder zu mir kam, waren er und seine Männer fort und Miss Whimpelhall war noch bei mir.«

»Herrgott noch mal, und was hat sie erzählt?«

»Nicht viel.« Sein Blick wurde weicher und für einen Moment flackerte ein schiefes Lächeln über sein unnachgiebiges Gesicht.

»Warum nicht?«

Er zuckte mit den Schultern. »Das hat sie auch nicht erzählt.«

»Aber das ist doch absurd.« Ungeduldig trommelte Pomfrey mit den Fingern auf die Tischplatte.

»Das ist eben Mi– Miss Whimpelhall.«

Pomfrey versteifte sich, Owens' Vertraulichkeit gefiel ihm nicht. Wie kam der Kerl dazu, ihn über seine Verlobte zu belehren?

Owens sah durch halb gesenkte Lieder unentwegt auf einen Punkt etwa in der Mitte der Tischplatte. Er schien entweder sehr erschöpft oder in Gedanken versunken zu sein.

»Und ist es passiert?«, fragte Pomfrey.

Owens nahm die Unterlippe zwischen die Zähne als wollte er ein Knurren unterdrücken. »Ist was passiert?«

»Sind Sie von den Mahdi überfallen worden?«

»Nein. Es waren Tuareg.«

»Tuareg?«

»Jep. Sie haben uns vor etwa einer Woche angegriffen, während wir abgelenkt waren.«

»Herrgott«, stieß Pomfrey hervor. »Dann hatte Neely also recht und Sie haben meine Verlobte unnötig in Gefahr gebracht!«

Zornesröte überzog Owens' Hals und sein abgemagertes Gesicht. »Nein«, sagte er leise. »Sie hatten nur zufällig den gleichen Weg. Sie hätten es nie gewagt, sich uns zu nähern, wenn Neely geblieben wäre. Sie hatten nichts als ein paar uralte Gewehre und sie waren nur zu viert.«

So sehr Pomfrey auch glauben wollte, dass Neely sich niemals derart niederträchtig verhalten hätte, konnte er Owens' Darstellung jedoch kaum anzweifeln, da Mildred schließlich alles würde bestätigen können.

Er lehnte sich zurück. »Was ist passiert?«

»Ich habe ihnen Miss Whimpelhall für das Pferd, das wir mitgebracht haben, verkauft. Vier Tage später habe ich mich wieder in ihr Lager geschlichen und sie zurückgeholt. Seitdem haben wir uns hierher durchgeschlagen.«

Pomfrey fühlte, wie ihm das Blut in den Adern gefror. »*Sie haben was?*«

»Es war der einzige Ausweg. Hätte ich sie ihnen nicht verkauft, hätten sie mich einfach umgebracht, und das wäre es dann gewesen.« Owens begegnete Pomfreys geschocktem Blick mit steinharter Miene.

Ein eisiger Schrecken durchfuhr ihn und er hob die Hand zum Mund. Mildred! Sie war vier Tage lang in den Händen dieser Wüstenbanditen gewesen. Was, wenn man sie entehrt hatte … wenn? Sein Magen verkrampfte sich vor Wut und Kummer bei dem Gedanken, dass Mildred, eine so tugendhafte Frau, so furchtbar gelitten haben sollte.

Und was war mit seinem Kommando? Er bezweifelte, dass er verheimlichen konnte, was mit ihr geschehen war, und wenn es herauskam, würden sie auf ewig gebrandmarkt sein. Es war furchtbar. Furchtbar …

»Gott steh uns bei«, flüsterte er ohne zu merken, dass er es laut aussprach. »Diese Schande … Wie kann ich …?«

»Wie können Sie *was?*«, fragte Owens hart, kalt.

Aus vor Schreck geweiteten Augen sah er Owens eindringlich an. »Sagen Sie mir, sie haben sie nicht …? Ist sie …?«

»Nein«, knurrte er knapp. »Sie haben sie nicht angerührt.«

Mit geschlossenen Augen sackte er zurück in den Stuhl und unendliche Erleichterung überflutete ihn, während er ein stilles Dankgebet sprach. Als er die Augen wieder öffnete, sah er, dass Owens ihn mit kaum verhohlener Verachtung musterte. Er riss sich zusammen und setzte sich verärgert wieder auf. Owens konnte nicht verstehen, welch tödliche Verletzung ein solches … Unglück einer derart empfindsamen Frau wie Mildred zufügen würde.

»Was nicht Ihr Verdienst ist, wie ich annehme«, sagte er scharf.

Owens' Kiefermuskulatur zuckte. »Nein.«

»Nun dann. Wir sind hier fertig«, sagte er und wünschte sich plötzlich nichts anderes, als endlich zum Ende zu kommen. Er hatte das unangenehme Gefühl, dass Owens *ihn* befragte statt anders herum, und dass er bei dieser Befragung nicht besonders gut abschnitt. Er griff nach einem Bericht, den er bereits zweimal gelesen hatte, und tat so, als würde er ihn aufmerksam studieren.

»Zuerst habe ich noch eine Bitte«, warf Owens ein.

Pomfrey sah von dem Papier auf und hob fragend eine Braue.

»Der Hengst.«

»Was ist mit ihm?«

»Falls Sie ihn noch nicht erschossen haben, würde ich ihm gerne Gelegenheit geben, sich zu erholen, bevor ich wieder aufbreche.«

Pomfrey fühlte, dass er ein weiteres Mal rot wurde. »Nehmen Sie sich so viel Zeit, wie Sie brauchen«, entgegnete er kühl und wandte sich wieder seinen Unterlagen zu. Er hörte, wie Owens sich offenbar unter Schmerzen erhob und zur Tür ging. Erleichtert hielt er den Blick auf den Bericht gesenkt. Doch dann blieb Owens wieder stehen.

Irritiert sah Pomfrey auf. Owens stand schon fast an der Tür, halb abgewandt und im Hinausgehen begriffen. Warum ging er nicht einfach? »Was noch?«

»Behandeln Sie sie gut, Pomfrey.«

Ungeduldig ließ Pomfrey den Bericht sinken. Also *wirklich*, von was redete der Mann da überhaupt? »Wen gut behandeln?«

»Ihre Verlobte.«

Pomfrey starrte ihn an. Der Mann war mehr als dreist und jetzt hatte er definitiv genug davon. »Das dürfte Sie kaum etwas angehen, Mr. Owens.«

»Sie ist ein tapferes Mädchen, Pomfrey, in ihr brennt ein Licht, strahlend und leidenschaftlich.«

Mildred? Jetzt war er mindestens so verwirrt wie erzürnt. Mildred war nicht leidenschaftlich. Sie war besonnen und rücksichtsvoll, sie war eine Oase in dieser gebeutelten, verrückten Welt und nicht etwa ein Teil davon.

»Ersticken Sie diese Flamme nicht.«

»Das klingt ja wie eine Drohung.«

»Es ist ein guter Rat.«

»Danke, Owens«, sagte Pomfrey kühl und nur mühsam die Fassung wahrend. »Ich werde ihn berücksichtigen.«

Erneut wandte Owens sich zum Gehen, nur um kurz darauf ein weiteres Mal innezuhalten. Pomfreys Lippen wurden schon taub, so fest presste er sie aufeinander.

»Und wenn sie einmal still wird, was eigentlich kaum vorkommt«, erklärte Owens, »dann dauert es nie lange und schon plappert sie wieder wie eine Elster, weil sie einfach zu viel Freude in sich hat, um lange enttäuscht zu sein.«

Plappert wie eine Elster? Ein leichtes Gefühl der Beunruhigung erwachte in Pomfrey und es wurde rasch stärker. Er hatte nie erlebt, dass Mildred plapperte. Ihre Konversationen waren stets von bedachtsamer und hochsinniger Natur gewesen. Und obwohl sie stets eine angenehme Haltung bewahrte, konnte man sie doch kaum als unmäßig freudvoll bezeichnen. Tatsächlich klang dies alles so fremd, dass er unwillkürlich daran denken musste, wie wenig Zeit er in all den Jahren doch mit Mildred verbracht hatte. Es hatte einige ausgedehnte Wochenenden bei Festlichkeiten gegeben sowie den einen oder anderen Urlaub auf dem Landsitz ihres Vaters, doch eine längere Zeit war ihnen nie vergönnt gewesen und seine Werbung hatte hauptsächlich in ihrem Briefwechsel stattgefunden.

Nun fragte er sich, ob Briefe vielleicht doch nur ein schwacher Ersatz für persönliche Erfahrung waren. Das geschriebene Wort ermöglichte es dem Schreiber, weniger vornehme Züge zu kaschieren und mögliche Charakterfehler zu verbergen.

»Und Sie dürfen vor allem eins nicht vergessen. Wenn etwas … Unerwartetes passiert, wird sie es für ihre Schuld halten und dann müssen Sie ihr versichern, dass es nicht so ist.«

»Etwas Unerwartetes?«, wiederholte Pomfrey.

»Ja, Sie wissen schon. Wenn man glaubt, alles sei in bester Ordnung, und dann regnet es plötzlich Meteoriten oder eine wild gewordene Büffelherde donnert auf einen zu.«

Eine Büffelher… »Wovon in Gottes Namen reden Sie da?«

»Sie ist impulsiv.«

Nein. *Nein.* Mildred konnte unmöglich impulsiv sein. Er verabscheute jede Form der Unbeherrschtheit. Gott bewahre, was hatte er bloß für einen schrecklichen Fehler begangen?

»Impulsive Menschen ziehen Ärger geradezu an, und sie«, Owens sah durch ihn hindurch und lächelte. Seine Stimme wurde zu einem Flüstern, »sie ist einfach unwiderstehlich.«

Und da – einfach so – verstand Pomfrey.

Er sprang auf die Füße, der Stuhl kippte nach hinten und landete krachend auf dem Boden. »Du hast sie dir *genommen,* du Schweinehund«, würgte er mit erstickter Stimme hervor. »Du *Scheißkerl*! Du hattest sie, so ist es doch? *So ist es doch?*«

Owens antwortete nicht, doch das war auch gar nicht nötig.

Ein roter Schleier legte sich über Pomfreys Sicht, er hechtete hinter seinem Schreibtisch hervor, riss Owens herum und rammte ihm seine Faust in den Bauch. Es war, als würde er einen nassen Sandsack treffen, hart und fest, doch Owens, entkräftet wie er war, sank auf die Knie. Pomfrey scherte sich nicht darum. Vage vernahm er im Hintergrund Hobbins Rufe, den Schrei einer Frau und den Klang eiliger Stiefeltritte. Owens hatte jeden Anspruch auf einen fairen Kampf verwirkt.

Pomfrey hob die Faust und ließ sie auf Owens' Gesicht niederfahren. Unter der Wucht des Aufpralls kippte Owens zur Seite und stützte sich mit einer Hand auf dem Boden ab. Pomfrey trat ihm hart in die Seite, sein Gesicht war wutverzerrt, die Zähne entblößt und seine Brust wollte sich zu einem Schluchzen zusammenziehen. »Bastard. Du hast sie verdorben! *Verdorben!*«

Er trat einen Schritt zurück und ballte die Faust zu einem weiteren Schlag, als Owens langsam den Kopf wandte und der Blick seiner silbernen Augen ihn durchbohrte. Darin brannte etwas so heiß und vernichtend, dass Pomfrey ein kalter Schauer über den Rücken lief, obgleich er das Recht auf seiner Seite hatte.

»Sagen Sie das nie wieder«, knurrte Owens bedrohlich leise.

»Sag du mir nicht, was ich zu tun habe! Nicht mit Mildred! Du hast sie *beschmutzt.*« Wieder hob er die Faust und schlug zu, so fest er konnte. Doch der Schlag ging ins Leere.

Wie eine gespannte Feder sprang Owens auf die Füße, fing Pomfreys Faust mit der Hand und riss ihn nach vorne in einen Aufwärtshaken, der aus dem Nichts kam. Lichtflecken explodierten vor Pomfreys Augen und er stolperte rückwärts.

Owens kam ihm hinterher, packte ihn am Hemd und schleuderte ihn rückwärts. Hart krachte sein Kopf gegen die Wand. Benommen, aber in wilder Wut landete er mehrere Treffer in Owens' Magengrube, doch der Dreckskerl schien es nicht einmal zu spüren. Mit einer Hand nagelte er Pomfrey an der Wand fest und holte mit der anderen zum endgültigen Schlag aus.

»Lass ihn los!«, schrie da eine weibliche Stimme. »Jim! Nein!«

Eine zerzauste junge Frau erschien in einem viel zu großen Kleid und packte Owens am Arm. »Jim!«

Owens sah sie an, seine Lippen zuckten. »Geh zurück, Mildred«, zischte er.

Pomfreys unscharfer Blick flog zu der Frau, verwirrt verengten sich seine Augen, dann weiteten sie sich in plötzlichem Wiedererkennen. »Mildred?«, keuchte er. »Das ist nicht Mildred!«

Owens' Kopf schnellte zu ihm, dann wieder zu der Frau. »*Was?*«

Er hätte gleich wissen müssen, dass die Frau, die Owens beschrieben hatte, unmöglich Mildred sein konnte. Er hätte wissen müssen, dass damit nur jemand wie *sie* gemeint sein konnte.

»Das ist Harry Braxtons Balg.«

# Kapitel 24

*Es war schrecklich, in sein versteinertes Gesicht zu blicken, und sie zitterte vor dem, was ihr Stolz und ihre Eitelkeit aus diesem Prinzen der Prärie gemacht hatten.*

aus dem Tagebuch von Ginesse Braxton

Ein halbes Dutzend Soldaten stürmte das Büro, stieß Ginesse zur Seite und warf sich auf Jim. Mit einem hörbaren Krachen schleuderten sie ihn rückwärts gegen die Wand, was völlig übertrieben war. Ein Achtjähriger wäre mit Jim fertig geworden, den jeder Kampfesgeist verlassen zu haben schien. Er wehrte sich nicht, er sah sie nur an, über die Köpfe der Soldaten hinweg, verletzt und verwirrt.

Colonel Lord Pomfrey, ein gepflegter Mann mit sandfarbenem, bereits schütterem Haar, jedoch üppigem Schnurrbart, zog ein Leinentaschentuch aus der Jackentasche seiner Uniform und tupfte sich damit das Blut vom Mund, während er erst sie und dann Jim mit tiefster Abscheu musterte.

Sie selbst und viele andere konnten bezeugen, dass der erste Schlag von ihm gekommen war. Vielleicht war es das, was ihn dazu bewog, seinen Männern mit einer scharfen Handbewegung Einhalt zu gebieten. »Das ist nicht nötig«, sagte er. »Lasst ihn los und geht. Sofort.«

Widerstrebend ließen die Soldaten Jim los und verließen, sich mehrfach misstrauisch umsehend, den Raum.

»Hobbins, schließen Sie die Tür hinter sich«, grollte Pomfrey.

»Du bist sie. Der *Afrit*«, sagte Jim tonlos und ließ sie nicht aus den Augen.

So hatte sie sich ihr Geständnis nicht vorgestellt. Nein. Feige, wie sie war, hatte sie sich überhaupt nichts vorgestellt. Sie hatte zu viel Angst gehabt und als sie jetzt in sein versteinertes Gesicht sah, wusste sie, dass ihre Instinkte sie nicht getrogen hatten.

»Die ganze Zeit. Die ganze Zeit hast du gewusst, dass ich … und du warst nie …«, flüsterte er und schüttelte wie benommen den Kopf.

»Es tut mir leid.«

Er sah weg, den Blick auf einen Punkt knapp über dem Boden gerichtet, und runzelte konzentriert die Stirn.

»Was zum Teufel tun Sie hier und warum geben Sie vor, Mildred zu sein?«, wollte Pomfrey wissen.

Ihr Blick flog zu Pomfrey, zu Jim, wieder zu Pomfrey. »Es ist … kompliziert.«

»*Wo ist Mildred?*«

»Es geht ihr gut. Wirklich«, beteuerte sie hastig. »Ich habe sie auf der *Lydonia* kennengelernt. Sie ist furchtbar seekrank geworden und in Rom von Bord gegangen.« Wieder sah sie Jim an, doch der starrte weiter ins Nichts. »Sie war seekrank. Sie wollte ihre Reise mit dem Zug weiterführen. Ich … ich habe ihren Platz eingenommen.«

»Aber warum, um Himmels Willen?«, fragte Pomfrey.

»Ich musste irgendwie hierher kommen, um die verlorene Stadt Zerzura zu finden ...«

»Mein Gott«, flüsterte Jim.

Flehend wandte sie sich an ihn, doch er sah durch sie hindurch. »Niemand, der weiß, wer mein Vater ist, hätte mich geführt. Niemand hätte gewagt, meine Sicherheit zu gefährden und mich hierher zu bringen. Ich dachte, wenn ich dir sage, wer ich wirklich bin, würdest du mich sofort zurückbringen.«

Pomfrey lief rot an. »Wollen Sie damit etwa sagen, dass ich weniger verantwortungsbewusst bin als Ihr Vater? Wollen Sie sagen, dass ich mir nicht genügend Sorgen um das Wohlergehen meiner Verlobten gemacht habe?«, donnerte er.

Ginesse musterte ihn verächtlich. Sie wusste inzwischen, was für einen Menschen sie da vor sich hatte. Pomfrey hielt sich für den Mittelpunkt des Universums und dachte, alles was je getan oder gesagt wurde, ginge ihn persönlich etwas an.

»*Natürlich* konnte Ihnen nichts zustoßen. Ich hätte niemals nach Miss Whimpelhall geschickt, wenn dies irgendeine Gefahr bedeutet hätte.«

»Aber mir *ist* etwas zugestoßen«, fauchte sie, unfähig ihren Ärger zu verbergen. »Miss Whimpelhall *war* in Gefahr. Weil die Männer, die Sie ausgesucht haben, um ihre Verlobte zu beschützen, ungeeignet für diese Aufgabe waren. Wäre ich tatsächlich Mildred, dann wären Sie jetzt dafür verantwortlich, dass Ihre Verlobte ein Trauma erlitten hätte, von dem sie sich nicht so leicht wieder erholen würde.«

»Sie unverschämtes Mädchen!«, brüllte Pomfrey. »Soll ich Ihnen etwa auch noch danken? Was für eine Selbstüberschätzung! Doch das ist ja ohnehin ihr Spezialgebiet, nicht war, *Miss* Braxton?«

Bei dem boshaften Klang seiner Stimme wurde ihr eiskalt. Am liebsten hätte sie sich die Ohren zugehalten und wäre davongerannt vor dem, was jetzt kommen würde. Doch sie tat es nicht. Sie war keine zehn mehr und sie konnte sich nirgends vor ihren Taten verstecken. Bei niemandem konnte sie Schutz suchen. Verzweifelt sah sie Jim an, doch er erwiderte ihren Blick nicht. Seine Kiefermuskeln waren gespannt, seine Stirn gefurcht, während er mit einem inneren Dämon zu kämpfen hatte. Oder mit einem *Afrit*.

»Jeder in Ägypten kennt Ihren Ruf als verzogenes Gör, das zu keinerlei Mäßigung oder Bescheidenheit fähig ist, nichts als ein einziges Ärgernis«, erklärte Pomfrey mit harter, nachdrücklicher Stimme. »In der Gemeinde der Auswanderer gelten Sie als Witzfigur. Sie sind eine Peinlichkeit.«

Sie schloss die Augen. Er hätte keine schärferen Worte finden können und keine empfindlichere Stelle, um sie zu treffen. Alles, was sie sich vorgestellt hatte, alles, was sie hier hatte erreichen wollen, fiel in sich zusammen, in Fetzen gerissen durch seine Anschuldigungen. Ihre großartige Entdeckung, mit deren Hilfe sie ihre Vergangenheit zu überwinden gehofft hatte; das Gefühl, niemals gut genug zu sein; ihr Versagen, die in sie gesetzten Erwartungen zu erfüllen, und der Wunsch, dem Namen ihrer

Familie gerecht zu werden – all dies wurde zu Hohn und Spott in Pomfreys erbarmungslosen Worten. Sie war ein Fluch, ein Ärgernis, eine Wichtigtuerin. *Eine Enttäuschung.*

»Wie konnten Sie diese … diese *Person* nur für meine Verlobte halten, Owens?«, fragte er. Jim fuhr hoch und sah sie an.

»Sehen Sie sie sich doch nur einmal an. Ein schamloses, wandelndes Kompendium aus Pech, Ärger und Missgeschick. In Schande weggeschickt. Und jetzt ist sie zurückgekehrt, als ausgewachsene Draufgängerin«, endete er.

Sie wollte Pomfrey etwas entgegenschleudern, doch kein Ton drang aus ihrer verengten Kehle.

»Und immer noch in Schande«, fügte Pomfrey bedeutungsschwer hinzu.

»Das reicht, Pomfrey«, hob Jim endlich die Stimme.

Pomfrey wandte sich an ihn. »Ich darf doch annehmen, dass Sie diesbezüglich das Richtige tun werden?«

*Das Richtige? Bitte sag nein. Sieh mich nicht so. Bitte.*

»Ja.« Es klang hohl. »Natürlich.«

Ein leises Schluchzen entrang sich ihr.

»Zu Ihrem eigenen Wohl möchte ich hoffen, Sie meinen das ernst«, sagte Pomfrey. »Sie wissen doch, wer ihr Vater ist?«

»Ja.«

Pomfrey schnaubte. »Natürlich. Wie denn auch nicht?« Er schüttelte den Kopf.

Jim entgegnete nichts. Er sah sie nicht einmal an. Er verteidigte sie auch nicht. Mit keinem Wort wies er Pomfreys Anschuldigungen zurück, all diese Beleidigungen nahm er kommentarlos hin. Und dass er sie liebte, sagte er schon gar nicht. Er stand einfach da, steif und aufrecht, ganz gewissenhafte Pflichtergebenheit. Als stünde er vor einem Erschießungskommando, dachte sie bitter.

Tja, sie würde jedenfalls nicht seine Kugel sein.

»Nein«, flüsterte sie so leise, dass es niemand hörte.

»Sie Ärmster, diesmal gibt es kein Entkommen.«

»Das reicht, Pomfrey«, wiederholte Jim. »Das hier geht Sie nichts mehr an.«

»Nein«, sagte sie noch einmal.

»Das würde ich so nicht sagen, Owens. Als derjenige, der unbeabsichtigt dafür gesorgt hat, dass Sie übereinander stolpern«, bemerkte Pomfrey, »ist es in der Tat meine Pflicht, dafür zu sorgen, dass …«

»*Nein.*«

Beide Männer drehten sich zu ihr um. Zitternd stand sie da, zutiefst verletzt und verunsichert, nur an einem konnte es keinen Zweifel geben, sie würde Jim Owens nicht heiraten. Nicht, um die Erwartungen der Gesellschaft zu erfüllen; nicht, um ihren Eltern zu gefallen; nicht, um Pomfreys Moralempfinden zu befriedigen, und auch nicht, um zu Jims Akt der Reue zu werden und ihm eine Bühne zu bieten, auf der er demonstrieren konnte, wie nobel er war. Ja, nicht einmal, um ihrem eigenen Herzen zu folgen. Denn es wäre nur vorübergehend, ein Vorspiel, das unweigerlich zu einem gebrochenen Herzen führen würde – falls es nicht längst so weit war.

Wenn sie ihm etwas bedeuten würde, wenn er sie gar lieben würde, hätte er sie verteidigt. Und das hatte er nicht getan. Er hatte still dabei gestanden und zugelassen, dass Pomfrey sie in Stücke riss.

»Ich werde Mr. Owens nicht heiraten«, erklärte sie, »und nichts, was Sie oder ein anderer sagen könnten, wird mich dazu bringen.«

Und bevor einer der Männer etwas entgegnen konnte, bevor ihr die Tränen unkontrolliert über die Wangen fließen konnten, bevor sie dieser inneren Stimme Beachtung schenken konnte, die ihr zuschrie: Du Närrin! Du liebst ihn! Heirate ihn!, rannte sie zur Tür hinaus.

Pomfrey wandte sich mit einem Schniefen an Jim. »Sie haben mehr Glück als Verstand, Owens«, meinte er. »Das Mädchen hat offensichtlich keinen Funken Anstand, sie ist schamlos und lü...«

Jims Faust schnellte vor.

Und Pomfrey brach bewusstlos auf dem Boden zusammen.

# Kapitel 25

*Kaum verwunderlich, dass diese bittere Trauer nun wiederkehrte, um ihn zu foltern.*

aus dem Tagebuch von Ginesse Braxton

Seit vier Tagen saß er nun schon im Militärgefängnis. Alle Zellen entlang des Ganges waren leer, bis auf seine eigene. Er war allein und es war ihm nur recht. Er musste nachdenken und das konnte er am besten dort, wo er Ginesse Braxton – Ginesse, nicht Mildred – nicht sehen konnte. Denn irgendetwas stellte sie mit seinem Denkprozess an, genau genommen brachte sie ihn komplett zum Erliegen.

Sie agierte, er reagierte: instinktiv, unbezähmbar und zu seinem eigenen Verderben.

Sie fiel ins Wasser, er sprang ihr nach. Sie lachte, er lächelte. Sie sagte etwas über die Schönheit des Sonnenuntergangs und er sah Farben, die er nie zuvor bemerkt hatte. Sie schenkte ihm einen Blick durch den goldenen Kranz ihrer Wimpern und er wurde hart wie Damaszenerstahl. Pomfrey beleidigte sie und er wollte diesen Scheißkerl mit bloßen Händen kaltmachen.

So was eben.

Er war kein Mann, der nur reagierte. Oft genug hatte sein Leben allein davon abgehangen, dass er nach sorgfältigem Nachdenken und mit kühlem Kopf die Initiative ergriff.

Ihm hätte klar sein müssen, sie konnte gar nicht die sein, die sie zu sein vorgab. Denn wann immer er sich nicht auf seine Objektivität verlassen konnte, glich sein Auge für Details, der Blick eines Jägers für alles Ungereimte oder Unvermutete, diesen Mangel aus. Und die Details über Mildred Whimpelhall hatten einfach nicht zusammengepasst.

Es hatte eine ganze Menge Hinweise gegeben, zu allererst diese grässlichen rotgefärbten Haare – Pomfrey würde jede Frau, die sich die Haare färbte, für ein Flittchen halten. Außerdem noch ihre Jugend, die unzähligen Fakten und Anekdoten der ägyptischen Geschichte, die sie kannte, die Mühelosigkeit, mit der sie auf ihr Kamel gestiegen war. Herrgott. Als Harry Braxtons Tochter konnte sie ganz bestimmt auch Arabisch sprechen. Vermutlich hatte sie die Tage in Gefangenschaft bei den Tuareg damit verbracht, ihnen Geschichtsunterricht zu erteilen.

Sie war einfach aufgetaucht und hatte die Fundamente, auf die er sein Überleben gegründet hatte, in Schutt und Asche gelegt, und das brachte ihn aus der Fassung. Wie ein Sandsturm war sie in sein Leben gefegt, hatte seine Selbstbeherrschung fortgewischt, Träume, die er längst begraben hatte, wieder ans Licht befördert und seine Gleichgültigkeit zerrüttet. Es war ihm gerade recht, dass man sie von ihm fern hielt, denn er hoffte, wenn er nur lange genug hier saß – außerhalb ihrer Reichweite –, in der Lage zu sein, seinen klaren Kopf wenigstens teilweise wiederzuerlangen und herauszufinden, was zum Teufel hier vor sich ging. Er stand auf und starrte durch das Gitterfenster hinaus auf den Paradeplatz, wo ein Zug Soldaten Exerzierübungen vollführte.

Am anderen Ende des Platzes erhob sich die Baracke der Verheirateten, wo die wenigen Frauen, die im Fort lebten, mit ihren Familien wohnten. Einige Kinder spielten im Staub unter dem erhöhten Gehsteig. Dort war vermutlich auch Ginesse einquartiert. Er durchschritt die Zelle, ließ sich dann wieder zu Boden sinken und blieb mit dem Rücken gegen die Gitterstäbe gelehnt sitzen. Er sollte nicht nach ihr Ausschau halten. Er sollte besser nachdenken. Was wusste er? *Wusste*, nicht vermutete.

Er wusste, sie hatte ihn manipuliert, ihn angelogen und vorgegeben, eine andere zu sein. Was sie anscheinend getan hatte, um irgendeiner Fantasterei um Zerzura nachzujagen, wo doch jeder halbwegs anständige Schatzjäger wusste, dass diese Stadt nichts als ein Mythos war, erfunden von einigen arabischen Händlern, um europäische Abenteurer aus Ägypten fernzuhalten und nach Libyen zu locken.

Dann, nach der Hälfte ihrer Reise, hatte sie sich ihm mit vollkommen unschuldiger Hingabe geschenkt und danach erklärt, dass sie lieber ihren angeblichen Verlobten belügen würde, als das Leben zu führen, das er ihr bot. Was, wenn es auch keine sehr noble Geste war, doch immerhin einen gewissen Sinn ergeben hätte, *wenn* sie Mildred Whimpelhall gewesen wäre. Aber sie war nicht

Mildred Whimpelhall. Sie war Ginesse Braxton und soweit er wusste, niemandem versprochen …

Er erstarrte. Vielleicht war sie ja doch einem anderen versprochen. Er wusste rein gar nichts über sie. Vielleicht hatte sie, wann immer sie von Pomfrey geschwärmt hatte, eigentlich einen anderen Mann beschrieben, jemanden, den sie tatsächlich kannte. Sie war eine leidenschaftliche, stürmische Frau und die Umstände waren außergewöhnlich gewesen. Und aus einem Impuls heraus – und bei Gott, sie war sehr impulsiv – war sie einer Mischung aus grenzenloser Erleichterung und unleugbarer körperlicher Anziehung erlegen. Doch sobald die Realität sie eingeholt hatte, war ihr dieser andere Mann wieder zu Bewusstsein gekommen. Es konnte nicht anders sein …

Aber …

Warum hatte sie ihm dann nicht einfach erzählt, wer sie war? Warum hatte sie weiterhin vorgegeben, sie sei Mildred Whimpelhall, die ein privilegiertes und verhältnismäßig komfortables Leben nicht wegen eines »Fehltritts« aufgeben wollte?

Er stand wieder auf und begann, in der zehn Fuß messenden Zelle auf und ab zu wandern, wobei seine Gedanken unablässig um das Gespräch mit Pomfrey kreisten, bevor Ginesse erschienen war, als er noch gedacht hatte, sie sei Mildred Whimpelhall.

Bis dahin war der Lord Colonel stets unwillkürlich das Maß gewesen, an dem er sich gemessen hatte. Wie naiv und leichtgläubig er doch gewesen war und was für ein Dummkopf. In jenem Augenblick, in dem Pomfrey angenommen hatte, seine Verlobte sei vergewaltigt worden, hatte sein erster Gedanke nicht ihr, ihrem Schmerz und ihrer Angst gegolten, sondern ihm selbst und der »Schande«, die sie auch über ihn bringen würde.

Und eine wilde, niederträchtige Freude hatte von Jim Besitz ergriffen, als Pomfrey sich diese Blöße gab, weil er sich als so gering, so selbstsüchtig erwiesen hatte. Denn in dem Augenblick hatte er begriffen, dass Pomfrey keine Chance hatte, Mil… Ginesses Herz zu gewinnen. Sie konnte ihn nicht lieben. Privilegien mochten ihr vielleicht mehr bedeuten als Leidenschaft, doch sie würde niemals einen so schwachen Mann heiraten. Er vertraute darauf, vertraute ihr. Alles, was er tun müsste war warten, bis sie selbst herausfand, welche Sorte Mann Pomfrey war.

Doch wenn es um sie ging, gab es in ihm keinen Raum für Geduld oder Listigkeit. Er hatte es einfach nicht geschafft, zu gehen, ohne Pomfrey zu provozieren. Und dann war sie erschienen, mit zerzausten Haaren und einem Kleid, das ihr zwei Nummern zu groß war und um ihre Füße wirbelte. Den geschockten Ausdruck auf Pomfreys Gesicht würde er so schnell nicht vergessen, Schock und unbändige Erleichterung, weil sie nicht seine Verlobte war.

Und innerhalb weniger Sekunden hatte sich alles geändert.

Einmal hatte er in irgendeinem schäbigen Kaff, dessen Namen er vergessen hatte, an einem Boxkampf teilgenommen. Sein Gegner war ein riesiger Deutscher gewesen, mit Fäusten wie Vorschlaghämmer und einem Kopf wie eine riesige Kanonenkugel. Am Ende der fünften

Runde, hatte der Deutsche beschlossen, dass man den Glockenschlag zum Rundenende nicht überbewerten musste, und als Jim ihm den Rücken zugewandt hatte, um in seine Ecke zurückzukehren, hatte der Mistkerl ihm einen Schlag verpasst. Irgendwie hatte Jim es geschafft, sich auf den Beinen zu halten, obwohl er kaum noch bei Bewusstsein war und den Lärm und die Rufe der Menge nur noch vage wahrnahm.

Genauso benommen und orientierungslos hatte er sich gefühlt, als Pomfrey erklärte, wer sie war. Ein Dutzend widerstreitender Gefühle hatte in ihm getobt: Zorn, Erleichterung, Verwirrung, Bitterkeit, Euphorie. Hunderte von Erinnerungen der vergangenen drei Wochen waren vor seinem inneren Auge aufgeblitzt, jede einzelne plötzlich mit einer ganz neuen, aber keineswegs klareren Bedeutung.

Sie hatte ihn belogen, ihn benutzt, sich ihm hingegeben und dann, als Pomfreys Worte endlich einen Sinn ergaben und er ihr noch einmal seinen Schutz und seinen Namen anbot, hatte sie abgelehnt. Zum zweiten Mal.

Unvermittelt entstieg ein Grollen seiner Kehle, er packte die eisernen Gitterstäbe und schlug mit der Stirn dagegen, als wolle er sich einhämmern, dass es durchaus noch einen anderen Mann geben könnte, irgendeinen Gelehrten aus Oxford, einen der Protegés ihres Vaters. Vielleicht war es auch noch einfacher. Vielleicht wollte sie einfach mehr, als er ihr bieten konnte – und wer könnte es ihr verübeln? Vielleicht hatte sie sich zwar eine kurze Vernarrtheit gestattet, in ihm jedoch nie den Mann gesehen, mit dem sie ihr Leben verbringen wollte. Für den sie ihr gesamtes Dasein, die Gemeinschaft, in der sie aufgewachsen war, und das Prestige, eine Braxton zu sein, aufgeben würde. Und auch das konnte er ihr kaum zum Vorwurf machen.

»Owens! Weg von der Tür«, befahl ihm ein Wärter, der gerade den Raum betreten hatte.

Jim stieß sich von den Gitterstäben ab und der Wächter schloss die Tür auf. »Der Colonel hat befohlen, Sie da raus zu lassen«, sagte er.

Jim hob die Brauen. Er hatte Pomfrey nie als sonderlich barmherzigen Befehlshaber gesehen, doch anscheinend war ihm ja auch sonst so einiges entgangen.

Der Wärter lächelte dünn. »Die Rechtsprechung ist 'n bisschen kniffig. Sie haben Glück, dass Sie kein Soldat sind, Owens, sonst würden Sie da wahrscheinlich den Rest Ihrer Tag absitzen.«

»Jep«, antwortete er. »Wo ist mein Pferd?«

»In den Stallungen. Und Ihre übrigen Sachen liegen im Büro des Quartiermeisters, aber die Pistole sehen Sie vermutlich erst beim Hinausgehen wieder.«

»Danke.« Er verließ das Gefängnis und steuerte direkt die Stallungen an, wo ihn ein drahtiger, rothaariger Mann mit Lederschürze empfing.

»Nettes Pferd haben Sie da«, begrüßte er ihn in breitem schottischem Akzent. »Aber nich' gut behandelt, Sir. Gar nich' gut.« Missbilligend schüttelte er den Kopf.

»Wann kann ich ihn wieder reiten?«

Der Mann blies entrüstet die Backen auf. »Frühestens morgen. Übermorgen wär mir noch lieber.«

Zwei Tage. Wenn er ihr einfach aus dem Weg gehen würde, wenn er sich unauffällig verhalten und in den Kasernen bleiben würde … Wem machte er da eigentlich was vor? Er würde es nur dann fertig bringen, von ihr fern zu bleiben, wenn sie ihn in einen Käfig steckten.

»Ich komme morgen wieder.«

# Kapitel 26

*Der Schicksalstag, an dem nun endlich alles enthüllt werden würde, war gekommen.*

aus dem Tagebuch von Ginesse Braxton

Pomfrey hatte sich bei Ginesse Braxton entschuldigt. Er hatte die Beherrschung verloren. Er war beinahe trunken vor Erleichterung, dass die Frau, die Owens beschrieben hatte – eine unbeherrschte, schwatzhafte und impulsive Frau, die vier Tage und *Nächte* in Gefangenschaft von Barbaren verbracht hatte –, nicht Mildred war, und dieses Gefühl war jäh in Hohn umgeschlagen. Er wusste, er hatte sich schlecht benommen und machte das Mädchen dafür verantwortlich, wieder und nicht ohne Grund. Es war eindeutig Ginesses Schuld. Doch er war ein Gentleman und deshalb war eine Entschuldigung seinerseits fällig gewesen.

Außerdem war sie immerhin Harry Braxtons Tochter, ein Mann, der für seinen Beschützerinstinkt, sein aufbrausendes Wesen und seinen weitreichenden Einfluss in Ägypten bekannt war. Und ganz offensichtlich bedeutete sie auch Jim Owens etwas und dessen Ruf war sogar noch bedrohlicher, wenn auch nicht ganz so weit verbreitet.

Also hatte er sie in sein Büro gebeten und sich entschuldigt. Diese dreiste Person hatte einfach »gut« gesagt und dann von ihm verlangt, sie mit einer vollen Eskorte vierzig Meilen in die Wüste hinaus zu begleiten, damit sie nach irgendeiner verlorenen Stadt graben konnte.

Nun ja, er hatte ihr unmissverständlich klar gemacht, dass er kein Mann war, der Doppelzüngigkeit und Betrug auch noch belohnte. Selbst wenn sie mit entsprechenden Referenzen und Legitimationsschreiben hier aufgetaucht wäre, hätte er ihrer Bitte nicht entsprochen. Seine Männer hatten mit ihrer Zeit weit Besseres und Wichtigeres zu tun.

Nichtsdestotrotz hatte er beschlossen, dass er nie wieder in eine derartig desaströse Situation verwickelt werden wollte, wie jene, die sich in seinem Büro zugetragen hatte. Er war so viel besser als das. Und um dies zu beweisen, würde er heute Abend mit ihnen beiden dinieren.

Weshalb er jetzt vor seinem Ankleidespiegel stand und sich vergewisserte, dass der Krawattenknoten perfekt saß, dass sich keine Strähne aus seinen schimmernden, pomadisierten Haaren gelöst hatte, dass die Spitzen seines Schnurrbartes symmetrisch gestutzt und seine Nägel auf Hochglanz poliert waren. Ein lebendes Beispiel für Kultiviertheit höchsten Ranges würde er abgeben. Er hatte gerade eine minimale Korrektur an der Position seiner Krawatte vorgenommen und sich ein letztes, kleines Lächeln an sein Spiegelbild gestattet, als sein Offiziersbursche an der Tür klopfte.

»Herein.«

Der Soldat steckte den Kopf zur Tür herein. »Sir, gerade ist einer der arabischen Beobachter eingetroffen und hat berichtet, dass eine Karawane auf das Fort zumarschiert und in etwa einer Stunde hier ist.«

»Eine Karawane? Was für eine Karawane?«

»Keine Ahnung, Sir, tut mir leid. Er hat gesagt, ein alter englischer Gentlemen, irgend so ein Archäologe, wäre der Boss, aber ich konnte den Namen beim besten Willen nicht verstehen. Ich hab nur aus ihm herausgebracht, dass auch noch andere Engländer dabei sind. Ist 'ne große Karawane. Fünfundzwanzig Mann und genauso viele Kamele.«

Pomfrey strich sich ein letztes Mal übers Haar. Es kam schon vor, dass Expeditionen in Fort Gordon Halt machten, doch es geschah höchst selten und es strapazierte die Vorräte der Garnison. »Vermutlich ein alter Schwachkopf, der nach … nach Zerzura sucht, was auch immer das ist. Vermutlich werden wir von solchen Trotteln bald noch überrannt.«

Unfroh blies er die Wangen auf. »Sagen Sie Jones, er soll ihnen Quartiere herrichten und ihnen ausrichten, dass ich sie morgen früh empfangen werde …« Da kam ihm eine Idee, wie er die Tortur dieses Abendessens reduzieren und zugleich vollendete Manieren zeigen konnte. »Warten Sie. Sagen Sie Jones stattdessen, dass er sie in mein Speisezimmer bringen soll, sobald sie die Möglichkeit hatten, sich etwas frisch zu machen.«

»Wie Sie wünschen, Sir.«

Hochzufrieden schnippte er sich einen Fussel vom Jackenärmel und machte sich auf den Weg.

Als er das Speisezimmer erreichte, fand er Ginesse Braxton und James Owens dort bereits am Tisch sitzend vor. Sie am unteren Ende und er etwa in der Mitte. Owens betrachtete sein Glas Rotwein so interessiert, als könne es ihm die Geheimnisse des Universums enthüllen, und Ginesse Braxton schien genauso vertieft in das Muster ihres Porzellans zu sein.

Wenigstens hatte Miss Braxton versucht, respektabel auszusehen, dachte Pomfrey und gratulierte sich sogleich zu seinem großzügigen Wesen. Sergeant Dodds Frau, die in etwa Miss Braxtons Figur besaß – wenn auch nicht ihre Größe –, hatte ihr einige ihrer Gewänder überlassen. Dieses hier war ein locker sitzendes Kleid aus apfelgrünem Batist mit hohem Spitzenkragen und Strickbündchen. Sie hatte ihr muskatfarbenes Haar zu einem ordentlichen Nackenknoten verschlungen und obwohl sie wirklich keine Schönheit war, strahlte sie doch eine sinnliche Anziehungskraft aus. Stolz lag im Schwung ihrer Stirn, ihre Lippen waren voll und ihre Augen groß und exotisch schräg gestellt. Nicht zu vergessen, die bemerkenswerte Farbe ihrer Iris. Man war versucht, sie als grell, wenn nicht gar aufdringlich zu bezeichnen.

»Entschuldigen Sie die Verspätung«, sagte er und nahm am anderen Ende des Tisches Platz. »Ich habe gerade die Nachricht erhalten, dass sich bald noch weitere Gäste zu uns gesellen werden.«

»Wirklich? Wer sind die Gäste denn?«

»Ich fürchte, es ist mir nicht gelungen, das herauszufinden. Diese arabischen Scouts, die wir beschäftigen, sind einfach nicht in der Lage, anständig Englisch zu lernen, also sind wir stets gezwungen, ihr Pidgin-Englisch zu entziffern«, sagte er launig.

»Warum lernen Sie dann nicht einfach Arabisch?«, fragte sie.

»Wie bitte?«

»Wenn Sie in ein fremdes Land kommen und dessen Bewohner beschäftigen, fällt die Bürde, für Verständigung zu sorgen, doch wohl Ihnen zu.«

»Da irren Sie sich«, widersprach er. »Ich habe zweifellos ein Recht darauf, dass sich jene, die im Dienste der Armee stehen, angemessen artikulieren können.«

»Wenn der Mann, den Sie in Ihre Dienste genommen haben, angegeben hat, dass er ›anständig Englisch‹ spricht, würde ich Ihnen da zustimmen. Doch Ihren Worten entnehme ich, dass Sie ihn in dem Wissen angeheuert haben, dass er es nicht tut«, beharrte sie freundlich. »Was wiederum Ihnen die Verantwortung für die Verständigung überträgt.«

Ihre Miene wurde nachdenklich. »Es würde mich überhaupt nicht überraschen, wenn Ihr Scout die gleichen Überlegungen wie Sie anstellt, weil Sie nicht Arabisch lernen. Allerdings könnte er sich sagen, dass er selbst es wenigstens fertig gebracht hat, ein paar Brocken Englisch zu lernen, während es Ihnen unmöglich zu sein scheint, etwas Arabisch zu beherrschen, was ihn zu einem intelligenteren Mann macht.«

»Keiner meiner Scouts würde es *wagen*, so etwas anzunehmen.«

An diesem Punkt brach Owens, der bisher geschwiegen hatte, in Gelächter aus.

Pomfreys Mund verzog sich ärgerlich, als er Owens anfunkelte. Doch der große junge Amerikaner drehte nur konzentriert den Stiel des Weinglases zwischen den Fingern und sah zu, wie der Wein darin rotierte, während er offen amüsiert lächelte.

»Natürlich könnte ich diese verwünschte Sprache lernen, wenn ich es wollte«, sagte Pomfrey und bedauerte seine Aussage sofort, weil …

»Warum tun Sie es dann nicht?«

… genau *deswegen*. Ihretwegen. *Sie*.

»Ich habe Wichtigeres zu tun, diese gesamte Garnison zu leiten, zum Beispiel.«

»Das klingt sehr nach einer Ausrede«, entgegnete sie, ohne jede Böswilligkeit, was es irgendwie noch schlimmer machte.

Für wen hielt sie sich eigentlich, dass sie sich anmaßte, ihn zurechtzuweisen? Sie hatte ja nicht einmal genug Anstand, ihre Schande zu sühnen und ihren Verführer zu heiraten. »Ihnen, Miss Braxton, steht es ganz gewiss nicht zu …«

Owens fing seinen Blick auf. »Das würde ich lassen«, raunte er so leise, dass Pomfrey es sich auch nur eingebildet haben konnte, so leise, dass Miss Braxton, die ihn immer noch erwartungsvoll ansah, es überhört haben konnte.

Keine Spur von Humor lag jetzt noch in Owens' hellgrauen Augen. Er wirkte wie ein großes, blondes Raubtier auf der Lauer. Er war ein furchteinflößender Mann, gestand Pomfrey sich in der Ungestörtheit seiner Gedanken ein.

»Colonel?«, hakte Miss Braxton nach. »Mir steht *was* ganz gewiss nicht zu?«

Pomfrey errötete und gab vor, Owens nicht gehört zu haben, was seine Warnung überflüssig zu machen schien. Was sie ja auch gewesen war, immerhin war er ein Gentleman.

Er wartete, während der arabische Bedienstete die Suppenschalen abräumte und den zweiten Gang, bestehend aus Hammelbraten, auftrug, bevor er sich mit überheblicher Miene wieder dem Mädchen zuwandte. Jetzt hatte er sich wieder vollständig im Griff.

»Es steht Ihnen nicht zu, jene zu kritisieren, die ihrem Land länger gedient haben, als Sie auf der Welt sind.«

Er empfand eine, wie er fürchtete, unangemessene Befriedigung, während er zusah, wie sie vor Scham errötete. Er warf Owens einen schnellen Blick zu. Auch wenn der Amerikaner wirklich keinen Grund hatte, Anstoß zu nehmen, mochte Owens das anders sehen. Er beschützte dieses Braxton-Mädchen mit einer schier übernatürlichen, kriegerischen Wachsamkeit, was rührend gewesen wäre, wenn Ginesse ihm auch nur einen Funken Beachtung geschenkt hätte. Doch das tat sie nicht.

Soweit Pomfrey es einschätzen konnte, wollte sie nichts mehr mit ihm zu schaffen haben. Ihre erste Erfahrung mit der fleischlichen Leidenschaft war zweifellos eine unangenehme Enttäuschung für sie gewesen. Er hatte wenig Mitgefühl für sie. Was hatte sie denn erwartet, wenn sie wie ein Tier draußen in der Wildnis mit einem Rohling wie Owens kopulierte? Liebkosungen? Zärtlichkeit? Selbst die begehrteste aller Bräute musste ihre erste Bekanntschaft mit ihren ehelichen Pflichten als verstörend, vielleicht sogar als lästig empfinden. Und er konnte sich bildlich vorstellen, dass dieser Akt mit Owens an Brutalität grenzen konnte. Vielleicht war dies der Grund, aus dem sie es abgelehnt hatte, ihn zu heiraten.

Er konnte diese beiden gar nicht früh genug loswerden. Ginesse Braxton würde er wohl noch eine Weile ertragen müssen, doch er konnte wenigstens dafür sorgen, dass ihr Wachhund so schnell wie möglich verschwand.

»Owens«, setzte er an und schnitt sich eine Scheibe Fleisch ab, »der Stallmeister sagt, Ihr Pferd hätte sich bemerkenswert rasch erholt und kann nun wieder geritten werden. Wann haben Sie vor, aufzubrechen?«

»Ich hoffe, Sie morgen verlassen zu können«, antwortete er.

Miss Braxton, die gerade dabei gewesen war, ihr Wasserglas an die Lippen zu heben, fror mitten in der Bewegung ein. »So bald schon?«, flüsterte sie.

Sofort schoss Owens zu ihr herum, sein Blick schien sie zu fesseln. »Gibt es denn einen Grund, warum ich länger bleiben sollte?«

Mit offensichtlich zur Schau gestelltem Trotz hob sie das Kinn. »Ich wüsste von keinem Grund, wenn dir selbst keiner einfällt.«

»Den überzeugendsten Grund hast du ja bereits abgetan.«

»Den betrachte ich weniger als Grund als vielmehr als einen Vorwand.«

Mürrisch kaute Pomfrey auf seinem Fleisch herum. Guter Gott, die beiden waren wirklich ein ermüdendes Paar. Allein dadurch, dass er sich in einem Raum mit ihnen befand, fühlte er seine Energie schwinden und seine Laune sinken. Sie waren einfach zu elementar, zu intensiv, ihre Gefühle waren zu unbeherrscht und ihr Stolz zu unbändig. Es war, als würde man mit verfehdeten Sendboten speisen, deren Sprache man nicht verstand.

»Einen Vorwand?« Owens schob seinen Stuhl zurück und erhob sich langsam. Sein Blick durchbohrte sie. Das Wasserglas in ihrer Hand zitterte. Pomfrey erstarrte, die Gabel auf halben Weg zum Mund, fast erwartete er, Owens würde sich das Mädchen gleich über die Schulter werfen und sie davontragen, um ihr gehörig den Hintern zu versohlen. Und was sollte *er* dann bitte tun?

Was Owens tatsächlich getan hätte, würde Pomfrey nie erfahren, den genau in diesem Moment erschien Lieutenant Jones mit den Neuankömmlingen des Forts im Schlepptau.

Mit erleichtertem Seufzen drehte Pomfrey sich um und fuhr überrascht zusammen. Eine hübsche, pummelige Rothaarige wurde am Arm eines stämmigen, betagten

Gentlemans, der einen weißen Leinenanzug trug, hereingeführt. Direkt hinter ihnen folgte ein schlanker, gepflegter junger Mann, offensichtlich ebenfalls ein Gentleman.

»Mildred!«, japste Pomfrey.

»Hilliard!«, rief Miss Whimpelhall und verbesserte sich dann, »Ich meine, Colonel Lord Pomfrey. Wie … wie schön, Sie wiederzusehen.«

»Miss Braxton!«, sagte der junge Mann und auf seinem eher ernsten Gesicht breitete sich ein angenehmes Lächeln aus.

»Ginny!«, fiel der alte Mann in den Chor ein.

»Urgroßvater!«, erwiderte Miss Braxton heftig, sprang so plötzlich auf, dass ihr Stuhl beinahe umkippte, eilte auf den alten Herrn zu und schlang ihre Arme um seinen Hals.

»Jock«, flüsterte Jim Owens.

Der Blick des jungen Mannes, der gerade offensichtlich erfreut der herzlichen Wiedervereinigung von Miss Braxton und dem älteren Gentleman zugesehen hatte, fiel auf Owens. Langsam verengte er die Augen, sein Gesichtsausdruck wandelte sich von höflichem Interesse, zu Ungläubigkeit, dann zu Erstaunen und schließlich zu aufrichtiger Freude.

»Mein Gott. Ich bin nach Ägypten gekommen, um längst Verstorbene auszugraben, und anscheinend war ich jetzt schon erfolgreich«, sagte er erstaunt. »Wie geht es dir, Euer Gnaden?«

# Kapitel 27

*All die Bitterkeit seines sonderbaren, jungen Lebens, sein selbst gewähltes Exil, all die einsamen, durchwachten Nächte in der Wüste waren vergebens gewesen.*

aus dem Tagebuch von Ginesse Braxton

»Haben Sie diesen jungen Mann gerade ›Euer Gnaden‹ genannt?«, wollte der alte Gentleman wissen, als Jock auf Jim zuging und ihn in eine warme Umarmung zog.

»Sag nichts«, murmelte Jim und schob Jock sanft von sich weg. »Der Mann macht nur einen kleinen Scherz«, sagte er dann laut und gezwungen fröhlich und betete, dass sein Halbbruder nichts mehr sagte oder tat, was das gefährdete, wofür Jim seit Jahren kämpfte: dass Jock das Herzogtum erbte.

Während der letzten Minuten war dies sogar noch wichtiger geworden. Denn er hatte den Moment beobachtet, in dem Jocks Blick Ginny gefunden hatte. Er hatte das Aufleuchten in seinen Augen gesehen, die plötzliche Freude auf seinem Gesicht, und da hatte er ohne die Spur eines Zweifels gewusst, dass Jock in sie verliebt war.

Er begriff, dass Jock der Mann sein musste, den Ginny vor Tagen als ihr Ideal beschrieben hatte. Ein ehrenwerter, sogar edler junger Mann. Kühn? Das konnte Jim nicht beurteilen und genauso wenig wusste er, ob Jock romantisch war. Aber ›pflichtbewusst, tüchtig und gewissenhaft‹? Jock hatte diese Charaktereigenschaften schon als Junge besessen und musste als Mann geradezu ein Paradebeispiel dieser Tugenden sein.

Jock musste der Grund sein, weshalb sie ihn zurückgewiesen hatte, und wenn Jock jetzt einfach den Mund hielt, konnte er beides haben, Ginny und das Herzogtum. Und Ginny konnte den Mann haben, den sie liebte, und dazu das Leben, das er ihr gerne geboten hätte.

Doch sein Halbbruder hatte seine Warnung entweder nicht begriffen, oder es war ihm egal, denn er wandte sich an die Umstehenden. »Es ist ganz und gar kein Scherz. Seit beinahe zwei Jahren suche ich nun schon nach Bernard.«

»Bernard?«, echote Pomfrey. »Nun, da haben Sie es. Es scheint sich lediglich um eine Verwechslung zu handeln. Dieser Mann heißt James. James Owens.«

»Genau«, bestätigte Jim verzweifelt. »Nur eine Verwechslung. Es tut mir leid, Sie enttäuschen zu müssen, Mr. …«

Jock klopfte Jim auf die Schulter. »Es ist eine Verwechslung, Colonel. Erlauben Sie mir, Ihnen meinen Halbbruder vorzustellen, Bernard James Owens Tynesborough, Duke of Avandale.« Er wandte sich an Jim. »Vertrau mir. Ich erkläre dir alles später.«

Die erstaunten Mienen der anderen bemerkte Jim kaum, er sah nur wie betäubt Jock an. All diese rastlosen Jahre, all die Jahre, die er als Namenloser am Rande der

Gesellschaft verbracht hatte, all die Jahre, in denen er stets darauf geachtet hatte, nie in irgendetwas zu gut zu sein, um keine Aufmerksamkeit auf sich zu ziehen, all die Jahre, in denen er sorgsam sämtliche Adelsprivilegien gemieden hatte, um nicht von irgendeinem aristokratischen Schwachkopf erkannt zu werden … All das war umsonst gewesen, hinweggefegt von einer Zufallsbegegnung mit seinem Halbbruder.

Die Chancen, dass die Nachricht, er sei noch am Leben, nicht mehr rechtzeitig in England eintraf und Althea ihn trotzdem amtlich für tot erklären ließ, standen zwar nicht schlecht, doch die Welt würde sehr bald wissen, dass es nicht stimmte. Und selbst wenn Jock Avandale dennoch erbte, würde er nie den Titel führen können. Es gab einfach zu viele Zeugen dafür, dass Bernard, Duke of Avandale, der lange als tot galt, noch am Leben war. Und die Geschichte gab einfach ein zu gutes Klatschthema ab. Armer Jock. Mit nur ein paar Worten hatte er ein ganzes Herzogtum aufgegeben, das in nur wenigen Monaten ihm gehört hätte.

Und was war mit Jims Onkel Youngblood? Wenn Althea zu Ohren kam, dass er noch lebte, würde sie das Land, das seit einem Jahrhundert zur Youngblood-Ranch gehört hatte, niemals zurückgeben. Vermutlich würde sie es aus schierer Bosheit an einen rivalisierenden Ranchbesitzer verkaufen.

Er hätte heulen können.

Sein unsteter Blick fiel auf Ginny, die reglos an der Seite des alten Mannes stand. Merkwürdigerweise fühlte er den

Drang, ihr alles zu erklären, sich bei ihr zu entschuldigen. Er wollte ihr erklären, dass er nur das Richtige hatte tun wollen, dass seine Absichten ehrenhaft gewesen waren, dass er es versucht hatte – er hatte es so sehr versucht.

»Das ist doch absurd«, platzte Pomfrey heraus. »Er ist Amerikaner. Oder handelt es sich hier um eine dieser verwickelten Erbschaftsgeschichten, in der irgendein achtzehnter Cousin fünften Grades plötzlich einen Adelstitel erbt?«

»Halbamerikaner«, verbesserte ihn Jock. »Und so ist es ganz und gar nicht. Seine Mutter war die erste Frau meines Vaters. Sie kehrte auf die Ranch ihres Vaters nach Amerika zurück, als Jim noch in den Windeln steckte. Als sie dann ein paar Jahre später starb, blieb Bernard in Amerika bei seinem Onkel. Avandale heiratete ein weiteres Mal und das Ergebnis dieses Bundes bin ich. Nachdem schließlich auch mein Vater starb, kam Bernard wieder nach England und erbte den Titel. Und mich, was, Bernard?«, endete er mit einem Lächeln.

Welch eine schlichte Zusammenfassung für eine Geschichte, die Jim immer wie eine griechische Tragödie erschienen war, so voller Ausbeuterei, Betrug und Bosheit wie sie war.

Jims Mutter, Alva Youngblood war eine jener Frauen gewesen, die von der Presse als die »Freibeuterinnen« bezeichnet worden waren. Eine Schar neureicher amerikanischer Erbinnen, die in England eingefallen war, um wohlgefüllte Schatztruhen gegen Adelstitel zu tauschen. Alva war einfach nur etwas naiver gewesen, als die meisten anderen. Sie hatte dem verarmten, charmanten und umgänglichen zukünftigen Duke of Avandale geglaubt, als er, auf Befehl seines Vaters und gegen den ausdrücklichen Wunsch seiner Mutter, um ihre Hand angehalten und ihr unsterbliche Liebe geschworen hatte. Sie hatte seinen Antrag angenommen.

Sie war so lange naiv geblieben, bis sie entdeckt hatte, dass ihre enorme Mitgift, ein Geschenk ihres Vaters, der ein reicher Rinderbaron war, nur benutzt wurde, um finanzielle Löcher in den lange vernachlässigten Vermögenswerten des zukünftigen Dukes zu stopfen, und um den beiden Mätressen eben jenes zukünftigen Dukes, von denen eine in London und die andere in Paris lebte, Häuser, Bedienstete und Geschenke bereitzustellen.

Mit gebrochenem Herzen war sie unverzüglich mit ihrem noch kleinen Sohn abgereist und nach Amerika auf die Ranch ihres Vaters zurückkehrt, nur, um dort zu entdecken, dass ihr Adelstitel ihre Familie teuer zu stehen gekommen war, und dass Dürren, missglückte Investitionen und schlechte Planungen das einst so erfolgreiche Imperium ihres Vaters beinahe in den Bankrott getrieben hatten.

Der frischgebackene Duke sah keinen Vorteil darin, seine Frau, deren Unterhalt ihn nur Geld kosten würde und die ihm nichts mehr zu bieten hatte, zurückzuholen. In einem höflich formulierten Brief gratulierte er ihr zu ihrer Entscheidung, da es so wohl für alle am Besten wäre, und schlug vor, dass sie und ganz nebenbei auch sein eigener Sohn doch in Amerika bleiben sollten. Und genau das hatte sie getan.

Nach Alvas Tod war der Duke pflichtbewusst den Wünschen seiner Mutter nachgekommen – sein Vater stand ihrer uneingeschränkten Herrschaft nun ja auch nicht mehr im Wege – und hatte eine andere reiche Lady geehelicht. Diesmal war die junge Dame jedoch komplett mit Adelstitel und einer makellosen Abstammung ausgestattet und sich vollkommen im Klaren darüber gewesen, was von ihr erwartet wurde – Jocks Mutter.

Jim hatte sie nie kennengelernt. Sie war bereits Jahre vor dem Duke gestorben. Und nachdem schließlich auch Avandale im Bett irgendeiner Hure in Cannes einem Herzanfall erlegen war, hatte Althea eine Heerschar von Anwälten aufgestellt und war mit allen notwendigen Dokumenten, die ihr alleiniges Anrecht auf das Erbe des Dukes bestätigten, auf der Ranch seines Onkels erschienen. Sie hatte ihn aus seinem Zuhause gerissen, um zu »versuchen, doch noch irgendetwas Nützliches aus dieser schmutzigen Mesalliance herauszuholen«.

Jim schloss einen Moment die Augen, überrascht davon, dass jene letzte Erinnerung noch immer die Macht hatte, ihm weh zu tun.

»Warum ist er dann hier?«, fragte die kleine und rundliche Miss Whimpelhall. »Und warum suchen Sie seit zwei Jahren nach ihm, Lord Tynesborough?«

»Das ist eine lange Geschichte«, entgegnete Jock.

»Wir haben Zeit«, warf Ginny ein und brach damit ihr so unnatürliches Schweigen.

»Später vielleicht«, vertröstete Jock sie sanft. »Wenn Bernard – oder soll ich dich lieber Jim nennen – einverstanden ist. Ich fürchte, ich habe jetzt schon Befugnisse überschritten und mehr gesagt, als ich sollte. Nur eins möchte ich noch hinzufügen«, sein Blick begegnete dem Pomfreys, »er hat nie gegen menschliches oder göttliches Recht verstoßen.«

»Vielleicht nicht in England …«, murmelte Pomfrey leise, doch Jim verstand ihn trotzdem.

Bevor Jim die Garnison verlassen würde, musste er sich einmal ernsthaft mit Pomfrey über dessen Betragen Ginesse gegenüber unterhalten. Und er würde bald gehen. Seit seiner Ankunft in Ägypten hatte er schon eine Menge durchgemacht: Schusswunden, Messerstiche, Sandstürme, Durst, Banditen, unfreundliche Stammesmänner, rivalisierende Häuptlinge und auf ihn angesetzte Meuchelmörder, doch er glaubte nicht, dass er es ertragen würde, Jock dabei zuzusehen, wie er Ginesse den Hof machte.

»Tja«, warf Sir Robert freundlich ein, »da bist du also von einem echten Duke durch die Wüste geführt worden, Ginny, stell dir das mal vor. Das können nicht viele junge Ladys von sich behaupten, was?«

Doch Ginny sah nicht besonders glücklich aus. Sie wirkte, als hätte sie einen schweren Schlag erlitten, und er hatte keine Ahnung warum.

»Nun gut, wenn Sie uns nicht erzählen wollen, warum Sie hier quer durch Ägypten stromern, Avandale, können wir ja genauso gut etwas essen«, schloss Sir Robert, der sich der Spannungen im Raum offensichtlich überhaupt nicht bewusst war. Er schlenderte zum Esstisch hinüber und musterte die unterschiedlichen Gerichte interessiert. »Hm, ich nehme nicht an, dass Sie irgendwo einen Stilton auftreiben können, was? Miss Whimpelhall verzehrt sich schon den ganzen Weg lang nach einem Stück Käse, nicht war, meine Liebe?«

Miss Whimpelhall, deren lang ersehntes Wiedersehen mit ihrem Verlobten von Jocks Erklärungen völlig überschattet worden war, gab einige undeutbare Laute von sich.

Endlich schien Pomfrey bewusst zu werden, wie sehr er seine zukünftige Braut vernachlässigte, und er hastete an ihre Seite, um ihr den Stuhl zurechtzurücken. Wie eine kleine, brütende Henne ließ sie sich darauf nieder, während Pomfrey die Bediensteten anblaffte, sie sollten noch weitere Gedeckte auftragen.

»Wunderbar«, kommentierte Sir Robert. »Ginny, setz dich. Du wirkst ein wenig pikiert. Ein Glas Rotwein wird dir gut tun.«

Ginesse kehrte zu ihrem Platz zurück, setzte sich und griff in der selben Bewegung nach ihrem Weinglas, das sie in einem Zug leerte.

»Das ist mein Mädchen«, lobte Sir Robert. Auch er ließ sich in einen Stuhl fallen und sah zum Rest der Gesellschaft hoch. »Warum stehen Sie noch so unschlüssig herum, Professor, setzen Sie sich, und Sie, junger Mann«, er drehte seinen löwenmähnigen Kopf in Jims Richtung, »Sie sitzen neben mir. Dann können Sie mir von all den fantastischen Abenteuern erzählen, die Sie mit meiner Urenkelin in der Wüste erlebt haben.«

*Großer Gott.*

Ginesse wurde weiß und Pomfrey blies gegen seinen Schnurrbart und trat von einem Bein aufs andere.

»Es tut mir sehr leid, Sie enttäuschen zu müssen, Sir Robert«, entgegnete Jim. »Doch Sie werden meinem Bruder und mir sicher vergeben, wenn wir unser Wiedersehen draußen weiter besprechen. Wie Sie sich sicherlich vorstellen können, haben wir viel zu bereden.« Er neigte den Kopf und wartete höflich.

Obwohl er sichtlich enttäuscht war, blieb Sir Robert nichts anderes übrig, als seine Erlaubnis zu erteilen. »Wenn es denn sein muss«, willigte er ein.

»Es muss sein«, antwortete Jim. »Aber vielleicht ein anderes Mal.«

Sir Roberts Miene hellte sich auf. »Darauf komme ich zurück, mein Junge. Also, Pomfrey, wie steht es jetzt mit diesem Käse …«

Jim fasste Jock am Arm und zog ihn mehr oder weniger hinter sich her aus dem Raum und in den kleinen Hof hinaus, wo sie ungestört waren. Erst dann blieb er stehen und sah seinen Bruder an. Eine ganze Weile sprach keiner der beiden. Jim suchte vergeblich nach einer Spur des ernsten kleinen Jungen mit der Brille auf der Nase, der ihm in diesem großen, alten Haus nie von der Seite gewichen war, während Jock, wie er annahm, das Gleiche tat.

»Du hast dich kaum verändert«, sagte Jock schließlich kopfschüttelnd. »Größer bist du wahrscheinlich geworden, aber für mich warst du immer schon sehr groß. Und härter. Du hast dein Herz zwar noch nie auf der Zunge getragen, aber meistens wusste ich, was du dachtest. Jetzt wirkst du stahlhart, Jim.« Er lächelte. »Wird mir nicht leicht fallen, dich so zu nennen.«

»Aber du siehst völlig anders aus«, sagte Jim. »Du warst so ein stiller, bescheidener Junge, immer in irgendein Buch vertieft.«

»Überlebensstrategien«, erklärte Jock. »Du hast ihr getrotzt, ich habe mich unsichtbar gemacht.«

»Ich wollte dich nicht im Stich lassen.«

»So habe ich es auch nie gesehen. Wir haben beide getan, was wir tun mussten. Ich bin mit ihrer Herrschaft besser zurechtgekommen als du, und du hättest dich ihr niemals beugen können. Wie oft hat sie dich prügeln lassen?«

»Das spielt keine Rolle mehr.«

»Wenn du meinst.«

»Ich wollte, dass du erbst, verstehst du? Ich wollte, dass alles einmal dir gehört«, erklärte Jim traurig und wusste doch, dass es zu spät war.

»Ich weiß.«

Er sah so zufrieden aus. Jim brachte es nicht über sich, ihm zu erklären, wie viele Leben er mit seiner Offenbarung zerstört hatte. Und welchen Sinn hätte das auch gehabt?

»Und ich weiß auch, dass Althea dir gedroht hat, sie würde das Land deiner Mutter in Amerika verkaufen, falls du jemals zurückkommst.«

Jim zuckte zusammen und starrte ihn an. »Woher?«

»Ich war da, damals in der Bibliothek. Ich war in einem der Alkoven eingeschlafen und als ich wieder aufgewacht bin, habe ich dich und Althea sprechen gehört. Wenn ich rausgekommen wäre, hätte Althea mich für das Lauschen bestraft, also bin ich in meinem Versteck geblieben. Ich habe alles gehört, ich weiß, welchen Handel du mit ihr geschlossen hast.«

»Jock, es hatte nichts mit dir zu tun.«

»Da muss ich dir leider widersprechen. Es hatte *alles* mit mir zu tun. Ich war zwar erst zwölf, aber ich wollte schon damals nicht in ihre Machenschaften verwickelt werden. Ich wollte niemals Duke sein, Jim. Das war deine Rolle und ich habe dich nie darum beneidet. Du warst dafür besser geeignet als ich.«

Jim sah ihn überrascht an.

»Ich wollte nur in aller Ruhe studieren. In der damaligen Situation konnte ich zwar nichts tun, aber ich habe mir geschworen, sie wird niemals mich an deiner Stelle zum Duke of Avandale machen.«

Jock musste es doch geschafft haben, Jim seine Verblüffung zumindest teilweise anzusehen. »Warum überrascht dich das so? Ich wollte keinen gestohlenen Titel und ich wollte mir mein Leben nicht auf Kosten eines anderen aufbauen. Würdest du das wollen?«

»Nein«, gab Jim zu, beschämt von der Integrität seines Bruders. Nie hatte er daran gedacht, wie es Jock bei dieser ganzen Sache wohl ginge. Er hatte in seiner Arroganz zu Unrecht angenommen, dieser stille Junge würde sich einfach mit jeder Rolle abfinden, in die Althea ihn zwängte. Zu erkennen, dass Jock mit gerade mal zwölf Jahren eine Charakterstärke an den Tag gelegt hatte, die so manch einem erwachsenen Mann fehlte, machte ihn betroffen.

»Es tut mir leid, Jock. Ich habe es nicht böse gemeint. Ich habe wirklich geglaubt, du wärst gerne Duke. Und wenn du uns damals nicht belauscht hättest, wärst du mit deinem Erbe vielleicht auch zufrieden gewesen, und du hättest einen großartigen Duke abgegeben. Einen viel besseren als ich. Ich wünschte, du hättest es nie erfahren.«

Jock schnaubte spöttisch. »Dieses demütige Getue steht dir nicht besonders gut, Bruder. Aber ich genieße es einfach solange, bis du über ein paar meiner zahlreichen Schwächen stolperst und alles wieder zurücknimmst.« Jock lächelte. »Und was das Gespräch zwischen dir und Althea angeht – sei froh, dass ich es belauscht habe.

»Ich habe erstmal den Mund gehalten, weil ich genau wusste, welchen Druck Althea ausüben konnte, wenn man sich ihr widersetzte. Also habe ich gewartet, bis ich vor zwei Jahren volljährig geworden bin, und ein Treffen mit ihr in der Kanzlei unseres Familienanwalts vereinbart. Dort habe ich um ein Büro gebeten, in dem wir uns ungestört unterhalten konnten.

Sobald wir allein waren, habe ich Althea erzählt, ich wisse alles über ihren Plan, mich zum Duke zu machen, und dass sie dich mit den Ländereien deiner Mutter erpresst hat, über die sie bis zu meinem fünfundzwanzigsten Geburtstag ja noch die volle Kontrolle hat. Ich habe ihr erklärt, dass ich nicht einfach dabei stehen und ihr das durchgehen lassen würde, und dass ich, sollte sie jemals auf die Idee kommen, dich für tot erklären zu lassen, zum

House of Lords gehen und dort alles wiederholen würde, was ich wusste.«

»Tapferer Junge!«

»Vor Angst schlotternder Junge. Meine Knie waren so weich, dass ich während des ganzen Gesprächs sitzen bleiben musste. Das fand sie vermutlich reichlich unverschämt.«

»Gut gemacht.«

Jock lächelte, offensichtlich zufrieden mit sich selbst. »Und dann habe ich ihr noch erklärt, ich würde sie öffentlich als Eidbrecherin und Erpresserin anprangern, wenn sie das Land nicht sofort deinem Onkel überschriebe.«

Jim lachte. Er konnte einfach nicht anders. Jock hatte die Erpresserin erpresst. Diese Symmetrie der Ereignisse hatte etwas für sich. »Was hat sie gesagt?«

»Althea ist sehr vorhersagbar. Nichts bedeutet ihr so viel wie der Name Tynesborough, auch wenn sie ihn nur durch Heirat trägt. Sie hat die Papiere sofort unterschrieben. Seitdem haben wir uns nicht wieder gesehen.«

»Du meinst …«

»Ja. Dein Onkel ist seit zwei Jahren der alleinige Besitzer der Youngblood-Ranch«, bestätigte Jock. »Und seitdem habe ich versucht, dich zu finden.«

Jim fuhr sich mit der Hand durchs Haar, unsicher, was er fühlen oder wie er reagieren sollte. Seit fast sieben Jahren war sein Leben die reinste Wüste gewesen, eine unendliche, leere Weite, die sich in eine nichtssagende Zukunft erstreckte, und jetzt bot sich ihm mit einem Mal ein Ausweg. Er hätte überglücklich sein müssen, sein Geburtsrecht zurückzugewinnen, ohne dafür irgendjemanden oder irgendetwas zu opfern. Es hätte ihn freuen müssen, dass Althea nicht gewonnen hatte, dass sie weder ihn, noch Jock gebrochen hatte. Er hätte begeistert sein müssen, wieder einen Weg nach Hause gefunden zu haben.

Nach Hause.

Ohne dass er es wollte, flackerte sein Blick zum Fenster des Speisezimmers hinüber. Die Vorhänge versperrten ihm die Sicht auf sie, doch er konnte ihre Anwesenheit spüren. Als wäre sie eine Flamme, die ihn unwiderstehlich anzog.

»Möchtest du denn gar nichts sagen?«, fragte Jock amüsiert.

»Ich kann es gar nicht glauben«, entgegnete er. »Ich habe mir nie vorgestellt, nach England zurückzukehren.«

»Das musst du auch nicht, weißt du«, sagte Jock. »Um ehrlich zu sein gibt es da nicht viel, zu dem man zurückkehren könnte, und das, was da ist, wird von den Banken gut verwaltet. Das Haus ist völlig verfallen, aber die Farm gibt es noch. Und das einzige andere Anwesen von Wert ist das Mayfair-Gut. Allerdings hat Althea dort lebenslängliches Wohnrecht, was aber wiederum wohl nicht mehr allzu lange eine Rolle spielt.«

»Ich sollte ihr einen Besuch abstatten.«

»Warum?«, fragte Jock und zum ersten Mal schlich sich eine tiefe Bitterkeit in seine Stimme. »Sie hat dir das Leben zur Hölle gemacht. Sie hat deine Mutter zutiefst verabscheut und sie hat dich dafür gehasst, dass du ihr Sohn warst. Sie würde dir einen Besuch nicht danken.« Er tippte sich gegen die Stirn. »Aber wenn du nur hinfahren möchtest, um ihr ins Gesicht zu spucken, nun, das könnte ich verstehen.«

Doch das wollte er nicht. Kein bisschen. Er runzelte die Stirn und versuchte, die Ursache für seine eigene, unerwartete Reaktion zu ergründen. Müsste er denn nicht ganz versessen darauf sein, seiner Großmutter entgegenzutreten, gesund und munter vor ihr zu stehen und ihr seinen Triumph ins Gesicht zu schleudern? Doch das war er nicht. Sowohl Althea als auch sein damaliges Selbst gehörten einer so fernen Vergangenheit an, dass er sich kaum noch an sie erinnern konnte. Sie beide kamen ihm vor wie Figuren eines Buches, das er nicht wieder aufschlagen wollte.

»Nein, ich glaube nicht«, murmelte er und fühlte, wie der letzte Rest dieses alten Zorns verrauchte.

Jock nickte. »Ich kann verstehen, dass du hier nicht weg möchtest«, sagte er, sog tief die Luft ein und wandte sein Gesicht nach oben, den Millionen winziger Lichtpunkte zu, die sich über den Himmel gezogen hatten wie ein Schleier über einen dunklen Fluss. »Ich verstehe, warum du hier bleiben möchtest. Dieses Land ist atemberaubend. Und Sir Robert hat mir Geschichten über deine Heldentaten erzählt. Er hat gesagt, du hättest bei der Lokalisierung des Grabes von Thutmosis dem Ersten deine Finger im Spiel gehabt.« Und mit einer Spur von Besitzerstolz fügte er hinzu: »Miss Braxton hat eine Abhandlung darüber geschrieben, wusstest du das?«

»Nein, das wusste ich nicht.«

Jock besaß alle Eigenschaften, die ein junger Aristokrat haben sollte, er war durch und durch ein Vorbild: anständig, intelligent und teilnahmsvoll. Jim besaß alle Eigenschaften, die ein Überlebenskünstler brauchte: Er war doppelzüngig, gerissen und skrupellos.

»Ist das nicht merkwürdig?«, sagte Jock nachdenklich. »Da sind wir seit Jahren getrennt und doch hat uns das Schicksal beide hierher geführt, an denselben Ort.«

Und, dachte Jim mit einem leeren Gefühl in der Brust, zu derselben Frau.

# Kapitel 28

*Doch die Erinnerungen waren ihr geblieben. Sie konnte träumen, von dem, was gewesen war, und von dem, was hätte sein können. Von der Schönheit, dem Mysterium und der Leidenschaft dessen, was sie auf ewig in ihrem Herzen tragen würde. Wie einen geheiligten Schatz!*

aus dem Tagebuch von Ginesse Braxton

»Ich bin ja so froh, dass es dir gut geht, Ginesse. Dieser neu entdeckte Duke meinte, du hättest einiges durchgemacht auf deiner Reise. Er schien sehr um dich besorgt zu sein, aber es scheint dir ja gut zu gehen«, sagte Sir Robert und strahlte Ginesse an. »Was für ein Abenteuer muss das gewesen sein! Du schlägst eindeutig nach deiner Mutter. Sie sah stets am besten aus, wenn sie in irgendwelchen Schwierigkeiten steckte.«

Mit großer Zuneigung sah Ginesse ihren Urgroßvater an, als Sir Robert ihre Hand in seine Armbeuge legte und sie auf einen Verdauungsspaziergang führte. So viele Männer seiner, und auch ihrer, Generation waren sauertöpfische Moralisten. Sir Robert dagegen sah stets alles von einer positiven Seite.

»Aber ich habe nie daran gezweifelt, dass du dein Ziel schließlich erreichst, auch wenn Magi meine Überzeugung da nicht ganz geteilt hat.« Magi setzte Sir Roberts Optimismus einen gesunden Pragmatismus entgegen, den sie sich zweifellos durch jahrelange Erfahrung mit Ginesse und ihrer Mutter erworben und der sie von einem allumfassenden Vertrauen in ein Happy End kuriert hatte.

»Es tut mir leid, dass sie sich meinetwegen Sorgen gemacht hat.« Die Sonne war bereits untergegangen und ein Dreiviertelmond hing am samtenen Himmel wie der Ohrring einer nubischen Göttin. Von den Baracken klangen Gesprächsfetzen und Geräusche gemütlicher Geschäftigkeit herüber und verbreiteten eine heimelige Atmosphäre. Der Duft von Zigarrenrauch wehte ihr vom Wachturm in die Nase und einen Moment lang fragte sie sich, ob es vielleicht Jim war, der da rauchte. Aber Jim rauchte nicht. Jedenfalls nicht, soweit sie wusste. Allerdings gab es da wohl vieles, das sie über James Owens Tynesborough nicht gewusst hatte.

»Sobald ich wieder in Kairo bin, werde ich ihr alles erklären und sie um Verzeihung bitten.«

»Oh, solange wirst du damit gar nicht warten müssen. Sie hat darauf bestanden, mitzukommen.«

»Wirklich?«, fragte Ginesse begeistert. »Wo ist sie?«

Ihr Urgroßvater machte ein säuerliches Gesicht. »Dieser Colonel hat sie und Haji von uns getrennt. Sie essen mit den arabischen Bediensteten zu Abend. Wenn ich nicht genau gewusst hätte, dass sie dort sehr viel besser behandelt werden, als an seinem Tisch, hätte ich natürlich protestiert.«

»Aber kann ich sie später noch sehen?«

»Vielleicht wartest du damit lieber noch bis morgen. Es war eine lange Reise.«

»Natürlich«, willigte Ginesse ein. »Aber gleich morgen früh gehe ich zu ihr.«

»Haji ist auch mitgekommen.«

»Haji?«, fragte Ginesse nach. Das war allerdings eine Überraschung, wenn auch keine angenehme. »Warum das denn?«

»Er hat darauf bestanden«, erklärte Sir Robert mit einer solchen Unschuldsmiene, dass Ginesse sich sofort sicher war, dass nicht Haji derjenige war, der darauf bestanden hatte. Das behielt sie allerdings für sich. Wenn Sir Robert Haji unbedingt in ein gutes Licht rücken wollte, würde sie ihm sicher nicht den Spaß verderben.

»Was ist los, Ginesse? Du hegst doch wohl nicht immer noch deine kindlichen Vorurteile gegen den Jungen, oder?«

*Sie* hatte also Vorurteile gegen *ihn*? Nur unter Einsatz höchster Charakterstärke verbiss sie sich eine scharfe Entgegnung.

»Haji hat sich übrigens zu einem hervorragenden Gelehrten entwickelt«, fuhr Sir Robert fort. »Was nur umso bemerkenswerter ist, weil er sich beinahe alles selbst beigebracht hat. Er hat einige sehr gescheite Theorien darüber entwickelt, warum deine verlorene Stadt, na ja, verloren gegangen ist.«

»Hm.«

»Er könnte sich als wertvoller Kollege auf deiner Suche nach Zerzura erweisen«, schlug Sir Robert vor, als wäre es ihm gerade erst eingefallen, was Ginesse ihm keine Sekunde lang abnahm.

»Zerzura«, murmelte sie und zum ersten Mal seit Tagen kam ihr die verlorene Stadt wieder in den Sinn und damit auch der Grund, warum sie überhaupt hier war. Gott sei Dank hatte sie immer noch Zerzura. Es war alles, was ihr noch geblieben war.

»Ja. Professor Tynesborough hat uns alles über deine Entdeckung berichtet und er hat auch erzählt, wie er der Spur deiner Nachforschungen in der Bibliothek gefolgt und wie ihm schließlich aufgegangen ist, was für eine großartige Entdeckung du da gemacht hast. Und er hat außerdem erklärt, wie schlecht er sich fühlt, weil er deine Nachforschungen abgetan hat, ohne dir richtig zuzuhören.«

»Nicht der Rede wert.«

»Du scheinst ganze Scharen von Männern zurückzulassen, die sich bei dir für ihr schlechtes Betragen entschuldigen müssen«, sagte er mit einem Augenzwinkern.

Der einzige Mann, dessen schlechtes Betragen sie interessierte, war James Owens. Sie musste aufhören, ständig an ihn zu denken und alles, was geschah, irgendwie in Beziehung zu ihm zu setzen. Er war nicht der Mittelpunkt ihres Lebens. Er gehörte ja nicht einmal mehr dazu.

»Stell dir mal vor, Ginny. Haji ist überzeugt davon, du könntest ihn nicht ausstehen, und er räumt ein, dass deine Antipathie vielleicht sogar gerechtfertigt ist.«

»Wie großzügig von ihm«, kommentierte sie trocken. Sollte Haji mit seinen scheinheiligen Zugeständnissen ruhig jedem möglichen Vorwurf ihrerseits zuvorkommen.

»Es würde mich nicht überraschen, wenn er dir seine Hilfe bei der Suche nach Zerzura gar nicht anbieten würde, nur, um die Dinge zwischen euch wieder in Ordnung zu bringen.«

Wieder in Ordnung bringen. Jims Worte. Sie ließ zittrig die Luft zwischen den Lippen entweichen.

Auf einmal blieb ihr Urgroßvater stehen und musterte sie scharf. »Irgendetwas stimmt nicht mit dir.«

»Nein«, widersprach sie, »es ist alles gut.«

»Nein, da ist definitiv etwas im Busch. Genau so hast du schon als Kind geschaut, hinter dem Rücken deiner Mutter, wenn du dich ungerecht behandelt gefühlt hast. Also, raus damit.«

»Es ist nichts, ich brauche nur einfach nicht noch jemanden, der ›alles wieder in Ordnung bringen‹ will, das ist alles.«

Sir Roberts buschige weiße Brauen hoben sich. »Noch jemanden?«, hakte er nach.

»Ja«, bekräftigte sie energisch. »Ich bin kein Kind mehr. Ich bin kein Gepäckstück und ich bin auch kein Esel oder so. Haji hat nichts weiter getan, als die Papyri, die ich angezündet hatte, weiterbrennen zu lassen. Vermutlich wollte er, dass ich endgültig von den Ausgrabungsstätten verbannt werde. Ich glaube nicht, dass er vorhatte, mich gleich gänzlich aus Ägypten zu vertreiben.

Ich hätte ja auch zurückgehen und das Feuer selbst löschen können, aber ich hatte Angst davor, bestraft zu werden. Und das war auch nicht ganz unbegründet, denn schließlich hat dieses kleine Experiment zur Folge gehabt, dass ich nach England verschifft wurde.«

»Oh, ich kann dir versichern, dass diese Entscheidung nicht nur auf diesen einen Zwischenfall gegründet war, mein Herz«, bemerkte ihr Urgroßvater mit geflissentlicher Ironie. »Ich glaube, die Liste war mehrere Seiten lang.«

Es hatte eine Zeit gegeben, und das war gar nicht mal so lange her, in der eine Erinnerung an ihre Verfehlungen sofort den panischen Drang in ihr geweckt hatte, jeden Vorfall einzeln zu erklären und zu entkräften. Doch jetzt kam ihr das nur noch wie eine enorme Energieverschwendung vor. In Wahrheit gefiel ihr, wer sie war. Sie verstand ihre Stärken und kannte ihre Schwächen und sie wollte sich nicht länger vor irgendjemandem dafür rechtfertigen, wie sie nun einmal war, auch vor sich selbst nicht.

Aus dem Kind von damals war eine Frau geworden. Als Kind war Ginesse neugierig, quirlig und widerspenstig gewesen. Die Frau, zu der sie sich entwickelt hatte, war noch immer neugierig und tendierte dazu, erst zu handeln und dann zu denken. Aber wie jeder, der sich gerne auf dünnem Eis bewegt, hatte sie auch gelernt, geistesgegenwärtig und einfallsreich zu sein, um zu überleben. Und sie hatte nicht nur überlebt, sie war aufgeblüht.

»Ich will damit nur sagen, dass ich Haji für nichts verantwortlich mache, und ich finde es maßlos arrogant, dass er sich anscheinend für den Dreh- und Angelpunkt meines Lebens hält. Ich habe mir meinen Weg selbst ausgesucht, vielen Dank. Nur ich und niemand sonst ist dafür verantwortlich, was vor London, in London und seit London mit mir passiert ist. Es war meine Entscheidung, mich als Miss Whimpelhall auszugeben, nach Zerzura zu suchen, Mr. Owens anzulügen und«, sie schluckte, »alles andere auch.«

»Jeder ist seines Glückes Schmied und so, was?«, fragte Sir Robert sanft.

»Ganz genau.«

»Und jede wahre Carlisle würde so empfinden«, bekräftigte er strahlend. Sir Robert bezog sich damit auf die ägyptische Sitte, Stammbäumen nach ihrer mütterlichen Linie zu folgen. Erst nachdem sie ein paar weitere Schritte zurückgelegt hatten, sprach er weiter.

»Arme Miss Whimpelhall, ich hoffe, sie hat mit ihrer Reise hierher nicht nur ihre Zeit verschwendet.«

»Wie kannst du das sagen, Urgroßvater? Du weißt doch, dass sie hier ist, um Pomfrey endlich zu heiraten.«

»Sie kommt mir aber nicht gerade wie eine Frau vor, die nach jahrelanger Trennung gerade wieder mit ihrem Liebsten vereint wurde. Ich glaube, sie hat einen warmherzigeren Empfang erwartet.«

»Nein«, sagte Ginesse langsam und ihr Mitgefühl für Miss Whimpelhall lenkte sie vorübergehend von ihren eigenen Sorgen ab. »Das hat sie nicht. An Bord der *Lydonia* habe ich sie einmal gefragt, ob Colonel Lord Pomfrey sie bei ihrem Wiedersehen wohl in die Arme nehmen und herumwirbeln würde, und die bloße Vorstellung hat sie entsetzt. Sie hat keinen Zweifel daran gelassen, dass sie so unverhohlen zur Schau gestellte Zuneigung als unter ihrer und Colonel Lord Pomfreys Würde empfindet.«

Sir Robert schüttelte den Kopf. »Ach Ginny. Und du hast ihr das auch noch abgenommen?«

»Natürlich. Warum denn nicht? Sie ist eine äußerst beherrschte und zurückhaltende Lady.«

Sie konnte Sir Roberts Lächeln nicht deuten. »Sie ist eine Lady, die sich die Haare rot färbt«, sagte er.

»Das habe ich auch gemacht«, gab Ginesse zu bedenken, auch wenn sie sich nicht sicher war, inwiefern das etwas mit Miss Whimpelhalls Charakter zu tun hatte.

»Genau.«

Sie wusste nicht recht, ob sie diesen rätselhaften Kommentar als Lob oder als Kritik verstehen sollte, und beschloss, ihn deshalb lieber zu ignorieren.

»Aber genug von Haji und Miss Whimpelhall und Colonel Lord Pomfrey«, entschied Sir Robert. »Wir sind jetzt weit genug von jedem offenen Fenster entfernt, dass wir endlich zum Punkt kommen können. Was geht da wirklich vor?«

»Was meinst du?«

»Zwischen dir und Tynesborough.«

*Tynesborough?* Sie war verwirrt, bis sie begriff, dass ihr Urgroßvater James Owens gemeint haben musste. Da er ihn nie als, na ja, als Jim gekannt hatte, verwendete Sir Robert verständlicherweise seinen Nachnamen.

Ginesse zögerte. Sie war nicht sicher, ob ihr Geheimnis zu der Sorte gehörte, die man mit seinem Urgroßvater teilte. Andererseits fiel ihr jedoch niemand sonst ein, dessen Urteil sie mehr vertraute. Ihre Eltern standen ihr zu nahe, sie liebten sie zu sehr und waren zu geschickt darin, immer zu Ginesses Gunsten zu argumentieren. Merkwürdigerweise tendierten ihre Brüder da immer genau zum Gegenteil.

»Ich weiß nicht, was du damit meinst«, sagte sie endlich, obwohl ihr bewusst war, was für eine armselige Ausrede das war.

»Dieser junge Mann«, stellte Sir Robert entschieden fest, »ist in dich verliebt. Was hast du also vor?«

Ihr sank das Herz und sie seufzte schwer. Bis jetzt war ihr nicht einmal bewusst gewesen, wie sehr sie auf die Meinung ihres Urgroßvaters gezählt hatte. Doch welchen Wert hatte das noch, wenn er die Situation so grundlegend missverstanden hatte. Er war doch immer so scharfsichtig gewesen. Nun ja, vermutlich holte ihn das Alter nun doch allmählich ein.

»Da täuschst du dich, Urgroßvater. Mr. Owens liebt mich nicht«, erklärte sie und fügte dann der Vollständigkeit halber noch hinzu: »Auch wenn er um meine Hand angehalten hat. Zweimal.«

»Ach wirklich?«, fragte Sir Robert und seine Augen weiteten sich interessiert.

»Ja, aber das hatte nichts mit Liebe zu tun.«

»Tatsächlich? Und woher weißt du das so genau?«

»Weil er bei keinem seiner Anträge Zuneigung als Grund genannt hat, warum er mich heiraten wollte. Genau genommen hat er überhaupt keine Gefühlsregung gezeigt und von Liebe hat er schon gar nicht gesprochen. Und als Colonel

Lord Pomfrey diese …« Sie verstummte. Sie konnte Pomfreys grausame Beleidigungen nicht wiederholen, es würde ihren Urgroßvater nur zu überstürzten Handlungen verleiten. Doch dass Jim sie nicht verteidigt hatte, schmerzte genauso, wie seine Pflichtanträge.

»Was, Liebes?«, hakte Sir Robert nach.

»Gar nichts«, wich sie aus. »Er hat Mr. Owens' Antrag auch nicht gerade in ein besseres Licht gerückt.«

»Warum sollte er auch?«, fragte Sir Robert verwirrt. »Komm schon, Ginesse, du bist zugegebenermaßen nicht gerade das sachlichste Mitglied dieser Familie, aber als Schwester von fünf Brüdern muss doch sogar dir klar sein, dass Männer – und besonders Männer wie Mr. Owens – nicht gerade geschickt darin sind, zu zeigen, was in ihrem Herz vorgeht.«

»Mr. Owens hat gleich mehrere wohlüberlegte Erklärungen dafür abgeliefert, warum er mich heiraten möchte, und keine einzige davon hatte irgendetwas damit zu tun, was da in seinem Herzen vorgeht oder – in diesem Fall – eben *nicht* vorgeht.«

»Und was für Erklärungen waren das?«

Zu ihrem Entsetzen fühlte Ginesse, wie ihre Wangen heiß wurden, und sie betete, dass ihr Urgroßvater es in der Dunkelheit nicht bemerken würde. Leider hatte Sir Robert aber Augen wie eine Eule.

»Oh«, entfuhr es ihm und auch er errötete. »Ich verstehe.« Er räusperte sich. »Mr. Owens glaubt, da du eine so lange Zeit unbeaufsichtigt in seiner Begleitung verbracht hast, wäre dein guter Ruf in Gefahr.«

Gott segne ihn. »Genau«, bestätigte sie erleichtert. »Genau das ist es.«

»Und du bist dir absolut sicher, dass nur sein ritterliches Verantwortungsbewusstsein hinter seinem Antrag steckt und sonst nichts?«

»Nicht sein Verantwortungsbewusstsein, sondern sein *Schuldbewusstsein*«, korrigierte Ginesse. »Er hat ein *schlechtes Gewissen*!«

»Oh je.« Sir Robert kaute auf seiner Unterlippe, eine Angewohnheit, in die er manchmal verfiel, wenn ihn etwas bekümmerte.

»Glaub mir, Mr. Owens ist sich vollauf bewusst, dass ich gegenseitige romantische Gefühle in einer Ehe für unverzichtbar halte. Wenn er also wirklich etwas für mich empfinden würde, dann hätte er es doch gesagt, oder?«

»Was genau hat er denn gesagt?«

Sie ließ seinen Arm los und verschränkte auf Höhe ihrer Taille die Finger ineinander. Sie senkte den Blick, damit ihr Urgroßvater ihre Tränen nicht sah. »Er hat gesagt, er wünschte, er wäre ein anderer.«

Sir Robert kniff die Augen zusammen.

Sie schniefte und nickte bestätigend. »Dann hat er gesagt, da er das aber nun mal nicht sei, müssten wir es eben einfach akzeptieren. Und er hat gesagt, er wäre moralisch immerhin nicht völlig verkommen, und dass er zwar das, was passiert ist, nicht mehr ungeschehen machen könne«, wieder wurde sie rot, »dass er es aber ›legitimieren‹ wolle und versuchen würde, mich glücklich zu machen.«

Natürlich liefen ihr die Tränen nun doch über die Wangen und sie wusste nicht einmal, ob es Tränen der Wut oder Tränen der Trauer waren. Vermutlich beides.

»Oh je«, sagte Sir Robert noch einmal und sah sie sehr eindringlich und sehr ernst an. »Er erscheint einem so beherrscht, dass man leicht vergisst, wie jung er noch ist.«

Jetzt hätte sie vor Frustration am liebsten mit dem Fuß gestampft. Was hatte denn jetzt bitte Jims Alter damit zu tun?

»Das ist doch egal. Ich habe nein gesagt. Und jetzt möchte nicht mehr über Mr. Owens reden.«

Einen Moment lang schien es ihr, als wollte ihr Urgroßvater noch etwas sagen, doch dann nahm er nur wieder ihren Arm und führte sie weiter.

»In Ordnung«, sagte er nach einer Weile. »Wenn du nicht mehr über Mr. Owens sprechen möchtest, den wir jetzt wohl besser Avendale nennen sollten …«

»Und das kommt auch noch dazu«, platzte sie heraus.

Ihr Urgroßvater hielt inne und wartete geduldig.

»Er hat mir *nie* etwas davon gesagt, dass er ein Duke ist. Warum sollte man einer Frau einen Antrag machen, ohne ihr vorher zu sagen, dass man zufälligerweise ein Herzogtum erbt?«

»Ich weiß nicht recht …«

»Aber ich. Um sie zu *prüfen*. Um ihre Prioritäten und ihren Charakter kennenzulernen. Und wenn diese Frau seinen Antrag ablehnt, solange sie nicht weiß, dass er ein Duke ist, kann sie ihre Entscheidung unmöglich rückgängig machen und einen zukünftigen Antrag annehmen, wenn sie es schließlich erfährt. Aber natürlich besteht auch absolut keine Chance auf einen weiteren Antrag, besonders wenn sie … wenn sie …« Jetzt schluchzte sie.

»Wenn sie was, mein Liebes?«

»Wenn sie ihm gesagt hat, sie will ihn vor allem deshalb nicht heiraten, weil er nichts hat außer …«

»Außer was?«

»Ein Pferd!«, heulte sie, machte auf dem Absatz kehrt und rannte davon.

Sir Robert Carlisle starrte seiner flüchtenden Urenkelin hinterher. Kurz erwog er, sie zurückzurufen und ihr zu erklären, dass er mit seiner Frage, was sie bezüglich des Mannes, der in sie verliebt war, tun wollte, nicht James Owens gemeint hatte, sondern Geoffrey Tynesborough.

Aber dann siegte die Vernunft. Warum ohnehin schon trübe Wasser noch weiter aufwirbeln?

So so, dieser wiederentdeckte Duke of Avandale hatte also um Ginnys Hand angehalten, und das nicht nur einmal, sondern gleich zweimal. *Das* war nun wirklich eine Überraschung. Aber eigentlich hätte es ihn nicht weiter verwundern dürfen, dachte er dann. Immerhin hatte Ginesse den Charme ihrer Mutter und die Augen ihres Vaters geerbt.

Und dann war da natürlich noch ihre entzückende florentinische Nase

# Kapitel 29

*Sie war unglücklich.*

aus dem Tagebuch von Ginesse Braxton

Schon früh am nächsten Morgen verließ Ginesse ihr Zimmer in Pomfreys Haus und wartete vor dem Gebäude, in dem Magi untergebracht war. Sie wappnete sich für die Standpauke, die sie mehr als verdient hatte, weil sie niemandem Bescheid gegeben hatte, wo sie war. Doch als Magi, die sonst nicht gerade für ihr überschwängliches Wesen bekannt war, sie sah, nahm sie Ginesse nur stumm in die Arme und hielt sie fest. Es traf Ginesse mehr, als jede Zurechtweisung es vermocht hätte. Niemals wieder, schwor sie sich, würde sie jenen, die sie liebte, solchen Kummer machen und das sagte sie Magi, während sie über den Paradeplatz spazierten.

Ob Magi ihr das wirklich abnahm, war allerdings eine andere Sache.

»Was für ein herrliches Tier!«, rief Magi, als sie sich einem eingezäunten Rund vor den Stallungen näherten.

Am Zaun hatte sich bereits eine kleine Gruppe Männer versammelt, darunter auch Lord Tynesborough, um dabei zuzusehen, wie Jims grauer Hengst von einem ängstlich wirkenden Jungen aus dem Stall geführt wurde. Der

Graue stampfte mit den Hufen und trat und schnappte immer wieder nach dem armen Stallknecht, der schwer damit beschäftigt war, diesen Scheinangriffen auszuweichen.

»Miss Braxton, Miss Elkamal«, rief Lord Tynesborough ihnen zu. »Was für ein schöner Morgen für eine erstklassige Vorführung.«

»Was könnte es wohl geben?«, fragte Magi.

»Der Stallmeister hat erklärt, Jims Pferd sei unkontrollierbar, und wenn Jim ihm nicht das Gegenteil beweisen kann, muss er ihn sofort von hier wegbringen. Jim ist ein hervorragender Pferdekenner«, erklärte Lord Tynesborough bewundernd. »Er hat diese Kunst von den Komantschen gelernt, die auf der Farm seines Großvaters als Cowboys gearbeitet haben.«

»Das klingt überaus interessant«, entgegnete Magi. »Aber ich fürchte, ich muss mich jetzt darum kümmern, dass Sir Robert seinen morgendlichen Kräutertee bekommt. Bis später, Ginesse.« Sie neigte leicht den Kopf und entfernte sich gerade in dem Moment, als Jim aus dem Stall trat.

Er sah einfach umwerfend aus mit seinem zerzausten, goldenen Haar, den hochgerollten Hemdsärmeln, die seine muskulösen, gebräunten Unterarme zeigten, und dem offenen Kragen. Er sah zu der Menschentraube hinüber und runzelte die Stirn – offenbar hatte ihm niemand gesagt, dass er heute für die allgemeine Unterhaltung sorgen würde –, bevor sein Blick ihren traf und sie völlig in seinen Bann schlug. Es war, als wären sie plötzlich allein. Es kam ihr vor, als könnte sie seinen Herzschlag hören und den warmen Hauch seines Atems fühlen, obwohl eine solche Kälte in seinen Augen lag, dass die Luft zwischen ihnen zu Eis zu erstarren schien.

»Sie werden besser sehen können, wenn Sie sich auf die oberste Zaunlatte setzen«, schlug Lord Tynesborough, der sich der Spannung überhaupt nicht bewusst war, fröhlich vor. Sie sah sich um. Ein paar der anderen Frauen waren bereits auf den Zaun geklettert und hatten sich auf die oberste Latte gesetzt. »Es besteht absolut keine Gefahr«, versicherte er. »Das Pferd geht an einer Longe.«

Wenn die anderen Ladys da oben waren, sah Ginesse nicht ein, warum sie sich nicht dazugesellen sollte. Sie ergriff Lord Tynesboroughs hilfsbereit ausgestreckte Hand und kletterte auf den Zaun.

Lord Tynesborough lächelte zu ihr hinauf und in seinem Gesicht lag eine solche Wärme, dass sie einen Moment verwirrt war, bis ihr einfiel, dass er vermutlich hoffte, sie auf ihrer Suche nach Zerzura begleiten zu dürfen.

Seine folgenden Worte bestätigen diesen Verdacht eindeutig. »Ich muss Sie um Entschuldigung bitten, Miss Braxton. Nachdem Sie Ihre Stelle bei mir gekündigt hatten, konnte ich das Gefühl nicht abschütteln, dass ich mich Ihnen gegenüber grob und abschätzig verhalten habe. Also bin ich den Spuren Ihrer Nachforschungen gefolgt, so gut ich konnte, und bin unvermeidlich zu dem Schluss gekommen, dass Sie Recht hatten. Dass da draußen wirklich eine Stadt darauf wartet, entdeckt zu werden.«

Sie hätte sich freuen sollen, sie hätte Genugtuung oder wenigstens einen nicht besonders edelmütigen Triumph empfinden müssen, doch alles, was sie fühlte, war eine milde Dankbarkeit. *Zum Teufel* mit Jim Owens.

»Vergeben Sie mir?«

»Ja. Natürlich«, sagte sie und hoffte, er würde endlich aufhören, sie so treuherzig anzuschauen wie ein Hundewelpe, vor dem man einen Knochen hinter dem Rücken versteckt hält. Nur das in seinem Fall natürlich Zerzura der Knochen war.

»Wie lange hat Mr. Owens in Amerika gelebt?«, fragte sie auf der Suche nach einem anderen Gesprächsthema.

»Vierzehn Jahre«, antwortete er. »Zehn davon ohne eine Mutter. Soweit ich weiß, gab es in seiner Kindheit und Jugend nur sehr wenig weiblichen Einfluss. Was ihn vermutlich nicht sonderlich gut auf den Wandel in seinem Leben vorbereitet hat, als unsere Großmutter ihn nach dem Tod unseres Vaters von der Ranch seines Onkels wegholte.«

»Ich kann mir vorstellen, dass da ein ziemlich wilder Junge auf Ihrer Türschwelle stand«, sagte sie und musste trotz allem lächeln bei der Vorstellung eines jungen Jims, der die biederen Dienstboten eines modrigen, alten Herrenhauses peinigte. »Ein richtiger Barbar«, fügte sie noch hinzu, den Blick auf Jim gerichtet.

Er ließ die Longe durchhängen und wartete geduldig darauf, dass sich der Araber ihm näherte. Gelegentlich ließ er das ausgefranste Ende der Longe über den Boden schleifen, um dem Hengst keinen Grund zu geben, bei einer plötzlichen Bewegung zu scheuen.

»Kaum. Jedenfalls nicht im Haus«, entgegnete Tynesborough. »Allerdings hat wohl jeder in der Schule, auf die man ihn geschickt hatte, eindrücklich vorgeführt bekommen, zu was Jim fähig war, wenn man ihn provozierte. Und leider muss ich sagen, dass dort viele ganz versessen darauf waren, einen Außenseiter einzuschüchtern. Sie haben einen fremden Akzent und abweichende Manieren für Dummheit und«, sein Blick huschte zu Ginesse, »Barbarismus gehalten.«

Röte stieg ihr in die Wangen.

Er berührte leicht ihre Hand auf dem Zaun und sah sie verständnisvoll an. »Ich weiß, dass Sie es nicht so gemeint haben, aber es gab viele, die noch weit schlimmere Ausdrücke gewählt haben und die auch genauso dachten. Der Dung-Duke und Lord Trottel waren noch die netteren Titel, die sie ihm verpasst haben – wenn auch kaum mehr als einmal in seiner Gegenwart. Er war schon damals ein kräftiger Junge.

Aber in Avandale Hall, in der Gegenwart unserer Großmutter, hat er sich stets umsichtig, ja sogar höfisch benommen, auch wenn dieses Wort vielleicht merkwürdig klingt. Leider hatte er jedoch auch dort kein leichtes Leben.«

Lord Tynesboroughs Worte skizzierten das traurige Bild eines verwaisten Jungen, den man der britischen Gesellschaft zum Fraß vorgeworfen hatte. Sie wusste aus eigener Erfahrung, wie grausam Kinder manchmal waren. Nur allzu gut konnte sie sich die Abscheulichkeit dieser Schulhofbegegnungen vorstellen: den Spott und das Hohngelächter; die Hitze, die einem ins Gesicht stieg; diese schreckliche Machtlosigkeit; die Tränen, die einem die Kehle zuschnürten, die aber nicht fallen konnten, nicht fallen *durften*, weil die Sticheleien sich dann in Triumphgeheul verwandeln würden.

Auch sie hatte mit schlimmen Beinamen zu kämpfen gehabt. Zum Glück waren Miss Timwell und ihre Lehrerinnen immer schnell zur Stelle gewesen, um sich die tyrannischsten unter den Schülerinnen vorzuknöpfen. Doch diese guten Damen konnten nicht überall sein und Ginesse war einfach ein passendes Opfer für Sticheleien gewesen: ein dünnes, allzu aufbrausendes Mädchen mit einer großen Nase. Doch wenigstens hatte sie Eltern und Geschwister gehabt, die sie liebten.

Wo hatte Jim Zuflucht gesucht?

»Sicher hat Ihre Großmutter getan, was sie konnte, um ihn vor diesen Beleidigungen zu schützen?«, fragte sie.

Tynesborough antwortete nicht gleich. Er fühlte sich sichtlich unwohl und versuchte anscheinend, eine möglichst diplomatische Antwort zu finden. Mittlerweile hatte den Hengst die Neugierde übermannt und er näherte sich Jim vorsichtig.

»Jim hatte absolut keine Erfahrung mit Frauen. Er zeigte ihnen gegenüber beinahe so etwas wie Ehrfurcht. Und er hatte höchste Achtung vor ihnen.« Tynesborough lächelte traurig. »Er musste lernen, dass Doppelzüngigkeit und Grausamkeit nicht nur Männern vorbehalten ist.«

Ginesse zog die Stirn kraus, beunruhigt von dem, was Tynesborough da andeutete.

»Wie meinen Sie das?«, fragte sie.

»Ich sollte das vielleicht nicht sagen, doch Ihre Beziehung zu meinem Bruder scheint mir angespannt zu sein. Ich verstehe das. Er kann sehr kühl, distanziert und ernst sein. Denn einst musste er es.«

Ihr Blick verfinsterte sich noch weiter.

»Unsere Großmutter war entschieden dagegen, dass ihr Sohn Jims Mutter heiratete. Es beleidigte sie, dass die Ahnentafel der Avandales verunreinigt werden sollte.«

»Warum hat er sie denn dann doch geheiratet?«

»Weil der alte Duke genauso dickköpfig war wie seine Frau. Avandale rutschte nach und nach in den finanziellen Ruin ab. Die Familie von Jims Mutter war zu jener Zeit enorm reich. Sie hat dieses Geld mit in die Ehe gebracht und, um die Wahrheit zu sagen, hat sie das Herzogtum damit vor dem Untergang gerettet. Außerdem hat sie dem alten Duke ein ausgedehntes Stück Land übereignet.«

»Aber warum hat sie das getan?«

»Wer weiß das schon? Vielleicht hat sie wirklich geglaubt, mein Vater würde sie lieben? Vielleicht gefiel auch ihrem Vater die Idee, seine Tochter könnte Herzogin werden.« Er hob traurig die Schultern. »Es spielt keine Rolle. Das einzig wichtige ist, dass Althea, unsere Großmutter, sich nie mit der Vorstellung ausgesöhnt hat, ein halber Amerikaner würde das Herzogtum erben. Und deshalb hat sie es sich zum Ziel gemacht, Jim seine amerikanische Identität auszutreiben. Mit allen Mitteln. Sie bekämpfte sein Benehmen, seine Angewohnheiten, seinen Akzent, ja sogar seine Erinnerungen. Er durfte nie über seine Familie oder über sein Leben auf der Ranch sprechen. Niemals. Einige ihrer Methoden waren … brutal.«

Mein Gott. Sie erschauderte und schlang die Arme um sich, als wolle sie sich gegen die Bilder schützen, die Tynesboroughs Worte heraufbeschworen. Und wenn ihr schon eine Erzählung aus zweiter Hand so zusetzte, wie schlimm musste dann erst die Realität für Jim gewesen sein.

»Jim hat gelernt, sich hinter einer Maske der Gleichgültigkeit zu verstecken. Aber das ist nicht sein wahres Wesen«, erklärte Lord Tynesborough. »Tatsächlich hatte er vor, auf seinen Titel und sein Erbe zu verzichten, um diejenigen, die er liebte, vor Leid zu bewahren.«

»Habe ich da gerade etwas von leiden gehört?«, fragte eine weibliche Stimme.

Ginesse sah sich um. Miss Whimpelhall kam auf sie zu geschlendert, beschattet von einem grazilen Sonnenschirm und mit Spitzenhandschühchen an den Händen. Ihr langer Rock wirbelte kleine Staubwolken auf. »Es geht doch hoffentlich nicht um das arme Pferd?«

Einen Augenblick saß Ginesse einfach nur wie versteinert da, unfähig sich von der Geschichte, die sie gerade gehört hatte, zu lösen und zu dem artigen Geplänkel überzugehen, das jetzt von ihr erwartet wurde. Glücklicherweise war Lord Tynesborough in diesen Dingen geschickter als sie.

»Nein, keineswegs, Miss Whimpelhall«, begrüßte er sie und seine Miene glättete sich zu einem höflich interessierten Ausdruck. »Das Pferd ist in allerbester Verfassung. Genau das scheint ja das Problem zu sein. Es treibt so seine Scherze mit den Stallburschen und deshalb haben sie beschlossen, schweres Geschütz aufzufahren – nämlich meinen Bruder. Sind Sie bereit, einem meisterhaften Pferdekenner bei der Arbeit zuzusehen?«

Erstaunlicherweise lächelte Miss Whimpelhall so verschmitzt, dass sich tatsächlich ein Grübchen auf ihrer Wange zeigte. »Ich bin immer bereit, etwas hinzuzulernen, Professor.« Sie sah zu Ginesse hoch und zeigte sich kein bisschen überrascht darüber, wo diese saß. Anscheinend hatte die Reise ihre strikten Ansichten über angemessene Schicklichkeit etwas gelockert. »Hallo, Miss Braxton.«

»Guten Morgen, Miss Whimpelhall«, grüßte Ginesse, die endlich ihre Stimme wiedergefunden hatte. »Würden Sie sich für die Vorführung zu mir gesellen?«, fragte sie und klopfte neben sich auf den Zaun.

»Herrje. Ich meine, nein, vielen Dank.«

»Wird Colonel Lord Pomfrey uns auch Gesellschaft leisten?«, wollte Lord Tynesborough wissen.

»Nein, ich fürchte nicht. Er ist anderweitig verpflichtet«, antwortete sie und wandte den Blick dabei nicht von Jim und dem Hengst.

Der Graue stand nun still. Jim ging auf ihn zu und legte ihm die Hand auf den Widerrist. Ein Schauer lief über das glänzende Fell des Hengstes, als Jim ihm mit einer einzigen, fließenden Bewegung die Hackamore über den edlen Kopf streifte. Dann vergrub er die Hand in der Mähne des Tiers und schwang sich elegant auf seinen Rücken.

Der Hengst tänzelte und versuchte, dem Gewicht auszuweichen. Jim lehnte sich nach vorne und verlagerte den Druck seiner Beine. Sofort beruhigte sich das Pferd. Dann, auf ein unsichtbares Signal hin, fiel der Graue in einen lockeren Galopp. Jim passte sich seinen Bewegungen an und es schien, als würde er nicht nur auf dem Grauen reiten, sondern, als sei er mit ihm verwachsen.

»Unglaublich, nicht wahr?«, murmelte Lord Tynesborough mit hörbarer Bewunderung und in seiner Aufregung legte er seine Hand ein weiteres Mal über die von Ginesse.

Jim sah zu ihnen hinüber. Der Hengst scheute und schlug mit dem Kopf.

»Er sollte ein anständiges Zaumzeug bekommen«, bemerkte Miss Whimpelhall.

»Das braucht er nicht«, entgegnete Lord Tynesborough. »Sehen Sie nur.«

Doch Jim war fertig. Er schwang ein Bein über den Rücken des Grauen, glitt mitten im Galopp von seinem Rücken und landete geschickt auf den Füßen.

»Woll'n Sie ihn denn nich' noch eine Weile reiten?«, fragte einer der Umstehenden. »Ich hab 'n Pfund gesetzt, dass Sie mindestens fünf Minuten drauf bleiben.«

»Tut mir leid«, antwortete Jim und sein Blick streifte Ginesse, dann sah er zu ihrer Hand, die noch immer unter der von Lord Tynesborough lag, und wandte sich ab. »Ich habe alles gesehen, was ich sehen musste. Es dürfte jetzt kein Problem mehr sein, ihn in eine Box zu bringen. Aber seien Sie vorsichtig mit seinen Flanken. Er reagiert auf Schenkeldruck, nicht auf den Zügel.«

Die Menge löste sich auf und Ginesse wollte gerade vom Zaun herunterklettern, als sie Haji Elkamal erblickte. Auch er sah sie. Er wandte sich ab, presste die Lippen aufeinander und kam dann, mit der Miene eines Mannes, der eine lästige Pflicht zu erfüllen hat, auf sie zu. Er verbeugte sich vor Lord Tynesborough und Miss Whimpelhall und nickte dann Ginesse zu.

»Hallo, Ginesse«, sagte er. »Ich hatte bisher nicht die Gelegenheit, dich wieder in Ägypten willkommen zu heißen.«

»Hallo, Haji«, entgegnete sie nicht eben begeistert. Magi hatte unverhoffte Nachsicht mit ihr gezeigt, doch sie gab sich nicht der Illusion hin, sie könnte von Haji die gleiche Freundlichkeit erwarten. Er war noch nie besonders zurückhaltend gewesen, wenn es darum ging, sie zu kritisieren. Also stellte sie sich resigniert darauf ein, eine wahre Tirade über sich ergehen zu lassen, dafür dass sie es gewagt hatte, sich als Miss Whimpelhall auszugeben, und für all den Ärger, ob nun tatsächlichen oder eingebildeten, großen oder kleinen, mittelbaren oder unmittelbaren, den sie dadurch verursacht hatte. Es war ein altes, ein sehr altes Muster.

»Sie nennen Miss Braxton beim Vornamen?«, fragte Miss Whimpelhall, sichtbar verwirrt.

Haji bedachte sie mit einem missmutigen Blick. »Ja. Genau das habe ich getan. Gibt es da ein Problem, Miss Whimpelhall?«

Haji war schon immer überempfindlich und aufbrausend gewesen, stets auf der Suche nach eingebildeten Kränkungen und triumphierend, wenn er tatsächlich einmal eine fand. Er war ein wirklich lästiger Junge gewesen und wie es aussah, hatte er sich zu einem lästigen Mann entwickelt.

»Ach Herrgott noch mal, reg dich ab, Haji«, fuhr Ginesse ihn gereizt an, gerade, als der Stallbursche die Longe aus dem Griff verlor und der Hengst vergnügt begann, durch den Korral zu tänzeln, was ihm anscheinend einen Riesenspaß machte. »Miss Whimpelhall kennt unsere langatmige Vorgeschichte nicht. Sie wäre genauso überrascht, wenn Professor Tynesborough sie gerade ›Mildred‹ genannt hätte. Nicht wahr, Miss Whimpelhall?«

Der Blick der kleinen Frau flog von Haji, der eine steife, autoritäre Miene aufgesetzt hatte, zu Professor Tynesborough, der nicht glücklich mit der Situation zu sein schien, und schließlich zu Ginesse.

»Ja. Ich denke schon. Ich wollte Sie nicht beleidigen, Mr. Elkamal«, erklärte sie und wurde so tief rot, dass Ginesse vielleicht an Schuldbewusstsein gedacht hätte, wenn sie mit etwas mehr Misstrauen beseelt gewesen wäre.

»Natürlich nicht«, fuhr Ginesse fort. »Hajis Vertraulichkeit beruht auf unserer langen …« sie zögerte. »Ich wollte ›Freundschaft‹ sagen, doch das würde Hajis Gefühle äußerst verzerrt wiedergeben. Lassen Sie es mich also stattdessen so ausdrücken: Hajis Vertraulichkeit beruht darauf, dass er während unserer Kindheit mein unfreiwilliger Gefährte war.«

Miss Whimpelhall wirkte peinlich berührt, Lord Tynesborough verdutzt. Haji verdrießlich. »Ich habe angenommen, dass ich nur geduldet werde, solange ich ein Auge auf dich habe«, erklärte er steif. »Vielleicht habe ich mich da getäuscht. Wenn es so ist, tut es mir leid.«

»Soll das etwa eine Entschuldigung sein?«, fragte Ginesse. »Falls ja, ist es eine ziemlich armselige.« Wo war Jim? Der Hengst galoppierte inzwischen im Korral herum und machte sich ein Vergnügen daraus, den Männern, die ihn einfangen wollten, immer wieder auszubüchsen.

»Colonel Lord Pomfrey beabsichtigt, heute Abend eine kleine Dinnerparty anlässlich meiner Ankunft auszurichten«, warf Miss Whimpelhall mit gezwungener Heiterkeit ein und versuchte tapfer, die Konversation wieder in ruhigere Bahnen zu lenken.

»Was ein wunderbares Ereignis werden dürfte, da bin ich mir sicher«, warf Lord Tynesborough ein, der ihr nach Kräften beistand. Doch sie verschwendeten beide nur ihre Zeit.

Haji lief vor Ärger dunkelrot an. »Es tut mir leid, dass meine Entschuldigung deinen Ansprüchen nicht genügt. Ich bin nie in den Genuss einer kultivierten Internats- oder Collegeausbildung gekommen und meinem Benehmen fehlt daher der letzte Schliff. Aber anscheinend hatte das alles bei dir auch nicht den größten Erfolg.«

»Oh, bitte«, fauchte sie. »Du hättest eine Ausbildung bekommen können, wie es an keiner Schule, nirgendwo, eine bessere gibt. Du wurdest von einem der berühmtesten lebenden Ägyptologen, meinem Urgroßvater, persönlich unter weiß Gott wie vielen Bewerbern als Schüler ausgewählt. Und du hast diese Chance weggeworfen, aus purer *Eifersucht.*«

Haji schnappte nach Luft, doch es war ihr egal. Sie war müde, unglücklich und plötzlich wütend. Ja. Sie hatte Fehler gemacht, aber sie war es leid, sich für ihre Vergangenheit rechtfertigen zu müssen.

»Ich habe absolut freie Hand bei der Planung des Dinners«, erklärte Miss Whimpelhall verzweifelt. »Sir Robert hat mir die Dienste seines Kochs angeboten. Ist das nicht nett?«

»Und wie«, bekräftigte Lord Tynesborough, gerade als der Hengst plötzlich in wilde Bocksprünge ausbrach. Die Männer riefen irgendwas, aus dem das Wort »Wespen« herauszuhören war. Die Frauen kletterten vom Zaun, doch Ginesse bemerkte nichts davon.

Und auch Haji nicht.

»Und wenn schon, wer könnte es mir verübeln, dass ich eifersüchtig war?«, knurrte er und funkelte sie an. »Du wurdest in deine Stellung geboren. Alles wurde dir zu Füßen gelegt: Privatlehrer, Zugang zu allem, dein Name. Ich musste mich abrackern, um überhaupt bemerkt zu werden, ich musste mir jede Anerkennung hart erarbeiten. Du musstest nichts weiter tun, als Ginesse Braxton zu sein.«

»Und meinst du, das wäre mir nicht jeden *gottverfluchten* Moment bewusst gewesen?«, schoss sie wütend zurück.

Miss Whimpelhall schnappte nach Luft.

»Enttäuschung. Plage. *Afrit*«, zählte Ginesse auf. »Meinst du, ich hätte nicht bemerkt, wie sehr ich hinter den Erwartungen in mich zurückgeblieben bin, trotz all der Vorteile, die ich hatte? Aber wenigstens habe ich mich durchgebissen. Ich habe gekämpft, um mich doch noch als würdig zu erweisen, du bist einfach nur davongerannt.«

Hajis Gesicht wurde aschfahl bei ihren letzten Worten.

»Ich habe etwas erreicht«, fuhr sie fort und fühlte, wie ihr allmählich die Tränen in die Augen stiegen. »Ich werde etwas erreichen. Etwas, wofür man stolz auf mich sein kann, wofür sich alle Mühen mit mir gelohnt haben. Und was wirst *du* tun?«

Er wusste keine Antwort. Er stand einfach nur da und starrte sie an. Sie weigerte sich, als erste den Blick zu senken.

Plötzlich schrie jemand eine Warnung, der Hengst machte einen Bocksprung auf die Einfriedung zu, in letzter Sekunde wich er aus, doch seine Hinterhand traf den Zaun mit solcher Wucht, dass Ginesse heruntergerissen wurde und in den Korral stürzte.

Sie prallte auf die Schulter und ihr Kopf schlug so hart auf der Erde auf, dass sie einen Moment ganz benommen war. Dumpf nahm sie wahr, dass Haji irgendetwas auf Arabisch rief, Miss Whimpelhall aufkreischte und das Pferd schmerzerfüllt wieherte. Verschwommen sah sie direkt vor ihren Augen Erdklumpen aufstieben, wie Schaum auf einer Welle, aufgewirbelt von gewaltigen Hufen, die nur Zentimeter vor ihrem Gesicht auf den Boden donnerten.

Dann wurde sie hochgerissen, ebenso schnell, wie sie gefallen war, und starke Arme drückten sie gegen eine breite Brust. Sie fühlte einen donnernden Herzschlag unter der Wange. Sie legte den Kopf in den Nacken und erkannte die unverwechselbare Linie von Jims Kinn. Er trug sie aus dem Korral und sie schloss die Augen, sie fühlte sich in Jims Armen so sicher und geborgen, wie nirgendwo sonst.

Dann blieb er stehen, sie öffnete die Augen und sah, dass Jim ihren Blick mit grimmiger Entschlossenheit mied. Aber Lord Tynesborough stand dicht vor ihr und tiefe Besorgnis lag in seinem Gesicht.

»Geht es Ihnen gut, Miss Braxton? Sollen wir nach einem Arzt rufen? Ein Arzt, schnell«, rief Lord Tynesborough.

»Nein. Nein, bitte. Es geht mir gut. Mir ist nur bei dem Aufprall kurz die Luft weggeblieben«, wehrte sie ab und wünschte sich entgegen allen Stolzes und aller Hoffnungslosigkeit, dass Jim einfach weitergehen und sie forttragen würde.

Stattdessen ließ er sie in Tynesboroughs Arme fallen.

»Du musst lernen, in ihrer Gegenwart schneller zu reagieren«, sagte er und stampfte ohne ein Wort der Erklärung davon.

# Kapitel 30

*Die schreckliche und unleugbare Wahrheit war, dass der Mann, dem sie all ihre süße, unsterbliche Liebe geschenkt hatte, ihre Gefühle nicht erwiderte.*

aus dem Tagebuch von Ginesse Braxton

Das Essen war ausgezeichnet gewesen – offensichtlich hatte Sir Robert die Dienste seines Koches tatsächlich zur Verfügung gestellt – und der Wein war in Strömen geflossen. Sir Robert musste darauf bestanden haben, Haji und Magi einzuladen, und Pomfrey hatte nicht gewagt, es ihm abzuschlagen. Haji, Jock und Sir Robert hatten weitgehend das Tischgespräch bestritten und die Unterhaltung war lebhaft und amüsant. Pomfreys Nachwuchsoffiziere und die wenigen Ehefrauen hatten die Gelegenheit genutzt, ihre Tanzschuhe ausgegraben und sich in Schale geworfen. Alle genossen das Fest.

Alle außer Jim.

Er lehnte an der Wand und hielt sein drittes Glas des exzellenten schottischen Whiskeys, den Sir Robert mitgebracht hatte, in der Hand und beobachtete Ginesse. Er versuchte, es nicht zu tun. Er hatte sämtliche Lehren des Anstands und der Selbstbeherrschung bemüht, die ihm das Leben je beigebracht hatte, doch er musste sich schließlich eingestehen, dass keine davon es geschafft hatte, ihn auf sie vorzubereiten. Wenn es um sie ging, besaß er ganz einfach keine Selbstbeherrschung mehr.

Sie trug ein roséfarbenes Kleid aus dünnem Stoff, das sich eng an ihre Hüften schmiegte und um ihre Füße wirbelte. Die Farbe ließ ihre Augen türkis erstrahlen und verlieh ihrem Haar einen satten Goldton. Das Kleid war mit kurzen Bauschärmeln abgesetzt und der tiefe Ausschnitt zeigte gewagt viel Haut. Am Rücken war es sogar noch tiefer geschnitten und Jim konnte die zarte Linie ihres Rückgrats unter einem schmalen schwarzen Samtband verschwinden sehen, das um ihre Taille lag.

Er konnte den Blick genauso wenig abwenden, wie er das Atmen einstellen konnte. Er sah ihr zu, wie sie Jock anlächelte, wie sie über eine seiner Bemerkungen lachte, und während des gesamten Essens rief er sich in Erinnerung, dass er sie ihm im wahrsten Sinne des Wortes selbst ausgehändigt hatte. Jock verdiente sie, sagte er sich. Jock hatte sich geweigert, anzunehmen, was Jim ihm quasi auf einem Silbertablett serviert hatte. Er war ein außergewöhnlicher, charakterfester Mann. Und er war reich. Auch wenn Jock als zweiter Sohn nicht viel vom Erbe ihres Vaters erwarten konnte, hatte ihm seine Mutter ein kleines Vermögen hinterlassen.

Kurz und gut, Jock konnte Ginesse all das geben, was sie wollte.

Und jetzt tanzten sie. Jock hielt Ginesse leicht in den Armen, während das bunt zusammengewürfelte Orchester, das Pomfrey an einer der Kantinenwände platziert hatte, einen flotten Cakewalk zustande brachte. Ihr Rock umflirrte seine Füße und sie hatte den Kopf leicht in den Nacken gelegt … Vor Jims Augen erschien ein anderes Bild von ihr, den Kopf in Ekstase zurückgeworfen, die Lider halb geschlossen und die Lippen leicht geöffnet.

Er kippte den Rest des Scotchs hinunter.

»Lord Avandale.« Er sah sich um und entdeckte Hajis Tante, die auf ihn zukam. Sie war eine schöne Frau von undefinierbarem Alter. Und sie war genauso respekteinflößend, wie Haji sie beschrieben hatte.

»Jim«, korrigierte er.

Sie neigte fragend den Kopf und blieb gerade so weit von ihm entfernt stehen, dass er sich gezwungen sah, sich von der Wand, an der er gelehnt hatte, zu lösen.

»Nennen Sie mich einfach Jim.«

»Wie Sie wünschen«, entgegnete sie und verfiel dann in Schweigen, während sie die tanzenden Paare beobachtete. Er fragte sich, was sie eigentlich von ihm wollte.

»Können Sie tanzen?«, fragte sie nach einer Weile.

»Ja«, antwortete er. Tanzen war Pflichtteil seiner Erziehung gewesen.

»Warum tun Sie es dann nicht?«

Er schaffte ein knappes Lächeln. »Es sind nur wenige Damen zugegen und viele Männer, die dieses Privileg mehr verdienen als ich, warten bereits auf eine Gelegenheit.«

Sie gab einen abschätzigen Laut von sich. »Eine äußerst bequeme Ausrede.«

Überrascht sah er sie an und sie lachte leise auf. »Ich arbeite schon sehr lange für eine Familie, in der nie ein

Blatt vor den Mund genommen wird«, erklärte sie. »Ich fürchte, sie hat mit der Zeit mehr auf mich abgefärbt als anders herum.«

»Der Einfluss war sicherlich gegenseitig.«

»Das hoffe ich wenigstens. Ich mag sie sehr, auch wenn sie alle meine Nerven im Laufe der Jahre stark strapaziert haben. Ginesses Mutter beispielsweise, Desdemona. Es gab Zeiten, in denen es mich schier übermenschliche Kraft gekostet hat, sie nicht zu schütteln, um sie zur Vernunft zu bringen. Sie konnte so blind sein.«

»Ginesse erinnert Sie bestimmt an sie«, sagte er.

»Ginesse? Kein bisschen. Wenn überhaupt, dann hat Ginesse die Dinge immer zu klar gesehen. Sie ist sich jeder ihrer Unzulänglichkeiten bewusst und kennt jeden einzelnen Fehler, und sie kann sich kaum vorstellen, dass andere sie verzeihlich finden könnten.«

»Ich weiß nicht, wie ich das verstehen soll«, bekannte er.

»Ich weiß«, entgegnete sie mit unergründlicher Miene. »Und genau deshalb würde ich Sie jetzt auch am liebsten schütteln.«

Und mit dieser letzten, mysteriösen Bemerkung auf den Lippen verschwand sie in der Menge.

❦

Ginesse tanzte einen Walzer mit Lord Tynesborough, gab einen Military-Two-Step mit mehreren der Nachwuchsoffiziere zum Besten, legte mit ihrem Urgroßvater eine halbe Runde durch den Saal aufs Parkett und war überrascht, ja betroffen, als Colonel Lord Pomfrey sie zu einem Schottischen aufforderte und sich dabei als überraschend guter Tänzer erwies.

Mit James Owens tanzte sie nicht.

Gelegentlich erhaschte sie einen Blick auf ihn, während er sich mit einem der Offiziere oder mit Haji unterhielt. Er sah unglaublich gut aus und sie registrierte, dass die anderen Ladys im Raum ihm bewundernde Blicke zuwarfen. Diese Luder.

Gerade verbeugte sie sich am Ende des Tanzes vor ihrem Partner, als Jim Owens auf der anderen Seite des Raumes ihren Blick auffing. Er hob leicht sein Glas und schenkte ihr sein schiefes Lächeln. Hitze schwappte ihr ins Gesicht. Hastig sah sie weg und verließ die Tanzfläche in entgegengesetzter Richtung. Sie flüchtete zur Erfrischungsbar, wo sich Mildred Whimpelhall gerade ein Glas Punsch einschenkte.

»Miss Braxton, Sie sind meine Ballkönigin«, sagte Miss Whimpelhall zur Begrüßung. In ihrer Stimme lag keine Spur von Neid.

»Aber nur wegen dieses wunderbaren Kleids«, entgegnete Ginesse. »Noch einmal vielen Dank.«

Miss Whimpelhall lächelte. »Es steht Ihnen viel besser als mir. Ich habe es aus einer Laune heraus gekauft, kurz bevor wir von London abgelegt haben, ich weiß auch nicht, warum. Ich hätte mich darin nie wohl gefühlt. Zum Glück bin ich nicht mehr dazu gekommen, es anpassen zu lassen.«

»An Ihnen würde es bestimmt noch hübscher aussehen«, versicherte Ginesse.

»Danke, aber ich glaube nicht, dass Colonel Lord Pomfrey das gutheißen würde.«

Die Worte ihres Urgroßvaters kamen ihr wieder in den Sinn. Er glaubte, dass Miss Whimpelhall geheime romantische Sehnsüchte hegte. »Ist es denn so wichtig, dass er das tut?«

Miss Whimpelhall sah sie überrascht an. »Natürlich. Er ist mein zukünftiger Ehemann.«

Ginesse hatte ihre Gefühle noch nie besonders gut verbergen können. Diesmal schaffte sie es wenigstens, den Mund zu halten, und sie gratulierte sich zu ihrer Selbstbeherrschung.

»Ich habe den Eindruck, dass Sie keine besonders hohe Meinung von meinem Verlobten haben«, äußerte Miss Whimpelhall vorsichtig. »Ich habe Ihnen ja gesagt, dass er kein kühner Held ist.«

»Ja, aber …«, Ginesse zögerte, doch dann sprudelte es aus ihr heraus – so viel also zu ihrer Selbstbeherrschung. »Aber genau das verdienen Sie, Miss Whimpelhall, einen Mann, der Sie im Sturm erobert. Und Sie verdienen Wärme statt Kälte und Romantik statt Pflichtbewusstsein. Das alles sollte Ihnen gehören.«

»Oh, meine Güte«, flüsterte Miss Whimpelhall. Sie wirkte ein wenig ratlos und ziemlich ergriffen. »Ihre Anteilnahme rührt mich, sehr sogar. Aber ich kenne Hilliard sehr gut und er ist genau der Mann, den ich will.«

Ginesse betrachtete sie mit nur schlecht verhohlener Skepsis.

Miss Whimpelhall gab einen ungehaltenen Laut von sich, hakte sich bei Ginesse ein und führte sie ans hintere Ende des Raumes, wo sie sich ungestört unterhalten konnten.

»Miss Braxton«, sagte sie und wandte sich zu ihr um. »Ginesse. Sie und ich sind grundverschieden. Ich weiß, Sie halten Hilliard für phlegmatisch und sittenstreng, vielleicht sogar für ein bisschen langweilig. Und für voreingenommen.« Ihr entschuldigender Blick verriet, was sie niemals laut aussprechen würde: dass sie Pomfreys Benehmen Ginesse gegenüber missbilligte.

»Und vielleicht ist er das ja auch«, fuhr Miss Whimpelhall fort. »Aber dennoch hat er das Zeug zu einem guten Offizier. Unter den richtigen Umständen und dem richtigen Einfluss kann er ein guter Mann sein. Und außerdem ist er jemand, den ich verstehe, denn wir ähneln uns sehr.«

»Wohl kaum, Miss Whimpelhall …«, protestierte Ginesse.

»Nein, streiten Sie es nicht ab. Ich kenne meine Fehler und die letzten Tage haben sie mir sogar noch mehr zu Bewusstsein gebracht. Hilliard und ich passen zueinander.«

»Aber was ist mit Leidenschaft, meine liebe Miss Whimpelhall?«, fragte Ginesse, nicht überzeugt.

»Leidenschaft«, wiederholte Miss Whimpelhall. »Verschonen Sie mich damit.« Nach einem Blick in Ginesses verblüfftes Gesicht fuhr sie trocken fort: »Ich sehe Sie und Mr. Elkamal, Ihren Urgroßvater und Mr. Owens und sogar Lord Tynesborough, und ich empfinde Ihre Intensität als verstörend. Ihre Leidenschaft raubt mir den letzten Nerv. Sie brennen so hell, Miss Braxton, Sie fühlen alles so intensiv. Ich stehe nicht gerne so nahe beim Feuer«, erklärte Miss Whimpelhall und nahm ihren Worten mit einem Lächeln die Schärfe. »Es ist wie mit diesem Kleid, es ist einfach zu unbequem. Ich bevorzuge Gelassenheit und Harmonie statt …«, sie schüttelte den Kopf, »was immer es ist, das Sie in so reichlichem Maß besitzen. Auch wenn Sie meine Entscheidungen niemals verstehen können, seien Sie versichert, dass mir die Ihren genauso unerklärlich sind.«

Lange musterte Ginesse sie und fand in ihrem Blick nichts als Aufrichtigkeit und Zuneigung. Wie selten es doch war, eine Person zu treffen, die verstand, was sie brauchte, bevor sie entschied, was sie wollte. Ginesse nickte. »Sie sind eine kluge Frau, Miss Whimpelhall.«

»Irgendjemand muss es ja sein«, sagte sie und Ginesse lachte über ihre unerwartete Freimütigkeit. »Und jetzt wünschen Sie mir alles Gute und geben Sie mir Ihren Segen.«

»Beides von Herzen gerne«, sagte Ginesse und fühlte sich dumm, weil sie diese kleine, sanftmütige Frau so unterschätzt hatte.

»Gut. Ah, ich sehe gerade, Hilliard wirkt besorgt, weil wir hier so lange in eine Unterhaltung vertieft sind. Er hält Sie für einen sehr schlechten Einfluss, wissen Sie«, sagte sie mit einem Augenzwinkern. »Ich gehe ihn besser mal beruhigen.«

Miss Whimpelhall hatte sich kaum ein paar Schritte entfernt, da sah Ginesse auch schon Haji, der mit entschlossener Miene auf sie zusteuerte.

»Hallo, Haji«, sagte Ginesse müde. Ihr war nicht nach einem weiteren Streit mit ihm. Seitdem Lord Tynesborough ihr am Nachmittag Jims Geschichte erzählt hatte, wollte sie eine Erklärung dafür finden, warum Jim sie nicht gegen Pomfrey verteidigt hatte. Vielleicht hatte seine tragische Vergangenheit ihn unfähig gemacht, sie so zu lieben, wie sie es sich wünschte?

»Ich würde gerne mit dir sprechen, Ginesse«, sagte Haji.

»Bitte, Miss Whimpelhall hat recht, wir sind *wirklich* entnervend. Lass uns einen Waffenstillstand schließen, wenn auch nur, um Urgroßvater eine Freude zu machen.«

»Ich weiß zwar nicht genau, wie du das meinst, aber keine Sorge, ich bin nur hier, um mich bei dir zu entschuldigen. Und ich meine, ehrlich entschuldigen«, sagte er und wirkte zerknirscht. Das klang so gar nicht nach Haji. »Es ist so einiges passiert, was mich meine Meinung hat ändern lassen.«

»Ach?«, entgegnete sie. »Dann ist meine kleine Rede also zu dir durchgedrungen?«

»Eher nicht«, schoss er zurück und schenkte ihr sein Lausbubenlächeln, das ihr so vertraut war. »Aber Miss Whimpelhall.«

»Miss Whimpelhall hat dir eine Standpauke verpasst?«, fragte Ginesse fassungslos. Sie gestand ja gerne ein, dass Mildred unerwartete Stärke besaß, aber so viel Durchsetzungsvermögen hatte sie ihr dann doch nicht zugetraut.

»Nein«, lachte Haji. »Sie hat überhaupt nichts zu mir gesagt, aber sie hat mit Colonel Lord Pomfrey gesprochen und dafür gesorgt, dass Magi und ich heute Abend eingeladen wurden.«

»Wirklich?«, fragte Ginesse überrascht.

»Ja. Es war so unerwartet. Es ...« Röte stieg ihm ins Gesicht. »Es hat mich ziemlich beschämt.«

Sie schnaubte spöttisch.

»Ich meine es ernst«, beteuerte er. »Weißt du, ich habe Miss Whimpelhall drei Wochen lang für eine schreckliche Frömmlerin gehalten. Doch als ich dann einmal meine eigenen Vorurteile beiseiteließ, habe ich plötzlich begriffen, dass ich alles, was sie tat – jede zufällige Geste oder Randbemerkung – falsch verstehen *wollte*. Das hat mich dazu gebracht, auch darüber nachzudenken, was ich über unsere Beziehung zu wissen glaubte. Und dann ist mir klar geworden, dass ich diese Situation anscheinend genauso verschleiert gesehen habe.«

»Na ja«, räumte Ginesse ein, »vielleicht doch nicht ganz so verschleiert. Du wurdest bestimmt öfter mit mir belästigt als fair gewesen wäre.«

»Nicht öfter als jedes andere Kindermädchen, und was ist daran so schlimm?«, fragte er mit der Miene eines Mannes, der eine wirklich erstaunliche Entdeckung gemacht hat. »In vielen Familien müssen die älteren Kinder auf die jüngeren aufpassen. Wie auch immer, ich würde es gerne wiedergutmachen. Ich biete dir meine Hilfe bei der Suche nach Zerzura an. Ich habe schon mit den *Fellahin* der Karawane gesprochen und sie haben sich bereit erklärt, auf der Ausgrabungsstelle zu arbeiten. Und ich werde dein Vorarbeiter.«

»Aber Urgroßvater …«

»Hat schon zugestimmt, so lange in Ford Gordon zu bleiben, bis seine Urenkelin ihre fantastische Entdeckung gemacht hat.«

In Ginesses Kopf schwirrten die Gedanken durcheinander. Das Ziel, von dem sie so lange geträumt hatte, war zum Greifen nahe. All die Puzzleteile fügten sich plötzlich ineinander, als würde eine unsichtbare Hand sie zusammensetzen. Sie konnte Zerzura wirklich finden. Sie würde über Nacht internationale Berühmtheit erlangen. Sie würde als Autorität auf Augenhöhe mit ihrem Vater betrachtet werden.

Und sie könnte endlich fort von Jim.

Im Moment schien ihr das am wichtigsten zu sein. Ihr Herz war gebrochen und sie wusste nicht, wie sie sich jemals davon erholen sollte, wenn sie Jim Owens doch jeden Tag sehen musste.

»Wann können wir anfangen?«, wollte sie wissen.

Haji lächelte und sie sah, wie sich Aufregung in seinen Blick stahl, und begriff, dass dies hier weit mehr für ihn war, als nur eine Möglichkeit, alles wiedergutzumachen. Das Feuer des Ägyptologen loderte in seinen Augen, es war dasselbe, das auch so oft in den Augen ihres Vaters und Urgroßvaters brannte. Aber niemals in ihren eigenen. »Wir könnten schon morgen aufbrechen, wenn du es so eilig hast. Es dürfte nicht lange dauern, bis wir alle Vorräte zusammengepackt haben.«

Sie wollte noch mehr sagen, doch da erschien Lord Tynesborough und bahnte sich einen Weg durch die Menge auf sie zu. Lächelnd gesellte er sich zu ihnen. »Mr. Elkamal, wenn Sie nicht vorhaben, diese bezaubernde Lady zum Tanz aufzufordern, dürfte ich es dann vielleicht?«

Haji verbeugte sich. »Wie die Lady wünscht.«

»Miss Braxton?«

Sie akzeptierte. Es würde sie von ihren Gedanken an Jim ablenken. Sanft nahm Lord Tynesborough ihre Hand in seine und legte ihr die andere Hand auf die Hüfte, dann geleitete er sie elegant auf die Tanzfläche. Er war ein fantastischer Tänzer und führte sie gekonnt durch die Schritte. Seine Augen strahlten vor Vergnügen und er verwickelte sie in eine leichte, amüsante Unterhaltung, die jedoch nie so aufdringlich war, dass sie den Rhythmus der Musik störte. Fast konnte sie vergessen, dass er nicht Jim war …

❦

Finster starrte Jim sein leeres Glas an. Das war immerhin besser, als Jock zuzusehen, der strahlte wie eine Honigkuchenpferd. Er hatte eine Hand unter Ginesses Schulterblatt gelegt und seine Fingerspitzen strichen über die bloße Haut ihres Rückens. Sie tanzten einen Walzer und offensichtlich übertraf ihn sein Halbbruder auch hierin, wie in allem anderen. Sie schien sein tänzerisches Können sehr zu genießen.

Sie hatte den Kopf zurückgelegt und offenbarte ihre grazile und so verführerische Kehle. Ihre Haut schimmerte im Laternenlicht wie Samt. Ein leichtes Lächeln lag auf ihrem vollen Mund, so nachgiebig wie weiches Wachs und so köstlich wie eine verbotene Frucht.

Und genau das war sie auch. Sie war ihm verboten. Denn Jock liebte sie und Jock war ein guter Mann, ein anständiger Mann. Er hätte einer Lady nie die Unschuld geraubt und schon gar nicht, wenn ihm diese Lady anvertraut worden war, damit er sie zu ihrem zukünftigen Ehemann brachte. Und Jim hatte es getan …

*Jim hatte es getan.*

Weil diese Lady nun mal ihm gehörte.

Zum Teufel mit Ehre und Prinzipien. Er würde verrückt werden, wenn er noch länger hier stehen und zusehen musste, wie ein anderer Mann sie umgarnte. Und er war nicht bereit, seine geistige Gesundheit aufs Spiel zu setzen, nur um sich einmal sagen zu können, dass er das Richtige getan hatte. Es war ihm egal, was das Richtige war. Nur Ginesse war wichtig. Und er konnte sie nicht gehen lassen, ohne alles in seiner Macht Stehende zu tun, um sie zu halten.

Er knallte sein leeres Glas auf den Tresen, betrat die Tanzfläche und legte seinem Bruder vielleicht eine Spur zu fest die Hand auf die Schulter. »Darf ich ablösen?«, fragte er mit einer Stimme, so weich und gefährlich wie Stahl, der über Stein streicht.

Jocks Antwort hörte er nicht einmal. Doch es spielte auch keine Rolle. Er hielt sie bereits in den Armen. Seine Hand ruhte auf ihrer Taille und die Wärme, die von ihr ausging, durchdrang seine Handfläche. Er fühlte den Druck jedes einzelnen ihrer langen, geschmeidigen Finger, als sie ihre Hand auf seine Schulter legte, und umschloss ihre freie Hand mit der seinen.

Er schwenkte sie in die Bewegungen des Tanzes hinein, vielleicht mit etwas mehr Schwung, als nötig gewesen wäre, so dass sie sich an ihm festhalten musste. Sie sprachen kein Wort. Er sah sie von oben, er wollte sie küssen, bis sie seinen Kuss erwiderte, bis sie ihre Arme um seinen Hals legte und seinen Namen an seiner Kehle hauchte. Ihr Körper war so biegsam und geschmeidig in seinen Armen wie ein Schilfblatt im Wind. Eine Strähne ihres Haars hatte sich gelöst und schmiegte sich wie eine Spur aus wildem Honig an ihr Schlüsselbein. Goldfiligran auf einem Elfenbeinkörper.

Sie versuchte, seinem Blick auszuweichen, und er zog sie näher an sich, zu nahe, ungehörig nahe, bis sie ihn endlich vorwurfsvoll ansah.

»Hör auf«, keuchte sie, ihre Brüste hoben und senkten sich über dem aufreizenden Ausschnitt und ihre Erregung hatte nichts mit diesem Tanz zu tun.

»Womit aufhören?«

»Hör auf, mich so anzusehen«, flüsterte sie rau.

»Ich kann nicht anders.«

»Dann lass mich los.«

»Niemals.«

Ihre Augen weiteten sich vor Schreck und noch etwas anderem. »Du bist betrunken.«

»Leider nicht. Auch wenn ich mir alle Mühe gegeben habe, es zu werden.«

»Du musst betrunken sein, du machst eine Szene.«

Er sah sich um und erkannte, dass sie die Wahrheit gesagt hatte. Mehrere Männer beobachteten ihn und sahen schnell weg, als er ihren Blicken begegnete. Die Damen wirkten offen beunruhigt.

Gott. Als ob er ihr jemals wehtun würde. Als ob er das könnte. Er unterbrach den Tanz, ergriff ihre Hand und zog sie an die Seite der Tanzfläche, von wo aus zwei Nachwuchsoffiziere den Tänzern zusahen. Ein Blick von Jim genügte und sie räumten hastig das Feld.

Er drängte sie mit dem Rücken gegen die Wand und schirmte sie mit seinem Körper vor neugierigen Blicken ab. Sie wirkte misstrauisch und hielt den Kopf abgewandt. Sie gehörten zusammen, in jeder Hinsicht. Er verstand sie besser, als jeder Ritter auf einem weißen Pferd es jemals tun würde. Er durchschaute all ihre Launen und ihr Temperament, ihren Humor und ihre Intelligenz. Hilflos starrte er sie an. Er wusste nicht, was er sagen, wie er sie überzeugen sollte, ihn zu heiraten.

Er konnte sie körperlich befriedigen, aber das wusste sie bereits. Sie waren beide Wanderer, doch wenn sie sich ein Zuhause wünschte, konnte er ihr nunmehr auch das geben. Wenn sie sich einen ehrenhaften Namen, Reichtum und Ansehen wünschte, verstand er das. Er konnte es sogar würdigen. Es war nur vernünftig. Sehr viel vernünftiger, als einen bettelarmen Nomaden zu heiraten. Und er konnte ihr jetzt auch diesen Wunsch erfüllen.

Aber er wusste nicht, wo er anfangen sollte. Wie sollte er ein Mädchen überzeugen, das ihn bereits zweimal abgewiesen hatte. Also versuchte er es erst gar nicht. Er nahm einfach ihr Kinn zwischen Daumen und Zeigefinger und hob ihr Gesicht.

»Heirate mich«, sagte er und suchte in ihrem Blick nach irgendeinem Hinweis, wie er weitermachen sollte.

Sie sah ihn an. Sein Herz donnerte in seiner Brust.

»Warum sollte ich?«, fragte sie. Ihre Stimme klang leise, merkwürdig hoffnungsvoll und schrecklich hilflos.

Er fühlte sich verloren und schluckte unsicher. »Na ja«, sagte er und versuchte, vernünftig zu klingen. »Ich habe jetzt ein paar Pferde mehr.«

Sie starrte zu ihm hoch und alles Blut wich ihr aus dem Gesicht.

Dann verpasste sie ihm einen Faustschlag.

Ginesse drängte sich durch die tuschelnde Menge, in ihren Augen stachen Tränen der Wut, wieder diese verdammten Tränen.

»Das hat gesessen!«, rief jemand.

»So einen Haken hab ich nicht mehr gesehen, seit Palmer '95 Billy Plimmer k. o. geschlagen hat.«

»Braxtons Mädel, weißt du?«

Endlich erreichte sie die Tür, neben der Haji mit offenem Mund stand.

»Wir brechen Morgen so früh wie möglich nach Zerzura auf«, fauchte sie und verschwand in der Nacht.

Jim betastete vorsichtig sein Kinn und fuhr mit den Fingerspitzen über seine Lippen. Als er sie wieder wegzog, waren sie blutig. Offensichtlich war das der falsche Ansatz gewesen, aber, Herrgott, er hatte keine Ahnung, welches der Richtige war. Er sah sich um und bemerkte, dass alle ihn anstarrten. Es war ihm egal. Als er sich durch die Menge hindurch schon fast bis zum Ausgang geschoben hatte, stellte sich ihm plötzlich Jock in den Weg.

»Jim«, sagte er mit finsterer Miene und ärgerlicher Stimme. »Was hast du …«

»Lass es, Jock«, unterbrach ihn Jim. »Kein Wort mehr. Ich würde nie … Ich habe nicht … Nichts, was sie hätte übelnehmen können …« Dann versagten ihm die Worte und er verstummte einfach. Er drückte sich an seinem Bruder vorbei, stieß die Tür auf und atmete lange und tief durch.

Er musste nachdenken und inzwischen war verdammt offensichtlich, dass er das in ihrer Gegenwart vergessen konnte.

# Kapitel 31

*Die wilde, raue Schönheit der majestätischen Natur um sie erfüllte ihr verletztes, schmerzendes Herz nur mit Melancholie.*

aus dem Tagebuch von Ginesse Braxton

»Erstaunlich«, sagte Lord Tynesborough.

Sie standen vor einer langen, kantigen Steilwand, die sich wie aus dem Nichts vor ihnen erhob. Eine schwarze Wand aus Dolerit, die sich Meile um Meile nach Westen erstreckte, bis sie sich im grauen Horizont verlor. Seit drei Tagen durchstreifen sie die Gegend nun schon im Zickzack-Kurs und nun hatte sich ihre Hartnäckigkeit endlich ausgezahlt.

Denn jetzt standen sie vor einer riesigen und doch noch unerforschten Felsformation. Direkt vor dem Eingang eines *Wadi*, das sich etwa hundert Yards in nördlicher Richtung durch den Fels zog, bis es sich gabelte. Ein Spalt führte nach Westen, während der andere weiter nach Norden verlief und vielleicht auf der anderen Seite der Formation wieder austrat. Es war unmöglich von hier aus abzuschätzen, wie breit die Felswand an dieser Stelle war, doch Ginesse schätze sie auf mindestens eine Meile.

»Kennt hier jemand diesen Felsgrat?«, wollte Lord Tynesborough wissen.

Haji, der noch nie besonders versessen darauf war, Unwissenheit einzugestehen, zog es vor, eine geheimnisvolle Miene aufzusetzen und keinen Kommentar abzugeben.

»Dann sind wir vielleicht die ersten Europäer, die diesen Teil der Wüste zu Gesicht bekommen«, erklärte Lord Tynesborough bewegt.

Ginesse hatte ihn eigentlich nur deshalb gebeten, sie zu begleiten, weil es grob gewesen wäre, es nicht zu tun. Besonders weil Haji ihm bereits erzählt hatte, wohin sie aufbrechen würden, als Ginesse ihm am Morgen begegnet war. Seine Enttäuschung wäre einfach zu viel für sie gewesen. Noch vor dem Mittag waren sie aufgebrochen. Sir Robert hatte sie begeistert auf die Reise geschickt, mit den *Fellahin* der Karawane und mit seinem Koch. Anscheinend waren alle stumm übereingekommen, ihren rechten Haken mit keiner Silbe zu erwähnen. Alle außer Haji.

»Du hast einen guten Mann verdorben«, hatte Haji ihr vorgehalten und sein Kamel direkt neben ihres gelenkt, kurz nachdem sie Fort Gordon verlassen hatten.

»Wie bitte?«, entgegnete sie kühl.

»Jim Owens.« Haji nickte. »Er war ein wirklich guter Mann. Ein Musterbeispiel an Zurückhaltung. Er war ruhig und beherrscht und hat auch in den kniffligsten Situationen einen kühlen Kopf bewahrt. Ich habe ihn ziemlich bewundert. Aber du hast einen armen Irren aus ihm gemacht.«

Sprachlos starrte sie ihn an.

»Du solltest dich schämen, Ginesse. Besonders wenn du nicht einmal vorhast, den Mann von seinen Qualen zu erlösen.«

»Von allen ungebetenen, unausstehlichen …«, setzte sie an.

»Das reicht«, fiel er ihr ins Wort, schloss die Augen und drückte die Fingerspitzen an die Lippen. »Ich werde nichts mehr sagen«, versprach er mit unerschütterlicher Nachdrücklichkeit. Und er tat es auch nicht.

*Einen guten Mann verdorben, natürlich,* Ginesse kochte vor Wut. An ihm war ganz und gar nichts Gutes.

Jims *Antrag* hätte ihrer Verliebtheit endgültig einen Riegel vorschieben sollen. Genauso gut hätte er sie kaufen wollen können, denn er dachte offensichtlich, er kenne ihren Preis. *»Ich habe jetzt ein paar Pferde mehr.«* Er hätte nicht klarer ausdrücken können, dass er sie für eine kleine habsüchtige Goldgräberin hielt. Ihr leuchtete nur nicht ein, warum er sie dann überhaupt wollte. Anderseits konnte das, was er wollte, und das, was er tun zu müssen glaubte, zwei sehr verschiedene Dinge sein. Er hatte sie verführt und das war Grund genug für ihn, sie zu heiraten. Es tat ihr noch immer leid, was er unter der grausamen Erziehung seiner Großmutter zu erleiden gehabt hatte, aber das entschuldigte nicht, dass er sie so beleidigte.

Tja, nicht mit ihr. Und vielleicht hatte er das jetzt auch endlich begriffen. Nur um ganz sicher zu gehen, hatte sie ihm einen Brief hinterlassen. Wahrscheinlich hatte er Fort Gordon inzwischen längst verlassen. Vielleicht war er jetzt schon auf halbem Weg nach Kairo. Gut. Von nun an würde sie sich nur noch auf das konzentrieren, was wichtig war: ihre Karriere. Sie hatte einen kleinen Umweg gemacht, aber jetzt war sie wieder auf dem richtigen Weg, entschlossener als jemals zuvor, sich einen Namen zu machen.

Nein, Jim Owens würde sie nie wieder belästigen.

Jedenfalls nicht mehr in natura.

Denn während ihre Wut sie ganz gut durch den Tag trug, betrogen ihre Träume sie in der Dunkelheit. Jede Nacht erwartete er sie mit heißen Küssen und starken Armen, die sie gegen seinen steinharten Körper pressten …

»Wie haben Sie es nur geschafft, herauszufinden, dass diese Topografie hier draußen existiert?«, fragte Lord Tynesborough.

»Oh, habe ich gar nicht«, antwortete Ginesse, kletterte auf einen nahen Felsen und sah sich um. »In dem Papyrus, das mit der Karawane zum Pharao geschickt wurde, hat der Kaufmann eine Liste der genauen Vorräte angefügt, die sie für die Reise brauchten. Der Pharao war ein echter Pfennigfuchser. Für jeden Tropfen Wein und jedes Reiskorn hat er einen Nachweis gefordert. Außerdem hat der Kaufmann vermerkt, wie viele Sklaven sie begleiteten und wie viel Proviant sie jeden Tag verbrauchten. Also konnte ich in etwa sagen, wie lange die Reise dauerte und wie weit sie jeden Tag vorangekommen sind.«

Langsam drehte sie sich um sich selbst, auf der Suche nach einem Zeichen, wo sich der Eingang zur Stadt befinden konnte. »Später haben auch andere Quellen weitere Puzzleteile hinzugefügt«, fügte sie abwesend hinzu.

»Zum Beispiel ein Ortsname, der anderen Namen in dieser Gegend sehr ähnlich war. Derselbe Dialekt. Und eine Sternenkonstellation wurde beschrieben, die nur von hier aus an der angegebenen Stelle erscheinen kann. Alle Hinweise haben hierher geführt. Aber ich hatte keine Ahnung, dass uns das hier erwartet.« Sie deutete auf die Felsformation.

»Sie haben außerordentlich gute Arbeit geleistet«, lobte Lord Tynesborough, den Blick voller Wärme und Bewunderung. »Sie müssen außerordentlich zufrieden mit sich sein.«

»Danke«, murmelte Ginesse, die Hände in die Hüften gestemmt, während sie das *Wadi* musterte. Sie hatten ihr Lager bereits am Eingang der Schlucht aufgeschlagen, wo sie vor den Westwinden geschützt waren und Zugang zu mehreren kleinen Höhlen hatten, wo sie mitsamt den Kamelen Schutz suchen konnten, wenn es nötig werden sollte. Aber eigentlich war das nicht zu erwarten, es war noch immer früher Winter, das Wetter war stabil, heiß und trocken mit kräftigem Wind, der nachts jedoch nachließ.

»Wo sollen wir anfangen?«, fragte Lord Tynesborough und allein die Tatsache, dass er die Grabung vollständig in ihre Hände legte, war Beweis, wie sehr sie sich bereits als Expertin etabliert hatte.

Alle Geschichten beschrieben die Stadt als von schwarzen Riesenzwillingen bewacht, aber das vor ihr schien nur ein einziger schwarzer Felsblock zu sein. »Vielleicht sind mit den Zwillingen auch zwei hier ansässige Stämme gemeint.« Sie seufzte. »Vielleicht stoßen wir in der Schlucht auf weitere Hinweise.«

»Was ist mit den kleinen Vögeln?«, fragte Haji, womit er sich auf die andere Bezeichnung für die Weiße Stadt bezog, die Oase der kleinen Vögel. »Vielleicht gibt es hier irgendwo eine Wasserquelle, die Zugvögelschwärme anzieht.«

»Ja«, stimmte Ginesse zu. »Wir teilen uns in drei Gruppen auf. Haji wird außen um die Felsformation herumgehen und nach Anzeichen von Wasser suchen. Aber möglicherweise ist eine solche Quelle mittlerweile auch versiegt.«

»Lord Tynesborough, würden Sie bitte eine Gruppe in die nach Westen verlaufende Schlucht führen? Dann nehmen ich und meine Leute den geraden Weg und sehen, wo er endet. Kennzeichnet, bis wohin ihr binnen der nächsten vier Stunden gekommen seid, und kehrt dann zurück. Wir treffen uns dann wieder hier und vergleichen unsere Ergebnisse.«

Leider war Haji kein so verständiger Mann wie Lord Tynesborough. »Ich finde, wir sollten uns lieber nur in zwei Gruppen aufteilen und zuerst die Schlucht erkunden. Wenn wir dort nichts finden, können wir immer noch das Lager nach Westen verlegen und den äußeren Rand der Felsformation absuchen.«

Ginesse schüttelte den Kopf. »Keine gute Idee. Wir müssen so schnell wie möglich so viel wie möglich schaffen. Die Reisesaison ist schon halb vorbei. Das Wetter kann jeden Moment umschlagen.«

»Bah. Für den *Al-Khamasin* ist es noch einen Monat zu früh«, warf Haji ein und berief sich damit auf den schrecklichen Sturmwind, der manchmal mit der Gewalt eines Hurrikans durch die Wüste fegte und Sandstürme epischen Ausmaßes aufpeitschte. »Wir sollten uns nicht in so kleine Gruppen aufteilen. Viele Augen sind besser als wenige.«

»Das ist allein Miss Braxtons Entscheidung«, urteilte Lord Tynesborough.

Kapitulierend warf Haji die Hände in die Luft. »Ja. Natürlich. Was immer Ihr wollt. *Yalla! Yalla!*«, rief er den Arbeitern zu und bedeutete einigen Männern, ihm zu folgen. Als er den Koch entdeckte, ließ er seinen Ärger an dem armen, dicklichen Mann aus. »Du kommst auch mit, Timon«, rief er. »Gegessen wird erst in ein paar Stunden.«

»Danke, Professor«, sagte Ginesse. Sie hatte keinen Zweifel daran, dass sie letztendlich die Oberhand behalten hätte, aber sie war froh, dass sie sich nicht mit Haji herumstreiten musste.

»Keine Ursache«, sagte Professor Tynesborough.

Sie wandte sich ab, um ihre eigene kleine Gruppe zusammenzusuchen, doch da ergriff er ihre Hand. Sie drehte sich wieder zu ihm um, in der Annahme, er wolle ihr noch eine Theorie bezüglich des möglichen Fundorts von Zerzura mitteilen, doch stattdessen begegnete sie seinem Blick und erkannte, dass er sie mit unverwandter Zuneigung betrachtete.

*Oh je.*

»Miss Braxton, Ginesse«, sagte er und zog sie etwas näher zu sich. »Du weißt sicher, wie sehr ich dich bewundere.«

»Danke.«

»Aber meine Gefühle sind viel tiefer als bloße Bewunderung.«

*Oh nein.*

»Genau genommen, habe ich mich Hals über Kopf in dich verliebt.« Ein schiefes Lächeln lag auf seinem Mund und zum ersten Mal erkannte sie eine Ähnlichkeit zwischen ihm und Jim. »Obwohl es das eigentlich nicht ganz trifft, denn ›Hals über Kopf‹ klingt reichlich überstürzt, aber meine Gefühle für dich sind weder unbesonnen noch leichtfertig. Sie sind tief und beständig und wahrhaftig. Also sollte ich vielleicht besser sagen, dass ich dich liebe«, fuhr er fort und Zärtlichkeit schimmerte in seinem Blick. »Und mit jedem Augenblick, den ich mit dir verbringe, wird meine Liebe stärker. Du bist klug und mutig und humorvoll und fröhlich und ich hoffe von ganzem Herzen, dass du meine Gefühle erwiderst und dass du mir in diesem Fall, bitte, Ginesse, *bitte*, die große Ehre erweist, meine Frau zu werden.«

Das war das Romantischste, was sie sich je hatte vorstellen können. Alles, was sie so gerne hören wollte – viel, *viel* besser als »Ich habe jetzt ein paar Pferde mehr.« Wenn Lord Tynesborough ihr vor einem Jahr einen so wunderbaren Antrag gemacht hätte, wäre ihre Antwort dann ja gewesen? Sie wusste es nicht. Sie hatte nie in dieser Weise an ihn gedacht. Sie hatte nie für möglich gehalten, dass er in dieser Weise an sie dachte.

Er war ein so ehrenwerter Gentleman. Er war intelligent und aufrichtig, gutaussehend und angesehen. Die Gespräche mit ihm waren ein Vergnügen und er schätzte ihre Meinung. Er liebte sie, daran hatte sie keinen Zweifel. Kurz und gut, er war perfekt.

Nur leider war er nicht Jim.

Der *Teufel* sollte Jim holen.

»Professor …«

»Geoffrey. Jock, wenn du es möchtest.«

»Geoffrey«, sagte sie sanft und dachte an all die Male, als sie überstürzt gesprochen hatte, dachte daran, wie sehr Worte schmerzen konnten. »Dich zu heiraten wäre eine Ehre für jede Frau.«

Er wartete.

»Aber ein so bemerkenswerter Mann wie du verdient so viel mehr, als von seiner Frau nur geschätzt zu werden.«

Er zuckte zurück, kaum wahrnehmbar, aber sie sah es. Es schmerzte sie. Sie wollte ihm nicht wehtun, wie man ihr wehgetan hatte.

»So verlockend es auch wäre, deinen Antrag anzunehmen, nur um für immer deine Gesellschaft und Freundschaft genießen zu können, kann ich nicht zulassen, dass du dich mit weniger zufrieden gibst, als du verdienst. Dazu bedeutest du mir zu viel. Und deshalb muss ich schweren Herzens nein sagen.«

»Aber Ginesse«, sagte er und eine Spur Verzweiflung mischte sich in seine Stimme. »Besteht denn keine Chance, dass du mich mit der Zeit lieben lernen kannst?«

»Ich würde dich niemals mit einer vagen Hoffnung abspeisen, wenn ich doch weiß, dass du nichts anderes verdienst, als bereits geliebt zu werden.«

Er holte tief und etwas zittrig Luft und nickte mit solcher Liebenswürdigkeit, wie sie es von ihm erwartet hatte. »Gibt es da …«

»Geoffrey«, kam sie der unausweichlichen Frage zuvor. Sie konnte zwar nicht lügen, aber sie würde ihm nicht antworten. »Ich werde mein Leben meiner Karriere widmen. Wenn wir Zerzura finden, wird jahrelange Arbeit vor uns liegen. Und ich meine *uns*, denn ich betrachte dich dabei genauso als meinen Partner wie Haji.«

Er brachte ein Lächeln zustande. »Tja, dann hoffe ich sogar noch mehr, dass wir mit unserer Suche Erfolg haben. Wer weiß? Vielleicht erliegst du meinem Charme ja doch noch, nachdem du erst fünf Jahre an meiner Seite gebuddelt hast.«

Sie entgegnete nichts und er schenkte ihr ein letztes, schiefes Lächeln, berührte mit den Fingern leicht seine Stirn und ging, die Namen der Arbeiter rufend, die ihn begleiten sollten, an ihr vorbei.

Sie packte einen kleinen Rucksack mit den Ausrüstungsgegenständen, die sie für ihre Erkundung brauchen würde: ihre Grabungswerkzeuge, eine Flasche Wasser und eine elektrische Taschenlampe. Dann griff sie nach dem dicken Holzstab, den sie gleichzeitig als Tastwerkzeug und als Spazierstock benutzte, und führte die übriggebliebenen Männer trotz ihrer Niedergeschlagenheit und Mutlosigkeit in das *Wadi*.

So hatte sie sich das alles nicht vorgestellt. Sie hatte gedacht, sie würde überschäumen vor Tatendrang, doch stattdessen erfüllte sie nur wieder dieses alte, wohlbekannte Gefühl von Leere. Sie riss sich zusammen, sagte sich, sie sei bloß ein wenig überängstlich und das Triumphgefühl würde schon noch kommen. Sie stand kurz davor eine großartige Entdeckung zu machen und sie würde jeden Augenblick genießen.

Sie wies die Arbeiter an, sich zu verteilen und die Felswände abzuschreiten, die sich zu beiden Seiten des sich verengenden Tals erhoben. Sie sollten nach einem alten Pfad Ausschau halten oder nach einer großen, flachen Felsplatte oder nach einem Höhleneingang. Die meisten Schriftquellen bezeichneten Zerzura als eine Stadt, doch manchmal wurde es auch einfach nur als eine Oase beschrieben oder als das »Heim eines toten Königspaares«.

Vielleicht war Zerzura ja ein Bergtempel, den man in den Hängen der Schlucht errichtet hatte, oder ein kleiner Palast, versteckt in einem abgelegenen Tal. Manchmal wurde Zerzura als goldfarben beschrieben, manchmal aber auch als »weiß wie eine Taube«, also erklärte sie den Männern, sie sollten außerdem auf alles achten, was einen ungewöhnlichen Farbton aufwies. Während der nächsten drei Stunden arbeiteten sie sich langsam vorwärts und umrundeten Geröllhaufen, die den schmalen Felsspalt schwer passierbar machten.

Je weiter sie vordrangen, desto öfter war Ginesse gezwungen, sich ihren Weg durch Schutt und um lose Schieferansammlungen herum zu bahnen. Immer höher kletterte sie und stocherte dabei in jedem Spalt, in jeder Ritze mit der Spitze ihre Stocks herum. Als sie bereits auf halber Höhe der Felswand stand, entdeckte sie einen merkwürdig geformten großen Stein fast auf dem Gipfel. Wenn man den Kopf ein wenig schief legte, erinnerte er an eine große, dicke … Ente.

Sie neigte den Kopf noch weiter. Definitiv eine Ente und keine Taube. Allerdings waren die alten Ägypter ja auch durchaus bekannt dafür, dass sie die Dinge manchmal lyrischer ausdrückten, als sie tatsächlich waren. Es ging nicht anders, sie musste sich das einfach genauer ansehen. Um den Gipfel zu erreichen, brauchte sie länger, als sie angenommen hatte, und als sie endlich oben war, musste sie feststellen, dass die Ente nichts weiter war als eine Ente. Unter ihr öffnete sich kein Geheimgang und ihr Schnabel deutete auch nicht auf den Eingang eines riesigen Tempels. Es war nur ein merkwürdig geformter Stein.

Es war allerdings interessant, dass sie von ihrem Standpunkt neben der Ente die Wüste zu beiden Seiten der Felsformation sehen konnte. Der Grat war viel schmaler, als sie angenommen hatte. Im Süden konnte sie ihr Lager erkennen, während sich im Norden eine weite Leere erstreckte, nur unterbrochen vom dunklen Umriss eines großen, einsamen Hügels etwa eine Viertelmeile entfernt. Dazwischen lag nichts als Sand. Wieder neigte sie den Kopf. Dann runzelte sie die Stirn. Sie sah hinab auf den großen schwarzen Felsen, auf dem sie stand, und hinter ihrer Stirn arbeitete es. Hätte sie sich der Felsformation von Norden anstatt von Süden her genähert, dann hätte sie diesen einsamen Hügel direkt vor dem zerklüfteten Umriss der Felswand gesehen. Zwei schwarze Riesen?

Vielleicht offenbarte Zerzura seinen Fundort ja nur, wenn man sich von Norden näherte. Es gab nur einen Weg, das herauszufinden.

Sie sah in das *Wadi* hinab, doch die Arbeiter waren außerhalb ihres Blickfelds. Allerdings zweifelte sie nicht daran, dass sie ganz in der Nähe waren, da sie nur langsam vorankamen. Sie erwog, nach ihnen zu rufen und die eine Stunde zu warten, die sie brauchen würden, um zu ihr heraufzuklettern, und sie dann ein paar hundert Meter weiter zum äußeren Fuß der Felswand zu führen. Oder sie konnte ihrer Neugierde ganz einfach sofort nachgeben und in etwa zwanzig Minuten schon wieder zurück sein. Auch hatte sie bereits eine Route entdeckt, die problemlos bis ganz nach unten auf den sandigen Grund führte.

Mithilfe ihres Stocks balancierend, bahnte sie sich vorsichtig ihren Weg immer tiefer. Wenigstens dieses eine Mal waren die Dinge tatsächlich so leicht, wie sie es sich vorgestellt hatte, und schon zehn Minuten später stand sie auf dem Wüstenboden. Ein auffrischender Wind fing sich in ihren Kleidern und plusterte sie auf. Ihre Augen suchten an der Felswand aufwärts nach irgendeinem Anzeichen für eine Stadt, doch sie konnte nichts entdecken. Allerdings schien sich der graue Horizont im Westen irgendwie nach oben verschoben zu haben.

Enttäuscht stieß sie die Luft aus, dann entfernte sie sich ein Stück weit von der Formation, bis sie etwa in der Mitte zwischen dem konisch geformten Hügel und den Felsen stand. Sie sah sich um und stützte sich dabei schwer auf ihren Stock. Die Spitze sank tief in den Sand. Dann noch tiefer. Viel zu tief.

Einen schrecklichen Moment lang dachte sie, sie wäre in eine der seltenen Treibsandfallen getappt, in denen der Sand wie ein Wasserstrudel alles hinab zieht, was nicht über eine genügend breite Ausdehnung verfügte, um an der Oberfläche gehalten zu werden. In Panik warf sie sich der Länge nach auf den sich senkenden Boden …

… und fiel prompt in die Tiefe.

# Kapitel 32

*Da erwuchs in seinem kriegerischen Herzen eine eiserne Entschlusskraft, ein heiliger Vorsatz, die Mauern um das zu wohlbehütete Herz seiner Geliebten einzureißen und sie zu erobern!*

aus dem Tagebuch von Ginesse Braxton

*Lieber Mr. Owens –*

Jim stand vor den Stallungen und fluchte leise. *Mr. Owens?* Bei Gott, wenn sie glaubte damit durchzukommen, nach allem, was sie füreinander gewesen waren, dann war das ein jämmerlicher Irrtum. Er las den Brief ein zweites Mal, den ihm ein Stallbursche überbracht hatte, als er gerade den Grauen in den Stall bringen wollte.

Zwei Nächte hatte er in der bitterkalten Wüste verbracht, um zu entscheiden, was er jetzt tun sollte. Als ihm schlagend offenkundig geworden war, dass er einfach keine Ahnung hatte, war er zurückgekehrt. Wie sollte man einer Frau den Hof machen, die einem als Antwort auf den letzten Antrag ein blaues Auge verpasst hatte?

Er sammelte sich und nahm sich den Brief noch einmal vor.

*Lieber Mr. Owens,*
*ich schreibe Ihnen diesen Brief aufgrund der unwahrscheinlichen Möglichkeit, dass Sie bei unserem nächsten Treffen – falls es ein solches Treffen jemals geben sollte, denn wenn es nach mir ginge, würden wir uns nie wieder sehen – die Frechheit besitzen sollten, Ihren Antrag zu wiederholen. Ich ersuche Sie dringend, Ihre und meine Zeit nicht damit zu verschwenden.*

An dieser Stelle musste er aufsehen und einmal tief und beruhigend durchatmen, bevor er weiterlesen konnte. Diese Hexe! Wenn er für irgendetwas bekannt war, dann für seine Selbstbeherrschung, seinen kühlen Kopf, den er selbst in den brenzligsten Situationen bewahrte, allerdings war er auch noch nie derartig auf die Probe gestellt worden. Und an all dem war nur sie schuld. Sie. Dieses Mädchen. Dieses einzigartige Mädchen. Der Ursprung allen Übels. Die Diebin, die ihm seinen Seelenfrieden geraubt hatte.

Sein Herz.

Zum Teufel!

*Es ist mir völlig* (dieses Wort hatte sie so kräftig unterstrichen, dass der Stift das Papier zerrissen hatte) *egal, wie viele Pferde Sie besitzen, und ich habe nicht das mindeste* (wieder dieser kräftige Unterstrich) *Verlangen, einen Duke zu ehelichen. Ich würde Sie nicht mal dann heiraten, wenn das Schicksal der Menschheit davon abhinge.*

*Ich hoffe, ich habe mich klar ausgedrückt.*

*Ergebenst,*

*Ginesse Roberta Braxton*

»Was zur Hölle will das Mädel dann?«, brüllte er und zog die überraschten Blicke der Soldaten auf sich, die vor den Baracken saßen und ihre Gewehre putzten, um sie für die Schießübungen bereitzumachen. Er sah zu ihnen hinüber und wedelte mit dem Brief. »Kann mir bitte mal jemand erklären, was sie will? Zuerst will sie mich nicht heiraten, weil ich ihr nichts zu bieten habe«, erklärte er den aufgeschreckten Männern. »Gut. Von mir aus. Habe ich mir gewünscht, dass sie trotzdem ›Ja‹ sagt, obwohl ich ihr keinen verdammten Penny geben konnte? Ja, schon. Habe ich. Aber da habe ich es *verstanden*. Ich fand die Entscheidung sogar klug. Es war nur vernünftig.«

Langsam wich der verwirrte Ausdruck aus den Mienen der Männer. Einige nickten sogar verständnisvoll.

»Aber *das hier* ergibt überhaupt keinen Sinn.« Er stieß mit dem Finger heftig gegen das Papier. »Weil ich jetzt etwas habe, das ich ihr bieten kann, jetzt kann ich ihr ein komfortables Leben ermöglichen, mit einem ehrenhaften Namen, jetzt bin ich so ein *verdammter Duke*. Und deshalb habe ich sie noch einmal gefragt und sie will mich *trotzdem* nicht heiraten. Kann mir das mal jemand erklären? Kapiert das irgendjemand? Und falls ja, könntet ihr mich dann bitte erleuchten?« Er sah zum Himmel. »Würdest *Du* mich bitte erleuchten? Schick mir ein Zeichen. Setz einen Busch in Brand. Gib mir nur irgendeinen verfluchten Hinweis, wie ich dieses Mädchen dazu kriege, ›Ja‹ zu sagen.«

»Tja, mein Sohn«, erklärte ein alter Veteran und legte das Gewehr quer über die Knie. »So wie ich das seh, musst du da wohl was falsch gemacht haben.«

»Ja. Ja. Ich gebe es ja zu. Ich habe einen Fehler gemacht, aber ich tue alles in meiner Macht Stehende, um es wieder in Ordnung zu bringen.«

Der ergraute Kämpe blinzelte zu ihm hoch. »Das, ähm, das hast du doch aber so nicht zu ihr gesagt, oder?«

»Wie denn?«, fragte Jim.

»Du *hast* es so gesagt, stimmt's, du Esel?«

»Was denn?«, rief Jim verzweifelt.

Der Veteran erhob sich steif und schulterte sein Gewehr. Er musterte Jim einen Moment lang, schüttelte dann traurig den Kopf und verschwand in der Unterkunft.

»Was sollte das denn?«, wandte Jim sich an die übrigen Männer. »Wie hat er das gemeint?«

»Ich glaub, der alte Pyke meint, die Lady ist verliebt in Sie«, mutmaßte ein anderer Mann von seinem Platz aus.

Jim ging hinüber, beugte sich zu ihm hinunter und deutete auf sein Auge. »Sieht das für dich etwa aus wie Liebe?«, fragte er. »Es fühlt sich nämlich überhaupt nicht so an.«

»Liebe kann wehtun«, bemerkte ein anderer, während er gelassen sein Gewehr polierte.

»Ich würde an deiner Stelle – statt uns – einfach mal die Lady fragen«, schlug ein Bursche vor, der noch so grün hinter den Ohren war, dass er ohne Frage noch nicht einmal Bekanntschaft mit einem Rasiermesser gemacht hatte.

Jim starrte ihn an. Ginesse hatte ihm unmissverständlich zu verstehen gegeben, dass sie ihn nie wiedersehen, geschweige denn mit ihm sprechen wollte. Vor sieben Jahren hatte Charlotte ihm einen ähnlichen Brief geschickt. Allerdings hatte sie nicht geschrieben, er solle ihr ja nie wieder unter die Augen treten, und überhaupt war ihr Brief sehr viel höflicher formuliert gewesen. Jim hatte sie trotzdem nie wieder gesehen. Er hatte es nicht einmal versucht.

Er hätte zu Charlotte gehen oder ihr schreiben können. Er hätte ihren Irrtum aufklären und Althea als die Lügnerin entlarven können, die sie war. Aber sein Stolz hatte das nicht zugelassen. Und wo war sein Stolz jetzt?

Spurlos verpufft. Das war es, was Ginesse Braxton mit ihm anstellte.

»Wisst ihr was«, erklärte er grimmig. »Ich glaube, genau das werde ich tun.«

Er stapfte über den Exerzierplatz und steuerte geradewegs Pomfreys Unterkunft an, wo er Ginesse vermutete. Als er das Haus erreichte, hämmerte er gegen die Tür, sich innerlich für eine Konfrontation wappnend und schon halb darauf vorbereitet, sie sich einfach über die Schulter zu werfen und davonzutragen.

Colonel Lord Pomfrey öffnete die Tür. »Oh, Owens. Sie sind es«, sagte er zur Begrüßung. »Ich bin gerade auf dem Weg zu meinem Büro. Sie haben offensichtlich etwas zu sagen, also bitte sagen Sie es unterwegs.«

»Wo ist Miss Braxton?«

Pomfrey schob sich an ihm vorbei. »Nicht hier.«

»Wunderbar«, sagte Jim und ging neben ihm her. »Und wo ist sie dann?«

Ungeduldig gestikulierte Pomfrey nach Westen. »Irgendwo da draußen, vermute ich.«

»*Was?*«

Pomfrey ging ungerührt weiter. »Sie ist vor zwei Tagen abgereist, am Tag, nachdem Sie«, er blickte betont auf Jims Veilchen, »das da getan hat. Sie sucht diese verwünschte Stadt.«

»Was?«

Pomfrey schleuderte ihm einen unfreundlichen Blick zu. »Herrje, Mann, sind Sie schwerhörig? Sie jagt da draußen herum und sucht Zaboza oder Zerbata oder wie auch immer das Ding heißt.«

»Sie haben sie allein in die Wüste gehen lassen?«

Bei diesen Worten blieb Pomfrey abrupt stehen. »Natürlich nicht. Ich weiß ja, dass Sie keine besonders hohe Meinung von mir haben, Owens, aber etwas gesunden Menschenverstand können Sie mir schon zugestehen. Ich hätte sie niemals alleine fortgelassen. Sie hat Sir Roberts Träger und Bedienstete mitgenommen und außerdem begleitet Lord Tynesborough sie.«

Jims Muskeln spannten sich. Jock? Jock hatte keine Ahnung, welche Gefahren da draußen auf sie lauerten, welche Katastrophen nur auf ihre Chance warteten. Er hatte keine Chance, sie zu beschützen. Und sie waren schon seit zwei Tagen da draußen?

»Wohin genau sind sie aufgebrochen?«

Pomfrey verfiel in schnelleren Schritt. »Woher soll ich das wissen?«

Jim packte ihn am Arm und hielt ihn fest. Pomfrey sah kalt auf die Hand auf seinem Unterarm und hob den Blick dann drohend zu Jims Augen. »Sie scheinen sich im Gefängnis ja sehr wohl gefühlt zu haben.«

Jim schluckte seinen Zorn hinunter. In einer Zelle würde er Ginesse wenig nützen. »Ich muss es wissen, Pomfrey«, erklärte er. »Sie verstehen das nicht. Sie zieht Naturkatastrophen geradezu magisch an. Ich muss sie finden.«

Einen Moment lang sah es so aus, also würde Pomfrey ihm eine Antwort verweigern. Dann schüttelte er Jims Griff ab. »Laut Sir Robert befinden sie sich fünfunddreißig Meilen in westlicher Richtung auf dem vierundzwanzigsten Längengrad, irgendwo zwischen zwanzig und dreißig Minuten.«

»Ich werde noch ein Pferd für die Wasservorräte brauchen.«

»Zum Teufel mit Ihnen, Owens, bringen Sie es ja gesund zurück«, fluchte Pomfrey.

»Das werde ich. Danke.«

Jim rannte auf die Stallungen zu und steckte den Brief im Laufen in sein Hemd. Auf Höhe seines Herzens.

# Kapitel 33

*Sein dunkles Gesicht war grauenvoll anzusehen. Sein Bart war stoppelig und sein Haar verfilzt. Unter seinen struppigen Brauen sahen böse, blutunterlaufene Augen hervor.*

aus dem Tagebuch von Ginesse Braxton

Haji und seine Männer hatten bereits drei Meilen der südlichen Felswand untersucht. Sie waren daran herumgeklettert, hatten jede Höhle und jeden Spalt untersucht und unter jedes Steinsims geschaut. Dann hatten sie kehrtgemacht und auf dem Rückweg alles noch einmal sorgfältig unter die Lupe genommen. Wie wichtig es war, gründlich zu sein, hatte er von Sir Robert gelernt, und er hatte nicht vor, derjenige zu sein, der einfach an Zerzura vorbeitappte. Außerdem schuldete er es Ginesse, dass er sein Bestes gab.

Die Arbeiter waren zufrieden. Verglichen mit ihren sonstigen Aufgaben, war das hier der reinste Spaziergang. Sogar Timon, der Koch, erwies sich als überraschend gewissenhafter Sucher, besonders für einen so träge wirkenden Mann. Haji schämte sich ein wenig dafür, dass er den Kopten unbedingt hatte mitnehmen wollen. Als Koch hatte er wirklich schon mehr als genug zu tun.

Als es nur noch etwa eine Viertelmeile bis zum Lager war, verließen Timon dann schließlich die Kräfte. Er verschwand hinter einem Felsvorsprung und tauchte erst mehrere Minuten später wieder auf. Keuchend und mit schweißbedecktem Gesicht, soweit sein dichter Bart es sichtbar ließ, bewegte er sich nur langsam vorwärts, ging vornübergebeugt und hielt die Hände gegen den Bauch gepresst, während er sich den steilen Abhang des *Wadis* hinabquälte.

Gespannt beobachtete Haji ihn. Irgendwie hatte es der dicke Kopte geschafft, auf ihrem Ausflug noch ein wenig dicker zu werden.

»Du siehst krank aus, Kopte«, rief einer der Arbeiter. »Vielleicht bist du ja ein bisschen zu alt und zu fett für diese Arbeit.«

Timon brummte und lächelte müde. »Ich fürchte, da hast du recht, mein Freund«, sagte er. »Es ist mein Rücken.«

Haji fuhr herum. Er starrte den Koch an und musterte ihn gründlich. Erst jetzt fiel ihm auf, dass seine Hände einen helleren Hautton aufwiesen als sein Gesicht, dass die Farbe seines Bartes nicht ganz zu der Farbe seiner Augenbrauen passte und dass seine Wangenknochen für einen so dicken Mann zu ausgeprägt waren. Und bis zu diesem Moment hatte er den Kopten noch nie Arabisch sprechen gehört, ging es Haji auf. Mit Sir Robert und dem Rest der Reisegesellschaft hatte er sich stets auf Englisch unterhalten. Und jetzt wusste Haji auch warum: Dieser Mann sprach Arabisch mit einem französischen Akzent.

LeBouef.

Warum hatte er ihn nicht früher erkannt? Aber wer konnte schon ahnen, dass einer von Kairos berüchtigtsten Verbrechern so fantastisch kochen konnte? Außerdem kannte Haji den Mann nur aufgrund seines Rufs und einiger vager Beschreibungen. Vermutlich hatte er sich eingeschlichen, um Jim zu töten, doch dann hatte ihn die Aussicht auf einen vergrabenen Schatz abgelenkt. Er war ein Mann, der keine Gelegenheit verpasste.

Und jetzt fiel Haji auch eine mögliche Erklärung für Timons gesteigerten Bauchumfang ein.

Schnell dachte Haji nach. LeBouef galt als hintertrieben wie ein Schakal und als genauso tödlich, besonders, wenn man ihn in die Enge trieb. Haji konnte nicht riskieren, dass ihm einer der *Fellahin* als Geisel in die Hände fiel.

»Sie sehen gar nicht gut aus, Timon«, rief er und schaffte es tatsächlich, besorgt zu klingen. Er wandte sich den verbliebenen Arbeitern zu. »Ihr Männer macht hier weiter. Ich bringe unseren Koch ins Lager und komme dann zurück.«

»Das ist wirklich sehr nett«, erwiderte Timon auf Englisch. »Aber ich kann alleine zurückgehen.«

»Unsinn. Sie sind zu wichtig, als dass wir Ihre Gesundheit riskieren können. Wer soll denn kochen, wenn Sie es nicht mehr können? Lord Tynesborough? Nein danke. In meinem Zelt habe ich einen ganzen Medikamentenkoffer.« Das war eine glatte Lüge, aber woher sollte LeBouef das wissen? »Da wird auch etwas für Sie dabei sein.«

LeBouef konnte kaum ablehnen und er tat es auch nicht. Sie brauchten kaum zwanzig Minuten, bis sie das

Lager erreichten. Dort angekommen bat Haji den Koch, an der kalten Feuerstelle Platz zu nehmen und nach einer raschen Befragung nach LeBouefs »Symptomen«, verschwand er in seinem Zelt. Er fand ein Seil und seine Pistole und kehrte zu LeBouef zurück.

Der saß noch immer an der Feuerstelle, doch noch während Haji ihn beobachtete, rückte er vor sich hinmurmelnd seinen »Bauch« zurecht.

»Warum nehmen Sie ihn nicht einfach ab?«

LeBouef sah sich um und lächelte. »Was soll ich abnehmen?«

»Diesen Bauch. Ist doch vermutlich ziemlich heiß da drunter. Oder verstecken Sie dort das, was Sie gerade gefunden haben?«

»Ich weiß nicht, was Sie meinen. Ich habe nichts gefunden.« Seine Augen waren in gespielter Angst geweitet, doch in ihrer Tiefe lag nicht die Spur von Furcht. Nur kühle Berechnung.

»Sie sind in einer Spalte verschwunden und als sie wieder aufgetaucht sind, war ihr Bauch auf einmal größer als vorher. Und jetzt strecken Sie die Hände aus. Wenn Sie sich weigern, werde ich Sie erschießen.«

LeBouef zögerte einen Moment, dann hielt er die Hände vor sich.

»Danke, Mr. LeBouef.«

In den dunklen Augen des Mannes flackerte Anerkennung auf. »Bravo, Mr. Elkamal. Und was jetzt?«

»Jetzt versuche ich, zu entscheiden, ob ich Sie erschieße oder nicht. Sie sind viel zu gefährlich für mich, als das ich es riskieren könnte, Sie nach Waffen zu durchsuchen. Aber ich könnte Ihnen ja einfach in die Hand schießen, dann wäre ich Ihnen auf jeden Fall gewachsen.«

»Das wird nicht nötig sein«, versicherte LeBouef. »Ich habe keine Pistole, aber in meinem Gürtel steckt ein Messer.«

»Lassen Sie ihre rechte Hand ausgestreckt und ziehen sie es mit der linken heraus. Legen Sie es neben sich auf den Boden. Gut so. Und jetzt legen Sie sich auf den Boden und drehen Sie sich auf den Bauch, die Hände auf den Rücken.«

»Mr. Elkamal ...«

»Tun Sie es.«

Mit einem missfälligen Laut tat LeBouef wie geheißen. Haji stieß das Messer mit dem Fuß weg und drückte den Lauf seiner Pistole an LeBouefs Hinterkopf. Er bohrte dem Franzosen ein Knie in den Rücken und fesselte mit seiner freien Hand LeBouefs Handgelenke. Dann sprang er zurück, weil er weder LeBouef noch seinen Fesselkünsten völlig traute.

»Drehen Sie sich herum und knien Sie sich hin.«

Mit einem bösen Blick gehorchte LeBouef.

Schnell band Haji seinem Gefangenen auch die angewinkelten Beine zusammen, so dass er selbst dann nicht auf die Füße kommen konnte, wenn er eine Hand frei bekommen sollte. Dann, und erst dann, öffnete er LeBouefs Gewand vor dem Bauch und zog ein kleines Kissen hervor. Ein sehr schweres Kissen, das an einem Ende zugebunden war. LeBouef nicht aus den Augen lassend, öffnete er es und krempelte das Innere nach außen. Ein Paar Sandalen fiel heraus.

Sandalen aus purem Gold.

Sie waren eindeutig als Grabbeigaben gedacht, denn niemand hätte in so schweren Schuhen laufen können. Die Sohlen waren nach Cloisonné-Technik mit Karneolen und Malachiten gerändert und dort, wo sich die Riemen trafen, die mit Perlen so groß wie Kichererbsen besetzt waren, prangte auf jedem Schuh ein enormer Cabochon-Rubin. Doch das faszinierendste, aufregendste für einen Ägyptologen waren die Abbildungen, die in die Innenseiten der Sohlen eingearbeitet worden waren.

Haji hatte solche Pharaonensandalen bereits zweimal zuvor gesehen. In beiden Fällen waren die Sohlen innen mit Abbildungen von vier Bögen sowie von schwarzen und asiatischen Gefangenen verziert gewesen, die mit Tauen von Papyrus und Lotusfasern festgebunden waren. Die Darstellung repräsentierte die neun traditionellen Feinde Ägyptens, die der Pharao so symbolisch bei jedem Schritt in den Staub trat. Es war eine Aufzeichnung von Ereignissen, die sich vor tausenden von Jahren zugetragen hatten. Doch diese Figuren hier waren weder Schwarzafrikaner noch Asiaten und zudem fehlten die Pfeile. Stattdessen waren einige kleinere Gestalten in kunstvoller Kleidung zu erkennen, die Haji nicht identifizieren konnte.

Sein Herz schlug schneller. Auch wenn die Sandalen allein wegen des Goldes ein Vermögen bringen mussten, war ihr archäologischer Wert unermesslich größer. Auf diesen Sohlen war möglicherweise die bisher noch nicht dokumentierte Geschichte der zentralafrikanischen Staaten beschrieben.

»Hübsch, was?«, fragte LeBouef, als beschreibe er eine Mohnblüte oder etwas in der Art.

»Unglaublich«, hauchte Haji.

»Und jetzt gehören Sie Ihnen«, stellte LeBouef fest.

Haji löste den Blick von den Sandalen.

»Also können Sie mich genauso gut einfach gehen lassen«, fuhr LeBouef im Plauderton fort. »Wir wissen doch beide, dass Sie mich nicht kaltblütig erschießen werden. Dafür sind Sie nicht der Mensch. Ich sehe es in Ihren Augen.«

Er hatte recht, verdammt. Haji hasste Gewalt. »Vielleicht bringe ich Sie aber auch einfach nach Ford Gordon und überlasse Sie Jim Owens«, schlug er grimmig vor.

»Jim Owens«, murmelte LeBoeuf nachdenklich. »Ja«, räumte er ein, »unter den richtigen Umständen kann er durchaus so ein Mensch sein.« Seine Augen wurden kalt wie Wüstennächte. »Genau wie ich. Ich bin dem Jungen noch was schuldig. Er hat mich bestohlen, mir eine Rippe gebrochen und was am schlimmsten ist, er hat mich zum Deppen gemacht. Und das ist gar nicht gut fürs Geschäft. Aber hier geht es nicht um Jim, nicht wahr? Wir haben gerade darüber gesprochen, wie Sie mich zur Garnison bringen wollen. Offen gesagt, ich glaube nicht, dass das eine gute Idee ist. Vor allem für Sie nicht.«

»Ach?«, fragte Haji. Dieser Mann machte ihn unbestreitbar nervös. Seine völlige Unerschrockenheit, seine kalten Augen, all das erinnerte Haji an ein Reptil.

»Überlegen Sie sich eins: Wollen Sie mich wirklich ganz alleine nach Ford Gordon bringen?«, fragte LeBoeuf. »Kommen Sie gut ohne Schlaf aus? Ich schon. Natürlich könnten Sie auch Miss Braxton bitten, ihre Suche aufzugeben und zurückzukehren, zwanzig Männer sollten zu Ihrer Sicherheit ausreichen. Sollten. Aber, mal ganz ehrlich, glauben Sie, dass sie gehen wird?«

Er hatte recht, Gott verfluche ihn.

»Lassen Sie mich einfach laufen«, beschwor ihn LeBouef. »Ich bin kein Idiot, Mr. Elkamal. Nichts ist es wert, dafür zu sterben. Nicht einmal Sandalen aus purem Gold. Ich werde nicht zurückkommen.«

Haji glaubte ihm kein Wort. Wenn er ihn laufen ließ, würde er nur auf eine Gelegenheit lauern, um sich die Sandalen wieder unter den Nagel zu reißen. Er würde sich nachts ins Lager schleichen oder warten, bis sie sich auf ihrer Suche verstreut hatten, und sich dann eine Geisel nehmen, vielleicht sogar Ginesse. Das Problem war, dass Haji die Sandalen nicht einmal zurück ins Fort schicken konnte. LeBouef würde einen Kurier so leicht abfangen, wie er einen Vogel aus dem Baum schoss.

»Was ist mit Jim?«, wollte Haji wissen.

LeBouefs Augen wurden schmal. »Mit unserem lieben James?«

»Wenn ich Sie laufen lasse, werden Sie ihn dann in Frieden lassen?«

»Nein«, antwortete er schlicht. »Er hat etwas verkauft, das mir gehörte. Wenn sich das rumspricht – und so etwas spricht sich immer rum –, tja, wer weiß, wer sonst noch auf die Idee kommt, eigene Geschäfte zu machen? Nein, ich fürchte, wenn Jim mir das Collier nicht wiederbringt, wird er als Exempel enden.«

Haji dachte nach und die Richtung, die seine Gedanken einschlugen, gefiel ihm gar nicht. Sein Magen verknotete sich. Sein Kopf schmerzte. Aber er hatte keine Wahl.

»Was, wenn ich Ihnen die Sandalen gebe?«

Nun hatte er es doch geschafft, den Franzosen zu überraschen. Der kniff die Augen zusammen und musterte Haji scharf.

»Was, wenn ich Ihnen die Sandalen gebe und Sie laufen lasse?«, wiederholte Haji.

»Warum sollten Sie so etwas tun?«

»Ich will nicht sterben. Und ich will auch nicht, dass Jim stirbt.«

»Ich höre.«

»Wenn ich Ihnen die Sandalen gebe, könnten Sie herumerzählen, Sie hätten sie von Jim, dass er sie Ihnen zum Tausch gegen das Collier angeboten hat. Sie wissen, dass die Sandalen viel wertvoller sind. Allein die Rubine sind ein Vermögen wert.«

LeBouef legte nachdenklich die Stirn in Falten. Es war erstaunlich, wie ein gefesselter Mann auf den Knien so bedrohlich wirken konnte. »Und woher weiß ich, dass Jim mir da nicht widersprechen wird?«

»Jim ist jetzt ein Duke.«

LeBouef runzelte die Stirn. »Dieses Gerücht habe ich schon von den *Fellahin* gehört. Habe aber nichts darauf gegeben.«

»Es ist wahr. Er hat den Titel seines Vaters geerbt. Er ist der Duke of Avandale. Wenn Sie mir nicht glauben, prüfen Sie es nach, wenn Sie wieder in Kairo sind«, schlug er trocken vor. »Jim wird genauso wenig wollen, dass seine Verbindung zu Ihnen bekannt wird, wie Sie möchten, dass er verbreitet, er hätte Ihnen das Collier nicht abgeliefert. Ich wäre überrascht, wenn Sie sich jemals wiedersehen.«

Bei diesen Worten brach LeBouef in Gelächter aus. »Aber das ist ja herrlich! Ich wurde von einem Duke beliefert.«

Haji konnte fast zusehen, wie eine zukünftige Erpressung in LeBouefs Gedanken Gestalt annahm. Er wünschte ihm viel Glück damit. Haji kannte niemanden, dem die Meinung anderer so egal war wie Jim Owens.

»In Ordnung, Mr. Elkamal«, stimmte LeBouef zu. »Abgemacht. Die Sandalen für Jims Leben. Und«, er lächelte, »für Ihres.«

Ein Schauder lief Haji über den Rücken, doch er nickte. Rasch trat er hinter den Franzosen, durchschnitt seine Handfesseln und sprang zurück. LeBoeuf rieb sich die Handgelenke und sah belustigt aus.

»Oh, keine Sorge. Ich habe nichts zu gewinnen und alles zu verlieren, wenn ich Ihnen etwas antue. Ich möchte so weit wie möglich von hier weg sein, wenn Ihre Freunde hier eintreffen.« Er beugte sich hinab und löste rasch seine Fesseln an den Beinen. »Außerdem scheint Sir Robert sehr an Ihnen zu hängen und wird einen enormen Aufstand veranstalten, sollte Ihnen etwas zustoßen. Und das ist nie gut fürs Geschäft. Was Jim angeht – wenn die Dinge so stehen, wie Sie sagen, gilt für ihn dasselbe. Und jetzt«, er erhob sich und streckte fordernd die Hand aus, »die Sandalen.«

Haji fühlte sich, als müsse er seinen Erstgeborenen weggeben. Vielleicht würde er etwas so Bedeutsames nie wieder vor sich sehen. Wenn er doch nur eine Stunde Zeit hätte, dann könnte er die kleinen Figuren auf den Sohlen abzeichnen, aber LeBouef schnippte nachdrücklich mit den Fingern und Haji bezweifelte, dass er warten würde, bis Haji fertig gezeichnet hatte. Widerstrebend überreichte er LeBouef die Sandalen. Jede wog mindestens zwanzig Pfund. Kein Wunder, dass LeBouef so verschwitzt war.

»Ich werde natürlich eines der Kamele mitnehmen.«

»Natürlich«, sagte Haji. »Und Sie nehmen es mir doch nicht übel, wenn ich die Waffe auf Sie gerichtet halte, bis Sie verschwunden sind.«

»Natürlich nicht.«

Tatsächlich trug Haji die Waffe noch lange, nachdem LeBouef und die Sandalen in Richtung Süden aufgebrochen waren. Er steckte sie in seinen Gürtel, kletterte auf die Felsen und sah ihm nach, während der Wind an seinen Kleidern zerrte und ihm Sand ins Gesicht trieb. LeBouef verschwand aus seinem Sichtfeld und er wollte sich gerade an den Abstieg machen, als sein Blick auf den westlichen Horizont fiel.

Er runzelte die Stirn. Als sie angekommen waren, hatte der Horizont malvenfarben ausgesehen, ein rötlichblaues Braun, das ihn an ferne Hügel hatte denken lassen, die sich dort erhoben. Aber irgendwie schien der Horizont in den blauen Himmel gewachsen zu sein, wie dunkle Klippen. Er fragte sich, ob das wohl eine Fata Morgana war, und es beschämte ihn, dass er es nicht genau wusste. Er war in der Stadt aufgewachsen und hatte sein ganzes Leben dort verbracht. Er war kein Nomade und sein Wissen über die Wüste war spärlich. Die meisten der Ausgrabungen hatten im Tal der Könige stattgefunden, wo die Gegend zwar rau ist, wo aber immer ein weiches Bett und eine Mahlzeit bereit gestanden hatten.

Er starrte noch immer Richtung Westen, als er jemanden seinen Namen rufen hörte. Er zog seine Pistole hervor und fuhr hastig herum. Ein grauer Araberhengst scharrte dreißig Fuß unter ihm im Sand. Auf seinem Rücken saß Jim Owens, der wie ein Beduine gekleidet war und einen Turban trug.

»Was treibst du da mit der Pistole, Haji?«, fragte er. »Willst du es erschießen?« Er nickte Richtung Westen.

Haji grinste, froh ihn zu sehen. »Du hast deinen Freund Henri LeBouef gerade verpasst.«

Jim richtete sich im Sattel auf. »Wie meinst du das? Wo ist Ginesse?«

»Es geht ihr gut.«

»*Wo ist sie?*«

»Nicht in LeBouefs Nähe, keine Sorge. Ich habe gerade gesehen, wie er Richtung Süden verschwunden ist. Ginesse ist, tja, ich weiß es nicht genau, aber sie ist irgendwo da in der Schlucht.« Er nickte zum *Wadi* hinüber.

»*Allein?*«

»Nein. Natürlich nicht. Sie hat ein halbes Dutzend Männer dabei.«

»Männer? Irgendwelche arglosen, unerfahrenen, unvorsichtigen Männer?«

»Na ja … ja.«

»Während ein *Khamasin* heraufzieht?«

»Was?«, rief Haji.

Der Graue begann, nervös zu tänzeln. »Herrgott, Haji. Was glaubst du denn, was du da anstarrst?«, fragte Jim und ohne ein weiteres Wort wandte er sein Pferd ab und galoppierte in die Schlucht.

# Kapitel 34

*Aber dass sie sterben könnte, ohne ihm jemals gesagt zu haben, wie viel er ihr bedeutete und wie leid es ihr tat, dass sie ihn angelogen hatte, schien das Schlimmste von allem zu sein.*

aus dem Tagebuch von Ginesse Braxton

Ächzend rappelte Ginesse sich hoch. Sie hustete und spuckte Staub, während sie sich nach eventuellen Verletzungen absuchte. Es schien alles in Ordnung zu sein. Wo zum Teufel war sie hier?

Um sie herum war alles in Finsternis getaucht und ein metallischer Geruch hing in der Luft. Das Aroma der Jahrtausende. War das hier vielleicht ein ausgetrocknetes, unterirdisches Flussbett? Die Sahara war damit geradezu durchzogen. Allerdings lagen nur sehr wenige davon so dicht unter der Oberfläche, dass man hineinfallen konnte.

Sie sah auf. Fünfzehn Fuß über ihr leuchtete das Loch, das sie gerissen hatte wie eine leuchtend blaue Scheibe. Es warf einen Lichtstrahl auf den unebenen Boden, auf dem sie gelandet war, aber es war nicht groß genug, um die Finsternis aufzuhellen.

Fünfzehn Fuß. Es hätten genauso gut fünfzig sein können.

Sie schloss die Augen und kämpfte ihre Angst nieder. Irgendjemand würde sie schon finden. Sie wussten, wohin sie gegangen war. Allerdings dachten sie, sie wäre immer noch im *Wadi*. Wie lange würde es wohl dauern, bis sie herausfanden, dass sie über die Felsen in die Wüste hinausgeklettert war? Hoffentlich nicht zu lange.

Sie ließ den Rucksack von den Schultern gleiten und öffnete ihn. Erleichtert seufzte sie auf, die Feldflasche war heilgeblieben. Wenn jetzt auch die Taschenlampe noch funktionierte, könnte sie warten, bis es dunkel war, und dann durch das Loch nach draußen leuchten. Mit ein bisschen Glück, würde jemand, der nahe genug war und in die richtige Richtung schaute und scharfe Augen hatte, es sehen.

Mit ein bisschen Glück.

Leider war sie nie ein besonderer Glückspilz gewesen.

Vielleicht gab es ja noch einen anderen Weg nach draußen … Sie schaltete ihre Stablampe an und leuchtete in die Dunkelheit. Und der Mund klappte ihr auf.

Sie hatte Zerzura gefunden.

Ungläubig ließ sie das Licht umherwandern, dies schien ein niedriger Raum zu sein von einem Durchmesser von fünfzehn mal zwanzig Metern. Auch wenn die Wände felsig und zerklüftet waren, konnte sie doch erkennen, dass gewisse Teile von Maurern geglättet und von Künstlern verziert worden waren. Diese Figuren und Abbildungen hatte sie bereits hunderte Male in anderen Gräbern und Tempeln gesehen und doch gab es da einige grundlegende Unterschiede, die sie auf die Schnelle nicht ergründen konnte. Sie richtete den Strahl ihrer Taschenlampe an die Decke. Ihr erster Eindruck war richtig gewesen, das hier schien tatsächlich die Passage eines uralten, unterirdischen Flussbettes zu sein, das schon seit langer Zeit ausgetrocknet und später von einem Volk der Antike zu anderen Zwecken gebraucht worden war.

Sie schritt über eine jahrhundertealte Staubschicht und spähte atemlos umher. An den Wänden stapelten sich schulterhoch tausende von kleinen Bündeln. Zehntausende. Sie hatten alle ungefähr dieselbe Größe, waren zylindrisch geformt, etwa fünfzig Zentimeter lang und rund.

Vorsichtig hob sie eines davon hoch. Es war überraschend leicht und brüchig. Sie deutete mit dem Strahl der Taschenlampe darauf und ihr Gesicht glättete sich, als sie begriff. Sie drehte es um. Es war ein mumifizierter Ibis, die zerfallenen Leinentücher entblößten den unverkennbaren Schnabel und die langen Beine des heiligen Vogels. Sie hob ein weiteres Bündel hoch. Es war noch ein Ibis und er war genauso zerbrechlich. Nickend leuchte sie die Wand entlang. *Die Oase der kleinen Vögel.*

Aber auch, rief sie sich in Erinnerung, »Heim eines toten Königspaares«. Die meisten Wissenschaftler waren davon ausgegangen, dass dies ein Hinweis auf die Vorgeschichte der Stadt wäre, der sich vielleicht auf ihre ersten Regenten bezog. Offensichtlich war diese Bezeichnung jedoch wörtlich gemeint gewesen. Zerzura war eine Grabstätte. Sie leuchtete die Wand ab und erwartete, einen Durchgang zu sehen, der aus dem Zimmer führte. Und tatsächlich fand sie einen. Wäre das Grab noch unberührt gewesen, dann wäre die Tür versiegelt. Doch das war sie nicht. Geröll lag beiderseits der Öffnung.

Nach einem raschen Blick auf den noch immer blauen Himmel ging Ginesse hindurch in einen Raum, der dreimal größer war, als der, in den sie gestürzt war. Er war leer, nicht einmal ein zerbrochenes Stück Holz war geblieben, und die Wände, die eigentlich mit Zeichnungen übersäht sein sollten, waren kahl. Vermutlich war das hier ein Vorzimmer gewesen, gefüllt mit den Dingen, die man brauchte, um ein Leben im Jenseits genießen zu können: Schreine und Möbel, Pferde, Diener, Betten und Liegen, Streitwagen und Boote.

Sie erspähte einen weiteren Durchgang. Auch dieser war aufgebrochen worden und auch auch der Raum dahinter erwies sich als leer. War es eine Schatzkammer gewesen? Oder eine Grabkammer? Es war unmöglich zu sagen. Nichts war geblieben, das einen Hinweis auf seine Verwendung gegeben hätte. Genau genommen war er sogar zu leer. Als wäre alles pflichtbewusst entfernt worden, äußerst effizient, mit kühler Berechnung und jeder Menge Zeit. Das hier glich nicht den geplünderten Gräbern, die sie bisher zu Gesicht bekommen hatte. Dort war alles zertrümmert und achtlos durcheinandergeworfen worden von den angsterfüllten Räubern, die die Schätze hektisch nach den wertvollsten tragbaren Gegenständen durchsucht hatten.

Sie sah sich um. Dieser Raum führte nirgendwo hin.

Das Taschenlampenlicht flackerte über die nackten Wände. Angst legte Schatten auf ihre Schritte, als sie in den Raum zurückkehrte, in den sie gefallen war. Die blaue Scheibe an der Decke war nicht mehr ganz so hell, sie sah trüber aus. Dunkler. Sie trat direkt unter die Öffnung und sah hoch. Sand rieselte herab und noch mehr Sand wurde über die Öffnung geweht …

Sie furchte die Stirn. War es nur eine steife Brise, die den Sand aufwirbelte, oder war es mehr …? Ein Sandsturm? Sie kämpfte die Angst nieder, die sich in ihrem Magen zusammenballte. Es war zu früh für Sandstürme. Doch andererseits gab es Berichte darüber, dass ein unvorhersehbarer Sandsturm König Kambyses' gesamte Armee, bestehend aus fünfzigtausend Männern, verschluckt hatte. Bis zum heutigen Tag waren sie spurlos verschwunden geblieben.

Sie sah wieder hoch zu dem kleinen Loch über sich. Ein Sandsturm konnte, wenn er kräftig genug war, ganze Dünen verschieben. Ein Sandsturm könnte diese Kammer unter sich begraben und sie im Sand ertrinken lassen. Selbst im besten Fall, den schwachen Strahl ihrer Taschenlampe würde er schlucken.

Schnell erwog sie ihre Möglichkeiten. Viele waren es nicht. Sie überlegte, ob sie vielleicht die mumifizierten Ibisse zu einem Podest aufstapeln sollte, verwarf diesen Einfall jedoch wieder. Sie würden ihr Gewicht niemals tragen, sie würden unter ihr zerbröseln. Es war unmöglich, durch dieses Loch nach draußen zu klettern.

Sie setzte sich direkt unter das Loch. Etwa zum zehnten Mal, seit sie Kairo verlassen hatte, dachte sie: »Ich könnte hier sterben.« Fast lächelte sie, der Gedanke war ihr mittlerweile beinahe vertraut und schon reichlich abgedroschen. Allerdings könnte es diesmal tatsächlich stimmen. Besonders, wenn sich da draußen ein Sandsturm zusammenbraute.

Denn dieses Mal war Jim Owens meilenweit entfernt. Dieses Mal würde Jim Owens sie nicht retten. Dieses Mal suchte Jim Owens nicht einmal nach ihr.

Sie war hier, ganz allein in Zerzura. Und abgesehen von den Scharen toter Vögel war es so leer wie ihr Triumph.

Was tat sie eigentlich hier? Sie blickte sich um und sah kein Grab, das seit Jahrhunderten darauf wartete, einem würdigen Menschen seine Geheimnisse zu enthüllen. Sie sah nicht die Erfüllung eines lebenslangen Traumes, weil es, wie sie jetzt begriff, nie ihr Traum gewesen war. Es war immer der Traum eines anderen gewesen, der ihres Vater, ihres Urgroßvaters, Lord Tynesboroughs, Hajis.

In ihren Augen sammelten sich Tränen, langsam liefen sie über und rannen ihr die Wangen hinab. Nicht weil sie sterben würde, sondern weil sie sterben würde, ohne jemals wirklich gelebt zu haben. Sie würde sterben, ohne den Fuß auf die Straße gesetzt zu haben, der sie folgen sollte. Ohne einen Gefährten auf der Reise gehabt zu haben … Nein, das stimmte nicht.

Sie hatte die Straße betreten und sie hatte ihren Gefährten gefunden, doch die Zeit war viel zu knapp gewesen und die Reise hatte zu spät begonnen. Sie zog die Knie an die Brust und umschlang sie mit den Armen. In diesem Moment fiel neben ihr etwas zu Boden. Sie sah auf.

Ein Seil hing durch das Loch herab, dessen Ende zwei starke, braune Hände hielten. Dann erschien ein von einem *Khafiya* verhülltes Gesicht in der Öffnung.

»Ginesse!«, brüllte Jim Owens.

»Ja! Ich bin hier!«, rief sie und sprang auf. »Ja!«

»Bist du verletzt?«

»Nein!«

»Binde dir das Seil um die Taille und ruf, wenn du soweit bist. Beeil dich. Wir haben nicht viel Zeit.«

Sie verschwendete keine Sekunde auf eine Antwort. Geschwind schlang sie das Seil um sich, band es fest und rief dann hinauf. »Fertig!«

Eine Sekunde später wurde sie nach oben gerissen. Sie umklammerte das Seil und dann wurde sie von Jims starken Armen durch das Loch ins Freie gezogen. Es blieb keine Zeit für Worte. Sie sah nach Westen und das Blut gefror ihr in den Adern. Eine riesige Wand aus aufgewirbeltem, wogendem Sand kam auf sie zugerast.

Er ließ sie auf die Füße fallen, ohne groß darauf zu achten, wie sie aufkam, drehte sich um und band das Seil vom Sattel des Arabers. Dann wandte er sich wieder zu ihr, fasste sie um die Taille und warf sie auf den Rücken des Pferdes. Er sprang hinter ihr in den Sattel, umfing sie mit den Armen und ergriff die Zügel.

Er beugte sich vor. »Halt dich fest!«, brüllte er durch das zunehmende Tosen des Sturms.

Und schon flogen sie dahin, schossen durch den sirrenden Staub. Der Sturm war schnell, aber der Hengst war schneller. Er streckte sich, trug den Hals fast waagerecht über dem Wüstenboden, seine Beine schluckten die Entfernung, Schaumflocken stoben von seinen Nüstern. Sie sah und fühlte nicht, was Jim tat, um ihn zu lenken, doch der Hengst steuerte direkt auf die Felsformation zu und dann an der Steinwand entlang nach Osten, im Wettlauf mit dem Sturm.

»Such nach einem Unterschlupf!«, rief er ihr ins Ohr.

Hektisch suchte sie mit den Augen die Felsen ab, doch sie sah keine Öffnung, keinen Spalt oder …

»Dort!« Sie streckte den Arm aus und deutete auf einen schmalen, kaum sichtbaren Riss im Gestein.

Auf einen unmerklichen Informationsaustausch hin warf sich der Hengst herum, galoppierte nun direkt auf die Felsen zu und verlangsamte das Tempo erst, als er sich dem schmalen Durchgang näherte. Jim ließ ihm keine Zeit zu zögern, er gab dem Pferd die Fersen und es setzte einen steilen Hohlweg hinauf, Steine und Geröll lösten sich unter seinen Hufen. Im letzten Moment bog der Hohlweg scharf nach rechts und führte unter einen gewaltigen Felsvorsprung. Darunter hatten Zeit und Wind eine breite, tiefe Tasche gegraben, nicht direkt eine Höhle, aber ein genauso guter Unterschlupf.

Jim sprang aus dem Sattel und führte sie auf dem Pferd hinein. Er sah zu ihr auf. Das helle Tageslicht wich einem schmutzigen Zwielicht, als der Sturm die Sonne verfinsterte. Schatten tanzten über Jims ernste Züge, über den angespannten Mund, die zusammengebissenen Kiefer und die klaren, grauen Augen. Noch nie war ihr ein Gesicht so willkommen gewesen.

»Du bist gekommen«, sagte sie und lächelte zittrig.

Seine Miene verdüsterte sich, als hätte sie ihn irgendwie beleidigt. »Ja«, entgegnete er brüsk. »Das habe ich dir doch gesagt, oder?«

Das war nicht die Antwort, auf die sie gehofft hatte. Sie hatte sich gewünscht, er würde sie in die Arme nehmen, überwältigt vor Freude, sie lebend gefunden zu haben und … und sie küssen … und …

Er streckte die Arme aus, um sie vom Pferd zu heben, und sie beugte sich willig zu ihm hinab. Ihre Handflächen kribbelten, als sie sich um seine muskulösen Schultern schmiegten. Erinnerungen an seinen Körper fluteten ihre Gedanken.

Sie neigte den Kopf, ihre Lippen teilten sich …

»Nein«, sagte er schlicht und stellte sie auf die Füße.

»Nein?«, echote sie, verwirrt und enttäuscht.

»Nein«, wiederholte er. »Diese Belohnung will ich nicht.«

Und sie holte ein weiteres Mal nach ihm aus.

# Kapitel 35

*Seine Redegabe entsprang seiner kampfbereiten Seele.*

aus dem Tagebuch von Ginesse Braxton

Dieses Mal fing Jim ihre Faust ein paar Zentimeter vor seinem Gesicht ab, bog sie geschickt nach unten und hinter ihren Rücken. Er riss sie herum und drückte sie gegen seine Brust. »Würdest du bitte damit aufhören, mich schlagen zu wollen?«, sagte er leise und beherrscht, die Lippen an ihr Ohr gepresst.

»Das würde ich, wenn du damit aufhören könntest, mich zu provozieren«, fauchte sie und versuchte, dabei genauso nonchalant zu klingen, was ihr aber gehörig misslang.

Er schob sie sacht von sich weg und ging an ihr vorbei zu dem Hengst, der nervös und mit angelegten Ohren umhertänzelte. Sanft strich Jim ihm über den geschwungenen Hals. Dann griff er in die Satteltasche und zog eine zusammengerollte Decke heraus. Schnell breitete er sie aus und hängte sie vor den Höhleneingang. Sie deckte die Öffnung nicht vollständig ab, aber sie schützte sie vor dem Großteil des umherstiebenden Sandes, der in den Spalt getrieben wurde. Als er damit fertig war, band er den Hengst im hinteren Teil der Höhle an und wickelte ihm ein Hemd über die Augen, damit er nicht in Panik geriet.

Und dann war der Sturm über ihnen. Er erfüllte die Luft mit dem zornigen Summen von Millionen Wespen, so laut, dass es alle anderen Geräusche schluckte. Ginesse kroch nahe genug an die Öffnung heran, um hinauszuspähen. Der aufgepeitschte Sand fegte über die Felskante und stieg fast senkrecht in den Himmel.

»Der meiste Sand wird über uns hinweggeblasen«, rief sie und wandte sich um, nur um festzustellen, dass Jim bereits an ihrer Seite stand, den Blick auf den Himmel gerichtet. Er zog sich den *Khafiya* über den Mund und steckte ihn an der Schläfe fest. Jetzt waren nur noch seine rauchgrauen Augen zu sehen, die er schützend gegen den Wind zugekniffen hatte.

»Halt still«, sagte er, entfaltete ein kleines Seidentuch und band es ihr über den Mund. »Falls der Staub kommt.«

Der Sand verursachte schmerzhafte kleine Nadelstiche auf der Haut, wo immer sie ungeschützt war, doch der Staub war schlimmer, er drang einem in die Nasenlöcher und die Kehle, verklebte einem die Augen und legte sich auf die Lunge. Der schwerere Sand blieb nahe am Boden des *Khamasin*, doch je weiter oben im Sturm man sich befand, desto wahrscheinlicher bekam man die Wirkung des Staubs zu spüren, der in jede noch so schmale Ritze, jede noch so kleine Öffnung getrieben wurde.

Eine Weile sahen sie einfach zu, gefesselt vom Anblick des dichten Vorhangs aus Sand und betend, dass sie sich nicht so weit oben befanden, dass der Staub sie fand. Schließlich löste Jim seinen *Khafiya* vom Mund.

»Ich glaube, wir haben Glück«, sagte er. »Wir sind im richtigen Winkel, so dass der aufgewirbelte Sand uns beim Herunterfallen nicht trifft, und wir sind tief genug, um dem Staub zu entgehen. So lange der Sturm nicht plötzlich genau über uns abebbt und all der Sand auf uns herniederregnet, sollten wir durchkommen.«

»Wie lange wird es dauern?«, fragte sie und nahm ebenfalls ihren Schleier ab.

»Ich weiß nicht. Kommt darauf an, wie groß er ist. Es könnte noch tagelang so weitergehen, aber mich beunruhigt mehr, wie schnell er ist. Es ist eigentlich zu früh im Jahr für so einen Sturm, aber ...«, betont sah er sie an, »das sind ja auch ungewöhnliche Umstände.«

»Du kannst *mich* ja wohl kaum für den Sturm verantwortlich machen.«

»Nicht?«, fragte er und klang verärgert und resigniert zugleich.

Sie stapfte zur Rückwand der Höhle, doch da ergriff er ihr Handgelenk. Sie wandte sich um und sah kalt auf die Hand hinab, die sie festhielt. Doch es schien keinerlei Wirkung zu haben.

»Oh nein«, sagte er. »Du gehst nirgendwo hin. Nicht dieses Mal.«

»Natürlich tue ich das nicht«, schoss sie entrüstet zurück. »Ich werde nicht hinaus in einen Sandsturm rennen, nur weil du mich beleidigst. Denn auch, wenn du und alle anderen das glauben, ich bin nicht blöd.«

»Oh doch, das bist du.«

Sie schnappte nach Luft. »Wie. Kannst. Du. Es. Wagen!«

»Was hattest du hier draußen zu suchen?«, forschte er nach. »Wenn ich dieses Holzding nicht gesehen hätte … Wenn ich kein Fernglas dabei gehabt hätte …« Ein Schauder lief durch ihn hindurch. Abrupt ließ er ihre Hand los und drehte sich weg.

»Ich … ich habe Zerzura gefunden«, sagte sie und wusste, dass sie entschuldigend klang, obwohl sie doch triumphieren sollte.

Über die Schulter warf er ihr einen Blick zu. »Na und?«

Sie blinzelte.

Er wandte sich wieder zu ihr um. »Wen zum Teufel interessiert es, ob du Zerzura gefunden hast? Oder Timbuktu? Oder den Garten Eden, Herrgott.« Mit jedem Wort wurde seine Stimme lauter. »Du hättest sterben können, Ginesse!«

»Aber ich bin nicht gestorben«, stellte sie in ihrer Logik fest. »Du bist ja gekommen.«

Er nickte, doch dann verwandelte sich sein Nicken in ein Kopfschütteln. »Ja, das bin ich. Das werde ich immer. Denn anscheinend kann ich einfach nicht anders. Es spielt keine Rolle, wo du dich gerade aufhältst, oder ob du offiziell das Problem eines anderen bist. Es spielt nicht mal eine Rolle, ob du mit einem anderen verheiratet bist. Wo ist eigentlich Jock? Nein. Sag es nicht.« Er zuckte nachdrücklich die Schultern. »Egal. Er ist nicht hier. Ich aber schon.«

Verwirrt starrte sie ihn an und es dämmerte ihr, dass er wohl nicht mehr ganz auf dem Laufenden war.

Er hob die Hand, als wolle er sie nach ihrer Meinung fragen. »Und genau das ist der Punkt, nicht wahr? Es spielt keine Rolle. Denn wer wird dich rausziehen, wenn die Erde dich verschluckt, und wer wird dich aus dem Meer fischen, wenn dein Schiff sinkt …«

»Nur die *Felucca* ist gesunken. Und eigentlich ist sie auch nicht mal richtig gesunken, nur ein bisschen gekippt«, platzte sie heraus. »Mit der *Lydonia* war alles okay. Fast alles.«

»Unterbrich mich nicht«, sagte er. »Wer wird dich auffangen, wenn der Berg, auf dem du stehst, explodiert? Oder wenn der Himmel herunterfällt?«

Er wartete, den Blick finster auf sie gerichtet.

»Du?«, schlug sie vor.

»*Ich.* Ich kann es genauso wenig ändern, wie du es ändern kannst, dass du … du bist. Du bist ein Magnet für alles Zerstörerische und Gefährliche auf der Welt. Wohin du auch gehst, egal, mit wem du auch zusammen bist, das Chaos wird dich finden und ich werde es *wissen.*« Wütend starrte er sie an. »In meinem Herzen, in meiner Seele, in meinen Knochen und in meinem Blut werde ich es wissen und ich werde kommen, weil ich einfach nicht anders kann.« Er fuhr sich durchs Haar. Sah weg. Sah sie wieder an. Sah wieder weg.

Wie vom Donner gerührt, starrte sie ihn an. Noch nie hatte sie ihn so gesehen. Er wirkte wie jemand, der am Rande des Wahnsinns entlangbalancierte. Seine sonstige Selbstbeherrschtheit hatte Risse bekommen, nein, sie war völlig zerbröckelt. Er schritt vor ihr auf und ab, von einer fieberhaften Energie getrieben. »Hat er dich gefragt?«

»Wer? Mich was gefragt?«, wollte sie verwirrt wissen.

»Jock. Hat er dich gefragt, ob du ihn heiratest?«

»Oh. Ja. Woher wusstest du das?«

»Ein Blinder hätte …« Er schüttelte den Kopf. »Egal. Was hast du geantwortet?«

»Nein.«

»Warum nicht?«

Jetzt fühlte sie, wie ihre eigene Wut hochkochte, heiß und heftig. »Das geht dich nichts an.«

»Zum Teufel, und ob es das tut. Ich habe dich dreimal gebeten, mich zu heiraten, und du hast mich dreimal abgewiesen. Ich dachte, du wärst in meinen Bruder verliebt.«

»Tja, da hast du dich wohl geirrt.«

Seine Hände ballten sich zu Fäusten. Sie sah es, verengte die Augen zu Schlitzen und hob hochmütig die Brauen.

»Warum wolltest du mich dann nicht heiraten?«

Sie sollte einfach den Mund halten, aber sie war wütend und verletzt. Gerade eben hatte er noch so schöne Dinge gesagt und jetzt benahm er sich einfach nur furchtbar. »Warum kannst du es nicht ändern?«, konterte sie, jetzt ebenfalls brüllend.

»Was?«

»*Warum* musst du mir überallhin nachjagen?«, fragte sie, die Hände in die Hüften gestemmt.

Einen Augenblick lang starrte er sie einfach nur an, als ob sie geistesgestört wäre.

»Weil ich dich liebe«, sagte er schließlich, als wäre es das Offensichtlichste.

»Was?« Seit einer gefühlten Ewigkeit wartete sie nun schon darauf, dass er diese Worte aussprach, und jetzt hatte er es getan, völlig nebensächlich, genauso gut hätte er »Hübsches Kleid« oder »Hasso ist doch ein guter Name für einen Hund« sagen können.

»Weil ich dich liebe«, wiederholte er. »Warum denn wohl sonst?«

»Keine Ahnung. Vielleicht, weil du *verrückt* bist?«, schlug sie vor. Wie konnte er es wagen, zu behaupten, er würde sie lieben, einfach so, ohne jedes Tamtam?

Er musterte sie. »Du scheinst aufgebracht zu sein.«

»Ach. Wirklich?«, fragte sie zuckersüß. Das Pferd hinter ihr begann, nervös zu tänzeln. Kluges Tier. »Vielleicht, *weil ich dir kein Wort glaube*.«

Er fuhr zurück, als hätte sie ihn geschlagen. »Warum nicht?«, fragte er völlig überrumpelt.

»Weil du, wie du ja bereits bemerkt hast, dreimal um mich angehalten hast – obwohl ich es nicht unbedingt als einen Antrag bezeichnen möchte, dass du Pomfrey gegenüber einfach mal zugestimmt hast, mich zu heiraten – und jetzt höre ich zum allerersten Mal, dass du das Wort ›Liebe‹ überhaupt in den Mund nimmst.«

Sie hob die Hand als er den Mund öffnete und ließ ihn keine Einwände vorbringen. »Wo noch hinzukommt, dass du, als Pomfrey mich auf die schändlichste Weise beleidigt und schreckliche Dinge zu mir gesagt hat, einfach dabeigestanden und es zugelassen hast. Wenn ein Mann verliebt ist, könnte er es nicht ertragen, wenn so abfällig über seine Herzensdame gesprochen würde.«

»Was hat er denn gesagt? Ich erinnere mich an nichts Genaues«, entgegnete er stirnrunzelnd. »Aber ich habe auch nicht besonders gut hingehört.«

»Oh! Oh, du ...« Stammelnd verstummte sie, da ihr kein Ausdruck einfiel, der schlimm genug für ihn wäre. »Wir sind fertig miteinander.«

Er starrte sie einige Sekunden lang an, dann fuhr er herum und hämmerte mit der Faust gegen die Höhlenwand. Schotter rieselte herab. »Verdammt, Ginny!«, übertönte er brüllend das Tosen des Sturms. »Komm schon! Gib mir eine Chance!«

»Ich weiß nicht, was du damit meinst«, näselte sie steif.

»Ich meine damit, dass das nicht fair ist«, presste er durch zusammengebissene Zähne hervor. »Ich hatte gerade herausgefunden, dass die Frau, mit der ich geschlafen und in die ich mich verliebt hatte, nicht die Frau war, die sie zu sein vorgab. Und dazu kam noch, dass sie den Mann, wegen dem sie mir angeblich einen Korb verpasst hatte, nicht einmal kannte. Ich war verwirrt und ein bisschen«, er schlug noch einmal gegen die Höhlenwand, »*abgelenkt.*«

Sie zuckte zusammen.

»Ich habe Pomfrey nicht gehört. Wenn er dich also wirklich brüskiert hat, dann tut es mir leid. Soll ich zurückgehen und ihn zu einem blutigen Klumpen prügeln? Denn wenn es das ist, was du willst, dann werde ich es tun. Verdammt, ich werde es sogar genießen! Denn jetzt gerade will ich wirklich *unbedingt* jemandem eine runterhauen.«

»Ich vermute, damit meinst du mich«, stellte sie überheblich fest.

Er erstarrte, ein Muskel an seinem Kiefer zuckte, seine Augen funkelten. Dann seufzte er auf einmal.

»Ach«, murmelte er, »zur Hölle damit.« Und er packte sie, lehnte sie über seinem Arm nach hinten und küsste sie.

Er küsste sie lange und gründlich. Mit einem Arm drückte er sie an sich, während seine freie Hand zwischen ihren Schulterblättern nach oben fuhr und sich um ihren Kopf legte. Er küsste sie atemlos. Er küsste sie, bis ihr der Kopf schwirrte und ihr Herzschlag ins Stolpern geriet, und dann küsste er sie noch weiter, bis ihre Beine nachgaben und silberne Lichter hinter ihren geschlossenen Liedern explodierten. Er küsste sie, bis sie den Sturm vergaß und nur noch den Orkan wahrnahm, der in ihrem Inneren tobte.

Ihr Mund gab unter seinem Angriff nach und aller Widerstand wich aus ihrem Körper. Ihr Atem ging schnell und flach und sie wusste, sie wäre ohnmächtig geworden, wenn er sie nicht gehalten hätte. Endlich löste er sich von ihr und sah hinab in ihre vor Leidenschaft verschleierten Augen und auf ihre Lippen, die sich bereits wieder in Erwartung weiterer Küsse hingaben. Er fing sie auf, als ihre Knie einknickten und stützte sie.

»Ich liebe dich«, sagte er, sein Atem war rau und noch immer funkelten seine Augen, doch diesmal brannte ein anderes Feuer darin. »Besser kann ich es nicht ausdrücken. Verstehst du?«

»Ja«, sagte sie und versuchte, wieder zu Atem zu kommen, was ihr aber misslang, da er sie noch fester an sich drückte, um ihr Halt zu geben. »Ja.«

»Und das war alles, was du hören wolltest?«

»Ja«, sagte sie, ein kleines bisschen unsicher. »Ich wollte, dass der einzige Grund, aus dem du mir einen Antrag machst, der ist, dass du mich liebst. Nur das zählt für mich.« Sie senkte den Blick. »Du hältst das bestimmt für hoffnungslos romantisch? Dass ich es hören wollte?«

Er legte eine Hand unter ihr Kinn und hob es an, so dass sie ihm direkt in die Augen sehen musste. »Ich liebe dich«, sagte er noch einmal und diesmal klangen seine Worte kein bisschen nebensächlich oder zufällig. »Ich liebe dich, Ginesse. Siehst du das denn nicht? *Du* bist mein Zerzura. Du bist mein unentdecktes Land, Ziel und Reise meines Herzens. Gold und Tempel, Juwelen und Edelsteine sind nichts im Vergleich zu dir.«

Er strich ihr sanft mit dem Daumen über die Lippen und an ihrer Kehle hinab. Jede Härte war aus seinen Augen verschwunden und sie waren rauchig und dunkel.

»Du«, flüsterte er, »bist Salomons Schatzkammer für mich, du bist mein unerforschtes Reich, das einzige Zuhause, das ich kennen muss, die einzige Reise, auf die ich gehen möchte, der einzige Schatz, für den ich sterben würde. Du bist exotisch und vertraut, mein Opium und mein Heiltrank, mein Gewissen und meine Versuchung.«

Er lächelte wieder, ein wenig verschämt. »Und jetzt habe ich keine Worte mehr, die ich dir geben könnte, Ginesse. Ich habe nur noch mein Herz und das gehört schon lange dir.«

Tränen traten ihr in die Augen. Sie versuchte, sie wegzublinzeln. »Meine Güte«, schniefte sie und hasste sich dafür, denn eine Heldin schniefte nicht, wenn sie endlich die Liebeserklärung ihres Helden vernahm. »Das war wirklich unglaublich romantisch für einen gefühlskalten amerikanischen Cowboy.«

Ein Lächeln flackerte über sein Gesicht, in dem sich Zärtlichkeit und Humor mischten. »Na ja«, erklärte er nachsichtig, »wie sich herausgestellt hat, bin ich ja eigentlich ein Duke.«

Sie lachte und er schloss sie noch fester in die Arme. »Was kann ich dir sonst noch geben, Ginny?«, fragte er. »Sag es mir. Es gehört dir. Ich gehöre dir.«

Als Antwort darauf schlang sie ihre Arme um ihn, vergrub ihr Gesicht an seinem Hals und berührte mit Lippen und Zunge kurz seine Haut. Ein Schauer durchlief ihn. Sie schmeckte Salz und Staub und einen erdigen Hauch seiner Männlichkeit. Wer hätte gedacht, dass es an einem Mann so viel zu entdecken gab?

Sie schob seine Gewänder auseinander und er wurde ganz still.

Unter der Beduinenrobe trug er ein kragenloses Hemd. Mit ruhiger Sorgfalt machte sie sich daran, es aufzuknöpfen, wobei sie ihn aus den Augenwinkeln beobachtete. Seine Lippen öffneten sich und sie hörte, wie er scharf die Luft einsog. Er wandte ihr das Gesicht zu, so dass seine Lippen beinahe ihr Gesicht berührten.

»Was tust du da?«, fragte er und sein Atem strich ihr über die Schläfe.

»Ich nehme mir, was mir gegeben wurde«, entgegnete sie schlicht.

»Das hatte ich gehofft«, antwortete er, als die Robe von seinen Schultern glitt und sie den letzten Knopf seines Hemdes löste.

Er war atemberaubend schön. Sein maskuliner Körper schien nur aus klaren Linien und geschmeidigen Muskeln zu bestehen. Sie legte die Hände auf seine ausgeprägte Brust, fühlte das schwere Auf und Ab seines Atems. Sie beugte sich vor und legte ihren Mund auf seine Brust. Er gab einen rauen Laut von sich, nahm sie bei den Schultern und schob sie von sich weg.

Einen Moment lang dachte sie, er würde wieder auf seine Ehre pochen, doch dann strich er ihr die weiten Gewänder von den Schultern, dass sie sich zu ihren Füßen bauschten.

Sein Blick wanderte über ihren Körper, heiß wie die Sonne. »Gott helfe mir«, murmelte er heiser, »die ist ja schlimmer als diese verdammte Kadettenhose.«

Sie fühlte, wie unter seinem bewundernden Blick Hitze in ihr aufstieg. Sie hatte die *Shintiyan* ganz vergessen, die sie unter den Gewändern trug. Es waren weitgeschnittene Hosen aus hauchdünner Baumwolle, mit Seidenbändern um die Waden befestigt und von einer breiteren Seidenkordel tief auf den Hüften gehalten. Sie waren gemütlicher und kühler – als ihre Röcke oder die Männerhosen, die sie während ihrer

Reise getragen hatte. Und außerdem waren sie nahezu durchsichtig.

Aber sie hatte ja auch nie erwartet, dass sie jemand darin sah. Es war nur ein Untergewand.

»Sie sind gemütlich«, sagte sie kleinlaut.

Er schüttelte den Kopf. »Nicht für mich.«

Sie wand sich verschämt und er lächelte wieder, offen und ernst, und keine Spur prahlerisch oder anzüglich. Sie sah zu, wie er sich anmutig vor ihr auf die Knie sinken ließ. Sein Kopf war nun auf Höhe ihrer Taille, sein Gesicht nur Zentimeter vor ihrem Bauch.

»Was tust du da?«, fragte sie atemlos.

»Mein Angebot erhöhen«, entgegnete er rau. Ein Kribbeln durchlief sie, als er sprach. Sie konnte seinen Atem durch den zarten Stoff spüren. Wärme und Erregung stieg zwischen ihren Beinen auf. Sie wollte zurückweichen, aus der Fassung gebracht von diesem berauschenden Gefühl, doch er ließ es nicht zu. Er packte ihre Hüften, zog sie an sich und presste seinen Mund auf diese empfindlichste aller Körperstellen. Seine Zunge begann, sie zu erforschen und der Stoff wurde feucht.

Ein Stromschlag jagte durch ihren Körper, wogte in ihrem Bauch auf, kribbelte in ihren Brustwarzen und Lippen, in ihren Fingerspitzen und Kniekehlen und ballte sich dort zusammen, wo sein Mund sie berührte. Sie zitterte, ihre Knie wurden weich, doch er stützte sie. Er streifte ihr die Haremshose von den Hüften, umschlang ihre Schenkel mit einem kräftigen Arm und presste sie an sich.

»Leg deine Hände auf meine Schultern«, murmelte er gegen ihre Haut. Jedes dieser warmen Worte steigerte das knospende Verlangen, das unter seinem Mund zu erblühen begann, bis es beinahe eine Folter war.

Sie konnte kaum etwas anderes tun. Sie stützte sich auf seine Schultern, fühlte, wie sein Mund sich öffnete und seine Zunge den Saum ihres Körpers erkundete.

Sie zuckte zusammen, es war so intim, so lustvoll. Er fand die verborgene Perle und mit unendlicher Zärtlichkeit sog er daran. Sie schrie auf, das Gefühl war von einer solchen Intensität, dass es beinahe schmerzte. Ihr Körper reagierte heftig und alles zerschmolz zu flüssigem Gold.

Ihre Knie knickten abermals ein, er fing sie auf und legte sie neben sich in den warmen, puderigen Sand, während draußen der Sturm toste. »Zu viel, zu schnell«, flüsterte er. »Ich bin gierig. Entschuldige.«

»Nein«, entgegnete sie zittrig. »Es ist nur … ich hatte keine Ahnung.«

Er lachte leise und strich ihr das Haar aus dem Gesicht. Dann wurde seine Miene wieder ernst. »Du bist so unglaublich schön«, flüsterte er.

Ein befremdeter Ausdruck legte sich über ihr Gesicht. Sie wusste, er sagte das, um ihr einen Gefallen zu tun, denn sie war nicht schön, und sie fühlte sich unwohl, als sie ihn das jetzt sagen hörte. Sofort erkannte er, dass etwas nicht stimmte. Er rollte sich herum und stütze sich mit den Händen rechts und links von ihrem Kopf ab, die Muskeln auf seinen Armen tanzten.

»Was ist los?«, fragte er leise. »Habe ich etwas Falsches gesagt? Habe ich etwas getan, das dich beleidigt?«

»Nein.«

»Was dann?«

Er sah sie unverwandt an. Niemand hatte sie bisher so genau angesehen, dachte sie. Sie war niemals zuvor so … *durchschaut* worden. Sie würde nichts vor ihm verbergen können. Niemals.

»Es ist dumm. Es ist nur, weil … du mich schön genannt hast, und ich weiß, dass du es gesagt hast, um mir eine Freude zu machen, aber ich bin es nicht, und dann ist mir aufgegangen, dass man so etwas eben sagt, wenn man … das hier tut. Und dass hat mich daran erinnert, dass … andere diese Worte auch schon von dir gehört haben.«

Einen schier endlosen Augenblick lang starrte er sie nur an und widerstreitende Gefühle flackerten über sein Gesicht. Wie hatte sie ihn nur jemals für rätselhaft halten können? Jetzt konnte sie seine Verwirrung genau erkennen, seinen Schrecken, seine Enttäuschung, eine Spur von Ärger und Entrüstung und dann endlich Verwunderung und, ja, Liebe.

»Ich weiß nicht recht, ob ich mich wegen deiner Annahmen über meine sexuelle Erfahrenheit beleidigt oder geschmeichelt fühlen soll. Da gab es keine anderen. Es war nie wie das hier. Nicht einmal annähernd. Es gab nichts außer ein paar kurzer Begegnungen, die … Erleichterung versprochen haben. Aber ich habe nie ›Dinge gesagt‹, wenn ich das hier getan habe. Da wurde überhaupt nicht viel gesprochen, es war nur«, er sah weg und sie konnte sein Unbehagen und seine Verlegenheit erkennen, »gegenseitige körperliche Befriedigung. Ganz gewiss keine Liebe.« Sein Blick kehrte zu ihrem Gesicht zurück, fragend. »Verstehst du?«

Sie nickte.

»Und was deine Behauptung betrifft, du wärst nicht schön … Nein«, sagte er, als sie den Kopf wegdrehen wollte, »schau mich an. Du bist die außergewöhnlichste Frau, die ich je gesehen habe. Und du bist mit Sicherheit auch die schönste. Hat dir das denn noch kein Mann gesagt?«, fragt er und sie konnte nichts als Verwunderung in seiner Stimme hören. »Das kann ich mir nur dadurch erklären, dass du die Männer eingeschüchtert hast, und du kannst, weiß Gott, einschüchternd sein. Deine Schönheit hat mich fast in die Knie gezwungen, als ich dich zum ersten Mal gesehen habe, und da kannte ich noch nicht einmal deine herrlichen Augen, die Klugheit und Wärme darin. Deine Lippen verfolgen mich in meine Träume und die Erinnerung an ihren Geschmack, an den Schwung deines Halses weckt den sündhaften Wunsch in mir, mit der Zunge darüber zu fahren. Und deine wunderbare Nase, die gebieterisch die üppige, verschwenderische Schönheit deiner Augen und deines Mundes im Zaum hält. Ginesse, deine Schönheit raubt mir den Atem.«

Und sie sah ihm in die Augen und erkannte, dass er ihr nichts als die schlichte, schnörkellose Wahrheit sagte, nicht mehr und nicht weniger. Er fand sie schön. Und deshalb war sie es auch.

Mit einem kleinen Jubelschrei, zog sie ihn auf sich und genoss das Gefühl seines Gewichts. Hungrig machte sie sich daran, ihn zu erkunden. Ihre Lippen fuhren über seinen wie gemeißelten Hals, über die glatte Haut seiner Schultern und wieder zurück zu der zarten Mulde unter seinem Ohr. Ihre Hände glitten an seinem Rücken hinab, legten sich über seinen muskulösen Po und strichen wieder hinauf, am samtigen Bogen seiner Rippen entlang, bis in sein seidiges Haar und über die Bartstoppeln seines Kinns.

Ihr Mund fand den seinen und eine Gänsehaut durchrieselte ihn. Er umfasste sie mit einem Arm und hob sie leicht an, während er ihr mit der freien Hand das Oberteil hochstreifte und ihre Brüste entblößte. Er streichelte und knetete sie und rieb mit dem Daumen über ihre Brustwarzen, bis sie sich aufrichteten. Dann unterbrach er ihren Kuss, beugte den Kopf über eine ihrer Brüste und umschloss die Knospe mit seinen Lippen.

Sie keuchte. Seine Zunge umspielte sie vorsichtig und verlangend zugleich, sog sie tief in seinen Mund. Ginesse bog den Rücken durch, ihre Finger gruben sich in seine Schultern. Ihre Hüfte hob sich in einer unbewussten Bitte und ihr Becken kreiste an seinem harten Oberschenkel zwischen ihren Beinen. Er murmelte etwas, den Mund weiter fest auf ihrer Brust, dann senkte er den Kopf und ließ seine Hände zwischen ihre Körper gleiten. Er sah hinauf in ihr Gesicht, während er ihr die *Shintiyan* endgültig abstreifte und mit der Hand über jeden Zentimeter Haut fuhr, den er bloßlegte.

Sie wand sich unter seiner zu sanften Berührung, sie wollte mehr und als er ihr nicht nachkam, langte sie hinab und öffnete mit einem Ruck seine Hose. Sie ließ ihre Hand hineingleiten und schloss sie um seine Erektion. Er erstarrte, seine Augenlider senkten sich und sein Atem floss stoßweise. Einen schier endlosen Moment lang wartete er einfach ab und wirkte eher wie ein Mann, der Qualen litt, statt die Berührung seiner Geliebten zu genießen, bis er schließlich mit einem rauen Laut ihr Handgelenk umfasste und ihre Hand wegzog.

Dann richtete er sich auf den Knien auf, streifte sein Hemd ab und befreite sich von seiner Hose. Eifrig tat sie es ihm gleich und schälte sich fieberhaft aus ihren restlichen Kleidern. Plötzlich und endlich waren sie nackt, jedenfalls mehr oder weniger, und ihre Körper fanden sich. Haut glitt über Haut, heiß vor Erregung, ihre Hände wurden vertraut mit seiner kraftvollen Gestalt und mit dem Spiel seiner Muskeln.

Er umfasste ihren Po, hob ihr Becken an und dann war er in ihr. Seine Stöße waren langsam und vorsichtig, eine köstliche Folter, eine Fülle, die beinahe schmerzte. Sie spreizte die Knie weiter, umschlang ihn mit den Schenkeln, bog sich ihm entgegen, um ihn noch tiefer in sich zu spüren. Er stöhnte und seine Stöße wurden kräftiger. Sie schrie auf vor Verlangen, ihre Leidenschaft wurde beinahe qualvoll, denn mit jeder Bewegung steigerte er ihre sinnliche Sehnsucht.

Die Lust zog sich in ihr zusammen, weich und gewaltig, loderte immer heller auf, bündelte sich allmählich zu einem Zentrum der Ekstase. Er bewegte sich schneller, seine Stöße pressten sie in den tiefen, seidigen Sand, sein Atmen klang rau an ihrem Ohr. »Nimm ihn dir«, drängte er sie mit tiefer, heiserer Stimme. »Deinen Höhepunkt. Nimm dir, was du brauchst.«

Und das tat sie. Sie wand sich, kippte ihr Becken und fühlte, wie sich sein Arm um ihre Taille legte, wie er ihre Hüfte umfasste und tief in sie stieß. Sein Körper war steinhart und sein Gesicht verzerrt vor Anstrengung …

Ihre Leidenschaft schwoll an, verschluckte alles andere und wurde zu einem unerträglichen Versprechen. Sie schrie auf, gefangen in diesem Gipfel der Sinnlichkeit warf sie den Kopf zurück und bog den Rücken durch, während Welle um Welle reiner Freude über ihr zusammenschlug. Sie schluchzte, es war so schön, so unerwartet. Ihr Schluchzen wurde erneut zu einem Schrei, als eine weitere Welle sie überrollte, stärker noch als alle zuvor, und dann hörte sie auch sein raues, kehliges Stöhnen, als er ein letztes Mal heftig vordrang und pulsierend tief in ihr verharrte.

Sekunden oder auch eine Ewigkeit später, sah er auf, strich ihr das feuchte Haar aus dem Gesicht und bedeckte ihre Stirn und Nase mit federleichten Küssen. Sie strich ihm über die Wange, küsste sein Schlüsselbein und bewunderte seine Schönheit, bis ihr auffiel, dass sie eines völlig vergessen hatte.

»Ich liebe dich«, flüsterte sie und blickte ihm direkt in die hellgrauen Augen.

Er lächelte sein schiefes Lächeln und wirkte einen Moment lang wie geblendet. Traurig erkannte sie, dass er diese Worte anscheinend kaum jemals zuvor gehört hatte. Er wusste nicht, wie er darauf reagieren sollte. »Das hab ich mir schon gedacht.«

Dieses Mal schlug sie ihn nicht.

❦

Jim sah, wie Harry Braxton ins Licht trat. Ja. Dieselben Augen. Dieselbe Nase. Er nickte seiner Tochter knapp zu, doch sein Blick, kalt und stahlhart, blieb auf Jim gerichtet. »Da komme ich anscheinend gerade rechtzeitig zur Hochzeit«, knurrte er. »Nicht wahr, mein Sohn?«

Jim, überrumpelt und ein wenig irritiert, öffnete schon den Mund um »Genau rechtzeitig« zu antworten, doch da erhaschte er aus dem Augenwinkel einen Blick auf Ginesse.

Sie stand im Schatten nahe der abgedeckten Höhlenöffnung. Die hastig übergeworfene Robe hing unordentlich um ihre schlanke Gestalt und ihre bloßen Füße lugten darunter hervor. Ihr Haar ergoss sich wie ein rotgoldener Fluss über ihre Schulter. Sie fing seinen Blick auf und lächelte. Es war ein vertrauensvolles Lächeln, voller Liebe. Und doch lag eine Spur Wehmut darin. Nur ein schwacher Hauch. Sie hatte ihn unbedingt sagen hören wollen, dass er sie liebte, und dann hatte sie sich Sorgen gemacht, dass er das kindisch und hoffnungslos romantisch finden könnte. Er würde keine anderen Erwartungen erfüllen als die ihren. Auch wenn es schmerzhaft wurde, was – er musterte den geschmeidigen, muskulösen Mann vor ihm – vermutlich der Fall sein würde.

»Nein, Sir«, antwortete er stattdessen.

»Was?«, donnerte Harry Braxton.

Ginesses Augen weiteten sich vor Überraschung. Aber es lag keine Furcht darin, kein Schmerz, nur Neugierde. Sie vertraute ihm. Und das bedeutete ihm mehr, als er jemals auszudrücken vermochte.

»Nein, Sir. An einer Zwangsheirat ist nichts Romantisches und deshalb wird Ginesse auch nicht so heiraten. Und wenn ich um sie anhalte, dann bestimmt nicht, während ihr Vater neben mir steht und zusieht, wie ich versuche, mir gleichzeitig die Hose zuzuknöpfen und die richtigen Worte zu finden.«

»Oh, Jim!« Jeder Zuhörer hätte denken können, er habe ihr ein Stück Himmel zu Füßen gelegt, statt ihrem Vater zu erklären, dass er nicht um sie anhalten würde.

Harry Braxton war darüber nicht sonderlich glücklich. »Du Scheißkerl«, knurrte er und trat einen Schritt vor.

Jim entgegnete nichts. Er versuchte es nicht einmal. Er trat einfach nur einen Schritt zurück, als sich die Xanthippe, die er liebte, plötzlich zwischen ihn und Harry warf, die Hände auf die Brust ihres Vaters legte und ihn zurückstieß.

»Nein«, rief sie. Und sie schob ihn noch einen Schritt zurück. »Nein.« Noch ein Schritt. »Nein!«

»Was nein?«, rief Harry.

»Nein, du wirst ihn nicht zwingen, mich zu heiraten. Oder mich ihn!«

»Sieh mal, Schatz. Ich weiß nicht, was dieser Mann …«

»Jim. Jim Owens.«

»Jim Owens«, wiederholte Harry. Sein überraschter Blick flog zu Jim. Seine Kiefermuskeln spannten sich. Und das Gleiche galt für seine Fäuste, weshalb Jim sich von der Vorstellung verabschiedete, das hier könne irgendwie gut ausgehen. »Jim Owens ist ein verrufener, moralisch fragwürdiger, möglicherweise krimineller Artefaktjäger und Auftragsganove.«

»Das ist mir egal!«, rief Ginesse vergnügt. »Ich heirate ihn trotzdem nicht!«

Harry, der offensichtlich endlich zu ahnen schien, dass die Dinge nicht ganz so waren, wie er angenommen hatte – woran er aber genauso offensichtlich gewöhnt zu sein schien, wenn es um seine Tochter ging –, entspannte die Hände wieder. »Könnte mir das hier vielleicht mal jemand erklären?«

»Nein«, fauchte Ginesse. »Es geht dich nichts an. Es geht niemanden etwas an, außer mich und Jim, aber irgendwie will sich trotzdem jeder einmischen. Also, lass mich das klar stellen: Ich werde Jim nicht heiraten, nur weil er es für das Richtige hält. Ich werde Jim nicht heiraten, nur weil Colonel Lord Pomfrey es für das Richtige hält und ich werde Jim auch nicht heiraten, nur weil er ein Duke ist …«

»Du bist ein Duke?«

»Sei still«, schnitt Ginesse ihm das Wort ab. Sie holte tief Luft und fuhr dann fort. »Ich werde Jim nicht heiraten, nur weil du hier auftauchst und ihm sagst, dass er um mich anhalten muss, und ich werde Jim nicht heiraten, nur weil mein Jungfernhäutchen nicht mehr intakt ist.«

»Heilige Muttergottes, Ginesse!«, platzten Jim und Harry im Chor heraus.

»Ach!«, spuckte sie angewidert aus. »Was seid ihr doch für prüde alte Tanten.« Sie versetzte ihnen einen giftigen Blick. »Ist doch wahr. Alle machen einen Riesenaufstand darum, ob ich noch Jungfrau bin oder nicht, aber niemand scheint sich für ein viel sensibleres Organ zu interessieren. Für mein Herz.« Ihr Blick wurde weicher. »Außer Jim«, sagte sie und schenkte ihm ein so bezauberndes Lächeln, dass es die zu erwartenden Prügel wettmachte. »Und weil er das tut, werden wir nicht sofort heiraten.«

»Warum nicht?«, wollte Harry verwirrt wissen.

»Weil«, fiel Jim ein, »ich nur noch fünf Wochen Zeit habe, um nach London zu reisen und sicherzustellen, dass der Mann, der um Ihre Tochter anhalten wird, noch immer ein Duke ist, mit einem Heim, in das er sie bringen kann, wenn wir erst einmal verheiratet sind. Und ich werde sie nicht in einem geliehenen Kleid durch eine Blitzzeremonie hetzen. Sie verdient etwas Besseres. Sie verdient mein Bestes. Und weniger werde ich ihr nicht anbieten.«

Damit hatte sie nicht gerechnet. »Du reist ab?«, fragte sie und ihre Miene verdunkelte sich.

»Nur für eine Weile.«

Entsetzt sah er, wie ihre Augen sich mit Tränen füllten und ihre blaugrüne Iris sich in glitzernde Edelsteine verwandelte. Er trat vor und wollte sie in die Arme schließen, doch ihr Vater trat zwischen sie. Nicht klug. Hätte es sich um jemand anderen als ihren Vater gehandelt, wäre es nicht nur unklug, sondern auch schmerzhaft gewesen. Er zwang sich dazu, ruhig stehen zu bleiben.

»Wann kommst du zurück?«, fragte Ginesse.

»Sobald ich meine Angelegenheiten in Ordnung gebracht habe. So schnell ich kann.« Er würde überhaupt nicht gehen, wenn er ihr damit wehtat. Er wollte nicht gehen. »Bitte Ginny. Lass mich das für dich tun. Bitte.«

Sie sah ihn lange an, schien in seinen Augen zu lesen, bevor sie endlich mit einer Miene trauriger Resignation nickte.

»Habe ich das jetzt richtig verstanden«, fragte Harry langsam, während sein Blick wieder zu Jim hinüber wanderte. »Du wirst diesen Mann also nicht heiraten?«

»Aber Dad«, antwortete Ginesse und der Hauch eines frechen Lächelns zupfte an ihren Mundwinkeln, »der Gentleman hat mich doch noch gar nicht darum gebeten.«

»Gut«, stellte Harry fest und nickte zufrieden. »Dann sehe ich keinen Grund, warum ich das hier nicht tun sollte.«

Und dann schlug er Jim mit einem rechten Haken k. o.

# Kapitel 36

*Gemeinsam ritten sie in den atemberaubenden Sonnenuntergang, einem neuen Morgen entgegen!*

aus dem Tagebuch von Ginesse Braxton

Fünf Monate später, Kairo, Ägypten 1906

»Oh, der Duke of Avandale ist einfach umwerfend, so viel steht fest!«, schwärme die wie aus dem Ei gepellte, junge britische Miss ihrer ebenso rosig wirkenden Freundin vor, während sie an einem der Tische auf der berühmten Terrasse des Shepherd's saßen.

Obwohl es noch sehr früh am Tag war, füllte sich die Terrasse bereits mit Touristen und Ausgewanderten, die einen der ersten Frühlingstage genossen. Da es ein Samstag war, belebte nur wenig Verkehr die breite Straße darunter. Die Klänge von »Sweet Adeline«, die aus dem hoteleigenen Grammophon erklangen, wehten durch die geöffneten Fenster nach draußen.

»Mum und ich haben ihn gestern beim Konsulat gesehen. Und er hat mich angeschaut! Ich gebe es zu, meine Liebe, ich dachte, ich falle gleich in Ohnmacht, er wirkte ja so stürmisch.« Mit den behandschuhten Fingern fächerte sie sich Luft zu, wohl um ihre offenbar glühenden Wangen zu kühlen. »Und so *männlich*. Meine Güte!«

»Ich habe ihn gestern Abend gesehen. Er hat bei Marmeduke etwas getrunken. Ein anderer junger Mann hat ihn begleitet und der sah auch nicht übel aus, aber verglichen mit Avandale war er das reinste Bübchen!«

Gestern, dachte Ginesse Braxton finster. Gestern war Jim in Kairo eingetroffen und offenbar hatten ihn bereits alle zu Gesicht bekommen, alle außer sie.

»Was er wohl hier will?«

»Nun ja, Vater sagt, er will ein Araber-Gestüt aus seinem Anwesen in England machen. Wahrscheinlich sucht er hier nach einer guten Zuchtstute …«

Dieser letzte Kommentar war zu viel. Ginesse, die mit einigen alten Freunden – zwei Archäologen mittleren Alters mitsamt ihren Gemahlinnen – an einem Tisch nahe beim Geländer saß, verschluckte sich und begann zu husten.

»Ginny, Liebes, ist alles in Ordnung?«, fragte Mrs. Throckmorton besorgt.

»Es geht mir gut, danke«, entgegnete sie und nahm hastig einen großen Schluck Tee. Wenn sie weiter zuhörte, wie dieses alberne Weibchen Jim Owens' – nein, Lord Avandales – Loblied sang, würde sie besagtes albernes Weibchen gleich über die Brüstung schubsen. Auch wenn ein Sturz von gerade mal drei Fuß ihr wohl kaum etwas Verstand in den Schädel hämmern würde.

*Umwerfend. Stürmisch. Männlich.* Was für ein Gewäsch.

»Wie ich gehört habe, wird Lord Tynesborough dieses Jahr zur Ausgrabungsstätte bei Ford Gordon zurückkehren, um weiter nach Zerzura zu suchen, Ginny«, erklärte Mr. Arnout. »Wirst du ihn begleiten?«

»Nein«, antwortete sie. »Der Sandsturm, der durch dieses Gebiet gefegt ist, war gewaltig. Der Himmel weiß, wie viel Sand er gebracht hat.«

»Dann glaubst du also, es ist alles verloren?« Mrs. Arnout wechselte einen tragischen Blick mit ihrem Mann. Aha, dachte Ginesse, wahre Enthusiasten.

»Überhaupt nicht«, versicherte sie dem betroffenen Paar. »Wenn zwei so brillante Forscher wie Mr. Elkamal und Lord Tynesborough danach suchen, ist es nur noch eine Frage der Zeit, bis Zerzura entdeckt wird. Nur ich werde es nicht sein, die es findet. Ich bin zu dem Schluss gekommen, dass ich noch nie eine besonders begabte Ägyptologin war.«

Mehrere verschluckte Japser und beredte Blicke, die schleunigst überspielt und durch zu heftiges Abstreiten ersetzt wurden, folgten auf diese Behauptung.

»Das ist nicht wahr!«, rief Mr. Arnout.

»Du bist eine begnadete Wissenschaftlerin«, versicherte Mr. Throckmorton.

»Eine äußerst fähige Forscherin!«, bekräftigte Mrs. Arnout eifrig.

»Ein weiterer Stern auf dem Banner der Braxtons«, erklärte Mrs. Throckmorton. »Deine Eltern sind ja so stolz.«

»Oh, ich weiß«, bestätigte Ginesse gelassen. »Haben Sie Mr. Colemans Kritik in der Londoner Gazette über

*Die Braut Montanas: Der steinige Pfad der wahren Liebe* gelesen? Das kann einem schon zu Kopf steigen. Er meint, es wäre ein erstaunlich gelungenes Portrait des amerikanischen Westens …«

»Ginny!«, donnerte da eine männliche Stimme von der Straße irgendwo unter ihnen.

Ginesse sah auf und erwartete halb, einen ihrer Brüder zu sehen, da inzwischen der gesamte Braxton-Clan wieder in Ägypten vereint war, und weil sie allesamt nun mal zu solch unwürdigem Geschrei neigten.

Stattdessen erblickte sie einen großen, schlanken Mann, gekleidet in die strahlend weißen Gewänder eines Beduinenscheichs, der auf einem atemberaubenden, grauen Hengst saß. Unter der offenen Robe trug er ein makellos weißes Hemd und Khakihosen. Sein Haar war ordentlich geschnitten und sauber und es schimmerte wie poliertes Gold. Sein markantes Kinn war glatt und frisch rasiert und seine Reitstiefel glänzten mit seinem Haar um die Wette.

Ihr Herz machte einen Satz und begann zu rasen.

»Ginesse Braxton!«, rief er noch einmal. Warum er das tat, war ihr ein Rätsel, denn sie sah ihn direkt an und er erwiderte ihren Blick ebenso direkt. Gespräche und Geklapper von Porzellan und Besteck, alles um sie herum verstummte.

»Ich glaube, dieser junge Mann dort ruft nach dir«, bemerkte Mrs. Throckmorton hilfsbereit.

»Hm.« Sie hatten sich eifrig geschrieben, während der vergangenen fünf Monate. Seine Briefe waren kurz gewesen. Zuerst hatte er sich erkundigt, ob sie schwanger war – sie war es nicht –, dann hatte er sich darüber ausgelassen wie »albern« das britische Rechtssystem doch in Bezug auf Erbschaftsangelegenheiten war. Ihre Briefe waren sehr viel ausführlicher gewesen. Und sehr viel zärtlicher.

»Mein Gott«, hörte sie eines dieser jungen, englischen Dinger wispern. »Das ist er. Das ist Avandale!«

»Hörst du mich, Ginesse?«, brüllte Jim.

Mrs. Throckmorton nickte ermutigend.

»Ja«, rief sie zurück und versuchte dabei, so viel Anstand wie möglich zu wahren. Doch er sah so prächtig aus, so ehrfurchtgebietend und … duke-isch.

»Bestens!«, entgegnete er. Sein Hengst begann zu tänzeln. »Ich liebe dich. Wahnsinnig, leidenschaftlich, ergeben und auf ewig. Heirate mich.«

Sie hätte zufrieden sein und einfach still sitzen bleiben sollen. Doch das war noch nie ihre Stärke gewesen und – wie ein Teil von ihr sich traurig eingestand, während sie schon die Worte formte – das würde es auch nie sein.

»Wenn du mich wirklich so sehr liebst, wo warst du dann in den letzten sechsunddreißig Stunden?«, fragte sie und stand auf.

Mein *Gott*, sah er gut aus. Und jetzt grinste er breit und diabolisch, als würde ihr Temperament ihn nicht nur amüsieren, sondern geradezu begeistern. Der Hengst schritt auf die Stufen zu. Was hatte er vor?

»Warum grinst du so?«, wollte sie wissen.

»Weil ich einen Moment lang schon dachte, jemand

hätte meinen geliebten *Afrit* durch eine dieser stillen englischen Ladys ersetzt.«

Ginesse sah Mrs. Throckmorton an. »Hat er mich da gerade beleidigt? Ich glaube, ich wurde gerade beleidigt.«

»Nein, Liebes«, widersprach Mrs. Throckmorton. »Ich glaube, *ich* wurde es.«

Der Hengst begann, die kurze Treppe, die zum Shepherd's hinauf führte, zu erklimmen. Einige Gäste flohen erschrocken vor dem gezügelten Herannahen des schönen Tieres. Riyad kam aus dem Eingang gehastet und wedelte mit den Armen. »Sie können dieses Pferd nicht hier herauf bringen!«

»Was machst du da?«, rief Ginesse. »Du erschreckst unschuldige, gute Menschen.«

»Ich komme, um mir meine Braut zu holen«, erklärte er gelassen. Am oberen Ende der Treppe angekommen, betrat das Pferd die Terrasse.

Ihre Augen weiteten sich. Er würde es nicht wagen. »Du hast meine Frage nicht beantwortet. Wo warst du, wenn du doch so versessen darauf bist, mich zu heiraten?«

»Ach. All die Dinge, die man eben erledigen muss, wenn man heiraten will«, erläuterte er gut gelaunt, während er den Hengst vorsichtig zwischen den leinenbedeckten Tischen hindurch lenkte, untermalt von einem Chor aus unterdrückten Schreckensrufen, erstauntem Flüstern und Riyads lauten Ermahnungen. »Bewilligungen, das Gespräch mit dem Vater – übrigens war mein Kiefer doch nicht gebrochen und das schien ihn ehrlich zu freuen –, eine Wohnung mieten, sich von den zukünftigen Schwagern begutachten lassen – und wirklich, der junge Thorne säuft wie ein Fisch –, Bedienstete anheuern. So was eben.«

Er war jetzt beinahe bei ihr angekommen und sie wich unwillkürlich zurück vor seinem Herannahen. »Und dazwischen hast du nicht mal eine Stunde Zeit gefunden, um zu mir zu kommen?«, fragte sie.

»Wenn ich das getan hätte, wäre ich nicht wieder gegangen«, entgegnete er und die Bedeutung dieser Worte war so offensichtlich, dass die Ladys auf der Terrasse wie ein Schwarm Vögel zu tuscheln begannen und die Männer sich unbehaglich räusperten.

»Und das werde ich jetzt auch nie wieder tun«, sagte er und plötzlich war seine lässige Ausstrahlung verschwunden und in seiner Stimme lag eine solche Innigkeit, eine solche Treue und Hingabe, dass ihr der Atem stockte. Sie verharrte und wich nicht weiter zurück.

»Ohne dich bin ich nichts, Ginesse«, sagte er. »Ich war mein Leben lang allein, aber was Einsamkeit ist, habe ich erst begriffen, als ich von dir getrennt war. Und ich habe erst verstanden, was Glück ist, als dich wiedergesehen habe.«

Er sah sie an und seine Augen waren warm und weich wie frische Asche. »Ich liebe dich, Ginesse. Gott allein weiß, wie sehr ich dich liebe. Also erlöse mich aus meinem Elend. Sag, dass du mich heiratest. Denn ich kann nicht einen Augenblick länger ohne dich leben.«

»Oh, mein Gott, Süße, wenn du nicht Ja sagst, tu ich es«, rief eine Frau von irgendwo hinter ihr.

»Sag schon Ja!«, flüsterten die beiden jungen, englischen Ladys.

Aber Ginesse streckte einfach nur ihre Arme aus und schon fand sie sich auf dem Rücken des Hengstes und in Jims Armen wieder. Wo sie hingehörte.

Sein schönes Gesicht wurde von einem breiten Lächeln voller Triumph und Freude und Liebe erfüllt. Er drückte sie an sich und flüsterte: »Halt dich fest, lass nicht los.«

Damit drückte er dem Hengst die Fersen in die Flanken und das Tier sprang anmutig über die Brüstung hinweg. Die Gäste auf der Terrasse eilten zum Geländer, lachend und Hochrufe erschallen lassend, als James Tynesborough, Duke of Avandale, seine Braut eng an sich zog und den Hengst abwandte. »Ist das romantisch genug, meine Geliebte?«

»Oh ja«, hauchte sie und fügte dann ein wenig verschmitzt hinzu: »Aber sollten wir jetzt nicht eigentlich in den Sonnenuntergang galoppieren?«

Jim lachte. »Das passiert doch immer nur am Ende einer Geschichte, Ginny.« Er trieb das Pferd an und sie ritten in den Sonnenaufgang. »Und das hier, das ist erst der Anfang.«

# Epilog

## Suffolk, England 1909

»Es ist doch ganz offensichtlich, die Mumien der Ibisse befanden sich nur deshalb noch im Grab, weil sie jemand absichtlich dort zurückgelassen hat«, erläuterte Sir Robert, legte einen Finger an die Nase und machte ein geheimnisvolles Gesicht. »Die Frage ist allerdings, warum? Findet die Antwort und ihr habt Zerzura.«

Über die Gläser seiner goldgeränderten Brille hinweg sah er sein unfreiwilliges Publikum an. Lord Geoffrey und Haji Elkamal saßen ihm gegenüber an einem schmiedeeisernen Tisch auf der Vorderterrasse des frisch renovierten Farmhauses der Avandales, wo sich der Duke und seine Duchesse eingerichtet hatten. Das Mayfair-Anwesen hatten sie verkauft, kurz nachdem die alte Duchesse im vorigen Jahr gestorben war. Wie ein Augenzeuge berichtete, war sie eine Steintreppe zum Ufer der Themse hinabgestürzt, als sie versucht hatte, eine streunende Katze zu treten.

Und der Verkauf war eine kluge Entscheidung gewesen. Das Mayfair-Anwesen war ein kalter, unfreundlicher Ort, wohingegen die Farm warm und einladend wirkte, besonders an einem so wunderschönen Herbsttag. Die

Sonne strahlte aus einem veilchenblauen Himmel und eine sanfte Brise strich durch die wilden Spätblüher auf der Koppel, wo zwei Jährlinge Fangen spielten. Die letzten morgendlichen Tautropfen glitzerten noch im Schatten der gewaltigen Buche, die ihre Äste über das steinerne Farmhaus breitete, und unter dem Tisch lugte hoffnungsvoll ein gefleckter Spaniel hervor.

Es war ein schöner Tag, aber weiß Gott kein ruhiger. Ein halbes Dutzend Jungen im Alter von acht bis zweiundzwanzig, die sich glichen wie ein Ei dem anderen, versuchte sich in einem Spiel namens Baseball, das ihr Schwager, der Duke of Avandale, ihnen gezeigt hatte.

Eine fragwürdige Entscheidung an der Home Plate hatte sich zu einer Rauferei entwickelt und zwang die Eltern des Knäuels aus fliegenden Fäusten, jetzt einzugreifen. Schwer seufzend und mit leidgeprüfter Miene erhob sich Harry Braxton aus der Hängematte, in der er selig geschaukelt hatte, und steuerte das Spielfeld an, um die kleinsten der Kämpfer aus dem Haufen zu fischen. Die anderen würden die Folgen ihres Übermuts ertragen müssen – obwohl, wie Harry das sah, machte es seinen Jungs offensichtlich so viel Spaß, stolz ihre Veilchen und geplatzten Lippen zu präsentieren, dass die Schmerzen ihnen völlig egal waren.

»Würdest du bitte auch Edward da rausholen?«, rief Dizzy Braxton von der Decke aus, auf der sie mit ihrer Tochter, ihrem jüngsten Sohn und ihrer Enkelin saß. »Das Hemd, das er anhat, ist ganz neu und ich will keine Blutflecken darauf haben!«

»Dein Wunsch ist mir Befehl«, rief Harry zurück und zog pflichtbewusst auch den zwölfjährigen Edward aus dem Gewirr der kämpfenden Jungen.

»Oh man, Dad!«, protestierte Edward, der sich in seiner aufkeimenden Männlichkeit gekränkt fühlte.

»Zieh das Hemd doch einfach aus«, schlug Harry vor und erntete ein Grinsen von seinem Sohn, der sich das schuldhafte Stück Stoff sofort über den Kopf zog und sich dann wieder ins Getümmel stürzte. Harry warf einen Blick auf die Söhne Nummer fünf und sechs, wies sie an, zu den Ställen zu gehen, um sich dort zu waschen, und kehrte zu seiner Frau zurück.

»Wo ist eigentlich Avandale?«, fragte er und setzte sich neben Dizzy.

Die Duchesse of Avandale, die gerade damit beschäftigt gewesen war, geräuschvoll gegen das Pummelbäuchlein ihrer zweijährigen Tochter Poppy zu schnauben, sah auf. »Er kommt wahrscheinlich gleich. Er wollte Afrit heute zum ersten Mal reiten.«

Afrit war ein dreijähriges Fohlen, das erste des Avandale-Stammbaums. Eine wunderschöne, aber äußerst kapriziöse Fuchsstute.

»Ich könnte etwas Hilfe gebrauchen, sonst bringen deine Brüder sich irgendwann noch gegenseitig um.«

»Warum auch nicht? Das verbessert das Erbgut. Nur der Stärkste überlebt und so, was Poppy?«, erklärte Ginny mit einem schalkhaften Lächeln und vergrub ihr Gesicht wieder am Bauch ihrer Tochter, was ein glucksendes Lachen zur Folge hatte.

»Ich bin der Stärkste, ich überlebe«, erklärte Daniel, Poppys vierjähriger Onkel und Harrys und Dizzys jüngster Sohn.

»Nicht, wenn ich dich jetzt fresse!«, rief Ginny, packte ihn am Bein und zog ihn unter glücklichem Gekreische zu sich.

»Friss Danny lieber nicht. Er ist der Einzige, auf den Poppy hört«, rief da eine männliche Stimme.

Bei ihrem Klang richtete Ginny sich auf und ihre Augen begannen zu leuchten, als sie Jim erspähte, der ohne Sattel auf Afrits Rücken saß. Sie sprang auf und ihr Haar, das sich beim Spielen bereits gelöst hatte, fiel ihr über den Rücken.

»Du hast es geschafft!«, rief sie voller Freude und ließ ihren bewundernden Blick über die schlanke, athletische Gestalt ihres Mannes wandern. Er trug ein weißes Hemd mit hochgekrempelten Ärmeln und eine Hose, die sich eng an seine muskulösen Oderschenkel schmiegte. »Oh, Jim!«

»Versteh mich nicht falsch, Dizzy«, sagte Harry in gedämpftem Ton zu seiner Frau. »Avandale ist wirklich ein recht passabler Reiter, aber Ginny übertreibt es mit seiner Begabung doch ein bisschen.«

»Das glaube ich nicht, Harry«, gab Dizzy unbekümmert zurück, so dass ihr Mann die Stirn runzelte. »Ich glaube, sie liegt mit ihrer Meinung über seine Begabung genau richtig. Du musst wohl einfach einsehen, dass der junge Mann in etwas besser ist als du.«

»Nein, muss ich nicht«, widersprach Harry. »Ich werde meine Illusionen tapfer aufrechterhalten. Und wenn du mich wirklich lieben würdest, dann würdest du mir dabei helfen, statt meine Fantasien zu zerstören.«

»Aber Schatz, es gibt noch so viele Fantasien, die ich liebend gerne mit dir teile«, neckte Dizzy und wurde mit einem Lächeln ihres Mannes belohnt, in dem so viel Wärme lag, dass sie rot wurde, wie damals, als sie noch ein junges Mädchen gewesen war.

»Na los! Gib ein bisschen an«, rief Ginny ihrem Mann lachend zu. »Das willst du doch unbedingt!«

Grinsend führte Jim ihnen die Stute vor, lies sie vom Schritt in den Trab fallen und galoppierte sie dann an. Die Stute wechselte mühelos zwischen den Gangarten, ihre Bewegungen wirkten so fließend wie Seide auf Wasser, ihre Mähne wehte in der milden Herbstluft, ihr Fell schimmerte wie der Sternenhimmel und sie reagierte auf den sanftesten Druck von Jims Wade.

Schließlich ritt Jim zu seiner hingerissenen Frau und zügelte das Pferd neben ihr. Sein Blick wanderte bewundernd über ihr Gesicht, strich über ihre vollen Lippen, ihr zerzaustes Haar und die nackten Füße, die unter ihrem Rock hervorlugten.

»Ich glaube, deine Mutter möchte einen kleinen Ausritt machen, mein Schatz«, sagte Jim zu Poppy, sah dabei jedoch weiter Ginesse an. Dann streckte er ihr die Hand entgegen.

Sie hatte ihm noch nie widerstehen können. »Könntest du auf Poppy aufpassen, Mum?«, fragte sie.

Dizzy lächelte ihren Mann wissend an. »Natürlich.«

Ginesse reckte ihm die Arme entgegen, wurde an Jims Brust gezogen und fühlte, wie ihr Herz wild und ungezähmt zu schlagen begann.

»Bereit?«, flüsterte er ihr ins Ohr.

Sie nickte und das wohlbekannte Feuer loderte wieder in ihr auf, als die Stute in Galopp fiel. »Halt dich fest, Mama!«, rief Poppy ihren Eltern fröhlich nach. »Lass Papa nicht los!«

Und das tat sie auch nie.

# Nachwort

Ich habe das schon mehrmals gesagt und ich werde es immer wieder sagen: Mit das Schönste am Schreiben sind all die Entdeckungen, die man während der Recherche macht. Das Problem ist nur, zu entscheiden, was wichtig ist. So merkwürdig es auch klingt, aber offenbar scheint es Leser zu geben, die es nicht sonderlich spannend finden, dass die erste Stablampe, die schon vor dem Jahr 1905 patentiert wurde, größtenteils aus Pappe bestand, oder dass der Ausdruck »Gib mir eine Chance!« damals schon in aller Munde war.

Aber jenen von euch, die es tatsächlich interessiert, ob die historischen Fakten in diesem Buch korrekt sind, oder ob ein Ausdruck vielleicht anachronistisch gebraucht wurde, möchte ich versichern, dass ich es wie der *National Inquirer* gehalten habe: Ich habe es nachgeprüft, noch einmal nachgeprüft und dann noch einmal nachgeprüft. Was bedeutet, dass ich ganz bestimmt das eine oder andere Mal durcheinandergekommen bin.

Einige meiner Fehler möchte ich hier geradeheraus eingestehen, denn ich habe sie mit voller Absicht begangen. Da wäre Folgendes: Im Jahr 1900 hätte die britische Armee nicht einmal daran gedacht, Männer in einem Fort mitten in der südwestlichen Sahara zu stationieren, und es existieren dort auch keine Oasen, die ein solches Fort mit Wasser versorgen könnten. Genau genommen sind alle landschaftlichen Beschreibungen dieser Gegend reine Fiktion. Das Felsplateau, das Ginesse und ihre Mitforscher entdecken, gibt es allerdings wirklich. Es trägt den Namen *Gelf el Kebir* und liegt genau auf dem beschriebenen Längengrad.

Der erste Europäer, der dieses riesige (und ich meine wirklich riesig – es ist ungefähr so groß wie Puerto Rico) Plateau im Jahr 1910 zu Gesicht bekam, war W. J. Harding King. Im Zweiten Weltkrieg nutzen die britischen Truppen es aufgrund seiner sehr ebenen Oberfläche als Luftstützpunkt. Noch heute kann man Spuren davon entdecken, wie beispielsweise Richtungspfeile auf dem Gestein.

Die Tuareg sind Angehörige eines Nomadenstammes, der heute vor allem in Libyen beheimatet ist. Sie hielten tatsächlich Sklaven, bis die französische Besatzungsmacht den Sklavenhandel im Jahr 1910 schließlich verbot. Die Tuareg hielten sich jedoch nie in Ägypten auf, daher mein Hinweis, sie hätten das Land nur betreten, um eine Araberstute zu erwerben.

Und wo wir gerade von Arabern sprechen, in den späten 1870er Jahren fiel beinahe die gesamte Rasse der Afrikanischen Pferdepest zum Opfer. Passionierte Liebhaber der Zucht aus den verschiedensten Ländern schlossen sich damals zusammen, um die Stammbäume zu retten, die ansonsten verloren gewesen wären.

Auch mit dem armen alten Cambridge habe ich mir große Freiheiten erlaubt. Dort wurden weder weibliche Studierende angenommen, noch konnte man einen Abschluss in Antiker Geschichte erwerben. Doch in einer perfekten Welt wäre es gegangen und als Romantikautorin ist die »perfekte Welt« schließlich mein Spezialgebiet.

Auch die Sprache, und dabei besonders die Umgangssprache, hat so ihre Herausforderungen. Besonders, wenn man es gleich mit zwei unterschiedlichen Kulturen zu tun hat, denn in England wurde natürlich anders gesprochen als in Nordamerika. Einen Nachweis für einzelne Worte zu finden, ist noch relativ leicht, doch bei ganzen Redewendungen wird es schon schwieriger, wenn man herauskriegen will, wann sie zum ersten Mal gebraucht wurden. Wenn eine genaue Zeitangabe einfach nicht zu finden war, habe ich nach bestem Wissen entschieden. Doch die meisten Worte, die ich gebraucht habe, waren mit Sicherheit bereits wohl gebräuchlich, wie etwa »Sandkastenliebe«, »Flittchen« oder »Ladestock«. Sollten sich unter euch Etymologen befinden, dann besitzt ihr vermutlich bereits eine Ausgabe von *English Through the Ages* von William Brohaugh. Dieses Buch ist auch dann wärmstens zu empfehlen, wenn man sich nur beiläufig für diachrone Linguistik interessiert.

Und schließlich und endlich, Zerzura. Über jene verlorene Stadt, die alle in diesem Buch erwähnten Beinamen trägt, kursieren bereits seit Jahrhunderten Gerüchte. Über Lage und Geschichte der Stadt weiß man wenig, die Spekulationen reichen von der Annahme, sie sei nichts weiter als ein Außenposten von Karawanen gewesen, bis hin zu der Legende, es habe sich dabei um eine Kolonie von verschollenen Kreuzrittern gehandelt. Obwohl es nach wie vor keinen Beweis dafür gibt, dass Zerzura wirklich existiert hat, haben bereits viele Forscher danach gesucht – vor allem dort, wo ich es beschrieben habe – und viele suchen weiter. Und das bedeutet, Zerzura ist noch immer irgendwo dort draußen und wartet darauf, entdeckt zu werden …

# Danksagungen

So viele Menschen haben zu diesem Buch beigetragen und mir beim Schreiben geholfen und dafür möchte ich euch danken. Zu allererst Jeffrey Belle von Amazon dafür, dass er mich angerufen und gesagt hat: »Ich habe da etwas, das ich gerne mit Ihnen besprechen würde, und ich glaube, es könnte Sie interessieren.« Ich fand es wirklich ziemlich interessant (in Minnesota heißt das so viel wie BOOAH EY!).

Natürlich gilt dieser Dank auch dem ganzen großartigen Amazon-Team. Ein großes Dankeschön geht außerdem an meine so weit entfernte Lektorin Charlotte Herscher, weil sie alle Ungenauigkeiten mit so viel Herzlichkeit aufgedeckt hat.

Ich gehöre zu jenen Glücklichen, deren Freunde genauso begabt wie großzügig sind. Vielen Dank an Eloisa James, weil sie sich die Zeit – die sie nicht hatte – für das Lesen dieser Seiten genommen hat. Und an Lisa Kleypas und Teresa Medeiros, dafür, dass sie immer den Song von der kleinen Dampflokomotive, die es doch schafft, gesungen haben, wenn ich den Mut verloren hatte. Außerdem an Christina Dodd für ihr fröhliches Gelächter aus dem Hintergrund und vor allem an meine Freundin Susan Kay Law, weil sie mir auf jede erdenkliche Art den Rücken stärkt. Love you, Suz!

1792901R00243

Printed in Germany
by Amazon Distribution
GmbH, Leipzig